YuanQu
De XiongNu

远去的匈奴

刘梅花 著

敦煌文艺出版社

图书在版编目（CIP）数据

远去的匈奴/刘梅花著.—— 兰州：敦煌文艺出版社，2023.6
　　ISBN 978-7-5468-2342-3

Ⅰ.①远… Ⅱ.①刘… Ⅲ.①长篇历史小说—中国—当代 Ⅳ.① I247.5

中国国家版本馆 CIP 数据核字（2023）第 020326 号

远去的匈奴

刘梅花　著

责任编辑：王　倩
装帧设计：孟孜铭
特约编辑：尚晶晶

敦煌文艺出版社出版、发行
地址：（730030）兰州市城关区曹家巷 1 号新闻出版大厦
邮箱：dunhuangwenyi1958@126.com
0931-2131536（编辑部）　　0931-2131387（发行部）

成都新凯江印刷有限公司印刷
开本 880 毫米 ×1230 毫米　1/32　印张 11.125　插页 2　字数 250 千
2024 年 6 月第 1 版　　2024 年 6 月第 1 次印刷

ISBN 978-7-5468-2342-3
定价：58.00 元

如发现印装质量问题，影响阅读，请与出版社联系调换。

本书所有内容经作者同意授权，并许可使用。
未经同意，不得以任何形式复制转载。

主要人物

柳拂衣：汉人，又名柳阿禅，骆驼巷百草堂柳先生的女儿，擅长针灸，号称"北凉神针"。

浣布野利：羌人，北凉太祖沮渠蒙逊帐下都尉，父亲是浣布林啸大将军，母亲是汉人。

乌啼娟：西域美人，浣布野利的心上人，后成为秃发傉檀的第七个阏氏，育有两子。

柳玄度：汉人，百草堂堂主，世代行医，北凉名医，收有弟子九人。

李氏：汉人，柳拂衣的母亲，生有三子一女。

绕狐：西域人，曾是一个疯傻的流落街头的孤儿，后被柳拂衣所救，成为一家人。

乞干若芸：卑和部落后代，与绕狐相濡以沫，婚后育有一儿一女。

珂贝枹罕：粟特富商，做着珠宝香料的买卖，浣布野利、柳拂衣因其相识。

镇南将军：鲜卑人，本名奚眷，北魏拓跋焘部下大将，被柳拂衣所救。

浣布忘忧：又名柳忘忧，浣布野利与柳拂衣的女儿。

枯木乌藤：西羌人，浣布野利的下属，为人忠厚，因保护柳拂衣而牺牲。

秋云罗帕：汉人，浣布野利利的哑巴奶娘，对浣布一族忠心耿耿。

沮渠蒙逊：匈奴人，北凉国主，定都姑臧（凉州），逝世后儿子沮渠牧犍继位。

秃发傉檀：鲜卑人，秃发乌孤、秃发利鹿孤之弟，南凉国主，定都乐都。

沮渠蒙慧：匈奴人，沮渠蒙逊之女兴平公主，嫁给了北魏太子拓跋焘。

七公主：匈奴人，沮渠蒙逊年幼的女儿，沮渠蒙逊欲召浣布野利为其驸马。

肇谏：汉人，柳拂衣青梅竹马的童年玩伴，成婚后彼此逐渐疏远。

堤奴：粟特人，珂贝枹罕家的马夫，一个黑脸膛大汉。

目　录

百草堂　　　　　　　　001

骆驼巷　　　　　　　　007

阿禅　　　　　　　　　015

针灸术　　　　　　　　018

声名鹊起　　　　　　　026

北凉名医　　　　　　　028

一见惊心　　　　　　　032

终成伤　　　　　　　　044

满树杨花轻似梦　　　　051

骆驼巷，闲适的时光　　057

河西三千里　　　　　　061

寻常百姓家　　　　　　066

清风吹　　　　　　　　069

白露秋风若水凉　　　　074

东门坡　　　　　　　　083

遥远的人　　　　　　　087

天梯山大佛　　　　　　091

唱歌的绕狐	101
鲜支涧巷子	106
借宿村野	110
相逢一醉是前缘	119
相依相伴	127
灯影犹寒	134
光阴绵长	138
小院幽	141
征战几时归？	145
人归来	158
繁华深处泪满衫	164
风沙几万里	173
寒风，荒草，牧羊城	187
战乱初起	193
寂寥小院	197
乌啼城，清风过后落花飞	202
乌啼城	206
小院幽深	213
别后无音讯	218
北凉草木深	222
沙漠里的骆驼山庄	240
劫后	246

沙漠深处	248
不见故人归	260
繁华褪尽	267
寒冬	270
瘟疫	273
杏林	276
杏林旗	280
镇南将军奚眷	284
身份不明的病人	288
柳暗花明季节深	298
惊心	305
较量	311
七月流火	315
八月萑苇	321
音讯初来	325
镜里朱颜瘦	328
红尘初妆	333
西凉府	342

百草堂

下了一夜的雨。廊檐的雨一脚踩空,跌落在青石板上,溅出很大的响声,它们的骨头都摔碎了。哗啦啦,哗啦啦,一直响在我的梦里。

鸡打鸣了,一声,两声,清凉凉的。一会儿,整个巷子的鸡都在啼叫,喔喔——喔,彼此起伏。它们伸长脖子,一点儿都不吝啬,能叫多高就叫多高。

初夏,深巷,北凉城。雨声里夹杂着鸡鸣,真是尘世里最好听的声音。清新,安心,与世无争。

清晨,天晴了。天蓝蓝的,蓝得让人有些措手不及。我一出门,就看到满天的蓝,着实惊讶了一下。

三师兄已经在院子里劈柴。咔嚓,咔嚓,木头撕裂的声音不似晴天那样脆裂、响亮。那咔嚓声,有点嘶哑,稍显柔韧。受潮的木头变得藕断丝连。

斧头丢在青石板上,当啷惊叫一声。他抱着劈柴进屋生火。院子里的骆驼听见人的脚步声,哼哧叫唤,它们饿了。骆驼并不

远去的匈奴

是很笨，知道适时叫喊。只不过叫起来难听得呀，让人恨不能踹几脚让它们闭嘴。

厨房里劈柴燃烧的声音格外有劲儿，呼呼呼……

三师兄披着柴烟出去，他拎着一个沉重的木头桶子，去收拾前堂了。他在火炉上熬了一罐柠条老茶。屋里弥漫着淡淡柴烟。透过柴烟，是屋顶熏得发亮的椽子和檩条。黄泥墙皮，也烟熏火燎得看不见泥皮原来的色泽了。

我刚刚挑开轩窗，就听见有人在拍庄门：啪啪，啪啪。拍门板的声音很响亮，花朵上的露水都纷纷被震落了，噗噗，掉在叶子上、地上。

在骆驼巷，只有我家的庄门常常被人拍得震山响。有时候是半夜，有时候是天刚要亮时。至于别人家，没有这样的事情。他们的伙计太阳升得老高才卸下门板，慢吞吞开门做买卖。做买卖时还打着哈欠，趿拉着木屐，要多悠闲有多悠闲。

我家，鸡鸣即起，洒扫庭院，收拾前堂，整理药柜，忙得很。还要给院子里的草药浇水，给屋檐下的鸽子喂食，还有很多的骆驼，还有两匹马。

爹话很少，但眼神威严，师兄们都怕，干活不敢怠慢。当然，我不怕他。一个瘦干骨头的老头儿，有什么可怕的呢。

爹正在院子里练功。他的双手枯瘦，像老鹰爪子一样，在空气里缓慢划动，好像被一种看不见的气场托举着。他双眼微闭，听见拍门的声音，收起臂膀，双手慢慢游回来，啪啪啪叩手背。

"绕狐"，他喊了一声，"去开门。"

绕狐在厨房里煮羹，烧火的黄草被清晨的露水打湿了，不肯好好着，冒着浓烟。他一头冲出厨房，身上还缠绕着一缕青烟丝，眼睛熏得红红的，乱蓬蓬的头发朝天炸着。唉，他的样子，像刚从地里拔出来的一棵蔓菁，还是顶花粘土的。

我家的木头庄门，很厚的门板，爹亲自挑的好松木做的，沉重且滞涩，推开门很费事。绕狐卸下顶门的木杠子，咣当，扔在一边。他力气巨大，我总担心桑木杠子被他摔碎成几截子。这个胡人，好像不知道杠子是木头的，以为是生铁的。

来人是珂贝枹罕家的马夫，一个黑脸膛大汉，叫堤奴。

不要以为这个名字低贱，只能是马夫的选择。其实不是，我们北凉城里，后凉国主吕光大王的弟弟还叫胡奴呢。在匈奴部落里，堤奴是强壮的意思。

他扶着的那个老汉，几乎连滚带爬地进来了。爹却并不急躁，端坐在花园墙边的旧胡床上，还在来回搓手，活动筋骨。不过，眼睛却盯着进来的人。

"先生，我哥的下巴掉下来了。"珂贝枹罕家的马夫急急忙忙说，"你看，你看，先生，他的下巴掉了……"

我隔着窗子看见那个老汉，他穿着那么脏的衣袍，花白的头发，下巴真的耷拉下来了，清涎水像线一样挂在嘴角，真是丑。我忍不住笑起来，咯咯咯。

我的笑声招来绕狐的不满，他回头瞪了我一眼，凶巴巴的样子。他的头发很浓密，经常乱蓬蓬的，有点红，有点黄，还常常不戴帽子。真是邋遢得很。

爹站起来，打量了一下堤奴的哥哥。他一手按住老汉的后脖颈，一手托住老汉的下巴，往外一拉，一推，吧嗒一声，好了，

003

远去的匈奴

下巴还原了。

老汉动动脖子，动动下巴，能说话了。"啊呀，先生，神手啊！"他由衷地赞美爹，脸上也激动起来，洇出一坨红颜色来，眼泪都要下来了。他说："我以为，我的下巴永远合不上了，快要不行了。亏得先生您啊！"

堤奴也眉开眼笑起来。他说："阿哥，他起床了，刚刚伸个懒腰，打个哈欠，谁知，吧嗒一声，下巴就掉下来了。你看你看……"

我又忍不住笑起来，爹也笑起来，马夫也笑起来。只有绕狐不笑，绷着脸，很迷茫的样子。事实上，他是个西域胡人，不怎么懂汉话，只能懂个大概。

掉下巴的老汉也要笑，刚张开嘴，绕狐就立刻阻止，不让他笑。"小心啊你，下巴，还不牢。"他的汉话说得像烧糊了一样，走腔跑调的。他不仅这么说，还伸手去堵住老汉的嘴。他的手指又粗又黑，难看也就罢了，还长着很多细毛，像猴子一样。

厨房门里，浓烟滚滚地冒出来。珂贝枹罕家的马夫惊叫着说："天啊，这么大的烟，沙洲城里的仇维将军还以为烽烟起来了呢！"

绕狐就丢下老汉的下巴，冲进厨房看锅里的粟米菽羹去了。

这个马夫，依仗着自己跟着主子去过一些地方，玄乎得很。张嘴动不动就鸿鹭山啊，峰崿危岭啊，锦镜峡啊，瓜州城啊，好像很熟悉一样。可怜的家伙，除了这点可以炫耀的，他也没有别的了。

我已经梳妆整齐，绕狐的粟米羹也端到院子里的石头高案上。小芜黄酱，苁蓉苗羹，清炖鼓子蔓，看上去很好吃的样子。石墩很凉，放了芦草垫子。爹招呼马夫和他的哥哥，一起过来坐下喝粥。

他们立刻拱手告辞，身子往庄门外退。

爹让我送送客人，我遵命。马夫却跟我说："阿禅，你总是闷在家里读书可不好。潴野泽有一种水鸟，叫声很好听，清亮，婉转，你一定没有听过——让先生送你去见识一下也好呢。"

爹说："丫头家的，乱跑什么，不好好在家待着。"

堤奴却笑了，说："先生，就阿禅？野丫头一样的。也就是今年，她才规矩起来的。去年，东城门外的槐树上，她都去掏鸟窝。马蜂窝也捅过，南城门外的谷水河里也掉下去过，把骆驼也骑到校场里去过……"

爹嘿嘿笑着，笑容也干瘦干瘦的，没有一点水分，一把老骨头。他女儿干的那些好事，他心里清楚得很。

我说："潴野泽，难道你去过了吗？"黑脸膛的马夫一下子得意起来。他说："前些天，去了。和珂贝枹罕老爷一同去的，还有野利都尉呢，家眷们都去玩了，还吃了肥鱼儿，烧的。还有新鲜的奶酪，真是酸甜得很。"

我吞吞吐吐地问："野利都尉，他还好吗？"

谁知爹却黑了脸，瞪了我一眼，收起对我的宠溺。他高声对马夫兄弟说："堤奴，不远送了啊，你们慢慢走！"

绕狐这厮也不失时机地喊我："阿禅妹妹，吃羹！"他的汉话实在别扭。我也别扭地坐下，吸溜吸溜喝羹。爹说："吃饭声音小些成不成？一个女儿家，这么没规矩。"

我只好忍气吞声，不发出一点声响喝羹。我偷偷瞄了一眼，爹还是不高兴，上眼皮耷拉在下眼皮上。他的三角小眼睛因为生气，就挤得找不见了，脸上堆满老皮。死老头儿，喜怒无常。

远去的匈奴

绕狐却有些落井下石的得意。他的眉梢翘起来，说明他在肚子里偷偷笑，而且笑得乱窜，压不住。

这个胡人，坏得很。关键的听不懂，倒是会看眼色，还看得透彻得很。真是郁闷。我故意喝出很响的声音来，吸溜溜，吸溜溜……呼噜噜，呼噜噜……

爹一看我开始耍无赖、耍泼皮，果然没有办法了，乖乖束手就擒。他又慈眉善目起来，低眉顺眼喝他的羹，说："阿禅啊，要不要去羌苇庄看看新来的布料？"

喊，这么一个干骨头架子的老头儿，能镇住我啊。这么讨好我，还不是怕我又挑衅找事儿呗。

太阳升起来了，暖暖的。花园里，蝴蝶翩翩飞。牡丹正开得好，那么艳，那么美。花瓣上，水珠滚来滚去，就是不滚下来。我真想舔一舔那些清凉的小水珠。

厨房里，不知道谁在淘洗蔓菁。蔓菁碰撞在陶盆壁，咣啷咣啷。

隔着门，看见炉火通红。罐子里的柠条老茶噗噗冒着白气。柴烟散去了，又是水雾气弥漫。老茶嘛，再熬一熬。

我收拾碗筷，爹去前院药肆。前堂里已经收拾亮堂了，门板也卸掉了，新一天的买卖开张。七八个师哥齐扑扑立在柜台后面，白衣玄裤，千层底的鞋子，很利落的样子，精神抖擞在等爹坐堂。

绕狐坐在院子里，慢慢收拾自己的头发。他的手掌那样肥大，几乎是攥着牛角梳子，薅草一样揪头拔毛地梳头发。梳理顺了，耳朵两侧分别扎好，结了发髻，留出来发梢，环绕在脑后用布条束紧。然后，缠上深蓝的长巾，平盘于头顶，低低的，不高耸。身上开直襟的麻布衫，束了毛带，不是羊皮革带，带子上挂着小刀子啦、火镰啦等零碎物件。毛带是拿牛毛编结而成的，很柔软。领缘衣襟以及袖口，都磨得有了毛边。他的耳朵红通通的，出奇得大，挂着青铜耳朵环。脖子里的项圈也是青铜的，明晃晃的，套着他的大脑袋。

骆驼巷

骆驼巷的确是一条幽深繁华的巷子。

"骆驼"这个名字，一开始是胡人这么叫着。中原来的汉人，连骆驼都没有见过呢。后来，汉人就把这个长脖子的丑东西，依着胡人的发音，叫骆驼了。

后来，汉人发现骆驼力气比马大，驴自然是没法比。又耐渴，又忠诚，渐渐就喜欢它了。一条巷子都拿它来命名。

我家的百草堂，是北凉城里有名的百年老字号。后凉吕光大王都在我们家瞧过病呢。我们祖上就是行医的，是医学世家。我们还有独家的膏药，贼好，跌打损伤，祛瘀止痛，一贴就好。伤筋动骨一百天，用我家的膏药，三十天就痊愈。当然，我小时候给人吹嘘，说打个哈欠就好了。那时候，我的确很能吹嘘。

百草堂院子很大，两进深，前院阔，后院狭小一些。腰门分开前院和后院。后院里是放药材的仓库，还有地窖、马厩、骆驼槽和木轱辘车。前院四面都是房子，院子里种了很多树木花草，更多的是草药。正南是正屋，供奉先祖牌位、神龛和药王爷牌位。门额上悬挂着墨书匾额。左右青瓦飞檐的东西厢房相对，雕花木

远去的匈奴

窗,总是烟熏火燎的。我们住在东屋,伙计们、徒弟们住在西屋。绕狐独自住在拐角处的一间屋子。屋檐深,檐下有木栏、胡床和晾晒的草药。北面靠着街,临街五间高堂大屋便是百草堂。百草堂的前门对街,后门打开便是院子。百草堂前后有拔廊,廊很深。前廊檐伸在街上,若是流落的人,无家可回的人,都可以在深深的廊檐下避风雪,躲雨,歇凉,过夜。若是讨饭的,我家也施舍,甚至给有些流落的人回家的盘缠。

百草堂名号响亮,就连我们北凉王沮渠蒙逊帐下的野利都尉,都贴过我家的膏药呢。他的手臂摔伤了,一片青淤,都肿起来了,是我贴上去的。一想起他,我心里头就有些格外新鲜的东西在乱撞,咚咚咚,咚咚咚,脸也红起来。

我一旦脸红起来,就掩饰不住。爹一眼就看出来,他就黑了脸。他当然知道我的心思,什么事情瞒得过他呢,老奸巨猾的家伙,讨厌死了。绕狐这厮也能看出点端倪,脸上有一种怪怪的表情。他是爹肚子里的蛔虫,什么事都猜得到。

北凉城里,很多人都知道我,柳先生家的奶干女儿阿禅。奶干女儿是什么意思?就是老小,捞巴蛋蛋子,把娘最后的奶水都咂干。

知道我的人很多,倒不是因为我有倾城的美貌。我相貌平常,丢在人群里咕咚一下就不见了。也不是因为我家富裕,我爹从不显露钱财,很会装穷。我们是汉人,祖上是从遥远的中原迁徙到北凉地界的。汉人的活人哲学,比胡人委婉。

我们的传统教诲是含蓄、不露,屯谷防饥,悄悄养精蓄锐。不像胡人,家里有一只羊,宰了,恨不能拿到大街上吃,让大家都知道；有一两银子，立刻兑了酒喝。

爹说，人不要张扬，低调最好。他一生经历了很多动荡的日子，谨慎万分。我还没有丝绸锦缎的衣裳襦裙，只能穿布裙或者是麻裙。颜色也是素淡的，不艳丽。

家里也没有黄花梨、紫檀木的贵重案几，都是些松木柏木之类的笨东西。说起来都让人不信，我们的家常吃食，不过是席鸡子、灯厢草和碱松子这些。我敢保证，天天吃羊都吃得起。可就是不吃呢。

家里最显摆的，算是三匹骏马。因为我家养着驼队，一走就是上千里路，没有好马镇不住场子，压不住邪气。最好的一匹是大哥哥的，叫青花骢。高大，健壮，俊美，毛色青白，脊背和前胸有着圈纹，针毛张开，似盛开的菊花，层层叠叠，好看得要命。此马通人性，十里外能嗅到劫路贼的气味，一蹄子能踢死人。所以，一般的贼人远远看一眼青花骢就望而却步了。它通体都是一种霸气威严的大气场，眼神肃杀冷峻，善走对侧步。

二哥哥的马，叫胡青骢，此马是战马，花大价钱购得。高大威猛自是不必说，它临阵无敌，一声嘶鸣，如猛虎下山。紫红色，腕蹄高，宽大，一尾巴能扫翻人。它的鬃毛极长，若是不辫吉祥扣，能拖在地上。我家马夫最耗时的活儿就是在河里给它洗刷鬃毛，慢慢辫成吉祥扣，打理清爽。胡青骢擅长奔跑，风驰电掣，像紫色的闪电一闪而过。

粟特银飞马，是三哥哥的坐骑。此马是从粟特商人珂贝枹罕那儿买来的。这匹贵族马，金子和马等身，金贵得要命。此马从大宛国贩运而来，一身纯白，毛色清冽。它的耳朵很小，竖起来，

远去的匈奴

眼睛却出奇得大，腿子细长，马蹄却厚，硕圆。这种马是野马的后代，性子烈，立鬃长尾，只认主人、马夫，陌生人不能近前。能看家护院，牢牢守护驼队。

这三匹马是张扬奢侈之极的，但常年在外地奔波，回家的机会很少。爹说，驼队没有好马，相当于打仗无刀剑。虽低调，但实力一定要有。

我们祖上在中原。爹说，汉皇爷的时候，曾和河西匈奴打过仗。至于打仗的原因，我自然不知道。不过我的邻居，昌泰钱庄的小伙计，氐人遂羊这小贼说，这个嘛，是因为匈奴大单于抢夺了汉皇爷的千里马。他的师弟，鲜卑人乞伏牵屯又说，不对，是大单于偷了汉皇爷的金汗褂子。

不过谁知道呢。爹说，霍去病大将军很厉害，率大军来河西，追杀匈奴们。大单于慌张逃走，丢盔弃甲，河西就成了汉朝的皇土。

后来，汉皇爷就往河西移民、屯边、耕田。我们家族历代是行医的，也必须要移民的。你想啊，来了这么多的平民、商人、贬了的官人和犯人，他们生病了，谁给看呢？我们，是手艺人，也必须要跟着来。

爹说，我们已经是地道的土著北凉人了。从汉皇爷到现在，很遥远。现在，是我们北凉蒙逊大王的凉国年间了。

我们住的地方叫北凉国，很大很大，我哥哥们的驼队要走三个月。我们的城叫北凉城，很繁华。北凉的国主是匈奴人沮渠蒙逊，国号"北凉"。

也就是说，我们的地界是河西，国号是北凉。

我是个糊涂又潦草的人，说话总是丢三落四，很不清楚，爹数落过不止一百次了，总是改不掉。

家谱上记载，我们柳家的人，体态比较丰腴，骨骼高大。但自从一路西迁，祖先们到了河西地界，都熬成一把干骨头了。后代们，都瘦干瘦干的，胖不起来了。我有三个哥哥，柳社、柳稷和柳兴。他们都细长细长，长得像柠条一样。当然，我比他们好看，瘦尕瘦尕，柳条一样。我娘说的。我娘总是巴结我。

我们，早就习惯了北凉的日子。老家是什么样的？已经没有人知道，只是个传说了。我们习惯了牛粪烧火，黄草煮饭。习惯了牛羊肉腥膻的气味，喝惯了谷河的清水，也习惯了北凉城里汉人、胡人杂居的热闹。胡人和汉人，一同坐在胡床上闲着胡诌。

我们汉人，努力说着胡人的话。绕狐这样西域的胡人，努力操着我们的汉话。我们说的话千奇百怪，但交流很顺畅。这条巷子，已经说过了，叫骆驼巷，都是买卖人，在城西。还有庄家，放贷的粟特人。骆驼巷是北凉城里有名的青石板街。别处，都是白土街，没有一块青石板。当然，东城的王府街也是石板街，不过是祁连玉石，墨色的，很浩荡，很阔绰。

马蹄敲在我们青石板巷子里，哒哒哒，很清越。下了雨，木屐踩着雨水，人影就映在青石板上，诗意极了。巷子细长，屋檐低垂，门口的幌子迎风飘摇，人来人往，热闹，但不喧嚣。

我就很喜欢我们的巷子，喜欢门口挑着担担子叫卖针线的货郎子。货郎子们来自东边的秦州，是秦人的后裔。他们喜欢黑色的衣裳，吆喝起来，有一点鼻音，很古风。

巷子口，是做陶器的氏狗狗家。他家本来姓吕，是后凉主吕

远去的匈奴

光大王的族人,不是汉人,是略阳氐人。爹说,后来嘛,吕光大王的部下,散骑常侍郭䴨突然叛乱,在北凉城的东苑城抓获了吕光大王的八个孙子,并把他们一直羁押在军中。等到他四处兵败,满腹怒气,就命人押来杀戮这八个娃娃。非常凄惨。满街都是血在流淌。

氐狗狗家就换了家奴的衣裳,连夜逃到西边骆驼城去了,隐姓埋名,姓了氐。后来,做起了陶器买卖,慢慢地,吕姓就不要了。到了现在,北凉大王沮渠蒙逊年间,日子逐渐安定,氐狗狗家就从骆驼城搬到北凉城里来了,还是做陶器的买卖。他家的大陶瓮上,都刻着几个汉字:氐狗狗家瓮。意思是最好的大瓮,只有氐狗狗家有。

当然,我家的跌打膏药,也有名号:百草堂清凉膏。我们家的三四个伙计,一年四季都在后堂里制作膏药。方子秘而不宣,传男不传女。当然,在我手里,不传是不可能的,我早就知道了配方,比几个哥哥都清楚。爹说:"这个野丫头,有什么办法。"哥哥们说:"招个女婿算了,阿裨这么心疼的,舍不得出嫁,免得到婆家受气。"的确,我在家里是心肝儿,我玩的石头子儿,都是哥哥们在番地贩运药材时捡来的。

骆驼巷的皮货庄,叫掘庄,是鲜卑人掘氏头人的一个孙子开的。爹说,掘氏部落在河西的肃州,不是做生意。他们家有很多的牛羊,很多的草场和牧场。他们的打扮是很有意思的,男人是秃头,露出头顶,但是鬓角边留两条辫子,垂于耳旁。当然,氐狗狗家也是剃发并辫发的。

那一年,郭䴨反叛,北凉城里乱成一锅粥。就在这个时候,两个西域王，鄯善国王和车师前部王，他俩结伴去京城朝觐中原王，一路返回来时，却滞留在北凉城里了。

一个月后，车师前部王顺利回西域去了。鄯善王在北凉城受了惊吓，一病不起。掘氏头人和鄯善王有交情，就派一个孙子率领家奴过来照看鄯善王。后来，这个西域王的病没有好起来，在北凉城里无常了。鲜卑人掘氏的孙子就留在北凉城里做买卖。

爹什么事情都知道，他在北凉城里长大，骆驼巷子里活到老，什么事情他都心中有数呢。

皮货庄的掌柜利那卒，鲜卑人，索头辫发，冬天总是裹着皮袍子，又长又笨。夏天是布袍子，油腻腻的，一点也不干净。他们后院里，有很多大缸，缸里泡着羊皮、牛皮，简直臭死了。

我小时候常常捏着鼻子去玩，看伙计们把熟好的皮子捞出来，铺在白土地上，慢慢碾压，然后又丢进土里，反复揉。最后，把揉好的皮子绷在木头弓上，渐渐拽长、拽宽。一张皮子，熟出来，揉好，可以有生皮子的两三张大。

不仅如此，熟皮子的毛色非常漂亮，白的雪白，黑的油亮，花的晃眼。摸上去，那些毛绵软、温暖，我忍不住就把脸贴上去。这样的皮子，缝出来的袍子暖和，穿着柔软。我就有一件皮袄，罩了青布面子，冬天很冷的时候就穿起来，笨笨的，但也好看。

他们还做羊皮或牛皮的袋子，把牛羊囫囵剥皮了，熟好，揉好，扎紧四蹄，就是背水的皮袋，我们叫水皮胎，匈奴人叫浑脱。

每当我从皮货庄野回来，我娘就皱巴着鼻子一闻说，"真是臭啊，阿禅，你又去皮货庄了！"她立刻逮住我，把我的衣裳换了，头发也得洗一洗。哥哥们说："这个泼皮丫头，皮货庄有什么好

远去的匈奴

玩的,臭死了。"可是,我喜欢那些皮子啊。

还有秃发漠南家的珠宝庄、敕勒家的钱庄和汉人李简家的丝绸庄。

爹说,李简家是飞将军李广的后代。在我们北凉城里,李家是大户人家,每逢过年的时候,李家的本家族户就汇聚在一起,一条巷子都挤满了。他们都有着相同的高大魁梧的身板和相同的大脸盘。

本来,十几年前,李家的家族基本都在酒泉郡。那一年,爹说,蒙逊大王出兵攻打酒泉郡。郡主叫李暠。李家的地盘很大,在酒泉郡、敦煌郡一带,西抵遥远的龟兹国。

据说李暠年轻时,敦煌人郭黁给他测卦,说等他家生了白额马驹时,就是当大王的时机。后来,果然应验。

蒙逊大王派兵抢割了李家的庄稼,掠夺了牛羊。他们势力薄弱,干不过蒙逊大王。后来,就被蒙逊大王灭掉,后者称霸河西,成了河西王。

李家后代就在河西四处流落,一部分到了北凉城里。李简家,就是那时候到骆驼巷的。那时候,我家已经住了几辈子啦。李家是大家族,院落很阔气。就说李简家的屋顶吧,不是常见的卷棚,那样太寻常了。他家的屋顶,是硬山两坡顶,高耸,气派。合抱的松木檐柱,落地的四扇窗。檐椽、飞椽用斗拱和彩枋撑起。他家的房子四梁八柱,门面墙都是青砖到顶。门额上四个浑厚的大字:一箭传家。飞将军箭射得好,百步穿杨。他家的花园很大,淡紫的卷曲莲,火焰一样蹿起来的曼陀罗,比梦幻还要轻柔的蓍卜花……

总之，这个巷子里的庄家很多啦，一家一家也不容易说完。不过，也有很多不做买卖的人家，院子扫得干干净净，坐在树下喝茶，聊天。低矮的胡床，低矮的鸡翅木卷耳几，几上摆着干果。

爹说，他们是放高利贷的粟特人，赚银子比我家还要多。不过，我家的院子里花最多，草药最多。银子多有什么意思呢。

胡人呢，不喜欢花花草草，就知道吃肉喝酒，拉弓射箭，撵兔子、撵野羊。他们还养着鹰呢，喝完茶，就骑马出了西城门放鹰去了。马在前面跑，家奴们跟在后面也拼命跑。那些可怜的家伙们，简直要累死了。他们大多是髡发，就是剃去头顶的头发，只留四周的头发，有的编了辫子，有的披散下来。细细看，也是挺耐看的。他们也弹琵琶，足穿笏头履、高齿履，载歌载舞。

阿禅

是的，还是说我很有名的原因吧。

我在骆驼巷长大，很多人都知道我，阿禅。首先当然是柳先生的心肝宝贝了，爹的医术是顶好的，讨好他的人很多，所以他宠爱的女儿，别人也得喜欢着些。不然，半夜三更得急病了，怎么能敲开柳家的门呢。

就算我小时候泼皮，像个男孩子一样疯，到处串门惹事，在北凉城的角角落落四处乱窜，依旧有很多人呵护。堤奴说的，我今年才规矩起来。

二是因为我天生就会三棱针，而且针灸术精湛无比，救活了

远去的匈奴

很多人的性命,人们叫我"北凉神针"。

女人行医,北凉城里阿禅是头一个。当然,在中原也许不行,女人嘛,不许抛头露面。可是,北凉是这样的一个地方,汉人、胡人掺杂,没什么讲究,什么事情都很包容。北凉人动不动就叫板,说北凉城比中原皇帝的城还要有钱,还要气派。北凉人,喝醉了就狂妄得很嘛。

沮渠蒙逊大王打仗的时候,大阏氏就骑在马上观战,偶尔也要挥刀厮杀。他的母亲,车太后,是北凉城里的善人,好多事情都是车太后定夺的。我们骆驼巷,有好多粟特人,都是女掌柜的,一点也不奇怪。还有布庄,也是女人当家做掌柜。所以,阿禅行医做先生,没什么奇怪的。

就算我常常穿着男人的衣裳溜达,虽显拖沓,但邻居们见了也很亲切,老远喊着:"阿禅,来,喝茶。"因为生病这档子事情,谁也不好说。别人能得罪,先生能得罪吗?万一他家的人病了,不请阿禅,自己能好起来吗?

皮货庄的小宝儿,吃了很多青豆子,肚子胀得快要裂开了,疼得死命叫喊。小孩快不行了,就是我给他灌肠,逆行灌进去水,一下子喷泻出来,睡一觉就好了。那小娃娃可是三代单传的金贵宝儿,你想。

这些绝技,我都会。爹笑着骂道:"都是歪门邪道的东西。"可是,不管什么门道,都是救命的。

还有秃发南酒家的小孩,耳朵里掉进去粮食大的一块铁,半个脑袋都肿起来了,爹一点办法也没有。他家大人们哭成一堆。我去商人珂贝枹罕家找来一块很大的磁铁,对着小孩耳朵,"嗡"

一下,那块铁呼啸而出。第二天,小孩不肿,好了。

布庄的小杂役牵羊,指头害了鼹指,流脓,眼看一根手指要坏掉,我拿银针戳破脓包,涂了猪胆汁,几天就痊愈。

这样的神医,连钱都没有收,谁不喜欢呢。爹说,但凡没有用药的,都不收钱。也就是说,我扎针也是白干活的,就是给爹图个柳善人的名声。这个破老头儿,把我使唤得像陀螺一样,也不舍得买一条丝绸裙给我,胭脂也不买。还拖着声音说,"阿禅呀,不要张扬行不行?穿得素淡一些,不要涂脂抹粉,你是先生嘛!"

我就很素淡地溜达着。衣裳素淡,脸也素淡,帽子也素淡,肚子里也素淡的,一点荤腥都不想吃,天天喝粥。他们看见素淡的我,热情地喊着喝荆芥茶,寒暄。

喊,喝茶嘛,要看我心情好不好了。

有时候,正歪着帽子、裹着宽大的男人衣裳,坐在人家院子里斯文地品茶,就听见绕狐粗犷凌厉的声音在巷子里召唤:"阿禅——师妹哎——师父喊你——来病人了——"

好吧,顾不上斯文了,扔了茶盏,一路小跑飞到百草堂里。跑得慢了,那个破老头儿要生气骂人的。他说:"你听不见别人疼得叫唤吗?还磨叽,还磨叽!"

骆驼巷子里的人若是看见我一路狂奔,立刻闪开一条路,说明百草堂里躺着个不是抽风的就是意外摔伤的。这两样,需要急诊,要一针扎在人中穴位,先把命保住。

我喜欢串门子,爹大伤脑筋。我串门串得天昏地暗,家里找我找得天昏地暗。

远去的匈奴

我给自己取了个号,叫"杏林闲人"。可惜,没人理睬,谁都叫我阿禅,连三岁的小孩都这么叫。如果他们生病了,就可怜巴巴地喊:"阿禅姐姐,救我呀。"病好了,笑嘻嘻地说:"阿禅,来喝茶。"

爹说:"我们杏林中人,要想受人敬重,就要有架势,得傲慢一些。你这样嬉皮笑脸的,难以成为百草堂新掌门人。"

可是,我实在喜欢串门子,没事儿就溜达去了。

总之,骆驼巷的阿禅,是个传奇。外面的人一旦问起阿禅,邻居们立刻能说一整天。阿禅这个,阿禅那个,说不完。上过人家的房顶,钻过人家的地窖,不像个正经先生,像个泼皮无赖。可是,的确救过很多人的命。手持银针,所向披靡,鬼都怕她。好多人,快咽气了,她一针就扎过来,从鬼手里抢人。

师兄们听见了,给我取个外号"鬼见愁"!

天啊,气死我了。本来我还有一个绰号的,叫"左拧根"。都不是什么好的,一个比一个难听。

针 灸 术

说起针灸,还要说到很早的时候。那一年,我才十岁多一点。拎起来,还没有一只肥羊重。跑起来,不如西头俱云家的黄狗快。个头,没有东头枭鸣家的灰毛驴高。瘦尔瘦尔的丫头,但有野性,刁蛮。

不过,一旦给一枚三棱针,我就安静了。家里几十匹骆驼,上百条骆驼腿，都被我挨个扎针扎过来了。所以，柳家的骆驼，从不腿疼，不害关节痹痛。

这真是奇怪的事情，爹的针灸很一般，他擅长骨诊。什么样的骨头伤，都难不住他。针灸嘛，他只教会我一点点。

秘密在于我家有很多医案书简，我专挑喜欢的阅读。其中有一卷是针灸神医樊阿遗留下来的，特别喜欢。奇怪，我什么样的医简都看得懂。照着医简，自己拿银针在"吒姑娘"上练习出来的。当然，狗腿子上也练过，骆驼腿子上练过，哈家的母猪脖子里也练过，皮货庄的猫儿耳朵上也练过。

什么是吒姑娘？就是碎布包了棉花，缝起来的布娃娃。有一天，我给爹说，每个人的身体上的穴位，在我眼里都是闪烁通透的，一针就扎到部位。

爹不信。

他说："阿禅，你这鬼丫头，玄乎得很。是我把你宠成这样的，喜欢吹个牛皮。你不惹祸，我很满足了，不指望你行医。"

我说："真的呢，别不信啊。"我手捏三棱针，倏然一针就扎入吒姑娘的肩。爹说："什么穴？"我答："肩井。"爹说："百会穴在哪呢？"我迅速扎进布娃娃的额头。爹说："头痛取什么穴？"我说："风池，风府，天柱，印堂，头维，百会，太阳，鱼腰。"

爹很惊诧。他说："天啊，这丫头，成精了呀！才多大一点的人儿。"

就是那天起，他决定把自己的手艺传给我，也希望我招个女婿，来继承他的家业。因为哥哥们不喜欢行医，只喜欢做买卖，

远去的匈奴

他的医术无人继承。

后来嘛,我长大了。十八九岁,一心一意想着当北凉第一神针。我并不在乎嫁人这档子事,嫁人嘛,谁都会嫁,是个女人就行。而且据我的观察,没有剩下的女人,都嫁出去了。说明这个事情很简单。

再说呢,骆驼巷的小伙子们,鼻涕邋遢的,没一个我喜欢的,看着很浑浊。我喜欢骨子里清雅的男子,谈吐儒雅,干净,不要俗,不要浊。所以,这个事情,先不急,等等看,有没有我看上的。没有就算了。反正我家有钱养老姑娘。

我知道爹的银子藏在哪里,这个破老头儿还会狡兔三窟,银子埋藏在好几处呢。墙角里倒扣的破缸底下,就埋着一坛子呢。还有呢,我们在东城外,靠近沙漠的地方,还悄悄有个很大的院子呢,叫骆驼山庄,盛满药材和银子。喊,老头儿还以为我不知道,只不过我从来不说罢了。我这个人,删繁就简,话少,干得多,好事坏事一起干。

我就是发疯一般喜欢三棱针。刚会走路不久,就手持三棱针追杀我家的花猫。长得比炕沿高一点,就拿三棱针扎吒姑娘。当然,对门哈家的酒海上也被我刺得伤痕累累,害得他们要补缀。朱家的几棵树上也被刺得惨不忍睹,活活把一棵丁香刺死。在皮货庄的皮子上也戳过,布庄的布上也戳过。吉泰客栈的大车辕条上也刺过。

所以,现在,我成为柳先生之后,他们像使唤仆人一样使唤我给他们瞧病,理直气壮的样子。说:"阿禅,你尕尕儿的时候,干的那些坏事,两箩筐都装不下,我们还把你心疼得,一下都没有骂过。现在,你诊病,是不是很应该呀?"

我无话可说。的确,我把邻居们挨个儿搅搭过来了。

白白干完活儿,混上一盏茶,灰溜溜就回来了。没眉没眼的,坐在后堂里研究医案。爹和师兄们窃笑不已。

不过,我暗暗使劲儿,要让我的神针一针见效,让邻居们臣服于我的医术,叫我神医阿禅。不是医女,不是名医,而是神医。

三棱针,可不是每个女人都会的,这个是绝活呢。好吧,我承认,我心野。一心想当北凉城里第一针灸高手,无限风光,骑着高头大马去给人家扎针。至少有两个小厮颠儿颠儿跟我,牵马坠镫。我常常忘了我是个女儿家。

爹常常后悔,说我有这样的野心,是因为打小把我当作男孩养,宠成这样曲儿里不来、调儿里不去的野丫头了。狂妄自大,没有女儿姿态。我的哥哥们就劝他说:"爹啊,阿禅这么心疼,嫁不出去也好啊,就养在家里,我们看着高兴。"娘骂道:"养个老姑娘传扬出去丢人啊,知道不?"

家人因为我嫁不出去,都很发愁。别人家和我一样年岁的女儿,提亲的人家络绎不绝,媒婆们这个来了那个走了,有时还碰头了,两个媒婆暗自较劲儿,有时还吵架,那个热闹,娘就羡慕得流涎水。我家门上,鬼影子都没有一个。奇怪,从来没有人来提亲要娶阿禅。

看来,我真要剩下了。伙伴们一个个出嫁了,我居然没有动婚。别人家,我说的是汉人家,女儿到了十六岁,如果有合意的人家,就先许嫁,然后举行笄礼,穿上漂亮的三色裳,亲戚们、邻居们都来祝贺,热热闹闹行礼。

远去的匈奴

我家一直没有媒人来,娘简直伤心死了。

我不在乎。与其嫁个浑浊的男人,不如在家当老丫头。

奇怪的是,骆驼巷的人也认为,我嫁不出去很正常。他们说:"阿禅是先生,神针,苍天打发来救济民间疾苦的,哪个男子能配得上呢?"

不得不说,我的技艺大为长进,堪称精湛。我无师自通,会了耳针,就是用三棱针刺耳穴。什么穴位管什么病,我熟烂在肚子里。娘说:"这是佛祖的恩赐。这丫头没准是罗汉转世的,天生就会针灸。"

有时候,逮住一个师弟,在他耳朵上练习几针。害得师哥师弟们都躲着我。有时也去给爹告状说,阿禅胡闹,欺负人。爹说:"就扎几针嘛,好像多疼似的。"他们立刻悲愤地喊冤:"师父啊,我们好好的,扎针干什么呀。我们连个媳妇都没娶,如果被她扎成傻子……"

当然,我还有一些事情,是不能示人的,爹娘死死守口如瓶。因为不磊落。

十二三岁的时候,爹觉得我太野了,除了教我银针,教我练字,又允许我去他的书房随便看书。

他的书房里都是医术书,正经的书我没兴趣,却在某一天,翻到一卷残破的绢书,是盗墓贼野尔羌卖给爹的。这个我都知道,可见爹甭想瞒我什么了。

这个绢书嘛,散发着一股霉味,字迹倒是清晰的。它是一卷歪门邪道的医书,除了一些偏方外,还详细地记载了诅咒,一些骗人的药汤,怎样下药让人缓慢死去而又没有痕迹。诈死骗术,喝什么药汤可以装死几天。喝什么药汤出现什么症状，比如有一种药汤喝了，是羊角风；有一种喝了，是中风；有一种喝了，口眼歪斜。这都是瞒天骗术，过几天就好了，恢复原来的状态。

这卷书真是奇异，还教人易容术，可以让人变得很丑，女人变男人，胳膊上弄出个疤来，额头上弄出个疤来。江湖上这种东西很实用，随便一种，就可以骗钱一辈子。

还有几种方剂，会把人的皮肤变黄、变紫，像得了黄疸，得了天花。总之，天下骗术，一网打尽。用的药材并不复杂，很好配齐。

那两年，爹很忙，娘包揽了家里的一大摊子事情，只要我不去外面惹事，他们就满意极了。我果然不出去野。我把家里的兔子、猪、鸽子、狗、鸡儿，都拿来练手。有时候，娘看见她的兔子口吐白沫，好像要死了。可是第二天，好好的。有时候，狗在抽风，抽得直翻白眼。过两天，好好的。她太忙了，没怎么在意。

直到两年后的一天，她一进门，发现炕上坐着个男人，对她笑。她惊叫一声，却发现那人牙齿很熟悉。仔细看，是易容的阿禅。手和牙齿没法易。

爹意识到大事不妙的时候，我已经熟练掌握各种汤药计量。我把自己易容成一个男人，大模大样进了百草堂，溜达一圈，师兄们一个都认不出来是我。

我又易容成一个很风情的粟特女子，罩了面纱，穿了白色的长袍，开衩到腰里，露出粉红的裤褶和一截红穗子，束了肥大的裤脚，探出绣花小鞋子，站在对门哈家门口搔首弄姿。五师兄就一个时辰里跑出来五趟，给我传递眉眼。哈家掌柜的脑壳就从窗

远去的匈奴

子里伸出来，差点扭成骆驼脖子。

简直笑死我了。

而且，我比野尔羌聪明多了。他只知道盗墓、卖古物，我却能造出古物来。我在爹珍藏的赫絮薄小纸上，就是一种锦帛纸，胡乱写一些字符，马嘴唇一样的，曲里拐弯，勾勾圈圈，似是而非。然后，洒点草药汁的污点，点燃草药使劲儿熏。大黄熏出来的颜色很复古，有一种陈旧斑驳的感觉。然后，随便烧边，故意残缺几页，在黄旧的纸页上戳印了花押，装订成册。我有很多花押，青铜的、玉石的、木头的，上面刻着狼啊、龙啊，也有刻着汉字的，都是城外的古墓滩里拾来的，拿来玩的。我说，这是西域高僧送给我爹的佉卢文经卷呢。野尔羌双眼闪着灼灼的光芒，脸上是梦寐以求的渴望，宝贝一样拿一枚金簪子换走了。他怕我反悔，一路上贼撵了般飞快消失了。

我还能把梵文雅语木简做出来，至少百年的样子。找两块大小合适的胡杨木板子，打磨光滑，两块木板对合在一起，下端削成方的，上端削成尖尖的，靠近尖端处打洞，穿了麻绳，可以捆扎。在木板内画一点奇怪的乱七八糟的字符，戳了印戳，拿到点燃的麻黄草药上熏一熏，喷了水，撒点沙土，外面凿了槽，押印泥封。然后放到阴潮的地窖里霉一霉，看起来越发古旧脏破。这是古册，因为太遥远了，谁也不懂。于是，我把它换给粟特商人，得到一枚龙纹铜镜。

这样的事儿做起来费事，没意思，不如捯饬易容好玩。

早前，爹偶尔发现我摆弄一张羊皮上揭下来的薄膜，在反复授，反复折腾，心里有些狐疑。但是，一忙，就忘了探究。原本以为，一个丫头家，能折腾出什么呢。但是，当他发现时，吃惊得差点掉了下巴。

爹和娘关起门对我严厉教训。柳家世世代代都是老实本分的人家，靠手艺吃饭，奉行治病救人的医德，不挣穷人的钱。天啊，居然出了一个精通骗术的女儿，娘几乎不相信自己。娘强烈谴责爹，她一开始就不让我读书识字，偏偏是爹主张我识字，两岁就学字。十岁的时候，我什么样的书都看得懂。结果就这样了。

爹辩解说："这丫头识字就明事理不糊涂了，知道老实做人，不然要走上邪道的。你难道没有发现她的聪明很邪乎吗？"

娘愕然醒悟，额，的确。她很崇拜地看着爹，先生的决定很对。

我面壁思过几天之后，愿意出去溜达，忘掉这些东西，也发誓不告诉别人。如果违反，就让爹用皮鞭狠狠地打。我给爹写了字据，捺了手印。

爹把我送到卑和人摩伽奶奶那儿去闭关一月，说这丫头邪气缠身了。这个老妇人脸只有胡桃大，皱皱巴巴的，眼窝深陷下去，看也看不见。但她会辟谷术，每年有三个月不吃粮食，精心修炼。摩伽奶奶说，胡人喜欢食肉，所以凶而悍，但少智慧。汉人常年食谷、食素菜，所以智慧而巧，但少霸气。她们卑和人，喜欢练辟谷术，食大地之气息，食天地精华，所以长寿，但不硕，貌衰。

我在她家的黑屋子里，念诵她教给我的咒语，这样可以不至于邪气迷心，走火入魔。她不许我吃荤腥，清了肠，一天只食一顿谷米汤。她说，一旦陷入邪魔里，由不得自家。所以，意念很重要。还给我吃几种草木块茎，避邪。虽然不多吃粮食，但一定要吃草药里的黄精。

黄精叫神仙粮食，服食久了，身轻如燕，眉目清秀，接了仙气。

出关后，我说，神气清爽，再不迷瞪了。为此，爹送给摩伽奶奶两马身长的丝绢，五羊身长的白细布，毡衣一件，二十手长的羊毛毯一块，作为报酬。

爹觉得这个丫头成精了，不找点事儿干干，会惹祸的。他开始让我给人看病。那一年，我十五岁。骆驼巷里的穷人来诊病，不收钱，爹就让他们到后堂，交给我扎针。

有事情干，我就不想去野了，但还是偷偷摸摸操练我的那些易容术，琢磨那些骗人的方剂。

声名鹊起

真正让我开始有了名气的人，是绕狐。

绕狐的父母在北凉城里做生意，生下了绕狐。再后来嘛，不知道什么原因，他的父母回西域龟兹，剩下这个可怜的孤儿。

绕狐不仅仅是个胡人，也是个疯子。他不知道怎么就疯了，天天在北凉城里奔跑。打人，骂人。累了，就瘫在人家的台阶下，熟睡。醒来，讨一口吃食。

有一天，他跑到我家的百草堂，伸手要一点吃食。我给他一碗米粥，他咣当咣当喝了，又伸手要。

我胡闹的老毛病又来了。就说："让我给你扎一针，就再给你一碗粥，伸出耳朵来。"我揪他的耳朵。绕狐这个家伙，不太懂汉话，却有天才的领悟能力。他居然一下子就明白了，乖乖伸出耳朵来。

我的银针在阳光里一闪一闪，奇怪啊，绕狐居然很舒服的样子，把另一个耳朵也递过来。

就这样，绕狐为了喝粥，天天让我扎三棱针。

三个月过去后，绕狐就好了，成了一个正常人，还机灵得很。我们在院子里吃饭，他飞快搬运胡床。骆驼一叫唤，他立刻去抱草添草。爹可怜他，就收留他在我家里，做做笨活，吃饱肚子，住在拐角的北屋里。爹骑马出诊，绕狐牵马，跑得和马一样快。

爹喜欢让人知道，他是个善人，不是商人。因为我家也做药材买卖。

商人地位低贱嘛。

我也就一下子成名了。连富商珂贝枹罕一家都找上门来求医。北凉城里的人说："啊呀，柳家的野丫头阿禅，居然把一个胡人疯子用三棱针扎好了，真是难以置信啊。"

我在后堂坐诊，被人称女医，为病人扎针开药。而且，扎一个好一个。风湿痹痛、痫症、癫症、郁症，都收拾得不留尾巴。北凉城里，有了第一个杏林女弟子，阿禅先生。

琵琶巷子的铁匠掘麻，他的女人诞了孩子，出了月子就迷瞪掉了。见人就骂，吐口水，呸呸的，一声比一声响亮。看人翻着白眼仁，还试图打人，还想把自己的孩子扔掉呢。

她力气奇大，几个人都送不到百草堂来。我给她开了一点麻沸散，下在茶水里。女人骂人骂累了，一口气灌下去，就昏昏欲睡。然后，我给她美美地扎针。

远去的匈奴

过了几个月，这个癫疯的女人好了，拎着两只大公鸡来谢恩。爹没来得及推辞一下，可是绕狐流着口水就一下子拎走了，嘴里还嘟囔说："麻沸散是草药，是花了本钱的。"

不过，我喜欢捣乱，有时穿男人的衣裳，有时穿女人的衣裳，长袍短衣地胡折腾。爹娘对我的折腾，表示最大的容忍。要是哥哥们，早就几棒子打一边去了。

爹说："我这个丫头，实在心疼得不想呵斥。她干坏事，很沉闷，不张扬就干罢了。"的确，我把麻沸散的剂量没有掌握好，刚刚药死了一只兔子。本来我想把它麻痹过去，剖开它的腿子看看经络。结果……

北凉名医

毫不费力，我成了北凉名医。真是少年得志啊。别人说，这是老天的恩宠。因为柳家世世代代行善救人，积德积福，天赐给柳家一个鬼精的丫头做名医。

爹很享受这样的解释，微微一笑，点点扁瘪的脑袋，算是谦虚地认同。

有一天，珂贝枹罕家突然出现了一种奇怪的虫子，聚集在门槛内，它们在墙壁上倒着爬。一坨一坨，很多，也很吓人。没有人见过这样的小东西。

虫子逆施，珂贝枹罕以为这是不吉祥的预兆，就请了巫婆禳解。可是，虫子一个也没有少，反而越加多。我给了他一大包药末，撒在屋子里，那些虫子就死了。死虫子堆满在地下，很恶心。

珂贝枹罕家的老太太落下病根，不思饮食，一点也吃不下饭，干呕。

我说，这虫子叫蠡斯，它出现，天气要旱。

珂贝枹罕惊讶极了，只说是柳家丫头读的医书多，见识广。

当然，他不知道我有一卷歪门邪道的书。

珂贝枹罕老爷亲自牵马来请爹去给老太太诊病。他是个极为孝顺的儿子。

珂贝枹罕穿得很不好看，高髻如椎，一直朝后倾过去，却又缠了赞夏帽，头重脚轻的，让人疑心走路会跌跤。交领的褊衣，窄衣紧身，裤褶肥大，腰间束了革带，却挂着个玉佩，连银鞘的刀子也没有挂，真奇怪。长裤、长靴都是深色的，看着很繁重。

爹瞧过病，说："老太太受了惊吓，导致肝气郁结，水谷运行不畅，阻遏气机。思虑太过了，故不思饮食，蒙蔽神明。"

珂贝枹罕虔诚地问询："不要紧吧？"爹说："无大碍。"他开了生姜山楂汤，又嘱我针灸。爹诚心要为我树立医者的气象，让我淑女、委婉、温顺，不再有匪霸之气，好能嫁得出去。

爹说："小女这银针，有奇异之效，开窍为主。一针，理气。两针，解郁。三针，泻心火。四针，恢复运化。五针，神有所养。如此，扎七天痊愈矣。"

爹诊病，解释很古风。胡人很崇拜我们汉话里的之乎者也，尽管一句也不懂。什么血少气虚，肢体乏力，神思恍惚，失眠易惊，他们听着像咒语一样懵懂含糊，巫气重重。

我果然骑着马去了珂贝枹罕家天天诊病。不过，穿的是男装，

远去的匈奴

不然骑马不好看,耍不上威风。也只有一个小厮,是绕狐。

爹的意思是让绕狐多见见人,谋个别的事情做。他说,一个大小伙子,这么粗壮魁梧,总给我们干粗活,于心不忍。其实,我明白他的另一个意思,绕狐如果找到一个比较体面的活儿,他柳善人的名声传播得会更加久远一些。窝在我家,知道的人太少了。

珂贝枹罕家的那个老太太,真是瘦,瘦得只剩下一身干骨头了。她穿着烦琐的衣裳,脖子上挂满珠宝,腰里拴着玉石,手指也戴着各种宝石。她想把人间的奢华,都要尽量享用尽。

她驮着一身珠宝,一身华丽的衣裳,走路一定很费劲。一个老太太,这么贪图干啥哩。

老太太伸过脑袋来。人老了,头发里就有一股腐败的味道,衰老,陈旧,一层死皮,多名贵的香料也掩饰不住,多烦琐的首饰也无济于事。

我的手法当然是很精准的,她的耳朵很硬,也很干瘪,但三棱针穿梭自如。其实她也没多大的病,就是被虫子恶心成这样了。我告诉她,那种虫子出现,是吉兆,三年之内要发大财了。

几天后,老太太就好起来了,能喝米粥,能喝酸奶了。她驮着一身的好衣裳、好首饰,慢慢挪到门口的胡床上,晒太阳。她呵喽呵喽喘着气说:"阿禅丫头,你爹的针灸秘籍,都传给你了。可惜了啊,你要是男子就好了,就不会把这么好的医术带到外人家去了。"

我说:"这个嘛,确实很可惜!"

我嘴里这么说,心里却很生气,恨不能一脚把老太太踢到门外面去，让她滚一阵子停不下来。什么人啊，居然蔑视我是女子，真是！

一只苍蝇落在她的耳朵上，伸着两条前腿使劲搓。我还在犹豫，要不要帮她赶掉。苍蝇却又飞到她面前的茶碗上了，伸着两条后腿使劲搓。老太太伸手去追赶苍蝇，笨手笨脚，啪，打碎了茶碗。

这只精美的茶碗，很贵，价钱可以换十来碗飘着油花的牛杂碎。当然，他们家是不吃牛杂碎的，只吃鲜美的牛羊肉。我们家吃，我们家人多，煮了一大锅，加一点蔓菁胡韭，大家冒着热汗吃。

自然，她家的东西都很贵重。瘿木榻屏，质朴浑厚。凭几是黄梨木的，闪着幽幽的光泽。连廊下的木墩上，都装饰绣套，而成为"绣墩"。镜台的底座是铁力木的，搁几是桃木的，散发出幽香。蒲团也是绣花的，不像我家的，是芦草的。

中原汉人，喜欢席地而坐。有一张席子，有简单的卷耳几就好了。可是胡人喜欢这些繁重的东西，低矮的胡床是坐榻，高的胡床是睡榻，还有案几，都很讲究。长案、花几、雕花的窗棂，装饰着他们富人的梦。

我们家没有睡榻，都是暖床。胡人叫暖床，我们叫火炕。铺一张席子，烧暖，屋子里热乎乎的。也不要帷帐，那样太奢华了。

就算是院子吧，珂贝桴罕的也是比别人家多一份儿调调。廊下的地面铺了青白的石子儿，拿墨绿的祁连玉铺成缠枝莲，墨玉凸出来，枝枝蔓蔓缠绕着异域的风情。台阶的石头是从敦煌郡运来的，有点青，有点紫，发着幽幽的光泽。婢女们没有事做的时候，就慢慢擦拭这些石头。院子里还有个花园，牡丹也开，铃铛花也开，

远去的匈奴

曼陀罗还没有开,连雪上一枝蒿这种迷幻的草药都有。

老太太的病好了,激动得简直要昏死过去。她说:"我以为没救了,你看,结果活过来啦。"这么贪恋红尘的老妪。她盛装设宴款待我们。她的身上披挂交缠着华丽的丝帛,高耸的发髻上是珠宝花冠这种发髻,她们叫椎髻。髻上缀满了金银珠宝、钗子、簪子。身后的侍女,却是低低的发髻,发髻下留出来发梢,披垂在肩上,连一枚簪子也不曾有。至于她的几个儿媳妇,却是辫了两股发辫垂在胸前,辫子上束了发环,缀着绿松石和玛瑙珠子。辫梢却又盘上去,结在脑后,银夹环别牢了。珂贝枹罕身着翻领左衽长袍,豹皮镶边,腰束垂珠嵌宝革带,袍子开衩处闪出镶边的裤脚。奇怪,他并没有穿软靴,而是胡屦,脚面用牛皮带缚系。总之吧,这家人很繁华,但俗气得要命。更加要命的是他们身上的味道,臊,浑浊,却又混了香料的浓烈,熏得让人咽下去一口茶水都难。

不过,珂贝枹罕一家简直太信任我们了,大小的疾病,都找我们医治。不仅如此,还把亲朋好友都引来,盛赞我们的医术。

蒙逊国主帐下的野利都尉,就是他引领来的。当然,这是过了几年以后事情。那个人,虽然也是一袭华美的交领长袖袍,但很飘逸,云朵里走下来一样的。

一见惊心

这一年,我二十一岁。已经做女医好几年,大有先生的派头,举止也淑女起来，说话也摆谱儿。自然，早就不串门了。青布圆口布鞋，也替换成桃红尖口羊皮绣花鞋。梳了很端庄的头发，耳朵两侧扎发髻垂肩。有时候，也学着粟特人的样子，素色的布巾包缠了头发，罩了白色面纱，只露出眼睛来。我将来要做百草堂的掌门人，得有些风范，不能一直随便嘻哈着。爹说，要端起架子来，给病人一种威严感、畏惧感。不然，没有震慑力。这个震慑不是给病人的，是震慑疾病。病邪藏在身体里，看见医者的肃穆威严，就会软下去几分呢。而百草堂里，伙计们也不敢随便揪着我的小辫子玩。

至于官府的"医馆"里，虽然从不为百姓看病，专门是为王爷贵族们看病的，但是，他们生病还是跑到百草堂来。不得不说，"医馆"里都是几个庸医，啥病也看不清楚，总是开错药。

哥哥们赶了驼队去很远的番地贩运药材。去的时候，驮了布匹、茶、银器。回来的时候驮了药材、皮货。总体还是药材为主的。

我家的驼队，是大名赫赫的百草堂驼队。三匹高头大马打头，百十来峰黄色骆驼，因为草料好，都长得彪悍无比。北凉地界，多是骆驼的好草，黄毛柴、嫩红柳、梭梭、紫花苜蓿，想吃啥草都有。骆驼们高大、腿细、毛厚，喂了盐，喂了茶水，挂了铜铃铛，就起场走远门了。骆驼背上除了货物，还有牛皮帐篷、毛毡、酒皮囊、扁壶、干粮……

每到宿营地，搭了帐篷，锅头一声吆喝，驼户们拾柴煮饭，骆驼随处吃草。启程的时候，拆了帐篷，收拾了东西，骆驼们跪在地上，等着驮东西。我的哥哥们骑马，巡视一遍货物，检查一

远去的匈奴

下看有没有受伤的、病的骆驼，然后打头的骆驼背上扬起百草堂的大旗，呼啦啦响着，牵着头驼的脚夫使劲儿摇响大铜铃，喊一嗓子：起场啦——

骆驼们听见铜铃一响，几乎同时迈开蹄子上路。遇见黄沙黑风的天气，则每个骆驼背上都要升起百草堂的旗子，杏黄色的，镶了青色的月牙边，在风里格外醒目。驼队蜿蜒行走，旗子遥遥呼应，没有掉队的迷失方向的骆驼。至于驼铃，每峰骆驼挂一只，丁零丁零响着，也是前后照应。这样的阵势是震撼的，土匪们一般不打劫我家的驼队。一来是人多势力大，轻易打劫不了。再来百草堂是治病救人积德行善的，打劫了百草堂，他家的人不能保证不生病。官府的药肆是不会给百姓看病的。贼也有贼的规矩，不偷医家，不抢医家。

我总是想着跟一趟驼队，总是被爹骂回来。他的胡子气乎乎地发抖，说："你这毛丫头还无天无法了，打折你的狗腿子，看叫你野。"

那就不野了呗，多大点儿事。那天娘和绕狐去鸠摩罗什寺拜佛。爹领着他的弟子们到北凉城东门外的沙漠里采药去了，留我看守家。

我家的药材，是骆驼用垛驮来的，不用亲自采。可是，爹一定要教会这些弟子们认识草药。药柜里的药材，都是死了的。植物死了，就会干瘪，变形，不是活着的模样了。爹每年都要去城外，让弟子们亲自辨别草药，让他们看见草药活着的模样。这是行医必须要会的事情。医者和草药认识了，草药才会听话，治病。不然，草药是会生分的。

北凉城,是河西王沮渠蒙逊大王的城池。东面,是浩浩大漠,大漠里有好药材,锁阳、甘草、芦根、麻黄……

南面,是森林深山,是谷河。山里有好药材,柴胡、大黄、藜芦、黄连、夏枯草……

北面,是半山半川,村庄人家,也没什么好药材。有一种药材叫狼毒,很多,不过不常用,一般不去采。

西面,是苍茫戈壁,据说走很久之后就到了张掖郡,再走就到了沙洲、瓜州……很远很远了。戈壁滩上,也有药材,一种白花蛇,治疗风湿的。还有一种蜥蜴,捉回来晒干研末,外用,治疮疡肿毒……

爹和弟子们去了沙漠,几场细雨,正是采药的好时节。那天,阳光真是烈,晒得人睁不开眼睛。我家院子里,有几架葡萄,爹搭了架,正好歇凉。还有几棵柰树,两棵是紫柰,三棵是青柰。柰树开花一般罢了,只有院角一棵椋树,春天花开得极好,我极是喜欢。

山中无老虎,猴子称大王。我顽劣的本性复发,把自己打扮成男人的样子,穿了爹的衣裳,包了爹的头巾,上蹿下跳一番,自得其乐。疯一阵子之后,累了,躺在葡萄架下的胡床上歇荫凉、喝茶。胡床是绕狐自己做的,很粗糙,但很结实。

这个时候,珂贝枹罕领着客人叩门。我默不作声,不想理睬他,继续歇我的荫凉。他在庄门外高声喊着:"阿禅,开门,是我哩。"

珂贝枹罕不是汉人,是粟特人。粟特人在北凉地面赚钱赚得盆满钵满。他们知道依附于贵族势力,从容地赚钱。我的一剂贵

远去的匈奴

重药钱,不抵他的一根牛毛尖尖。

我们汉人嘛,白色的素服是丧服的颜色,表示哀思。玄色则为礼服,表示庄重。西域人则相反,黑色乃丧服的颜色,丧服用。白色表示吉祥。所以粟特人基本以白衣裳为主。

粟特人总是讲究实用的。到后来,北凉城里的人则不太注重服色等级的差别,花色样式各凭所好。胡衫双袖小,紧身。汉服宽大,疏松,两下里都穿。

我有时穿很紧凑的胡服,有时穿我们自己的汉服。爹拿我一点办法也没有。总体来说,胡服适合干活时穿,汉服适合闲适时穿。

粟特人因为很有钱,总是那种精明的样子,珂贝枹罕也是。他做着珠宝香料的买卖,总是眨巴着他的深眼窝,那么世俗,一点也不风雅。我喜欢风雅的男人。珂贝枹罕总是带着几个侍女,招摇过市。那几个粟特女人,喜欢结个简单的发髻,散发披肩。有时候也把长发辫成许多根细辫散披在胸前,额前是一枚银子顶儿。她们穿了对襟长袍,腰间系了白色的缠带,深色的长袖袍子外面罩了素色的外袍,内袍的衣襟下摆和衣袖口比外袍衣袖长出来一截,看上去富足阔绰,一家人都很显摆。

尽管我装作听不见,珂贝枹罕还是不依不饶地拍门。当然,不是他自己拍的,是那个黑脸的车夫堤奴拍的,他只要喊一下就行了。

他说:"阿禅,我的朋友,野利都尉受伤了,你赶紧开门。我知道你在葡萄架下喝茶呢,鬼丫头。"

这个奸商,居然能算计出来我正在喝茶,真是可气。我无奈,只好去开门了。

推开门，一团阳光小鹿一样跳进来。这时候，我眼前一亮，见到了一个高大魁梧的男子，白衣袍，不束革带，不披云肩，深色皂靴。清秀，微微笑着，眉梢上扬，玉树临风一般站在我面前。他的嘴角有一种让人迷恋的东西。我一下子蒙了，心里一惊，像在梦里。

这个男子，干净，清润，又健硕，有一种华丽而饱满的光泽。我的心狂乱跳起来。有一种气质，是叫人说不出来话的。英气逼人，大概就是这样的感觉吧。

他圆领的衣袍，袍衫宽大，飘逸，洒脱，领口一抹浅青，很清淡。

而立在他身边的珂贝枹罕，就很干涩，粗糙，俗气，很没有灵气的一个人，木头桩子一个，又黑又笨，衣裳领子还浸透着汗水。不过，珂贝枹罕要是知道我这么想，一定伤心死了。他多么敬重我，常常巴结我。

我实在很狼狈。爹的衣裳又肥又大，裹在我身上，还那么旧，那么黯淡。头巾也歪歪斜斜的，手里还拎着一把破扇子。最难堪的是，还拖沓着爹的木屐。一走，我走了，木屐还在原地不动弹。

我看见身着短衣系毛带的堤奴惊诧的眼神。他想不到，阿禅居然有这么狼狈的时候。倒是商人珂贝枹罕，见怪不怪的样子，笑着，恭敬地引见都尉。

他说，这位是野利都尉，受了一点轻伤。"刚才，我们的马在西城门受惊，一路疾驰，勒不住，正好到骆驼巷。你看，擦伤了手臂……"

037

远去的匈奴

葡萄架下的石头高案、石墩，我重新擦了一遍，放了芦草垫子。他们喝茶的时候，我看到了，的确是一点轻伤。珂贝桲罕这么做，是为了巴结讨好都尉。我说了，他们的买卖，都是依附于权势的。就算都尉是一点轻伤，他也慎重地引荐到我家的百草堂来，北凉名医，百年老字号，显得他诚心。

不过话说回来，摔打伤容易落下病根，会反复发作。我家的膏药，可是斩草除根的好啊。治病多么彻底。

我问，"为什么马惊了？"珂贝桲罕还没有回答，都尉却说，"因为天空里打雷了呀！咔嚓嚓！"

我立刻抬头看天，晴空万里，太阳正毒，哪里会打雷？他俩却笑起来，笑得哈哈哈停不下。

我很生气地说："珂贝桲罕，小心你的下巴子笑得掉下来。"结果他们更加笑得厉害，身子都笑得抖着。

"阿禅，傻瓜呀你！"珂贝桲罕的脸笑成了一个破靴子。

都尉笑起来却很好看，一口牙齿白得发亮，干净整齐。那么温情脉脉，有一种甜丝丝的味道。

有些人，就算天天见面，转身就想不起来了。比如珂贝桲罕。而眼前这个人，是见了一次之后，再也忘不掉的人。

我很难为情，涨红了脸。扇开砂罐里的水，泡好茶汤，去换衣裳。

茶是拒霜茶。花园里拒霜花正艳，我给都尉挑了几朵紫色的，和他的风雅很契合。商人珂贝桲罕的茶碗里，是几朵白的。粟特人最喜欢白色。和拒霜花配的，是一撮红红的枸杞，也是刚摘的，很新鲜。

野利都尉呢，刚进门的时候，以为我是男的，很潦草俏皮的一个男孩子，是柳家的小厮。不过，我沏茶的时候，他的目光落在我的手上，盯着看。的确，我的手又小，手指又细，葱管儿似的，无法伪装。更要命的是，指甲上染了紫草，闪着淡雅的紫光。

都尉的目光里有一种惊讶鲜活的东西，让我心里有点打战，以致水洒在了石头案上。我们对视，他的眼眸清澈。这一点，没瞒过老奸巨猾的珂贝枹罕。他轻而易举地看穿了我内心的波动。说到底，都尉身上有一种士大夫的气质，既有读书人的清雅，又有武将的刚毅霸气，简直让我倾心迷恋。

我就是这样笨，一点也不会掩饰心事。

换了麻布的浅紫翘摇长裙出来，素白的深衣，烟灰青中袄。束腰紧紧束住腰身，裙腰垂下一条丝带，绣了碎花。裙摆也是碎碎的绣花，很雅致。没有擦胭脂，干净地素面见人，却单单点了朱唇，戴了白玉的镯子。我只戴镯子，别的首饰都不戴，不喜欢，嫌麻烦。总的来说，我偏好简约。但清水芙蓉的小女儿，总有一种蓬勃的神采。

珂贝枹罕耸耸肩，皱巴了一下他的鹰钩鼻子，说："阿禅，你给都尉敷药，我去门外看看马，不要再惊了。都尉的紫骝马脾气可暴躁着呢。"说着，他脚下一抹，溜走了。

门外的马，自然有马夫照看，就算紫骝马性子凛冽，还有几个粗壮的兵士呢。能用得着他啊？我想不明白。

我抬眉，都尉还在呆呆看我。他头顶的樱桃树上，叶子繁密。奈也快成熟了，青里透红，一种酒味的清香弥散开来。一丛苏草漫过青砖矮墙，探出来身子妖娆。青藤更加肆意，直接攀附到奈

远去的匈奴

树的半腰上去了,垂下的叶子绿沉沉的,闪着醇浓的光泽。登厢也开花了,发出一种清幽的香气儿,叫人有些眩晕和迷瞪。

我有些窘,伸手摘一朵登厢花浸在茶汤里。他却笑了,怜惜地说:"原来,你是女儿家。怎么这么俏皮呀?"

他的语气里满含着温馨和快慰,很柔和。说话时,眉梢总是挑起来,像两把刀。都尉浓眉大眼,宽额,脸颊饱满,微微一点胡茬,都令人心动。只是偶然轻轻摇晃肩胛和脖子,大概是长时间骑在马背上劳累所致。

我局促,只好搓搓手,揭开药匣子,给他敷药。心却怦怦乱跳。他的伤,真的不重。而他的胳膊,那么结实,闪着粟米的光泽,很想捏一捏。我说,"过个两三天,就好了,没事的。"我假装镇静,努力地举止娴雅。

他笑笑说:"原本,也是没事的,这个伤可算什么呢。只是珂贝枹罕说过来认认路,往后,谁有点磕碰,可以来百草堂。听说你的三棱针,真是厉害。他说你是北凉第一神针,名医,读完一屋子医典,神仙妹妹一样的人儿,想过来看看你。闻名已久。"

我的脸红了。这个风度文雅,神态从容的男子,每一句话,都让我心里轻松欢喜。他有一种干净清爽的俊美,也霸气,也柔和。我一时也不知道怎么回答才好,只好默不作声,垂手立着。其实,我嘴笨,不知道如何应答。我见到的都是邻居,都是买卖人,病人。要么朴实单纯,要么狡诈浑浊,要么像刚从土里拔出来的,七拧八翘。我只知道草药的脾气,三棱针的针法。别的,都不知道。当然,也知道疯,胡闹腾,折腾伙计们。

人世间的情缘,是难以算计的,只能邂逅。一旦遇见了,才知道,一直要等的原来是眼前的人。曾经的迷茫,哗啦一下散去,拨云见日。

他微微一笑,轻轻喝掉几口水,我去添满。拒霜花翻飞在茶盏里,一朵登厢花却不动,稳稳地压着一盏水。他喝水的姿势,也好看。都尉沉思了一会儿,开口道:"听说,登厢花是一种情花,见到心悦的人才会盛开。而且,如果想念一个人,胡床边放一朵登厢花,梦里就会相见。如果,喜欢一个人,就给他一朵登厢花,是吗?"

我笑而不语。他深深喘息着,眼神也是诚实清亮。又说:"你一直藏在这条巷子里吗?我居然一次也没有遇见你,真是奇怪。乍一见,像从云朵里落下来的一样。"

我仍然没有说话,但脸上发烧,喜形于色肯定是掩饰不住的。半晌,他又说:"阿禅,这登厢花,是给我的,对吗?"

我低下头,真不知道怎么回答才得体。窘迫之极。

"你绣花吗?"

我摇摇头。"我只喜欢扎针。"

"做北凉第一神针?"

"呵呵,珂贝枹罕胡吹的,不要相信。"

"呵,你可真是个别致的女儿。有点儿仙气,有书香气,真是美!"

他的口气那么柔软。我想摸摸那个高高的鼻子,还有那对黑浓的眉毛。他不说话,看着我。眼神清澈透亮。

"丫头,你真是好。清水芙蓉一样。这白净的模样,像一枚菡萏。后悔没有早些认识你。"

远去的匈奴

"都尉,你看,我这么潦草,不知道你要来。"

他仔细瞅了一眼,淡淡说:"书有香味人有书味。潦草嘛,谁都会呢。"

哦,原来,读书,是拿来抵御潦草的。先前并不知道这个道理,还以为是拿来妖娆的呢。

我说:"读书,为的是掩饰我的野性子。"

都尉笑了,他的牙齿银子一样,闪着光泽。他稍稍思考了一会儿我的话,嘴唇一动,正要说什么,却又停下来,看着我。

这时候,庄门外传来喧哗声,娘和绕狐回来了。尽管珂贝枹罕缠着娘问这问那,纠缠好长时间,但当他们进来时,我脸上的红潮还正在鲜红欲滴,一点没有褪去,目光慌张,肩头颤抖。

绕狐看我的眼神很是意味深长,这个该死的家伙,死一边去。娘张罗着重新沏茶。都尉却起身告辞。他含笑说:"不打扰了,阿禅的银针真是好,一点也不疼了。"

我暗自笑,明明一针都没有扎呢。

出门,他却悄悄跟我说:"丫头,你的眼神就是针,只一针,扎在心里,心都乱了。"

门口的紫骝马像龙一样,气宇昂扬,看见主人嘶鸣了一声,前蹄刨地,脖子托得老长,马鬃烈烈飞扬,一对紫铜的马镫子也跟着晃荡。紫铜的马镫子镶着银饰、菊花纹,银光闪闪的,两条镫带是软皮条编成辫子的。还有雕花嵌珠的高桥马鞍,金坠环,银嚼子,羊毛栽绒鞍垫,皮条肚带。他跳上马,回头看我一眼,打马掉头出了巷子。

送走客人,我收拾茶碗,不小心打碎一只。那只茶碗,洁白,碗沿上一圈缠枝牡丹。啪,清脆地响了一声,碎瓷散了一地,像掉落的花瓣。那登厢花,还是那样鲜艳欲滴。

无论多么丰硕隆重的相遇,一旦分别,就瞬间枯瘦了。不堪一击。我觉得自己瞬间凋落。

娘看了一眼登厢花,说:"喏,阿禅可不是糊涂人,最好不要自寻烦恼。野利都尉,他是凉主帐下的顶梁柱子,他父亲是浣布林啸大将军,统领几万大军,家里奴仆成云。我们,不过草民百姓。"

我很恼怒娘这种高高在上的旁敲侧击。但我还是假装漫不经心的样子说:"你想那么多干什么?都尉只是来敷药,别无其他。"

娘说:"真的吗?那就好。不要昏了头脑。"她的脸上,总是蜡黄的颜色,气血不和的样子。日渐衰老的皮肤也松松垂下来,干瘪得很,头发稀疏,脑后挽起的发髻里,填塞了很多我剪下的头发。不然,拳头大的发髻,太难看了。

我瞪了她一眼,不去理睬,摇着我的破扇子,躺在胡床上,沉浸在我的幻想里。这么轻柔妙曼的光阴,不拿来想念一个人,有什么用呢?

娘忙了一阵,拿牛尾巴拂去身上的灰尘,进了屋子。她外出的时候,喜欢穿得利落一些。青色的头帕,长过膝的褐色麻布长衫,苫着脚面的蓝花襦裙,脚着粗布履。只不过,她走路多么慢啊。

我突然想起件事,就跟着进去了。绕狐把煮好的几碗粟米粥搁在炕几上。柠条老茶,调一点白盐。清炒的蔓菁丝,一盏醴豆菰,一碟嫩苤苢,柳丝蒜篮里叠起来的胡饼。炕几也很老了,一

远去的匈奴

条腿都有点跛了,清漆也掉得斑驳。木雕的熏香炉也缺了一条腿,拿木片支撑着,斜斜歪歪的。爹喜欢这么装穷酸。

我不想吃,过去抱住娘,摸走她拴在腰里的钥匙。我要拿点银子去做一身新衣裳,要一条丝绸的裙子。不,是两条三条五条。我发狠想,我得穿得像样一下才好,再也不这么邋遢了。

娘说:"往后,你大概不再野了。"她看着我的脸,目光里是疼惜。

出门的时候,又悲哀起来,也没有一匹马是我自己的。家里还有两匹普通的马,爹总是骑走。小时候,哥哥送给我一匹小骆驼,我常常骑着它四处溜达,当野人。可是现在,一个大姑娘家,总不能像男人一样骑在骆驼上出门吧?而且,骆驼还那么磨叽,一点也不如马跑得快。唉唉!

终成伤

过了几天,我的丝绸裙子刚刚做好的时候,我和娘正在廊下看裙子。浅红宽袖襦衫,镶边是杏黄的,很明艳。深红曳地长裙,缀了一圈同色的藤萝绣。豆绿披帛,飘带上缀满珠子。穿起来,有一点清雅深婉的劲瘦风骨。

珂贝枪罕狼撵着一样扑到我家里。

他从马上跳下来,手里还捏着马鞭,慌慌张张奔过来。他的腰也直不起来,呵喽呵喽喘着气。我们惊诧地看着他,以为他娘无常了。

可是,他喘着粗气说:"快,阿禅,跟我走!野利都尉他抽风了,命悬一线,快!"

我和爹的马都跑得不如他的马快。他频频回头,焦急地催促,快点呀,快点呀!三匹马在北凉街上狂奔起来。马蹄声像雨点一样疾。珂贝桲罕的脚踩着鎏金黄铜的马镫,使劲儿踢马肚子,可怜的马。

野利都尉平躺在胡床上,月白的衣服有些凌乱,紫红褖衣的系带也松开了。他的头发没有辫也没有结发髻,只是披散着。身上深红的被子,滑落在床侧。他死死地紧闭着双目,咬着牙关,咬得咯吱吱、咯吱吱响。他的脸肿得几乎变形了。

爹说:"快,丫头,扎人中!"

爹这么说的时候,野利都尉开始翻白眼仁。这是风邪侵入的前兆,怠慢一些,就抽风抽过去了,一条命就被风邪带走了。这样要紧的关头,什么药都无济于事,唯有三棱针能救命。

宫里御医开的独参还阳汤还搁在一边,因为他的嗓子肿得严严实实,滴水不下。

爹说:"血热妄行,进针要深!"

银光一闪,三棱针扎进他的人中,然后是牙关、百会、承浆……

瞬间,野利都尉像长满了银色的胡子,很多根银针在阳光下闪闪发亮。十指也扎满银针,手腕也是银针,总之,他像个刺猬了。

片刻之后,随着一声轻轻的呻吟,他僵直的身体动了一动,脸上紧绷的肌肤慢慢松弛。一屋子的人都长长舒了一口气。他终于回过气儿来了。

远去的匈奴

爹点燃艾条，递给我。

我吹了一口气，艾条的火星就红了，一丝青烟也蹿起来。用艾条的火粒慢慢去炙烤银针的尾巴，银针变烫，缓慢地把温度传递到针尖。

爹挥挥手，一屋子的人都退到廊下去了。这个时候，绝对要安静。

我能听见那一丝温热在穴内游走的声音，嘶嘶，嘶嘶。然后，移掉艾条，换到另一枚银针尾巴，仔细捕捉一缕细微的热以及慢慢蛇一样游走的声音。然后，换针。这些轻微的灼热，击打着穴内的血气，催促体内的阳气回原。

这是针灸。爹已经老了，手颤抖得厉害。他也无法捕捉那一丝天籁的游动。少女的灵敏，是苍天的恩宠，我完全驾驭了它。凭借这样奇异的感觉，我的银针救活过无数濒危的性命。北凉城里，再也没有谁的银针能胜我。因为我是女子，女子的感觉胜过男子很多。

我轻轻吹拂艾条，艾条的青烟就扑打在野利都尉的脸上，熏着他的眉眼。草木有一种神奇的气息，能让人神清气爽，从怠倦迷瞪的状态里回转过来。

他又呻吟了一声，动动身子，张开了眼睛。

廊下一片欢呼声。

他僵硬的嘴巴开始有点软了。爹撬开一丝，渗进去一勺狼舌头水。

咽喉肿痛、水米不打牙、盗汗，别无方法时，只有狼舌头。这是天底下最立竿见影的药。

那么，还是先说说狼舌头吧。

这个狼舌头呢，是一味好药。尤其到了冬天，病人受了风寒，发烧、抽风、咽喉肿痛，滴水不进。这样的疾病，狼舌头就有奇异疗效。

削一点狼舌头，指甲盖大，穿一根线，打个扣儿，系在病人牙齿上，让狼舌刚刚够到咽喉部位。两三个时辰过后，狼舌化了，肿痛慢慢消失了，可以喝水进食了。这样可以救命的狼舌，因为不容易得到，我家里一般只留给小孩用，大人不敢轻易用。

爹说，这是以毒攻毒。咱们汉人的医家，讲究以毒攻毒。肿痛是火毒上扬，狼舌寒毒下降，所以一物降一物，是我们讲究的阴阳平衡。

狼舌头是含毒的，狼牙齿也有毒。还好，狼们彼此喜欢的时候是不接吻的。不然，亲热一下，毒来毒往，情蒙蒙爱蒙蒙，爱到深处两匹狼就都中毒倒下了。

野利都尉的嘴唇能蠕动了，说明狼舌水有效果了。爹又喂进去一点点，示意我把狼舌头挂在他的牙齿上。爹笨手笨脚，无法准确地把狼舌头送进病人的咽喉。

他完全清醒过来了，看着我，张开嘴。他的睫毛稍挂着一点泪水，倏然间我心里一疼。

狼舌头挂好后，撤了一半针，留下一半，开始新的一轮艾灸。他不肯闭眼睡，一直看着我，看着一粒红红的火星凑近银针，我们都感受到针尖的那一丝温热，在穴内游走的路程。

屋子里很静。爹留下我，他先回去了。三个时辰后，针灸才能结束，方可完全撤针。

远去的匈奴

我吹一口气，艾条的青烟就扑打在他的脸上。他的睫毛眨眨。尽管他还不能说话，但我能感受到他内心涌动的那种满足。我每吹一口气，他深深呼吸，还是看着我，眼睛里慢慢有了神采。

一轮针灸之后，要歇一歇，慢慢捻动银针，刺激穴位。

野利都尉的母亲，一个富态的汉人老太太姗姗来迟。她进了门，灰鼠皮披肩几乎要垂在地上了。展衣的衣襟上镶了一圈水獭皮，胸前挂着一串沉香木佛珠。两个侍女跟着，神态卑微，发髻梳得高高的，脑后别着两只牛角，牛角上挂着银饰链，一走，链子晃一下。

病人喉头稍稍一动，吞咽了一下。"天啊，他能咽下东西了。"老太太惊呼道。总觉得她有些夸张的成分在里面。

"是的。"我说。"这个狼舌头，真是神奇呢。三个时辰之后，他就会好了。"

我轻声问："他的心，是不是受了什么打击？一场风寒，也不至于角弓反张抽风啊？没有外界的极大刺激，神志不会这么失迷。"

老太太脸色一下子黯淡了。应该说，医者是该问清病情的缘由的，可是，这个她忌讳，不想说。

抬头，墙上就悬挂着一副野兽的头骨，阴森森的。头骨上裹了白色的锦缎，但还是掩饰不住凉气。

我想了下，也没有说话。

屋子里一时清幽安静。一个瘦小的婢女碎步走进来，端进来一盏独参汤，放在几案上，低头退出去了。

老太太的表情很乏味寡淡，甚至有些寥落。她凝视着自己的儿子，眼神也是淡定的，看不出来多么心疼或者是着急。偶尔，她的目光落在门外的台阶上。院子中央，一块巨大的墨玉石头上，供着一棵青铜的扶桑树。胡人管这种树叫若木。这是神树，用来护佑族人平安吉祥。

若木下，披散着长头发的萨弥正在请神下凡，她五体伏地，口中念念有词："凡尘间的人们，你们有何诉求？啊，求我医治受伤的人吗？好呀，我试试看呀……"大概，神灵正在踏云而来吧。薰草、蕃草和茱萸也燃着青烟弥散，院子里是幽淡的草木味道，很干净，是不食人间烟火的那种干净。

萨弥玄色衣袍，又宽又大，头发披散在腰际，头上顶着神秘的面具，手里唰唰乱刺着青铜短剑。她不停地前俯后仰，转圈，伏地，屈膝，腾挪跳跃，像一枚悲凉肃穆的树叶在风里翻卷。

据说，萨弥的祈求能被神灵获知，她的呼唤能通冥冥世界，所以可以替人驱逐灾祸。

不过，我们医家，也是尊重萨弥的。毕竟，每年祭天，祭大漠山石仪式，都是萨弥在祈祷。三个时辰一到，我撤去所有的银针。

野利都尉脸上的浮肿明显塌下去了，青黑的印堂慢慢有了红润的颜色。我把一勺水喂到唇边，他喉结动了动，艰难地咽下去了。他很虚弱。这个命悬一线的人，被什么悲哀的事摧垮的人，慢慢恢复过来了。

看到儿子醒过来，老太太还是非常高兴，连声赞叹我的针灸不错。当然，我自己也是这样认为的。北凉神医么。

廊下的人慢慢散开，好多心都掉到胸腔里了，吧唧吧唧地响成一片。驱邪的萨弥也收起法器，跪着，举着一把鬼箭羽枝叶，

049

远去的匈奴

把嘴里的最后一口水喷在台阶下。她说，邪鬼都被她的口水钉死了。

又想，鬼本来就是死掉的人变的，再死，变成什么啦？灰飞烟灭啦？她披头散发，玄色的衣袍飞扬着，对着空中送神，叩谢神的帮助。我们看不见的鬼神，都隐去了，留下她自己，拎着一包银子打道回府去了。那玄色镶了紫边的宽大的袍子，卷在风里，像秋天的一大枚枯叶。

据说，鬼怕我们医家。看见医家，鬼的腿腿子就发软。鬼长腿子吗？我没来得及问问萨弥呢。不过，也许她也没有见过。

房间里淡淡的艾草烟也散去了，一缕一缕，带走了病人烟雾一样的疼痛。病来如山倒，病去如抽丝。爹开好的药已经抓来了，正在煎熬。苦味儿隐隐约约飘绕在院子里。

我喝完一盏茶，看到窗外薄薄的云在蓝天里水波一样细碎地铺了过去。瘦小的婢女又碎步走进来，放下黄铜盆里的清水，低眉顺眼退下去。清水里掺了艾草水，一股清幽的芳香淡淡弥漫。我从取出艾草水里浸泡的一块粗布，拧干，凉凉地敷在野利都尉的额头。

他慢慢动一动身子，悄悄握了一下我的手，指尖冰凉。

我煨了苏合香，用来芳香醒神。然后把一方寸匕药末投到水碗里浸泡，待到病情缓解时煎服取汗。还有每服十粒梧桐子大的丸药，去皮肌浮风，养五脏元气。

告辞的时候，这个富态的汉人老太太说："我的儿子，他常常彻夜不眠，睡不着觉。你知道，兵营里，操心的事儿多，累成这样了。过两天，他调理得好一点了，请你来，再给他扎扎针，让他踏实睡睡觉吧。"

她的话很慢，但有一种很悲伤的哀求，甚至有些惶恐不安。我答应了。我们柳家，本来就是给人看病的。我们眼里，只有病人和健硕的人之分，没有贵族和平民的分别。

她叹了口气，突然有些萎靡和凄凉。她身后的黄梨木雕花靠几，也有些衰败黯淡。

满树杨花轻似梦

野利都尉调理得好一点的时候，珂贝枹罕就骑马来请我去扎针。他可真是会巴结都尉，好像他的专职是伺候人而不是做买卖一样。地道的一个马屁精。

可是，都尉说："不要这样说，他是我的朋友。"

珂贝枹罕穿了青布大对襟的褂子，玄色的软帽，方口布鞋，好像很儒雅的汉人一样。不过，脸上的鹰钩大鼻子是掩饰不住的，一看就是西域人。他的大青马喷着响鼻，吃得体肥膘壮，蹄子刨着地皮。

都尉家的大门口虽然站着深眼窝的西羌兵，但是珂贝枹罕显然是老熟人了，他理也不理，傲慢地直接就进大门。西羌兵们穿了牛皮短靴，缠裹着麻布毛牟子，束了革带，挂着短刀，干净利落。头发分开梳成两支辫子，在耳朵后结了头绳结子，又盘绕髻于脑后。院子里走动的西羌侍女们，缠了白色的头帕，棉布长衫，衣领上镶了边，绣了缠枝莲，耳朵上是硕大的耳环。厨娘们则是头顶盘绕着瓦状的青布一叠，然后把两条发辫缠绕上去，结了髻。

远去的匈奴

衣衫很长,曳至脚背了。腰里系着素色围裙和飘带,戴了项圈银牌。走动的时候,衣袂飘飘。

大青马早就有人牵走去好好伺候。三进大门,门额上都悬挂着狼头骨,白森森的,眼窝黑窟窟的,很瘆人。因为熟悉,都不用通报,他的步子迈得很大,胸也昂起来。不过,一旦看见都尉,他就立刻换成小碎步,脸上渗出谄媚的笑容,一脸卑微相。

都尉的房子倒也不怎么气派,青砖红瓦的飞檐斗拱,廊下是松木的大柱子,只上了清漆,散发着松木的香味儿。屋门是雕花的,糊了胭脂纸。门槛倒是很高,我这么不高的人,得使劲儿迈过去。本来,胡人是以牛皮牛毛帐篷为生的,逐水草而居,并不讲究住房。主要是眼馋汉人的做派,也就这么捯饬起来了。胡床和绣墩倒是讲究,也格外结实。帷帐是绣了曼陀罗花和葛藤的,做工精致得很。

我手持银针,扎满他的手和脚。他的面容有些憔悴,是那种心情被深深打乱的沉闷样子。他微微眯着眼睛,眼神涣散,像从暗黑的幽邃之处,引出来的两缕光,微弱,幽深。好一会儿,才说:"阿禅,总是睡不着觉。"

我略微歪了歪脑袋,认真看着他,斟词酌句说:"睡不着,是思虑过度。你心里有事,梗在心里太沉了,压垮了心。这些穴位,都是管心的。"

他把脸转过去,眉梢拧成个疙瘩。不说话。那种苦闷,好像是突然想起了谁,丝丝拉拉地疼痛。

我说:"你这样,疗效甚微,总得自己把心事解开。不然,坏了我的名声,说阿禅医术不好。我这个北凉神针,好不容易才混来的。"

这个忧伤的人却突然笑了。"好吧,"他说。"为了柳家女先生的医术,我不去想这件事了。"

"哪件事呢?"

"算了,柳先生,不说这个了。你给我喧喧骆驼巷的故事吧。"

"呃,骆驼巷,除了名医阿禅,并没有什么好说的。"

他哈哈大笑,苍白的脸上浮出一层红气儿,说:"你这个鬼丫头,总是淘气。"

总的来说,他是个有趣生动的人,善于倾听,从不粗鲁莽撞。即便是生病,还是保持着优雅的风度。只是因为病着,脸上浮出一圈胡茬,看上去憔悴。

"我是柳先生,北凉第一神针,不是鬼丫头。"

"你明明就是啊,这么捣乱。把狼舌头都割去当药。"

"唉,都尉,你这么说,好像我是江湖野郎中一样,背个褡裢,装一些糊弄人的东西当药。把锅灰子当作十全大补丸,木头屑当作犀角散,酒糟当作清骨散。"

我皱眉,表示不高兴。

野利都尉哈哈大笑,他笑起来是多么温暖啊。"阿禅,和你在一起总是很愉悦,忘了忧伤。你常来看我,我需要你。我的日子,太沉郁了。"

"好啊,如果你不乖,不听话,我就把你扎成刺猬,哇呀呀!"我做出刺猬的样子,很夸张。

这个忧伤的人就笑得发抖,在床上乱颤,说:"今晚,我一定会睡得很安稳。阿禅,噢,不,柳先生,你像个孩子一样没心没肺,怎么行医看病的呀?"

远去的匈奴

是吗?我把自己仔细看了一遍,说:"真是的,看不出来啊。返老还童,柳家独门秘籍,我道行太深吧?"

野利都尉笑得直接停不下来。

廊下,珂贝枹罕不知对谁说:"啊呀,阿禅过来,都尉的病就好一半啦。瞧瞧,像两个不懂事的孩子一样。"

他母亲的笑脸,也在门口一晃。眉眼慈祥。不过,那种淡漠的东西还是有的,难以掩饰。几个婢女跟着,皮袍子窸窸窣窣。她们穿了云鞋,柳叶儿似的,鞋尖微翘,鞋帮上绣有各色云彩式的图案,挺精致的。

日光渐浓,廊下服侍的人慢慢退去了,落地雕花紫檀木窗亮花花的。屋子里安静下来,他突然欠身,轻轻握住我的手。我的手很小,像一枚树叶,托在他宽厚的掌心里。

"你天生就是扎针的人,你的手,你看,多么适合拿针。"他温厚地笑着对我说。

他把我的手举在阳光里,轻轻抚摸,说:"哦,天底下还有这么好看的手,葱管一样。"我听见他的胸膛里喘气的声音,有点粗重。突然,他把我的手贴在他脸上,喃喃自语:"我梦里见过你,阿禅。"

我闭上眼。许久,他仔细轻柔地把我额前的一缕发丝捋到耳后,轻声问:"你难道不觉得我是你要等的人吗?"

这个嘛,我支吾着,绯红的脸色却出卖了我的心情,他真是我要等的人呀。等了二十一年,才见。

我低头不语,沉默着,抚弄衣角。我若是把心里想的说出来,那就太不矜持了,虽然自己泼皮无赖一些,但毕竟是女儿家。可是若是不说出来，似乎会掉眼泪——独自走了这么久，乍然相遇，难道又要错过？

都尉微微张着嘴巴，眼睛也不眨一下地瞧着我，迅速转换了话题问："学针灸是为了什么？是可以骑在高头大马上到人家去诊病呀，很威风吗？"

我抿嘴一笑。他怎么什么都知道啊，那是我心里想的呢。

"阿禅，你的确与众不同，其实你不野，有恬然飘逸的东西在骨子里。我常常做一个梦，月光底下，一个长发的女子翻书，抚弄花瓣，孤寂而温暖，像极了你——只担心我的话，惹你不高兴啊。"

是吗？这可太奇妙了。"我总是梦见一个骑马的人，白衣紫马，远远地，看着我笑，眼神清澈，一如你的眼神。"

都尉猛然抬头盯着我看，脸上一抹红晕一泼一泼扩展到了整个脸庞。他的眼神倏然之间又明亮了很多。

可是……

"丫头，我知道你在想什么。你喜欢我，你的眼神告诉我的。"

他有些暗暗得意，气喘吁吁地接着说："我知道，你就是那个能温暖我身体和心智的女子。"

我的脸红得简直泛滥成灾，成为草药里的红花了。

"看着我！丫头。"

他轻轻捧起我的脸，久久看着。慢慢地，那张温热的唇移来，触到我的额头。

我听见他的胸腔里，猛烈撞击的声音，还有沉滞喘息声。他的双臂很有力气，拥紧单薄的我。

远去的匈奴

"丫头,我真的不能克制自己,请原谅,就想抱抱你。"

温软的唇,慢慢从额头移下来……

我浑身哆嗦了一下。

我们都有些目眩,甚至撞翻了一旁的青铜羊角灯盏。

出门的时候,我悄悄摘了一朵波斯菊。他家的花园也不甚讲究,很朴拙自然。园子里也没有什么名贵的花草,不过就是些萱草、佛手莲、箬草之类的。大概小厮们很懒,杂草几乎把花朵挤走了。不过,也可能是胡人不在乎花儿,认为杂草和花儿们一样要平等地生长,并不拔走。

给野利都尉针灸的日子持续了好些天,直到野利都尉恢复正常。他能踏实睡觉了,眉头一重厚结也散开几分。

枯木巷子的一个老汉突然中风了,是穷人家的,没有银子请先生。爹就问询过野利都尉的病情后,开了一些调理的药,让他静养。然后打发我天天去枯木巷子扎针。绕狐给我提着药匣子。

我想骑马,爹不允许。他说:"去穷人家诊病,你就再不要显摆了。"绕狐偷偷笑,眉眼都挪了地方。

绕狐又高又壮,我细小,我们的影子投在地上,很奇怪。我撵着踩他的影子,绕狐就飞快逃跑,他很珍惜他的影子。胡人说,地上的影子,就是人的魂魄。

然后,我们两人又都做出张牙舞爪的样子,影子也跟着张牙舞爪,更加夸张。他幽幽地说:"欧欧——胡鬼来了咔——"

我也压低声音附和说:"欧欧——汉鬼跟着来了咔——"

两个鬼就摇摇摆摆朝着枯木巷子的老汉家去了。

分别的时候,野利都尉说:"阿禅,你去忙吧,我会来看你的。"

谢谢你陪我这么多日子。"

我听了，心里一疼。

他这么说着的时候，目光有些迷离，一些说不清的东西，在我们之间缠绕。我突然觉得心里多了一些什么，或者是少了什么。他拍拍我的肩膀，叹了一口气，指尖缠绕着肩头上一缕垂下来的头发。他的眼神也垂下去，最后落在案头的一只赤玉箫上，久久不语。

这一叹，就搁在我心里，一直不曾散去。

隐约觉得，他是个很难琢磨的人。他的眼神，偶然闪过一种纠结的东西，即远即近，欲罢还休。亲近又疏远，欲言又止。我的心里萌生了一种期盼与惧怕的奇怪感情。

有时候，他看我一眼，蹙眉，眼神里是恋念和迷离，不知道为什么。有时候，却是含情脉脉，柔和平静。真是让人纳闷。算了，不去想了罢。我觉得情感应该是水到渠成，自然而然的事情，不应该有含混不清的东西掺在里面。

骆驼巷，闲适的时光

下雨了。

绕狐蹲在炕洞门前，啪啪，使劲打着火石。火光飞溅，干草冒烟了。他吹了几口，火苗蹿起来，点燃了手里的一蓬黄草，塞进炕洞里。浓烟就冒出来，呛得他吭吭咳嗽。连天阴雨，屋里都潮了。煨热了炕，我拥被坐在窗前看雨。

远去的匈奴

院子里的樱桃刚刚红，挂着雨滴，看着心疼。横枝上也缀满水珠，饱饱的，却不坠落，兀自稳稳挂着。牡丹开败了，叶子正肥。

一畦菜，也有好颜色。莜卷着一包清水，绿得快要融化掉了。胡瓜顶着黄花，嫩得让人想去掐一掐。鸡冠花的花朵鼓鼓的，快要裂开。欲开未开，是一种最美好的牵念。

庄门吱呀响了一下。堤奴顶着雨进来了。他在廊檐下跺脚，短靴上的黄泥更加牢固地粘着，未曾掉下一滴来。他上身穿窄袖衣，下身穿肥腿裤，都被雨淋得颜色深了一重。他进了绕狐的屋，吭吭咳嗽着。绕狐站在门边慢悠悠地，用牛尾巴拂尘，扫去身上的草屑。

不得不说，绕狐照顾人还是挺妥帖的。这个胡人，看着粗笨，干活却心细。他只能干活了，他是胡人，不懂汉字，我家的医术没有办法传授给他呀。

又来了一个串门的人，大襟长袍，头戴毡帽。先不进屋，抱着娃娃去摘院子里的罗汉果。娃娃叫着，要这个红的，要那个绿的。父子俩淋雨也不在乎，慢慢摘着，挑挑拣拣的。

他是巷子里头染坊张家的掌柜。比我大几岁，娃娃都满地乱跑了。男人，总是急着娶媳妇，生孩子。他是汉人，妻是匈奴人。这个娃娃，简直就是匈奴人，高额头，深眼窝，棕黄的头发，没有汉人的意思。

绕狐的屋子，是他们雨天聊天的好去处。北凉人说，下雨天，留客天。一下雨，就不用干活了，慢慢消磨时光。绕狐屋子里煨了牛粪，不太干，有点潮气，就冒着烟。绕狐揭起门帘，大烟直冒，他们都吭吭咳嗽。抱娃娃的人，还在跺脚。黄泥顽强地贴在鞋子上。

小孩把红的绿的罗汉果摊开在门口的石头低案上，又挑挑拣拣地吃。想吃红的，却又喜欢绿的。人小了，真好，一点点喜悦就满足了。他的小脸蛋也红红的。看见我，高兴地喊着：眯扎——

这是胡话，我才不知道是什么意思呢。

他们自己倒了荆芥枸杞茶，慢慢喝。枸杞叶子加了夏枯草，粗砂罐子慢火熬好的。坐在长木榻上，斜倚在墙上，张家的猫儿李家的狗，有滋有味地唠叨。又有一个人踩着泥泞进庄门来了。他的裤子很短，脚踝露出来了，脚上套了草鞋，脑袋上顶着一大片猪耳朵草的叶子。他要进门，就摘下叶子，甩了一下，雨水珠子就纷纷坠落，摔碎在泥地上。

绕狐把那片叶子很珍惜地挂上门楣，并放下门帘。一定是牛粪着旺了，不冒烟了。他们在屋里烤着牛粪火，热热闹闹地聊着呢，胡话里夹杂着汉话。绕狐就是喜欢这样的日子，那些年，他睡街头睡怕了，很珍惜他的屋子。天晴的时候，他就拿出他的狗皮褥子晾晒，拍打着，好像有多么好一样。

他屋里的胡床上，铺了芦草垫子。木榻上是狗皮、牛皮。很软和。绕狐的耳朵两侧梳辫，结发髻，看上去很饱满。天有点凉，他披了羊毛披风，却又袒露双臂，很奇怪的穿戴。

雨天，前堂里只有稀落的几个病人，三师兄打理。爹倒背着手穿过后堂，走到院子里来了。他太瘦了，火浣布的袍子像穿在木杆子上，那么空旷。爹挑起门帘，进去，却又出来，朝着我的屋子喊："阿禅，过来，到堂屋来，给你暄古。"

这个破老头儿，满肚子的故事只有我听，别人才不稀罕呢。

远去的匈奴

他的徒弟们,有时闲着实在无聊,也要他讲讲北凉的事情。他不讲,骂道:"就你们,真是狗肚子里藏不住二两酥油。我这边讲了,你们那边乱说。等惹了祸,还不是我吃亏。"

爹给我说:"阿禅,你虽然野一点,泼皮一点,但话少,显得贵重。什么事情讲给你,都像装进罐子里,只进去,不出来。这样很好,有度量,佛爷肚子里能装一座城。"

爹在廊下脱了布鞋,换了一双软和的麻鞋,并哐哐哐在台阶上磕。鞋子上的泥点子就簌簌抖下来,跌落在青石板上。绕狐的屋子里传出来笑声,他们聊天聊得简直高兴死了。

我家的院子大,也不都是泥土地皮子,也是铺了青石板的,虽然粗糙,却古朴得很。大门比较阔气一些,爹说主要是防贼的。门板厚,刷了赭色的油漆,门扇上一个泡钉也没有,倒是牢牢箍了五道铁皮箍。不过,我家的门槛低,主要是马车进出拉运药材的时候多,不能高。门框上被车轴刮出了两道深槽,连门扇上也有。门槛低,却被我家的狗闲来无事啃咬着磨牙,咬得伤痕累累。

至于房子嘛,都是厚砖墙,结实得恨不能住十辈子的样子。重檐斗拱,不张扬,甚至很破旧。廊却深,也没有铺石子儿,一溜儿青石板。唯一讲究一些的,就是齐腰的护栏,红松木的,也是结实得要死,却也显得朴拙大方。我们骑在护栏上,撞在护栏上,护栏都好好的。伙计们闲下来,就坐在石头墩上,靠着护栏玩闹,歇凉。

河西三千里

爹坐在炕上喝茶，拨旺炉子里的骆驼粪蛋子。他说："过来，阿禅，我给你讲讲野利都尉家的故事。你的新裙子，真的很好看。不过，丝绸不如布暖和。你穿布裙子、麻裙子，也很好看。这么心疼的野丫头。"他摸摸我的头发。

我是家里的老小，娘的奶干女儿。我都懂事了，还被大家抱来抱去，在我的脸蛋上使劲亲。我后来总算明白了，这些人把我当作布娃娃"吒姑娘"一样呢，心疼得很。一家子老爷们，就一个女孩儿，自然很珍惜。

爹的肚子里装的不是医术，是整个北凉，河西三千里，他什么事情都知晓。娘总是用崇拜的眼神看着爹，像看着菩萨一样虔诚。爹很享受这种目光，就开始讲了。

爹说："咱们北凉城呢，沮渠蒙逊大王之前，是吕光大王。吕光大王之前，是前凉主，叫张轨，任刺史。

"张刺史到任后，很勤奋呢，课农桑，拔贤才，保居北凉。他还特别关照我们手艺人，鼓励我们多挣银子。

"阿禅，不要看我们家世代行医，是治病救人的善人家，但总归也是个手艺人家，没有身份和地位的。和石匠、皮匠、毡匠、木匠、铁匠们都差不多，靠手艺吃饭。

"后来嘛，有个叫胥次的人传言了一些事情。他说先前呢，敦煌人侯谨带着门人到城里游，他观察大城的地形后，预言说多年以后，西门的泉水就干涸了，那时，将有双阙建筑在干涸的沙滩上，同巍峨的东门楼遥相呼应。这说明凉州城要出大王啦。

远去的匈奴

"后来,凉州郡的官员果然在城西泉涧处起了双阙。和敦煌人侯瑾的预言惊人地一致。

"张老爷来凉,兴土木,造了宫殿。大殿修竣后,突然发现了怪事情——池水中卧着五条龙,白天可以清晰看到。日落以后,就消失了。

"胥次说,龙是帝王的象征。五条龙,莫非是可以传位五世?

"于是,凉州城里,就流传起来,说张老爷要做王啦,龙都来了。这可是天意呀!

"听说本来呀,张老爷来凉,是避难的。据说朝中,赵王司马伦杀贾皇后,捕杀张华。张老爷大惧,急思退隐之方,求仕凉。多亏朝中有人帮他说话,才被准许。正月,朝廷任命张轨老爷为凉州城刺史。

"张老爷算是来对了地方。天高皇帝远,漠漠北凉,地域辽远,是他的避风港。他站稳了脚跟,大筑北凉城,造起了高大的东门楼。

"大城那时候叫姑臧城。先前是匈奴大单于所筑,南北七里,东西三里,像一条龙,也叫龙城。不过后来没落了。张老爷一来,新修了大殿,加固了城墙,疏通了谷河。凉州城,像个皇城啦。

"后来嘛,张老爷就不是刺史啦,他做了王,号称凉州王。大殿前池水里都有了龙影,也合乎侯瑾的预言。阿禅,是老天打发他到凉州当王的。你得相信命,有些好事是命里注定的,别人抢不走。

"张老爷成了凉州王,管着几千里的地盘。西边,就是比潴野泽还远的地方,是骆驼城,是凉州王的重要关卡。那个时候,野利的祖爷爷，就是北凉王派遣到骆驼城的刺史。

"野利都尉家，是羌人。他们羌人部落，是从大雪域迁徙过来的。到了野利的祖爷爷的时候，部落强盛，就靠在张老爷帐下做官了。野利的父亲叫浣布林啸。不过，野利都尉的母亲，是咱们汉人，写得一手好字。

"张老爷，能容人。什么样的人才，都爱惜。骆驼城嘛，重要的地盘，交给野利的祖爷爷做刺史，可见他家在凉王眼里的地位了。

"阿禅，地位这个东西是很重要的，你一个野丫头，自然不能明白，因为咱家也没有什么地位。被人信任也是很重要的，这个咱家有，比如，我就很信任你，这个你能明白吧。张老爷就信任野利家。"

……

爹喝茶，歇口气，拨旺骆驼粪蛋子。

我暗自想，我信任谁呢？绕狐啊？这个粗笨的胡人，信任不信任还不是一样，还不是动不动用奇怪的目光看着我，一点也不乖。偶尔生病了，就把脑袋伸过来让我扎针。

那么，几个师兄呢？他们，一个比一个精明，猴子一样的，恨不能把我家的医术全部挖走，信任他们？还是算了吧。一有空儿，师兄就含蓄地问："阿禅妹妹，师父给你传授的针灸有秘诀吧？师父的药书，给我捎来几本吧？"喊，拿我当傻瓜呢。你们都成神医了，我阿禅怎么当北凉第一女医啊。

那么，信任我的童年玩伴肇谏？他可是和我一起长大的铁哥们。那时候，我俩骑在北城门外的一截破土墙上，齐心合力喊着

远去的匈奴

号子:"我是卑鄙小人,小人卑鄙就是我!"一声喊得比一声响亮,证明我们都是小人都很卑鄙。我们玩得土眉沙眼窝,一起牵手回家吃饭。

是的,我应该是信任他的。可是,去年,他就娶媳妇了,顶替他爹,成了梧桐车马店的掌柜的。他当了掌柜,就不和我玩了,见了面,还很客气地说:"阿禅妹妹,最近可好?"

最可气的是他的媳妇,杨柳巷子卖杂碎的胡家的女儿,长着一张驴脸,翻着白眼仁。一看见我,就吊下长茄子脸,都落到半胸膛了,好像我白吃了她家五碗杂碎一样。肇谏回头看见他媳妇,就对我拱拱手说:"阿禅,回去代我问哥哥们好!祝福他们药材生意好!"

哼哼,妹妹也省略掉了,只剩下阿禅了,好什么好。

就算我信任他,有什么用呢。

不过,大师兄最好,我该信任他吧?我是他背着长大的。现在,他自立门户在南城开了佛慈堂,药材都是我的哥哥们供的。

那时候,我七八岁,很惹人厌,太爱捣乱了。

我爹每天晚上给徒弟们教汤头,三仁汤、小青龙汤、小柴胡汤、大秦艽汤、大黄牡丹皮汤、乌头汤、竹茹汤、补阳还五汤……

爹教一遍,让他们背。结果,我早就背出来了,瓦罐倒核桃一样,哗啦啦的。他们还是背不出来,吭吭巴巴。爹很生气,说:"以后,谁背不出来,罚他第二天陪阿禅玩。"

结果,这些家伙们,太过分了,一下子就都背会了,没有一个剩下的。第二天,我只好独自玩。嘟囔着,去前堂,也没有人理睬,都躲着我。

大师兄算是最好了,每天早上陪我练字一个时辰,陪我说话。那时候,大人们常常提到蒙逊王。因为我总是猴精,他担心地说:"阿祥,在街上可不敢说蒙逊大王的名字,只能说国主,听明白了吗?"我点点头。我想他一定很怕蒙逊大王。

每次,我听见巷子里叫卖焙菽的,就嘴馋,说:"师哥,你听是卖什么的啊?"师哥说,他听不见,聋掉了。我很生气,大声说:"蒙逊大王吃个狗屎橛子!"师兄慌张地说:"小祖宗,这可不是说着玩的,我去买焙菽,你莫要骂了。"

喊,你不是聋掉了吗?看你听见听不见。

我常常要吃焙菽,蒙逊大王常常就要吃个狗屎橛子。大师兄就报告我爹了。爹说:"你去把阿祥的那只羊羔子绑来。"

那只羊羔子是哥哥送我的,那么心疼的,黑眼珠子乌溜溜的,我天天都要抱着它玩。

大师兄说:"阿祥,昨天,你骂了蒙逊大王,他顺风听见了,很生气,今天大王要吃你的羊羔子。"说完,就把羊羔子一刀子宰了。我看见羊脖子里的血汩汩冒出来,羊羔子抽搐了一下,伸展四肢,瞪眼死了。

我号啕大哭。大师兄说:"明天,你再敢让蒙逊大王吃个狗屎橛子,大王就要吃你的小骆驼,吃师父的白马,吃看家的大黄狗,吃……"

天啊,我怕,大王会把我家都吃掉的。我哭着给爹说,再也不让蒙逊大王吃个狗屎橛子了。

大师兄抱着我去练字,从此我不敢提起大王,不敢耍赖要

远去的匈奴

焙菽。

我想，大师兄实在是该信任的，他对我那么好。可是，过去的毕竟都过去了。现在，他的小孩子都好几个，他也是先生了，早就忘记了我吧？

正月里拜年的时候，他还拿出长辈的架子来，我还得给他作揖呢。我说："大师兄吉祥纳福！"他摆摆手说："好啦，师妹！免礼啦！"唉唉，算了吧，想想都伤心的。

可是，我总得有个信任的人啊，不然，这日子里总是缺少一点东西的。我不喜欢缺少，喜欢圆满。又想了半天，倏然，就想起野利都尉来。对啊，他那么好，是我信任的人啊。可是，想起娘的话：门不当户不对，莫要自寻烦恼。我又惆怅起来了。

去过他家之后，我知道，他家的门槛高。我们之间，会缠绕阻隔很多看不见的东西。冲动只是一时之间，接下来会有漫漫的坎坷。门第这个东西，看不见，却威力无比。

寻常百姓家

阴雨绵绵的时候，我家照例要过阴天。过阴天，就是个说法，因为闲着，家里要弄点吃食。一家人围着火炉吃饭、聊天、喝酒。

爹打发绕狐和师兄们去买牛下水。

那些肠子、肚子、心肝、头蹄，都被他们拿到城外的谷河里洗涤干净，烧去毛茬，水淋淋地提回来。厨房里一口大锅，水沸腾了，这些浑浊之物都丢进去，下了香料，几块药材，煮呀煮呀。

煮好的下水，捞出来，切碎了，换一锅牛骨头汤，丢进去，加胡荽野蒜。呀，香味儿立刻就飘在院子里。绕狐皱着鼻子闻一闻说："阿禅，真是香呀！"他的眼里闪着满足的光泽。

每人舀一大碗，鼻尖上冒着汗，大口地吃，屋里是吸溜吸溜的声音，门外廊下是雨滴声。绕狐一口气能吃三大碗，残汤都喝干净，还要把碗舔一遍才罢休。

有时候，哥哥们都在家里的时候，阴雨天，爹也会宰羊的。

剁成大块的羊肉，下在凉水里。几粒蜀椒，一点点盐粒，很小的一块桂皮，丁点黄芪。再没有别的了，只管煮。一会儿大火，一会儿小火，只有煮肉的绕狐晓得分寸。

羊肝先煮熟了，切成片，撒了白盐末吃，非常美味。

还有血肠呢。把羊血和芥末调料都灌进羊肠，两头扎紧了，和肉一起煮着。吃完羊肝，血肠也熟透了。捞出来切成一截一截的，味道很鲜美。

羊肉在锅里翻滚，熟了。没有膻味，没有油腻，热腾腾地捞出来，肉香飘逸，口水都要流下来了。蘸一点盐，几瓣蒜，抓在手里啃，味道浓香。

我爱喝羊肉汤。不过，师兄们总是笑着调侃："师妹，你喝了这么多羊肉汤，怎么还这么一点点？瘦尕瘦尕的，不仔细看找不见。"他们大笑。

绕狐这厮更加玄乎。他夸张地说："就是嘛，有一天，我看见一只苍蝇驮着阿禅飞，打吧，怕伤着阿禅，不打吧，又怕她被苍蝇驮走……"

一屋子哈哈大笑的声音，很汹涌。爹笑得大牙都快掉下来了。

远去的匈奴

唉唉,我要是出嫁了,看他们还取笑谁呢。

他们霸占了胡床,霸占了木榻,霸占了木墩,把我挤到门背后去了。我躲在门背后吸溜吸溜喝汤,听他们耍笑我。

羊肉汤,很醇浓。白瓷的碗,汤里撒一点葱花,喝一口,多么滋润热乎。

我最喜欢羊肋骨的一种意境,是食之无肉弃之有味。啃来啃去,啃一种味道,啃一种感觉。这个是我们汉人的感觉,胡人嘛,要吃就要痛快淋漓,大嚼大咽。

当然,狗啃得比我更有意境,更有心情。它们安静地等着,等人吃完了,把骨头留给它们啃。咯吱咯吱,咯吱咯吱,多么专心致志。天地之间,只有一根骨头,别的,都不存在。

爹说,大王们打仗,一场厮杀之后,燃起篝火,宰杀羊,大锅煮肉炖汤。将士们都是劳累饥饿,美美地吃饱,打着饱嗝。有一年,他去西门外的删丹山采药,路上遇见吕光大王的兵士,正在扎营煮羊。看见他背着药篓,还让他吃了一块羊肉。

我想,那羊肉,能抵御满身的创伤和疲劳吧。

每年年底的时候,爹给师兄们发放一年的例银,放完了会宰几只羊,满满地喝一天酒,酬谢大家一年的辛苦。

门外下着雨,我们在屋子里吃喝,说骆驼巷,说病人,说买卖,总之有说不完的话题,多么惬意的好时光啊。

爹说,北凉城是个好地方,只要大王们不厮杀,天下太平,这个地方真是福地呢。我们百姓人家,就算喝米汤、吃杂碎,福气感和大王们食肉糜是一样的呢。

汉人过阴天,胡人也过。他们喝酒醉了,还要唱歌,弹琵琶,跳胡腾舞呢,比我们欢乐多了。阔绰的人家,婢女们站在身后伺候,递了卷巾,扇着凉风,还有乐人助兴。他们喜欢把羊肉叉烤了,滴着油,撕扯着吃。

有时候,邻居们聚在一起,胡人汉人都有,聚集在酒坊的大院子里,杀了羊,剥皮,煮一大锅肉。肉还没有煮好的时候,男人们坐在廊檐下的皮褥子上揉皮子,唱歌。肉端上来,就喝酒吃肉,醉得东倒西歪的。他们的发辫上缀了精美的镂花银盾啊、大珊瑚啊,喝醉了,就都掉在地上,无人理睬。

还是再说说我们的北凉城吧。

北凉城里,有钱的人家什么都讲究一些,裘衣幞头,长袍宽褂,长靴玉佩,奢侈至极。穷人就随意多了。出门干活,随便戴个帽子,毡帽、布帽,能挡风寒就行了。短衣,裤褶,用布带将裤腿缚住,方头布鞋,或者是苡菰草鞋,都行。

我们骆驼巷里,买卖人多,阔人自然多,日子是悠闲的。胡人穿着汉人衣服跳着胡腾舞,写着汉字吟诗填词。汉人喝着匈奴的葡萄酒,弹着匈奴的琵琶,过着悠闲光阴。

清风吹

北凉城的夏天,尾巴拖得老长。葡萄架下歇荫凉,浇花草,炮制药材,后堂扎针,让我觉得无聊。

我们汉人傍晚很迟才吃饭,叫黑饭,意思是天黑了才吃的饭。胡人吃得早一点,草地里的胡人,支起三块石头,牛粪煮饭。

远去的匈奴

廊下是桃木长食案,坐墩,涂一层桐油。三师兄蹲在桃木坐墩上掏牙缝,捏着一枚草秆秆子。他的牙很难看,吃一盘子菜,半盘子就塞进牙缝里去了。

师兄们像木头橛子一样,坐在木墩上,在廊下钉了一排子,一个个东倒西歪的懒散样。忙了一天,他们累得骨头都散架了。

前些天,远在乐都的秃发孤悄然潜回来,袭击了北门外的一个村落,抢走牛羊粮食无数,杀伤了好多人。我们家天天都是抬来的刀伤病人,清凉膏连夜熬制。

爹说,下午,野利都尉都到前堂里来了,查看受伤的百姓。

和我们家一样忙的,是婆楼巷子的驿马家,他们是卖棺材的,顺带着也卖芦草席子。爹看不起他们。爹说:"驿马那老贼,脸上是悲戚的颜色,暗地里却偷着乐。他们,不过是地道的买卖人!"

爹的意思是,虽然咱家也是做着药材买卖,终归是救人为目的的,不以赚钱为目的,比较慈悲。他们只知道挣银子,只盼着死人,跟我们不是一回事。

我摇着我的破扇子,央求爹给我们讲讲传说中秃发乌孤的事情。爹也蹲在坐墩上喝茶,不过没有掏牙缝。他吩咐三师兄去收拾庄门,说,最近还是操心些最好。

然后,他开始给我们讲秃发氏一家。

"南凉主嘛,是秃发乌孤。"

爹刚说完这句,我就立刻觉得,秃发乌孤这个名字很能让人想象,有趣得很。无端觉得,他一定是个秃头,脸色乌黑,很孤独。

可是,爹说,不是的,他头发多得很。传说他深眼窝,高颧骨,鹰钩鼻。目露凶霸之气,络腮胡。其实呢,秃发即"拓跋"的异译,我们汉字嘛，就是这样意味深长。

汉魏之际，拓跋氏的一个支系由酋长统率，从塞北迁到河西，被称为河西鲜卑。在此地居住约两个世纪，部众渐盛，种田牧马，和邻居相处和睦，境内安定。

到了秃发乌孤时期，势力慢慢强大了。他初依附于后凉主吕光。后来，羽翼渐丰，秃发乌孤与后凉决裂，自称大将军、大单于。

秃发乌孤好征战，和左邻右舍常常打架。这个人，暴虐，愚蠢，自不量力，什么邻居都想欺负一下。不过，他总是吃败仗，很狼狈。

他出兵侵犯邻居，杀人抢牲畜，掠夺财物，被邻居打败。后来又纠集兵马攻打吕光，又大败。被追杀，只得逃走。逃到乐都去了。我们的药材，一半就是从乐都运来的。

南凉的秃发乌孤，只知道抢夺，不管耕田放牧，百姓日子非常疾苦。秃发乌孤死了之后，他的弟弟利鹿孤继立，号河西王。利鹿孤也不是什么好鸟，一样四处厮杀，抢来夺去。我们北凉城，都被他攻打过好几回。后来攻下城，称王，号"南凉"。

驿马的亲爹，就是被利鹿孤掳走的，不知死活几十年了。

后来，利鹿孤战败，丢弃北凉城，去了乐都。

他死后，弟弟秃发傉檀继位。这厮也好战，一心急着要扩张地界，抢牲畜，掠夺财物。有那么一年，秃发傉檀率领一万骑，从乐都反扑过来，攻打咱们北凉城。

胡人好酒，好得要命。秃发傉檀将几百坛子美酒摆在阵前，鸣鼓悬赏，破北凉城者，美酒一坛。结果还是吃了败仗，被沮渠

远去的匈奴

蒙逊国主追杀得逃到乐都去了。

秃发乌孤是怎么死的呢？据说是嗜酒送命。喝醉了酒，打马飞驰，拿不住酒，从马上摔下来，死了。牛羊肥美的季节，乐都草地里都是一攒一攒酒鬼。

这个南凉嘛，虽说是个拳头大的国，可是麻雀虽小五脏俱全，宫廷里的争权夺位一样不少。也少不了告密和出卖，少不了算计和谋杀。秃发氏一家，疑心相当重，后宫里简直机关重重。

婆楼巷子的银匠姚癸然，他爹就是跟着秃发傉檀的马夫。兵败逃往乐都的时候，趁机藏在沙弯弯里，拿沙子埋住自己，只留下鼻孔出气。后来，逃到北凉城里来了。爹说："他给我们讲秃发一家的事情，都是他亲自经历过的。你们看，叽咕人，什么时候都能保全自己。"

叽咕，是胡话，意思是聪明有头脑的人。胡话说不聪明的人是什么呢？叫劣巴，跌咁。

有一年，秃发傉檀铤而走险，率七千骑，攻打吐谷浑乙弗部——一个比较弱势的部落。那个部落的酋长就派人到中原求救，他们是有交情的。

"你们看，叽咕的部落酋长，都要和中原有交情才好。就算咱们沮渠蒙逊国主，和中原一样有交情。知道吗？北凉公主沮渠蒙慧，不是也嫁到了中原嘛。目光长远一些，总是好事。"爹语重心长地说。

秃发傉檀很残酷，没有交情，没有人帮忙。真是人算不如天算。中原的西秦王，收到吐谷浑乙弗部的求救，就出兵帮着打秃发。

秃发傉檀顾头不顾尾，被西秦打败，又逃回乐都去了。这些年一直蛰伏着，不敢骚扰。

秃发傉檀从凉州败走的时候，带走千户凉州汉人，都是手艺人。

又说，秃发蛰伏没几年，最近，秃发傉檀的侄子，秃发孤，率领几十骑亲兵，潜到北凉来了。秃发家的老毛病，恐怕又要犯了。神仙打架，百姓要遭殃啊。

……

秃发氏到北凉来，大约是想试探一下什么吧，他试探什么呢？我也想不清楚。这件事应该是沮渠蒙逊大王操心的，跟我有什么关系呢。我懒散地想，反正，秃发氏也不敢大摇大摆到北凉城里来，不会到咱们骆驼巷来溜达。

我甚至想着，也许，秃发孤会突然跑到南城门楼上，大鸟一样，呼呼，飞起来，飞到蒙逊大王的宫殿里，两人手持长戈厮杀。我从来没有见过大王们打仗的场面，总觉得有些遗憾。可是，爹骂道："野丫头，安居乐业，这是福气，胡乱想什么呢！"他用怜悯的眼神注视着我，很温暖。

娘摸摸我的头发，叹息说："又黄，又不肯好好长，出嫁的时候，盘不起来发髻。用首乌洗吧，以后不用羊胰子了。"又说："拓跋氏，喜欢脑后垂一条辫子髡发，男女都一头好头发。你看你，这么稀落的头发。"

绕狐重复着说："阿禅，你出门当心一点，万一被秃发氏遇见，会被掳走的。"

我玩着哥哥们拾来的一堆漂亮的石头，推开娘的手。我不想说话，发着呆，安静想着心事。三师兄悄悄伏在我耳边说："阿禅，秃发孤万一把你抢走,做了'阏氏',可别忘了师哥我啊!"

他说完,压抑着笑得乱抖的身子,嘴里发出咕咕咕奇怪的声音。灯影里我看不清他的脸,好像笑得已经走样了。我说:"一定会的,让你当城门校尉,然后去乌啼城里挑选美人。一两个,三四个,都允许。"

他低低尖叫了一声,五官越发笑得收拾不到一起了,快要散架了,浑身乱抖,中了邪一样。我和他常常玩这种把戏,他很迷恋我张狂的许诺,有时候我把哥哥们的驼队都许诺给他,百草堂也许诺给他。

师兄们都不理睬我们的嬉闹,他们见怪不怪。可是,三师兄笑得直接刹不住了,喀喀喀的声音动荡在夜里。娘问我:"他给你说什么啦?"

我哗啦啦搓着石头子儿,嬉皮笑脸的,没有回答。我话少。谁知,饶狐却大声说:"阿禅,你被秃发氏掳走,顶多,就是个烧火丫头。做阏氏?还想得美得很!"

他硕大的身子在月色里,黑蒙蒙的,挥舞着手,简直有些愤怒的样子。我们都拼命大笑,笑得肚子疼。五师兄笑得从坐墩上掉下来,一头栽到地上。我们的院子都在笑声里颤抖起来。

白露秋风若水凉

转眼,秋天就到了。

北凉城的秋天,天很蓝,云很白,阳光很毒。雨很少来了,风干干的。这样的毒日头里，适合晾晒东西。家里的棉袄、皮袄，都要翻出来晒晒，巷子里充斥着一股陈旧的霉味儿。

家里开始炙炒药材，有九地、防风草、蟾蜍……

师兄们都忙得陀螺一样。娘在制作面糟、酒糟。粟米碾碎了，掺了角子，发酵，晒在毒毒的太阳里。

绕狐弓着腰，在马棚边的大青石头上吃力地砸胰子。胰子是猪胰子、羊胰子，是从屠户那里买回来的，一大堆，有点腥，还有血丝。胰子掺了皂角，掺了肃州西卑禾海的沙碱，还有爹配好的香草、白芷、冰片等各种药材，掺在一起使劲砸。

这些东西反复砸半天，砸匀了，砸出草木的香味来了，就揉成团，晾晒在太阳下，翻动，晒干。这样的胰子，洗头发、洗脸是极好的。

别人家里嘛，就只有纯纯的猪胰子、羊胰子和沙碱了，砸出来的胰子没有我们的好，有腥味，洗到脸上也一股味儿，腥膻得很。

爹说，在酒泉郡，有个地方叫延寿，南有山泉，冒出来的水有油脂，和羊肉汤一样，稠浓，稍有硫黄味。这汤洗脸，皮肤就变得光滑、白皙。脸上的小疙瘩，洗洗就没有了。乌啼城里的美人，就用脂水洗脸。我们的国主，也打发人往宫里运这种脂水。

他说，酒泉郡还有一种泉水，喝起来有酒的味道，很甘醇，还能醉人。肃州临羌县，出产海橐驼，这个海橐驼很有本事，远远就能嗅到酒味的泉水，喝啊，喝啊，喝醉了，就聚在一起耍酒疯。

爹的故事真是有趣，我很想去游历山水，四处见识一番，侠士一样。可是，我哪儿也不能去，最多也就北凉城外溜达一圈。就这样，还被大家叫野丫头，娘还担心我嫁不出去。若不是我们

远去的匈奴

家有钱,她真是该愁得发疯了。

阳光明亮而强烈,晃得人睁不开眼睛。绕狐砸石头的声音真有劲儿,哐当,哐当,他一身的好力气缓慢释放。

葡萄架下,成串的葡萄都熟了,伸伸脖子就可以咬一颗。过了中秋节,葡萄都要剪下来,在大坛子里发酵,酿葡萄酒。北凉的葡萄酒,非常好喝。清冽,甘醇。

柰也要摘下来,除了地窖里储存两筐子外,其余的要发酵做豉羹、豉酒的。柰开花,花瓣被风吹响。柰落花,一只鸟在枝头沉沉睡去。柰成熟,清洗,纳入大瓮。大瓮口封了草帘,不能叫蚊虫苍蝇接近。捂了六七日,待柰烂熟,以酒腌之,然后用木棍反复搅拌,搅拌成一瓮粥糊糊状,过滤去皮和籽。待汁液澄明一些的时候,去掉清汁,剩下的渣倾倒在粗布上,包箍好,放在草木灰上,吸去水分,晒在太阳下晒干为末,才是上好的豉。

吃不完的蔬菜都要晾晒了。青绿的菜叶,在柳条大筛篮里来不及变黄,就干了。挂在廊下,下雪的时候,娘就把这样的干菜丢进沸水里,翻滚几下,蔬菜就恢复到夏天的样子。

门外飘着大雪,炕桌上摆着一碟青翠的菜,看着都好啊。还有大缸里的酸菜,炖着野羊肉,咕咚,咕咚。绕狐就咽着口水喊我:"阿禅,你闻闻,真是天大的香啊。"

胡人打比方就这么奇怪。他说:"师娘跟鸠摩罗什一样儿的。"不要以为我娘长得很男人,他的意思是说,娘就像佛一样慈悲。

整个下午都是绕狐砸石头的咚咣声,还有门外黄狗哐哐哐胡乱的叫声。我家的狗生人来了不叫,熟人来了也不叫,它四个爪子朝天睡得昏昏沉沉。但是,如果对门哈家酒坊的花狗不在门槛上卧着，它就急躁起来，走来走去，胡乱叫几声。它胆儿很小，不敢过去到哈家里看花狗。它一年四季都只愿意远远地看着，只要花狗卧在门槛上，它就安心睡觉。

有时候，那条肥硕的花狗挤眉弄眼勾引它，它才跟上，跑到巷子外面玩去了。哈家的秃头掌柜子就常常感叹说："哎呀，阿禅嘛，野得很，胆子大得草上飞。可是看看她喂的黄狗，一跺脚它就吓得腿腿子发软。这狗，憨墩墩的，也不知道依仗人势，张狂几下……"

黄狗的叫声让我生气，这么软弱的能干个啥呢。我起身，打算去把哈家的花狗撵出来，让它蹲在门槛上，再不要让黄狗牵肠挂肚地颇烦人。

哈家的门槛很高，我使劲儿才跨进去。院子比我家的还要大，铺了厚厚一层阳光。因为没有花草，也没有葡萄架，干苍苍的白。整个院子，现在像个蜂巢一样，院子里搁满了硕大的酒海。

柳条匠乌海爷，正围着羊皮围裙，坐在地皮子上，慢慢编着一个新酒海。挑选好的柳条都浸在清水里，放在他手边。乌海爷很苍老了，干活慢腾腾的，花白的胡子上落满柳条絮儿。

他抬抬眼皮，说："啊呀，阿禅丫头来啦！给你编个蚂蚱笼子，要不要？"几个躲在酒海背后忙活的伙计，就探出半个脸大笑。我也嬉皮笑脸，老毛病复发，钻进一个正在晾晒的酒海里。花狗正在旁边歇凉，被我抄了一脚，它就吱哇吱哇乱叫着逃到门槛上去。

酒海很大很大，能盛下五六个我。如果盛绕狐的话，也就两三个，最多了。乌海爷用柔韧的柳条编好的酒海像个巨大的鸟窝，

远去的匈奴

晒在院子里。伙计们在大木桶里，倒了猪血、牛羊血、蜂蜡、鸡蛋清子、熟菜籽油，还有哈家掌柜的独家秘方，搁在一起搅拌，哐啷啷，哐啷啷。白蜡杆子搅拌很久很久，伙计们一身大汗的时候，才算好了。

哈掌柜把粗黑的食指伸进去，蘸一点搅拌好的稠糊糊，拉成一条线，点点肥脑壳说："唔唔，好了，好了。"我小时候，他还偷偷使坏，在我额头抹一点，哈哈大笑。他们都把我当吒姑娘玩，有时候把我藏在酒海里，让我娘找半天。

调好的稠糊糊涂在柳条酒海里面，裱糊麻纸。糊一层，晒干，再糊一层。一边晒，一边糊。好几层之后，就放在凉棚下阴一阴，再晒。干了，就送到地窖里储酒曲。清冽的酒曲，装在这样巨大的柳条瓮里，一点也不渗漏，很结实，和坛子一样。

哈家的院子里还有很多的坛坛罐罐，都是装酒用的。大坛子里我也爬进去玩。他家的地窖里我也进去溜达。哈掌柜无奈地说："阿禅，你这个草上飞，省省力气行不行？"

他家的酒窖池，在后院。是柏木板镶嵌的，他们叫"柏香窖"，黑窟窟的，一个深坑，弥漫着酒香。还有一口井，井口是青石板凿的，磨得滑溜溜的。井上盖了一间茅草亭子，四根柱子都被我咬过，有我的牙印儿。当然，酒海嘛，也被我用银针扎破过。

乌海爷果然给我编了个蚂蚱笼子，拳头大，很玲珑，在他粗糙的掌心里灼灼发光，白亮白亮的。秃头哈掌柜出溜出溜喝一罐苦丁老茶，龇着黄板大牙笑着说："啊呀，阿禅嘛，现在是咱北凉城里头一个女先生啦，还玩蚂蚱呀？"

伙计们就都笑起来，笑声震荡在院子里，酒海也喀喀喀抖动。

我不理他们,气昂昂拎着蚂蚱笼子回家。现在嘛,他们就笑我。等他们生病了,牙疼、头疼、胳膊疼,就跑到后堂去哀求我。可怜巴巴地说:"啊呀,阿禅妹妹,疼死人了,一针就扎好啊,不要这么折磨人了。"

扎针不过是举手之劳,指哪扎哪,我可是有功夫的人,不是随便的闲人、小破孩儿。既然他们把我还是当吒姑娘逗着玩,那就哄着他们玩玩吧,谁让我打小就是个泼皮娃娃呢。

从酒坊高高的门槛上翻出来,阳光不那么刺眼了,柔和了一些。不得不说,他家的门槛也太高了,差不多半人高。晃荡着蚂蚱笼子,进庄门的时候,看见黄狗又在四蹄朝天满足地睡觉,醉生梦死的样子。我踢了它一脚,骂道:"没用的东西,下次自己去喊花狗,少让我操心。"

院子里,葡萄架下,却传来大笑声。

"阿禅。"爹叫了我一声。

我没有说话,知道他又要笑话我的蚂蚱笼子。而且,我的脸上又被哈掌柜涂了一点猪血糊糊,很狼狈。我的丝绸裙子没有穿,麻布裙子上沾满了柳条絮儿、尘土。因为钻了酒海,我的绣花鞋子也不成样子,头发也不成样子。发髻松了,垂在脖子里,像个讨吃的一样。

我贼眉鼠眼的,想贴着墙根溜进屋子里。我可不想让大家再笑得岔气。他们都把我当稀罕的吒姑娘取笑,真是的。

"阿禅,过来。你看谁来了?"娘又在招手。

谁来了?我几步跳到葡萄架下,抬头,一下子窘得满脸绯红。

野利都尉来了。他和爹在喝茶,身穿交领的月白衣袍、皂靴,

远去的匈奴

露了温暖的笑脸。他说:"阿禅!"

这一声阿禅,柔软,清凉,像从遥遥的前生,破雾而来。

他端着茶碗的手指,白白的,细长,匀称,那么好看。我就窘在他面前,狠狠把娘剜了一眼。明知道我这么狠狠,还招呼我过来。难道,就不会让我回屋换件衣裳再出来嘛。

绕狐在厨房门口看着我,鼓着腮帮子,他的笑像火苗一样在肚子里乱窜。爹说:"啊呀,这疯丫头,快去整理一下,过来见都尉。"他有点无奈和抱歉地看着野利都尉。

都尉却很柔和地笑了,说:"阿禅,像小鸟儿一样嘛。"

我们说话的时候,商人珂贝枹罕进来了。他的马拴在门口,咴咴嘶叫了几声。他的嗓门很高,笑脸也很现成,就那么满脸堆着,走到葡萄架下。他的牙齿都龇到耳朵根下了,差点就绕过后脑勺连成一圈了。

粟特人的银子就蛰伏在这样的灿烂笑容里。

珂贝枹罕对爹说了,说这是个难得的下午,太阳不烈,凉风刚刚好。都尉难得有空闲,不如去城外散散步。正好,城外的秋田也黄了,顺便也看看今年的庄稼。而且,一定会照顾好阿禅的。

爹看看娘,正在为难,都尉却委婉表示,阿禅只是个小孩嘛,淘气也没事的,他自己是不会在意的。

我有点不高兴,谁说我只是小孩子,早都长大了呀。

他们都笑,我就去换衣裳。

换了浅色的合欢裙,红底粉花的碎花腰襦,深红色的褒衣只露出一抹,着缚裤,脚穿绣花鞋。脸上淡淡施了粉黛,低发髻,一枚金步摇斜插着。还找了银镯子,仓啷仓啷地戴上。

爹喊绕狐牵马，让他也陪着。绕狐是爹肚子里的蛔虫，也是爹的心腹。他俩说话不多，眼神交流很透彻。

都尉的马跑得很快，也很有野性。这是战马，具有历经过厮杀之后的一种淡定和飞扬。它的飞扬和自信都在骨子里，有一种看不见的气场。我们的马，都是懵懂的马，未经世事，不知道嘶喊之后的疯狂。

北凉城外，大野空旷，大片麦田。庄稼的颜色，温暖，踏实，闪着诱人的光泽。野利都尉打马经过田垄，衣袍飘飘，清逸俊美。

他喜欢汉服，洒脱且清雅。

我侧过脸，问他："这样清甜的庄稼，你爱吗？"他点点头，眼神有些迷离。

珂贝枹罕和绕狐，远远徘徊在田野那一头，我看见他们说什么，珂贝枹罕在马上笑得前俯后仰。

"阿禅，我喜欢这样的季节，你知道吗？"

我摇摇头。

"小时候，我不在北凉，在乌啼城。我们常常骑马，出城去看庄稼。"

"你们？"

"是的，我们。一个小姑娘，叫乌啼娟。她和你一样，心无尘埃，喜欢笑，喜欢小小地疯。我们从小就在一起。"

"噢，青梅竹马，她是不是很美呀？"

"是的，很美。乌啼城里出美人，她怎么能不美呢。比远嫁的兴平公主——沮渠蒙慧还要美。"

我怅然地想，比蒙慧还要美的人，应该是多美呢？不过，我

081

远去的匈奴

也没有见过蒙慧,她是国主的女儿,孟皇后所生。匈奴人不叫皇后,习惯叫阏氏。她和亲到中原去了,嫁给北魏太子拓跋焘。我们的国主是胡人,对称呼不怎么严谨,汉人胡人,各自叫着各自的。

"都尉,听说国主还有一个女儿,送到中原另一个皇帝那儿和亲去了,是不是?"

"是的。南朝刘宋皇帝,皇城在建康。我们的蒙逊国主,是南北两朝天子同时承认的藩王。"他轻轻说。

我叹了口气,看着远方。我不关心藩王,只关心都尉。

"阿禅,你不知道,乌啼娟,她是像清水一样的女儿,那眼神,清澈,纯洁,甜蜜。像一钵水,恨不能让人一口一口喝掉。她呀,端庄中有雍容之美。她的头发,乌云一样,柔软,干净……"

"都尉,她现在呢?还在乌啼城里吗?你一定常常去看她吧?"

野利都尉没有回答。他仰起头,也看着远方,眼睛里蒙了一层水雾。倏然间,眼泪扑簌簌淌下来。他泪流满面,从马背上跳下来,他的身子轻微颤抖起来。

我惊慌失措,也跳下马。

"抱歉,都尉,我问得太唐突,让你伤心。她现在,好吗?"

"阿娟一直过得不好,她不在乌啼城,在乐都。乐都你听说过吗?"

"那不是南凉国主秃发傉檀的都城吗?她怎么会在那儿?"

"阿禅,你不知道我有多痛苦,心被撕裂了。阿娟,她是秃发傉檀的第七个阏氏,有两个孩子。她七年前就离开了我。"

我呆若木鸡,嗫嚅了半天,没有说出来一句话。乌啼娟是秃发家的妃子，我没有料到。我以为，都尉是很有本事的人，本事仅仅比凉国主小一点点，没有什么能难倒他的。可是，他的心上人，却成了别人的阏氏。他无能为力。

粟黄天，大野硕硕。珂贝枹罕和绕狐，顺着地埂，走到庄稼深处去了。十万粟穗，将他们淹没。浓稠的阳光汁液，把大地淹没。

我想我是崇拜着利野的。他身上，有一种清高、冷艳的气场，很强大，将我吞噬。有时候，人不能拗过自己的心。哪怕等待自己的是薄凉而萎靡的尘世光阴。

野利的眉毛浓而粗，像两把大刀，斜斜往上挑。他的睫毛沾着水珠，长长的，充满了诱惑力。我伸手摸摸他的眉毛，心里倏然疼了几下。

东 门 坡

我开始常常去东门坡。

在认识野利都尉之前，东门坡是我唯一没有去过的地方。因为这是皇宫兵营重地，百姓们不能去。

有时候穿男装，玄裤，紫袍。我喜欢圆领的袍衫，人显得洒脱飘逸。有时候穿女装，绣花的小襦，长得接地的麻布裙幅，厚底木屐。穿什么都没有关系。北凉城是胡地，不像中原，什么事都规矩刻板。北凉这个地方，什么事情都很包容闲散。规矩也少，胡人也不那么在乎礼仪，比较随意。

野利都尉当然住在东门坡了。他在我们约定的时刻，派遣他

远去的匈奴

的属下枯木乌藤在街口等我。

整条街都是祁连墨玉铺砌的,富丽堂皇。

都尉有一所独自的宅院,是他公事之余歇息的地方,不是上次他生病的府里。

院子两进深,雕栏画柱,很古朴典雅。只是稍稍有点沧桑和孤寂,少了烟火气息,多了清净禅意。

外面院子稍稍宽敞一些,都是青石板铺地,有拴马桩、马槽、草料。两廊房子,一廊是野利的书房,会客的房间,墙上挂着羊皮地形图。另一廊住着好些西羌兵士。不出征的时候,他们和百姓也没什么区别,也是悠闲地过日子。还有好几个随从,走路轻轻的,都是头戴卷檐毡帽,身穿小袖窄衫、青布小口裤,脚上穿了羊皮软靴。廊下有高几、长案、木头坐墩,很简约。

墙角,是一个月牙门。轻轻推开,后院很雅致。小,清幽,暗香扑面。后院才是他的卧室,一廊朱红柱子的房子,阳光亮堂堂地照着。屋子里布置得很淡雅,但很舒适。雪青帐子,深色棉布被褥。艾草熏过,淡淡草木清香。他的日子,清寂而从容。

卷耳紫檀木矮案,绣花墩,藤条编织的蒲团,黄梨木的箱笥。至于繁缛的物件,丝绸被褥啦,金银器啦,玛瑙珠杯子啦,都没有。唯一世俗的,就是铜盆,闪着金黄的光芒。

院子里种了几棵树,很高,很茂盛。一棵是紫槐,纤瘦一些。还有两棵,好像是鬼剑树,枝干光滑,树梢上挂着一串串淡绿的穗子。

这样的树,不丰盈。有一种风骨,有一种姿态,读书人一样的气质,清秀怡静。这树不逢迎,让人忍不住多看几眼,忍不住地热爱。

花园里当然是花草了,也有一些草药,如三七、大黄、佩兰、败酱草。云实像是才种下不久的,嫩芽刚破土顶出来,一尖一尖的绿。如果我是草木,我很愿意就这么长在这样的院落里,寥落,自我,不去理会墙外面的世俗嘈杂,繁华热闹。兀自长我的叶子,开我的花朵。什么都不去在乎,只安心在阳光里沐浴。

有时候,下一点点小雨,雨打在屋檐上,打在树木上,打在青砖的地面上。风吹来,檐角的风铃清亮地响起来,玎玲,玎玲……回响在雨里。

台阶上,瓦罐里种了草木,都绿呀,绿得油亮耀眼哩。快开花的时候,花蕾尖刚刚探开一丝缝儿,就露出一牙腼腼的红。墙头的瑞兽,被岁月抚摸得发亮着。

大门两侧的空地里,种了苜蓿,正在开花,一瓣一瓣,都是那样水灵秀美。石头台阶,有点灰尘。我有时踩在那层薄薄的灰尘上,就留下清晰的脚印儿。

野利都尉在前厅里喝茶,写字,等我。有时候,我和珂贝枹罕,有时候,只有我自己。他听见廊下的脚步,就停下手里的活,安静地等着。那眼神,非常明亮。眉梢斜斜挑着,威仪霸气。

前厅里很清凉,窗下是乌木胡床,乌木的书案。案上堆着公文木简。也有两只白玉酒卮,闪着晶莹柔软的光泽。旁边,还有木榻,矮矮的。地上,几个芦草蒲团。我盘膝坐在木榻上,喝花草茶,听野利说话。

他说:"阿禅,你常常来玩啊。我这个院子,缺少人间气息,像寺院一样,有点孤寂、清冷。你来了,可以添一点火焰。"

远去的匈奴

我点点头,暗自笑了。我这个人,最喜欢串门子。以前没有办法到东门坡来串门,现在好了,自然是常常来。

又说:"叫我野利吧,不然总觉得生分,好像我们之间有很远的距离一样。"说完一笑,牙齿白白的,眉梢一动一动。嘴角有两窝酒窝,那酒窝里,盛满甜蜜的东西。

我说:"你真的不像羌人,像汉人。怎么看都像。"

"阿禅,汉人羌人,都一样呀。"

"谁说不是呢。"

说说东门坡吧。

站在北凉城最高的地方——鸠摩罗什寺的钟鼓楼上,就可以看见东门坡全部轮廓。一条细长的街道,东高西低,像一支箭。东门坡是汉皇爷的时候修建的。

建造之初,就是寓意为一支箭,射向边塞之地。有震慑的意思。

东门坡街尽头,有两道弧形的巷子,住满了人家。不是普通人家,历代都是王侯贵族的居所。这两道巷子很讲究,叫弓背街。地理位置上东高西低,象征着一张巨弓,搭一支利箭——东门坡。箭在弦上,暗藏了杀气。这样的建筑,是为了震慑敌人的一种风水建筑。造城人讲究这些,怎样建造利于自己,怎样建筑妨碍敌人,都是有说道的。

前凉王、后凉王、南凉王、北凉王,一旦攻下凉州城,就立刻在这条街安营扎寨,安顿贵族家眷。房子都是凉州城里最好、最结实的房子,地动几次,都没有摇翻。

站在高处的钟鼓楼,看到苍茫大漠,一座城池里,隐藏着一张巨大的弓,搭着细长的箭,拉满着,暗藏了大气势。多么震撼。

凉国主的王宫，就在弓背街的背后，青砖碧瓦，气势威严。

弓背街的巷子里，所有的院子里干干净净，扫得地皮子青亮亮的。门前拴着马，很少有闲人溜达。街道是一张弓，弧形，又窄，一溜儿细长到尽头。两边的房子，都透着安闲的意境。庄门都很讲究，一定是威严结实的。绝对没有柴扉和旧旧的那种木头门。

跟着这张弓，拐个弯儿，看弓的另一端。还是细长的街道，逼仄幽深，还是胡杨。墙是青石头砌成的，古色古香。石头上零星的苔藓，也是枯黄的。西羌乌啼部落的贵族们，基本都在这个巷子里，过着细润而漫长的时光。

偶尔有狗，也都气势汹汹的，知道依仗人的势力。还有鹰，贵族们喜欢玩鹰。有鹰有犬，浩浩荡荡走出巷子，出了东门，去放鹰追猎。那是他们的日子，奢华，艳丽，跟老百姓的日子毫不沾边。

遥远的人

野利的卧室里，放着一只玉石镯子。镯子是戴过的，泛着莹润的光泽。那是一个女子从手腕上摘下来，送给心上人的定情物。

卧室墙上，还有一张羊皮地形图，有时候卷着，有时候展开。展开的时候，他久久看着一个地方，乐都，眉头皱得能拧出水来。

他常常穿着素色的衣袍，也是圆领的。不像个都尉，倒像个书生。静下来，那么清雅。但是，这种清雅里，却有一种强大的气场。足以震慑人的那种强大。

远去的匈奴

女人变傻很容易，只要她的目光里出现梦中人就可以了。然后，傻得没边没沿，脸上漾动着红光。

但是，这种红光很快就褪去了。这样寂静的时光里，野利总要我给他温一坛酒，倾在白玉卮里，慢慢啜饮，给我讲他过去的一些事情。说着，就说到了乌啼娟。然后，他就醉了，伏在木榻上痛哭。

好像让我来串门的全部，就是听他讲故事，看他痛哭涕零。我很难过。

珂贝枹罕曾说："阿禅，你难道不知道吗？你可是都尉的红颜知己啊。你的字写得好，懂得诗文，都尉喜欢。你们，精神上可以交流。你懂他。"

天啊，这个西域来的胡人，居然能吃透我们汉人最朦胧最烂漫的词，红颜知己。他一定比我"叽咕"多了。叽咕，就是聪明的意思。胡人这么说，我们也跟着这么说。

珂贝枹罕不会写汉字，但是认识很多。我不得不惊叹，他的叽咕又添了一重。

不过，总是跟着珂贝枹罕的那个羌人侍女我有点不喜欢。她本来就黑红的脸庞，却又是赭面，用颜料把脸染成赤褐色，看上去很浑厚宽广。更加要命的是，她总是拿乌膏注唇。嘴唇本来也厚啊，点染了乌膏，厚实得像涂了泥巴，多么难看啊。但是，珂贝枹罕一定觉得好看。

醉酒的野利，就用拳头砸着乌木的几案，我怎么都挡不住。他喃喃自语着："阿禅，等我啊，等我啊，总有一天，我要率一万骑来救你。回到北凉来吧，回到北凉来吧……"

我说:"你会把她的孩子也一起抢回来吗?"

"阿禅,为什么不?她是一个母亲,不能撇下孩子。我要让秃发氏伤心一辈子。"

"可是,他会豁命的。你抢了他的孩子。"

"是他先抢我心上人的。"

"如果你一定要这么做,秃发氏会攻打北凉的。乌啼娟回来的路,是人骨头铺成的。"

"阿禅,不要这么说她!迟早,秃发氏也会来攻打北凉的。"

"他来攻打,罪在他。你去攻打,罪在你。"

"不要说了,阿禅!你怎么能理解我的心痛。"

一种看不见的东西,狠狠折磨着他,让他痛不欲生。我的心也隐隐作痛,千丝万缕地疼。

我怕见到他,却又盼着见到他。那种说不清的疼在心里若隐若现,我的悲伤,比他的悲伤来得更深。

他思念的那一头,还有个人在等他。就算老了,头发白了,还在等。有期许,总比没有好。这样的期许,支撑着他的一生,也许有一天,他们会团聚。而我呢,思念的那一头,永远是空的。他柔软的心绪从来不在我这里停留。他说:"阿禅,和你在一起,我觉得轻松,舒服,我多么信任你。"

乌啼娟,这个叫人嫉妒的女子,一定在月下琵琶遮面,歌衫舞扇。她流转的明眸里,只碎碎念叨一个人。可是,她也是叫人怜悯的呀,相爱却不能相见,她是怎么承受他的痴迷呢?想来她也是倾尽了相思,繁华凋落,舞得泪花纷纷吧!

是的,我只是野利的红颜知己而已。这个,我心里明白。他

远去的匈奴

有盼头,我没有。可是,我还是忍不住念着他,渴望见到他。一想到这个,悲伤就立刻涌进我的心里,酸楚,黯然。我从前认为的强大的骄傲,都不堪一击。太多的伤感,别人怎能体味啊!从遇见他的那一刻起,我就知道自己彻底无药可救了。我是名医又能怎么样?医家治不了自己的病。

仔细想想,我甚至不如我童年玩伴肇谏的那个长脸女人。她尚且有一个人宠着她,呵护着她,就算她多么难看,多么俗气,多么没有才气。她常常怀里抱着一只肥猫,拉长脸,立在车马店的庄门口歇凉。她的身后,跟着她的男人,谄媚地讨好着。

女人,如果一辈子没有一个结实的肩头来依靠,那么,会是多么落寞。

回家来,却伤心不已。他就这样若即若离的,慢慢折磨着我。是的,他是柔情细腻、品位高雅的,可是乌啼娟却是他生命中很重要的部分,那份执拗,水一样缓缓流淌于他的眉梢。挥不去,散不掉。

好久再不去他的小院里了。晚来妆懒,小屏闲放,也是一种日子。何苦呢。

有一天,下着雨,乌藤到家里找我,说都尉请我喝茶。他的口气很坚决。犹豫了很久,拗不过他喋喋不休的唠叨,我换了深红色的中衣,浅红的布裙,烟灰的布巾包了头发,跟他出了门。

顺路采撷了一大把花,浅黄的,插在他书案上的陶罐里。我说:"这是忘忧草。"他看着那束花,看了很久,伸手摘下一朵,插在我的鬓际。然后,他靠近,凝视着,慢慢抱住我的肩,嘴唇贴在我的脸颊上,非常冰凉。

他呼出来的气息里,有一丝酒味,在我发际轻拂。他又哭了,在我耳边说:"阿禅,明天,国主要见一个僧人,有大事情要做了。你好好在家,等忙过了这段时间,我捎信给你。听见了吗?"

我点点头。内心疼得抽搐。

天梯山大佛

整个北凉城里,都知道"佛"要来北凉了,蒙逊大王要见西域高僧。家家门前清水洒地,扫了又扫。一层薄霜落在房顶上,树叶上,阳光一照,闪着寒凉的光芒。深秋,快要落雪了。

葡萄架也开始败萎,一天比一天枯瘦。我们已经不坐在院子里吃饭了。堂屋里生了炭火,暖暖的。爹说,秋天一到,穷人家的日子就难过了。漫漫寒冬,不容易煎熬过去。

七师兄家贫穷,天凉了没有靴子穿,依旧是布鞋。年底的例银,都交给家里。娘就找出哥哥们的靴子,拾掇一下,让七师兄穿。师兄们冬天基本都是长帽短靴,皮袄子。他们不穿宽大累赘的袍子,那样干活不利索。

娘开始给我缝新的棉袍子,白底蓝花的。白天忙,晚夕里点着牛油灯,脑袋凑到灯下,一针一线密密缝着。

爹坐在火炕上,凑在灯下,伸手在紫铜火盆里烤着火,木炭正旺,火苗的亮光在他脸上闪烁了一下。鼓腹火盆,盆沿上镂空雕花,落了一层木炭灰。火盆的三足却是铁的,不是原配,也没有花纹,很粗糙。看上去像一个讲究的夫人,穿了绸缎衣衫,却

远去的匈奴

裹了破布裙子。他的身后,是古色古香的一架物件阁。虽然烟熏火燎得很破旧,但被娘擦拭得闪着光亮。底层是被褥,中间是褐釉短颈酒坛,还有药匣子、青瓷碗、木盒子、针灸匣、茶叶罐。上面两层全是药典。靠墙根的地方,有两扇小门扇,挂了锁。打开门扇,里面是坛坛罐罐,都封了口,存放着牛黄啊,鹿茸啊,象牙啊,麝香啊,珍珠粉啊,还有几坛特种香料。

我家的客人,一般不会请坐到火炕上,都在地下的胡床木墩上请坐,茶水端在木几上。

爹坐在火炕上,悠闲自在,王一样的,有些尊贵的得意。他深紫的衣袍上暗印的褐色万寿团图,在灯光里一明一暗,很诡异。

我央求他给我讲讲高僧的故事。我问他,西域的高僧,究竟是怎样的啊?爹说,西域高僧叫昙无谶,是佛呢。国主有求于他,请他来的。

他说,说到昙无谶,还得从国主说起。

那么好吧,就从国主听起吧:

北凉的北凉主,沮渠蒙逊,临松卢水胡人。其先世为匈奴左沮渠,遂以官为氏。国主年幼就好学,涉群史,胆识过人。

他对佛教相当笃信,简直是五体伏地的膜拜了。他的母亲车太后,也信佛。

蒙逊王允许西域胡人来凉州做买卖,粟特人就大量涌入北凉了。羊皮换酒,银子换布,粮食换牛羊。

说起来,北凉其实是段业王建立的。那时候,他是建康太守。蒙逊王在段业部下当大将军,两人齐心合力讨伐吕光。后来,吕光败。段业称王,定都张掖郡。蒙逊王为张掖太守。再后来,段业迁都姑臧，就是咱们北凉城，称河西王。

蒙逊王不甘心，游说附近的羌、胡、柔然聚起来一万多骑的兵马，攻打北凉城。也就是在这个时候，野利都尉的父亲被拉拢到蒙逊王手下。他是西羌部落酋长，很彪悍，作战勇猛。

北凉城破了，段业王受降。

段业王哭着哀求沮渠蒙逊说，看在以往君臣的情分，你给我留条活路。可是，蒙逊王还是杀死了段业。

段业自开国到被杀共在位四年。昙花一现罢了。

蒙逊王非常厉害，他亲率大军攻击不自量力的南凉，秃发傉檀大败而逃，迁都乐都。后来，秃发傉檀卷土重来，再次进攻北凉城，结果败得一塌糊涂，还被沮渠蒙逊追杀得魂飞魄散。可怜的家伙。

胡人和胡人打仗，那战场上的嘶喊声，都是我们听不懂的胡语。那胡马一声长嘶，也是匈奴的味道，很剽悍。

百姓卷在这样的杀戮里，很可怜。战祸连年，百姓受苦。大王们发狂贪占地盘，并不怜悯百姓的疾苦。

北凉的饼蒸出来，足足车轮大。一个馍馍，够十几个人吃。就是为了躲避战乱做的。每人背一个，四处躲藏逃命。而征战的人吃羊肉，把血水刚煮干的羊肉捞出来，直接捉在手里吃。因为总是行军打仗，太匆忙急促了。

后来，北凉安稳了，蒙逊王开始出兵攻打酒泉王——汉族人李暠。

李暠是大将军李广后裔，当年他发兵攻下玉门以西诸城，控制了西域。李姓世代为河西大族，就算现在，也是一样的。

远去的匈奴

蒙逊王派兵抢割了酒泉的庄稼，掠夺了牛羊。酒泉王国力薄弱，打不过。后来嘛，蒙逊灭掉了酒泉王，占领了整个河西地区，称霸河西了。

"阿禅，你想啊，蒙逊做了这么多杀戮的事情，心里一定很不安。大约他自己也觉得罪孽深重了，寝食难安。

"要消除自己的罪孽，要祈求佛祖护佑他的王位，所以他请中天竺国高僧昙无谶来北凉帮他造大佛。那天，你都没有去看热闹，昙无谶一路风尘从西域赶来凉州城，蒙逊王亲自出城策马相迎，野利都尉跟着呢。

"唔，阿禅，我不该问。可是，心里不踏实。野利都尉，你们经常会面，我很担心。他是西羌贵族，他父亲又是凉国的大将军，蒙逊国主早就把七公主许配给他了，虽然七公主才七八岁。他得一直等到七公主二十岁，才能娶亲——这些事，他没有给你说？"

我大吃一惊。脑袋里一片空白。我只知道，野利比我大几岁，今年二十六岁。谁知道，他已经是国主的驸马了。

我摇摇头，眼泪无声地淌下来。爹并没有看见，灯影很黯淡。

野利没有给我说，一定有他的隐情。我不能什么事都打探清楚。也许，有一天，他自己会告诉我。如果他一直不愿意说，那么他心里可能一直打着结。那就让他藏着好了。

可是，我看见爹的脸上堆满乌云，穷人家的那种悲愁，我们家并不缺银子。他接着说："这件事，我和你娘一直很惆怅。都尉常常差人来让你过去，我们也不好阻拦。这是凉州城，也不怎么讲究。若是我们中原，女儿家不能这样去串门的。一个女子的婚姻，一定要开好头。头开不顺，名不正言不顺，往后的日子就难了。"

……

我咽下眼泪,含混地说:"睡吧,我瞌睡了。"

娘看我一眼,对爹说:"阿禅,野小孩一样。都尉喜欢交友,他们只是脾气相投罢了。"

娘伸手摸摸我的头发,黄苍苍的,不柔顺。我心里一片漆黑,黑得一锨头能刨出一大团来。那一丝曾经闪烁过的火苗,被眼泪浇灭。我漆黑的心里,很深的地方大雨滂沱。一夜未眠,因着绝望而独守孤窗。

我一直没有见到都尉,快两个月了。爱恨绵绵,眉痕浅淡。偶尔掉几滴泪,年华空寂。冬天都来了,雪花也开始飘。

有一天,他让人捎信来,说他很忙,在北凉城外几十里的地方,叫天梯山。

爹告诉我说,国主和高僧,他们决定塑一座大佛,天下最大的佛。佛法无边,让众生都沐浴在佛光里,蒙逊大王自己也要沐浴在佛光里,让佛原谅他的罪孽。佛光普照,大佛要在天梯山打坐。

北凉城里,昙无谶已经征集很多工匠去了天梯山,凿山造佛。这个来自中天竺国的僧人,是北凉的佛。车太后信佛信得要命。

爹说,无论是规模还是造像的气势,都是力所能及的浩大。北凉王要做的事情,一定是惊动天地的了。北凉是战略要地,战乱不断。虔诚的信徒们要佛护佑着这一方百姓的平安。草民们抖落身上的草屑尘埃,要拜伏在大佛脚下,寻求心灵的寄托。蒙逊也要下马,拜倒在大佛脚下。

爹常常去给弓背街的贵族们诊病,什么样的信息他都知晓。

远去的匈奴

穷人生病了,就都来我们的百草堂瞧病。贵族们,就差人赶来马车,请爹过去诊病。

爹就像北凉城肚子里的蛔虫,什么事情都通晓、明白。他应该去当衙门师爷的。

第一场大雪落在了北凉城。

天气寒冷,屋檐下挂满冰凌,连树梢上也是。绕狐喜欢把炕烧得烫烫的。他的屋子里也被骆驼粪烧得暖乎乎的。不得不说,他是个特别喜欢享受日子的人,连窗棂都擦得干干净净。

我依旧在后堂里,给病人扎针,和他们聊天。我穿了棉袍子,汉人叫"复襦",有点厚,很臃肿的样子。不过,爹说我长高了一点点,头发也黑多了。问师兄们,他们嬉笑着说:"看不出来呀?个头还是这么矮,头发还是这么黄干憔悴的。"

喊,这些坏人们,我让绕狐烧饭的时候米醋放得多多的,酸死他们。

后堂里煨了炭火,前堂也是炭火。爹在前堂正中的乌木胡床上坐堂,瘦但腰杆挺得笔直。前面是瘿木书案,放置笔墨,还有一个诊病的小枕头,我们也叫腕枕。病人跪坐在他一侧的芦草蒲团上。师兄们忙来忙去。

后堂正中的长案上,供着杏林药王爷的牌位。一个古旧的竹雕香炉,冒着些淡淡的青烟。香炉里煨的是艾条、茵陈、荆芥之类的草药。因为来的都是病人,这些芳香的草药都是避疫气、清浊气的。

长案两边是两个桃木的绣墩,不是人坐的,是神坐的。

但凡病人,尤其是癔症,总会生出些幻觉来,觉得鬼神缠身,病魔附体了。所以,药王爷来镇邪。药王爷下界,总不能站着干活吧?就要坐在桃木的绣墩上。

年三十,我们全家——黄狗也得来,猫儿也得来,骆驼就不来了。我们叩拜药王爷,感激他一年的帮忙。然后,院子里煨一大堆火,火里煨了百草,恭送药王爷回天宫。

年初一到十五,不诊病。因为药王爷驾着那些草药的青烟回府去了。天上人间,路途遥遥,来去没有半月是不成的。所以,肚子疼,先忍着吧,谁叫你早些不买点藿香存着呢。等到了十五晚上,我们燃起火堆,对着天空祝告一番,叩头作揖,请来药王爷下界之后,正月十六才要开张看病哩。病人一进门,药王爷就坐在后堂里了,心里也踏实不是。

后堂的偏侧,有火炉,有一罐甘菊茶和桃木的欹案。欹案就是一种可以斜靠的躺床。这个不是病人坐的,是我的。我可以斜躺着,药王爷只能坐着,谁让他是神呢,神坐多久都腰不痛。

我慢慢喝甘菊茶,药王爷闻闻百草香味就行了。他不食人间烟火嘛。

我的病人嘛,都坐在攒鼓上,在后堂另一侧。攒鼓是专门扎针的坐墩,两端小中间大,鼓出一个窝窝来,病人半躺着陷在窝窝里。胡杨木的支架,包裹了麻布羊毛,很软和,头可以靠在攒鼓上。

他们脸上扎了针,手上、腿上扎了针,不敢动弹,眼珠子白白地看人,陷在攒鼓里。七师兄手执艾条,慢慢针灸。病人前面,是雕花榻屏,挡着他们。

从前堂侧门进来,只看见药王爷和歪斜在欹案上的女医,雕

097

远去的匈奴

花槅屏,不见病人,干净整洁。推开后堂的门,就到了院子里。院子里草木清香的气息常常从门缝里挤进来。

门边,是一个木桶,盛满煮好的药汁。这个不是喝的,是洗手的。我们给病人诊病的时候,有叩诊。叩诊就触及病人的肌肤了。所以,诊病罢了,就要到药汁桶里洗手。先用羊胰子洗过,然后,用火箸夹一块炉子里烧红的石子儿,丢进药汁里,药汁就沸腾了,冒着白气。脸在白气上熏一熏,手在药汁里清洗。

我单独有一个小木盆,盛满我自己捯饬的药汁,很清香,有事没事去洗洗。

雪天病人少,七师兄就支走我,他自己扎针。我若是赖着不走,他就揪我的头发,给我的甘菊茶里丢黄连,使坏。他一心一意要在针灸术上赶上我,所以得拿很多病人来练手。

这样的日子,不紧不慢过着,我想念的人一次也没有来过。偶尔,打发珂贝枹罕过来捎个信,说他在天梯山,很好。

很好是多好呢?我想了许久。

情深只是一厢情愿的事情,终究抵不过姻缘浅薄。万般的思念与爱恋,只换回,一句淡淡的口信儿。

有一天,巷子里突然奔跑着好多人,他们嚷嚷着什么,洪水一样朝西街涌去。

我们都伸长脖子,挤在门口看,不知道发生了什么事情。爹打发七师兄出门打探。谁知,七师兄一出门,就没有音讯了,这个贪图热闹的家伙。

巷子对面酒坊里的乌海爷却慢悠悠过来了。他一脚迈进门,就对爹说:"先生,你还不知道吧?"

爹说:"什么事情啊?这么轰动的。"

"先生,听说隔天前,蒙逊国主被阉人王怀祖刺了一刀,幸好阏氏听见动静,把他擒获,不然,国主性命可就不好说了。这会儿要在西城街口斩杀王怀祖,大家去看热闹。"

我插话问:"乌海爷,孟皇后怎么那么大的力气呀?"

这事让我很惊讶,虽说她是皇后,不过终究也是女人家,哪里那么大的力气和一个男人打斗呢?还擒获了。

乌海爷说:"王怀祖是阉人嘛,力气自然小了。再说阏氏是匈奴人,比汉人的女人有劲儿。她可是跟着国主打仗历练出来的女人。"

爹捻着他的胡子,看了我一眼,说:"也不是那样的。女人嘛,为了自己的心爱的男人,总是要拼命的。大约那一刻,有一种巨大的力量驱使她吧,像神灵附身一样。"

可是,我想了想,还是不理解。我想,如果爹遇到那样的事,娘会不会拼命呢?她一把老骨头了,能打得过男人吗?

爹看穿了我的心思,这个老狐狸,多么狡猾啊。

他说:"阿禅,你不信?那年,我摔伤了,在城外,不能动弹。马扔下我自己跑回来了,你娘一看就预感到不吉利的事情发生了,她从来不会骑马,却一下子骑到马背上去了。咱家的马通人性,把她驮到城外找到我。你猜怎么着?她居然把我连背带扛,拱到马背上去了。天哪,就你娘,手无缚鸡之力,真是不可思议。"

爹又说:"所以呀,女人身体里都暗藏着一股巨大的力量。当然,一定是她情愿这个男人的话才有。"

我暗自想了下,我自己的心里,大约也存在着这样的一股力

远去的匈奴

量吧,一直支撑着我的日子,不然,我怎么这样盼着一个人呢。

乌海爷说:"王怀祖这下惨了,蒙逊国主要夷其三族,受株连的人可不少啊,几十口子人,血染街头了。听说,他是藏在胡床下行刺,因为胆怯,弄出一些窸窸窣窣的声音。"

"可是,他为什么要刺杀国主啊?"我追着乌海爷问。

乌海爷说:"我家掌柜的听来的,说王怀祖进茶的时候,失手打碎了夜光杯,被蒙逊国主呵斥,说他手脚笨。阚氏为了给国主消气,就扇了王怀祖几个耳光。就这样,王怀祖嫉恨在心了,才行刺的……"

五师兄急着要去看热闹,不耐烦地打断了乌海爷的话,打算溜出去。爹黑了脸,呵斥道:"回来!杀人难道很好看吗?"

师兄们都灰溜溜地各归原位,低头不说话了,一脸惭愧。乌海爷拱手对爹说:"啊呀,先生就是有怜悯之心,不愧是善人!"

爹踱步进了后堂,坐在火炉边的木墩上。他的脸色一直沉郁着,我不知道他在想什么。火炉里冒出丝丝缕缕的青烟,他的脸在烟雾背后,有点缥缈。爹鸡爪子似的手指,在火苗上烤着,干枯,苍老。爹神情悲凉。

只有我们两人烤火的时候,果然,他说话了。

"阿禅,有些事,说起来,咱们草民百姓也是闲操心。不过呢,人讲究气节、义气。王怀祖,虽然是个阉人,可也是男人。都是日子逼迫的,不然,好好的人,去做阉人干什么呢。

"你看,他打碎一个夜光杯,就要被女人打耳光,这是侮辱不是?阿禅,人得敬人。我们家,捡来的孩子不是绕狐一个,咱家骆驼山庄里,住的不都是我们捡来的孩子吗?我们打过他们吗？都像自家的人一样。你的师兄们，若不是我镇着，都娇惯得蹬鼻子上脸了。你看老七，动不动就抱怨我偏心你，我还不是让着他嘛。

"这个王怀祖嘛，原本是伺候段业王爷的，是前头宫里留下的阉人。他这行刺，挨打只是个引子，其实是为段王爷报仇。蒙逊国主杀段王爷的时候，宫里的人都痛哭涕零，舍不得主子。

"灭他三族，又是多少冤魂呢。国主一边在天梯山造佛，一边又杀人。唉，有些东西，靠杀人永远都不能征服的。

"阿禅，苍天在上，做人总要想想苍天。你看，我让你给人扎针，多半是穷人，都不要银子，你出一些力气罢了。这个是给你命里积福呢……"

我想了想问，因为行刺这件事，野利都尉会从天梯山赶来吗？

爹摇摇头，闭着眼，一句话也不说。我不知道他摇头的意思，是野利都尉没有来？还是他不知道？也许，两者都是吧。

那天，七师兄回来后，受到责罚，爹让他到后院喂骆驼、扫院子、烧水煮粥、劈柴禾。绕狐倒是轻松下来了。

唱歌的绕狐

一个午后，闲下来的绕狐，坐在窗前唱歌：

春天来了杨柳青，花有清香月有阴。我说遍地是生芸，歌管楼台声细细。春可人，花有荫，我的姑娘，你养着精神……雪尽胡天牧马还，月影羌笛边关外。她说一片儿寒霜，借问梅花何处

远去的匈奴

开?风吹一夜满关山,她说地冻天寒。地冻寒,朔风凉,我的姑娘,你火炉旁坐下……

绕狐唱得走音跑调,把含蓄委婉唱得支离破碎,惨不忍睹。黄狗都不堪忍受这种鼓噪,卷着尾巴出庄门去了。就算他平日里哼哼几句还可以,这么拿腔拿调一唱歌,就把我们都击翻在地了。

我从后堂里出来,穿过廊下,隔着窗子喊他:"绕狐,行了行了,骆驼巷子的狗都被你惊动了,全都在巷子里哆嗦呢。"

绕狐挑开棉门帘,出来了。一点冬天的阳光打在他脸上,脸颊有点红。他穿着短袄、褶裤,裤脚束缚,脚上着短靴。看着很笨拙,行动起来却利落。他忸怩了一下,靠在门框上说:"阿禅,你难道不知道我为谁唱歌的吗?"

"不知道呀!难道是对门哈家酒坊风情万种的大玉儿?"

"不是,不是。阿禅,难道你真的不知道?"

"当然不知道了。我怎么知道你在想什么呀?"

"可是,阿禅,野利都尉,他都好几个月没有来看你了。是不是一直就不来了呢?"

"这个嘛,绕狐,我也不清楚。你想说什么吗?"

"我的心伤得很。秋天的时候,你们去城外。"

"怎么了?你和珂贝桴罕不是也去了吗?就看看庄稼呀!"

"算了,阿禅,不说了。"

绕狐的棉袄也很厚,腰里勒了一道布带,裤脚也用布带束紧紧缚着。他袖着手,蹲在墙根里,低下头,叹了一口气,好像在慢慢修复他内心伤过的痛楚。

他头发乱蓬蓬的,我立刻想伸手去抓挠他的头发。我喜欢抓挠他的乱头发,不过得等他蹲在地上的时候才行,不然,他太高了,我够不着。

可是,我刚触碰到他的头发,他立刻就扭头甩脖子,不让我摸。绕狐梗着脖子说:"阿禅,那天,我看见了。"

"绕狐,你看见什么啦?"

"那天,就是城外,秋天的那天。我和珂贝枹罕在田野那边,我看见他把你抱在怀里,脸贴着你。他还把你抱到马上,你俩一起骑马,你在他怀里,难道不是?"

我的眼泪就流下来了。我已经好久没有他的讯息了,绕狐这么一说,就勾起我的伤心来。我想我的人,想得心里疼。我知道自己早已经掉进他温暖的深渊了,万劫不复。

"阿禅,提起他,你很伤心吗?"

我拖着哭腔说:"绕狐,如果换了是你,你难道就不伤心吗?"

他看了我一眼说:"我现在就很伤心,不用换。我的歌,就很伤心。"

娘在堂屋里使劲儿咳嗽了一声,我们就都不说话,各自疼着各自的。绕狐不晒太阳了,起身去看骆驼。他说:"师弟喂,我还不放心。"

我也转身回后堂。一块石头沉甸甸地压在我心里,翻不起来。隐忍的疼,在骨头里弥漫。那个马背上颠簸的男子,那个微笑着的男子,那样干净的眼神,那个刀眉的男子,让我慢慢折磨自己。

爹看着我,他的三角眼睛里,有一束深邃的光芒,穿透我的心。我含着眼泪,无法掩饰,用很颤抖的水音,对他说:"明天,爹,我想去鸠摩罗什寺。"

远去的匈奴

爹什么都没有说,看着窗子,烤火。他明白我的心。他的女儿已经掉在绝望无助的境地里,在迷惘中苦苦挣扎。这样无法左右自己情感的时候,唯有求助于佛了。

半晌,爹说:"有一种东西,我们得畏服和顺从,就是命。丫头啊,越高的地方,越寒凉。祈求佛护佑你啊!"

我的心,疼得抽搐了一下,眼泪泉水一样涌出来。

第二天早上,门外刮着风。我赖在被窝里,不想起来,头一直疼,心也一直疼。我躺着,任凭一种疼侵蚀自己。

有人在拍打庄门,绕狐去开门,他仍旧把杠子"哐啷"一声扔在雪地里。那根杠子很结实,被他扔了几年都没有断掉,好好的。

又想起来,绕狐这个粗人,居然什么都懂。他居然也知道受伤。我知道他的伤口在哪,可是,只能装糊涂。我不想知道他有多么疼,因为我已经很疼了。

有人在廊下说话,娘迎出来,寒暄一会儿,进了屋子。一会儿,娘在窗下喊我:"丫头,起来,喝米汤。"

爹和娘坐在炕上,还有来的客人——枯木巷子的黄三娘,一个媒婆,也坐在炕上。他们吸溜吸溜喝米汤,吃枯菜炖野猪肉。破旧的桃木矮几上,摆满了碗盏。

绕狐和三师兄坐在地下的胡床上,只见碗,不见他们。还有呼噜呼噜的声音。别的师兄们在厨房里吃着呢。

我看了绕狐一眼,心里突然难过起来。

我坐在炕沿上,娘看着我的黑眼圈,说:"晚夕里,没有睡好?"我点点头。

娘转身给黄三娘说:"这丫头,弱得很,动不动就头疼脑热的。"

谁知，黄三娘却说："姑娘大了，就该是婆家的，养在娘家里，毛病就多得数不清。这是苍天世下的，姑娘成人，就该出嫁了。有个男人疼着，什么毛病都没有了。"

绕狐偷偷看了我一眼，脸上是奇怪的表情。

我不想说话，对着半碗米汤发呆。我是该出嫁了，可是，娶我的人，在哪里啊？几个月，音讯全无。嫁人，不是想嫁就能嫁出去的。

三师兄划拉着碟子里的菜，对绕狐说："兄弟，吃完饭，让七弟喂骆驼，你留下来，师父有事相议。"

他的口吻很严肃。哥哥们不在家里，三师兄就是管家了。大师兄和二师兄都独立出去做先生了，家里他实际上就是大师兄的地位了。爹有事，一定得和他商议决定。

黄三娘也吃完了，拿一块绢巾抹抹嘴。她的头发梳得一丝不乱，抹了胡麻水，很明亮。大襟袄的边沿都绣了花，干练得很。裙子也长，遮住脚面。很风骚的一个老女人。

黄三娘嘛，全凭一张嘴。除了能把芝麻说成胡瓜之外，还懂胡话。匈奴话也懂，羌人的话也懂，吐蕃话也懂，什么样的话都懂。她自己说，如果兵营里抓到奸细，还得请她去释译。匈奴兵只懂汉话和匈奴话。

她是汉人的媒婆也做，胡人的媒婆也做，在北凉城里算是个人物。幸好，她不挑剔，穷人的媒也行，贵族的媒也好，她都做。酬谢也是随心，等牛身长的布匹也好，等手乍长的香料也行，银两也行，捉几只小羊羔也行，没钱的一篮子胡饼也行。

远去的匈奴

我收拾碗筷，爹就说："绕狐，今天黄三娘来，是给你说一门亲事。你来我家，已经好多年，估摸着也该是成家的时候。男大当婚嘛。你究竟多大，你自己不知道，我们当然也就不知道。但想来也差不多。"

绕狐显然没有料到。他吃惊地看着大家，有些茫然，嘴张了张，没说出来话。却又回头偷看我一眼。我拱拱手说："恭喜你啦！"

我没心没肺的样子，绕狐一定很伤心。

娘说："绕狐啊，你在我家，是阿禅收留的，看你可怜。你不是先生的弟子，也不是我家的骆驼客。现在，你长大了，就得自立门户，男儿不吃十年闲饭。"

紧接着，黄三娘就开腔了。

黄三娘说："绕狐，也就是先生善人，给你张罗成家的事。别人，谁管你呢。连亲生的爹妈都扔掉不要你，想想看，天底下谁对你最好？先生可真是你的恩人啊……"

黄三娘一旦说话，就会把人说晕，别人一句也插不进去。我看见绕狐就迷瞪起来，眼神迷离。他的表情很奇怪，一会儿欲哭无泪的样子，一会儿魂不守舍的样子，一会儿又轻飘飘的。

我悄悄出门，要去鸠摩罗什寺。不想听绕狐的事情了。黄三娘说的，是鲜支涧巷子卑和人家的女儿。

鲜支涧巷子

这个巷子我当然也常常去玩了。爹说过，早年间，蒙逊王率大军，围攻在鲜支涧的卑和部落，大战十天之后，不分上下。当年的大王，据说万分勇猛，骑在高头大马上，剽悍狂野。最后，蒙逊王断了鲜支涧城的水路，没有水吃的卑和部落就投降了。

后来，卑和部落有几百户人迁徙到了北凉城里来了，他们居住的巷子就叫鲜支涧。卑和部落的人精通音律，擅长歌舞，所以，很多人家都以此为生。

美丽的女孩儿，有些就被匈奴贵族们养起来，衣裳华丽，在家里唱歌跳舞，供他们观赏。相貌寻常的女子，就在街上卖艺。一家人，爹娘弹奏琵琶，女子歌舞。

小时候我常常去鲜支涧看胡腾舞，很痴迷，一看就是老半天。姑娘们梳两个长辫子，辫子里掺进去丝线辫成，色彩绚烂。辫梢系上红色、绿色的丝线，用黑色丝线与辫梢合编在一起。加了丝线的辫子很长啊，就拾起来辫梢，塞进腰带里。腰带也是绣花的、丝绸的。她们几乎不戴帽子，不缠布巾，所以把所有的心思都花在发辫上。绿松石的耳坠、珊瑚花冠、银簪子、玛瑙珠链，层层摞摞，垂在胸前。还有五颜六色的珠宝串成的项链，掐丝、镂空镶嵌的手镯，极尽奢华。鲜支涧人，有钱都花在穿戴上了。

珂贝枹罕家也养着五六个卑和部落的女子，都是丰硕美丽的。她们戴了碧玉手镯和镶宝石的戒指，还有象牙的护身符，显得以贵为荣。他说："野利都尉，常常去观赏，很是喜欢，还夸他调教得好。"

他除了巴结野利，好像没有别的事情要做。

冬天的珂贝枹罕，也很有风情。羊羔皮大氅，挂了玄色堆花的面子。毛领可是很有意思的，红狐狸皮子，完整地卧在他脖子里。

远去的匈奴

羊羔皮的毛穗子洁白柔软,毛领子华贵奢侈,骑在马上,招摇过市,算是阔绰到家了。他总是恨不能享尽人间所有的荣华富贵,那么贪婪的样子。

有钱的鲜支涧男人,也是很奢华的。他们袍子上的交领口、袖口、下摆、襟边,用鹿皮绲边,非常华美。喝酒的时候,把长袍下襟提及膝部,塞进革带里,宽大的衣袍敞开怀,露出一片胸毛。看上去很野性强悍。

到晌午,我才从鸠摩罗什寺回来。

娘在堂屋里做针线活。我说:"黄三娘走了?"娘说:"走了,不走还要吃晌午吗?"

娘在"嗝嗝"地清嗓子。我躺在炕上,闭着眼睛说:"有什么话,你就说吧。"娘果然有话要说。

她说:"绕狐的亲事定下来了,就是鲜支涧巷子的。卑和人家的女儿都贤惠得很,能吃苦。按照她们的规矩,外族人都必须入赘,不能娶回来的。"

"绕狐自己怎么说?"

"还能怎么说?他不过是捡来的,难道我们要给他盖屋娶亲吗?翻过年,到了春天,百草发芽,树叶撒开了,就把他送过去。看在他在咱家好几年的情分上,给他送一份嫁妆,体面地嫁过去好了。"

"他高兴还是不高兴?"

"阿禅,你管这么多干什么?操心你的事情好了。你一个大姑娘家,可怎么办啊?我都惆怅得,彻夜睡不着。你到底怎么想啊?"

我哆嗦了一下，被子蒙在脸上，眼泪就下来了。我在被子里哭得一塌糊涂。娘说："好了好了，我不问了，祖宗啊！"

一个冬天，就这样不咸不淡过去了。

绕狐也看不出是高兴还是忧伤，脸上没有表情，却做着离开家的打算。做了新靴子、新夹衣，头发也拾掇得整齐一些了，还常常戴了帽子，却再也不让我去抓挠。先前他是多么乖啊，支棱着脑袋让我抓头发。

他再也不唱歌了，有时也去鲜支涧巷子他的丈母娘家。去过几回之后，回来脸上就有了灼灼的光彩。然后，去得更加勤快了。男人就是这样，唉！

不过，也没什么不好。抓到手里的，比梦里的永远要实用。

女人其实是梦做的，一直活在虚幻里。

有一回，他咕哝着，让爹给他一匹小骆驼做嫁妆。爹答应了。爹从心里疼这个没爹娘的娃。

家里新来了两个弟子，比我小，八师弟和九师弟。他们基本要接替绕狐的活儿，先得给我家干三年活才能进堂抓药。不过，年底和师兄们一样，可以领到例银，自然是少一些的。这个规矩是我们老先人定下的，铁板一样的。我爷爷的弟子们就是这样一个个出来的。我也是师兄们背大的。

过年的时候，我以为我日夜思念的人要来。结果，一切照旧，什么也没有发生。年是我们汉人最重要的日子，他知道，但是，就是没有来看我。

没有他的约请，我自然也不能去弓背街。我只好把自己晾晒着，慢慢把心变凉。

远去的匈奴

借宿村野

春天，照例是大风，时刮时停。这天，心烦意乱，独自出城溜达，谁知遇上大黑风，铺天盖地的沙土。我躲在一棵树下。好久，大风只剩下了尾巴，变成了清风，吹得我衣衫飘飘。土眉土脸走了不远，突然，从大路上冲过来几匹马，疾驰而来。近了，停下来，从马上跳下的人，狂奔过来。

是的，是野利，我日夜思念的人。

我茫然地看着他，一时还没有反应过来，他出现得太突然了。

"阿禅！"他扑过来，紧紧抱住我。他脸上的汗水湿淋淋的，粘在我脸上。我傻乎乎地笑了，拥紧了他。

我们不想分离，紧紧拥抱在一起。他的嘴唇依旧冰凉，在我额头雨点一样扑打。他的领口散发着幽淡的清香，暗香入骨。

"阿禅，这么大的风，真是担心。我怕失去你！我已经失去她，不想再失去你。"

我们分别了整整一个季节，我无数次想过与他见面的烂漫，就是没有想到在这初春的荒野，在我这么狼狈的时分，在霸道凌乱的狂风里。

野利扑打去我肩头的尘土，拂着额前的头发，仔细看着我，说："瘦了，丫头。"说完，又抱紧我，好像他一松手，我就会被大风吹走一样。

这天，他穿了羌人的衣裳，垂袍皂帽，缀了玛瑙墨玉。开直襟烟色长袍，赭色单大氅。高筒一样的帽子，令他的脸棱角分明。而眼角，却有泪痕。

他从天梯山回来，去到百草堂看我。可是，我出了城。一盏茶的工夫，天昏地暗的黄风就来了。我们全家都在担心，怕我被大风刮走。他在黑风里狂奔了一个时辰赶来救我。

风在我们身边吹着，吹向厚厚的北凉城墙去了，一点枯枝败叶也没有，清凌凌的。我在他的眼眸里，看见自己的影子，很单薄，脸上却是奕奕神采。

这一年的春天过得很快，好像被大风吹走了一样。转眼，到了夏天。不过，我非常喜欢夏天，总是渴望它快些到来。

野利一直在天梯山，偶尔回来一趟，过来看看我。就这么零星地看望，我已经很满足。

有一天，都尉回来了，和父亲在堂屋里喝茶。他跟父亲说，天梯山凿山的工匠们，已经凿到了最危险的地段，常常有工匠摔下来受伤。他想带走我和三师兄，还要一批草药，去天梯山救治那些不断受伤的匠人。

爹看着娘，目光很忧虑。娘低下头，又把目光转向我，眼神无奈且苍凉。我惊慌失措的脸就红了。野利拂去茶杯里漂浮的茶叶，慢慢喝一口，说："柳先生，您放心，我会好好照顾好阿禅的，亲妹妹一样照顾的。"

爹说："都尉，我们汉人，讲究名分。既然你当阿禅是自己的妹妹，就结拜她为干妹妹吧。只是，委屈你认老朽为干爹了。"

都尉站起来拱手说："先生，对于阿禅，我会是天底下最忠诚的哥哥！"

焚香拜了祖宗，磕了头，家里宰了羊，祝贺我们结拜为兄妹。绕狐居然又开始唱歌。这次，他唱的是胡话，我一句也听不懂。

111

远去的匈奴

不知道他为什么这么高兴,难道是因为好久没有吃羊肉了?还是不是因为不久他就要出嫁到丈母娘家去了?

我说:"绕狐,你要等我回来再出嫁啊,不要急急忙忙就走了。"

他却说:"我出嫁的时候,师父也会宰羊吧?也要叩拜祖宗吧?还有那匹小骆驼,它已经长得很壮实了。还有新捉来的花花狗,也跟着我去吧?"

唉,算了,绕狐已经爱上他未来的新娘了,恨不能把我家都端到他的新娘家。

"好吧,绕狐,我的那只羊羔子也送给你做嫁妆,那两只白公鸡也带走吧。不然,她们会看不起你的。你要很阔绰地嫁到鲜支涧巷子去,你是男人嘛,嫁人也要风光一些才好。"

绕狐高兴得快要跳起来,把脑袋伸过来,让我抓挠几下。娘挑开门帘吩咐说:"绕狐,快去把那两只公鸡也宰了,哈掌柜和于掌柜他们都来祝贺,菜不够多。"

绕狐立刻说:"师娘,那两只公鸡,阿禅许给我当嫁妆的,不能宰了!"娘惊讶地说:"天啊,阿禅这丫头,做了都尉的妹妹,就开始当家了。"

绕狐欢天喜地去地窖里搬几坛子葡萄酒,我突然觉得有些难过。他这么快,就向往自己的新娘了。

我说:"他的心,已经飞走啦,留不住了。"

娘看着我的脸,一字一顿地说:"这就是男人,不犯傻。他们从来不会为没有名堂的事情空空耗着。"

我的眼泪就下来了。她的话戳疼了我。

原来，我是傻瓜，而绕狐不是。

三师兄站在檐下，看着门口拴着的马，心里一定很高兴，因为他的眉梢扬起来了。但是，他看上去平静得很，不像绕狐那么不稳当。山里冷，他在袍子外面套了件无袖的羊皮褂挡风寒，毛穗朝外，洁白干净。

我穿了新荷色的深衣，镶了紫色的宽边。窄裤，短靴，烟灰色披风。头发包了淡青的布巾。裙角遮住脚面，翠玉的镯子。野利都尉轻声笑了一下，低低说："真是小可人，清荷一样啊，温玉凝肤，乌发云簪，嫣然出尘。"

出了北凉城南门，是宽阔的大路。他脱下身上的紫红披风又加给我一层温暖，说："路上风大，小心着凉。"

马蹄踩起来小团尘土，腾起来，又飘散。路边是一些我没有见过的花朵，美丽且绚烂。还有一些黄土夯成院墙的房子，很低矮。

再走，就进山了。路两边都是大山，山上的青草毯子一样。打马飞驰，一路狂奔。军营里的战马，一到路上就喜欢飞奔，逼得我家的马也跟着飞奔。中午的时候，又累又渴，我们远远看见了天梯山。只是看见，还有一程路呢。

我们走进山下的一个村子。野利都尉回头说："阿禅，你就住在这个村子里。"

实际上，我总是幻想着，和他过一种诗意的乡野日子。居家青山下，门前溪水干净清澈，最好有一座木桥散步。若是骤雨急来，就关了柴扉，放下雕花的木窗，坐在屋子里温一壶清酒对酌。闲居的日子里，去山野里散散步，在开满野花的小径上闲闲地乱走，低声说说话。树上的花也落了，鸟也啾啾叫着，依偎在他的肩头，

远去的匈奴

撒一点娇。

这个村落不大,是汉人胡人混居的村庄。汉人家的门口挂了桃符和帘子。树荫下的一条狗伸着舌头,看见生人,也不叫唤。它的肚子大约饿得咕咕直叫。那条黄狗支起前腿,眼珠子四下里瞅瞅,看不到一点吃食,咽下清涎水,怨艾地看一眼自家的庄门,又卧倒,伸展了爪子,呼呼大睡去了。睡着了,能抗饿。

一条小花狗偷偷摸摸溜进人家的院子里,肚子贴着墙根,想去厨房里逮住点儿什么填填肚子。它的头刚探进厨房门,尾巴还在门外,被坐在门槛上吃饭的人看见了,一脚就踹出庄门外。小花狗叽里咕噜滚下庄门外的坡坡,一头撞在一墩苡菰草上,翻个身,爬起来,翻着白眼仁,吱吱哇哇乱叫。

那条老黄狗看看它,龇了龇牙,做出一副想笑的样子。它道行深,见过的事儿多。当然,狗是笑不出来的。不过呢,狗会哭,哭起来跟人一模一样,真的,分不清。不过,一旦哪条狗哭了几晚上,就会被宰掉的,不吉利。

一脚踢出小花狗的人是一个女人。她正抬着一个大碗,坐在门槛上埋头大吃,好像八辈子没有见过饭食,真是饿狼扑食啊。

她斜了一下眼睛,看见了我们,又开着腿,满不在乎的样子。

我说:"女人一旦嫁了男人,就泼了,再也不矜持了。"

野利却说:"也不是。美的,永远都是美的。"

他这么说的时候,眼里满是柔情。我知道,他的眼里是乌啼娟的影子。

我突然就后悔跟着他来。我在家里,只是思念,一种单纯的心痛。但是,在这里,我的折磨是双重的。我得常常面对他,听他说起乌啼娟。那个遥远的美人，慢慢侵蚀我的情感。

我们在一户人家庄门前下马了。

门前一个短袄的女人倚门喊："青梅呀，你看，来客人了。"

青梅有点羞涩倚门站着，淡紫色的罗裙，发辫垂在脖颈后。我说："像我小时候的样子。"

三师兄却鼓着腮帮子笑道："像你呀，阿禅？谁像你那么刁蛮哩！左拧根，我们惹不起。"

左拧根就是秦艽，一味中草药。它所有的根须一气儿朝左扭，一点儿都不乱。它暗暗地较劲，自己把自己拧成一股劲儿。这是我小时候的绰号。因为刁蛮、固执，又喜欢和人较劲。

野利大笑，他说："看出来了。阿禅，我第一次见你，想想看，你是多么捣乱的样子。脑门上顶着一块头巾，歪歪斜斜的样子。手里拎着一把破扇子。"

他们大笑。

其实我干过的那些事情，若是一一说起来，能把死人笑得坐起来。

把我留在这户人家后，他们打马进了山，要去凿山的地方。最少，还要走一个时辰。

眺望远处的天梯山，山谷里扎满了帐篷。夜深的时候，定是千帐灯火在闪烁。哪一顶是野利的呢？远远地就能听见人马喧嚣不止，很是浩荡。天梯山前绿草如茵，马莲花开成一片，河水清澈透亮。

匠人和僧人，都在为凉国主开凿石窟。河畔，支起的石头灶上，冒起缕缕青烟，煮着他们粗糙的饭食。偌大的石头山，可以当作

远去的匈奴

天梯的大山,被匠人们干枯的手指一点一点啃掉,坚硬的石头山被抠空。想想,真是让人惊悸悲伤。比起这些凡夫草民的命运来,我的那点儿小儿女情长好像微不足道。

我被安顿在青梅家里,住在一间干净的房间里。

第二天真是一个好晴天,阳光照得屋子里亮堂堂的。我百般无聊看青梅绣花,却听见马哒哒哒跑来的声音。是野利来了,我心里咚咚跳着。

青梅把马拴在门口,那匹马就呼哧呼哧喘息,大约一路疾驰而来。

野利进了屋子,站在窗前,挺拔,健硕。他的眉毛太浓了,实在像两把大刀一样,很威严,英俊。一袭青衫,戴了帷帽,尔雅倜傥。不过,他还加了罗幂。

罗幂是加在帷帽前面,遮住脸面的幂面。最早的时候,戎夷人的贵族很喜欢这样的打扮。用宽大肥硕的皮袍子全身障蔽,脸上遮了罗幂,只露出眼睛来看人。我曾经问,为什么要这样?野利说,是为了不让路人窥视。奇怪,男人家的,让别人看见有什么不好。

女人的美,有妩媚,有清秀。而男人的美,难以形容,是气度,是雅韵,像一枚指纹,很妥帖地拓在心上,怎么看都好。这种好,是骨脉里的,心坎里的,难以自拔的沉溺。

我想说什么,却被他的美击中,张张嘴,什么也没说出来。于是,我笑了笑,很傻气的那种笑。

他却走近我,伸开双臂,把我揽在怀里,抱得紧紧的,脸也紧紧贴着我。他在我耳边呼吸,气息拂动我耳际的头发。他肯定是喝酒了，带着一点点酒气。我能感觉到他的心跳，很有劲儿，撞击着我的胸脯。

一句话也没有说，我们站在窗前一直就紧紧拥抱着。我的眼泪又下来了，我情愿他就这么一辈子拥着我，可是，我知道只是个梦想而已。

有一刻，我突然目眩，摇晃了一下。他也跟着我摇晃，几乎要翻倒了。我们靠在墙上，彼此深情地看着。我的泪珠还挂在眼角，他低下头，轻轻吻去泪珠，又把嘴唇贴在我唇边，更加紧紧地抱着我。

我哭得忍不住出声了，掐着他的肩头。野利在我耳边喃喃说："阿禅，心肝。可是，你是妹妹，只是妹妹！我舍不得你，想你。可是，我这辈子，只有一个女人，是阿娟。"

他也哭了，眼泪流进我口里，苦涩的。野利轻吻着我的额头，抚弄着我的头发，梦呓一般自语着，他陷进痛苦的境地里了。我听不清他说什么，唯有阿娟两个字，撞击着我的耳朵。

他把我久久抱在怀里，我觉得自己快要崩溃了。我的心里充满了痛苦与绝望。

这个人，让我没完没了地牵挂，没完没了地心疼，没完没了地哭泣。他究竟是怎样的一个人啊！是的，他是个风流儒雅的翩翩男子，让我痴迷得不能自拔。就是因为这样，他攫走了我的心，让我苦闷着、期望着、快乐着、忧伤着。

不见的时候想，见了也想，而在他的怀里的时候，想得浑身都疼。

内心深处，像草海，被风吹得一波一波翻卷。

远去的匈奴

当我们精疲力尽，才松开拥抱的臂。野利说："阿禅，我痛苦得没有办法了，才把你接来。你能使我安静下来，不然，我要暴躁得发疯了，彻夜不眠。"

野利的痛苦，当然来自乌啼娟。她是怎样的一个美人啊，远在千里，却牢牢攥走我爱的人的心。我在身边，却无法拥有。

原因是野利得到了消息，乌啼娟那边出事了。

蒙逊王的女儿，北凉的公主，嫁给了北魏太子拓跋焘，被封为右昭仪。拓跋焘为了把乐都的南凉牢牢攥在手里，就派人给秃发氏说，右昭仪喜欢男孩，自己只有一个，所以要收秃发的两个儿子做义子。

秃发氏不敢得罪北魏，在几个儿子中间权衡利弊之后，把乌啼娟生的两个儿子送到北魏去了。义子只是个传说，实际上是人质而已。

乌啼娟的两个儿子还小呢，正是依恋娘亲的时候。可是，就被秃发氏送走了。一别千里，再见不知何年何月。乌啼娟的悲痛，可以想象。

野利一直念念不忘杀到南凉抢回乌啼娟。可是，这样一来，他明白，就算自己杀到乐都去，乌啼娟怎么能撇下中原的儿子跟他来北凉呢？

野利纵然有天大的本事，也不可能从北魏把乌啼娟的孩子抢回来啊。

他呜呜大哭，抱着我的肩头。面对这一噩耗，我们都毫无办法。

可是。我很清楚地知道，我对他的眷恋已经无法遏制，走火入魔了。我迷恋他这种孤清淡雅的气息,有一点淡淡忧伤的眼神,慢慢飘荡的不经意。

我的妥协是很早以前就开始了的,收刹不住了。

相逢一醉是前缘

后晌,野利去了天梯山下的营地。

青梅妈煮了菜粥,炒了山里的野蘑菇,我不想吃。她说:"吃一点吧,你这么瘦弱的。"她看我的眼神里,有一种高深莫测的东西。她大约一直在揣测我真实的身份。野利是羌人,并不避讳我们的亲昵。

我很难捕捉她内心的揣测,她的目光里有一点点怜悯,女人对女人的怜悯。但也不完全是。还有一点点嫉恨,或者是别的。有时候,也有一丝轻蔑。还有一种更加复杂的东西,我说不出来,但能感觉到。

凭借直觉,她不是一个简单的女人。

野利之所以挑拣到她家里,是因为青梅没有父亲。而且,这个女人很干练,家里也干净。他期望我能住得长久一些,舒服一些。他太痛苦了,没法子度过这个坎儿,要我陪着他才行。

山里的天,黑得早。掌灯时分,又落了一点雨。我慵懒地歪在被窝里,发呆,想心事。青梅绣花,凑在灯下,仔细琢磨一针一线。做个单纯的女儿家真是好。到了我这样的时候,就再也没有这简单的快乐了。

远去的匈奴

庄门外传来马蹄声。青梅跳下炕，慌忙穿上鞋子去开门。

野利还是一身的酒味儿。他总是喝酒，总是醉。醉了，总是哭，折磨自己。

我说："这路颠簸的，不要喝酒了，我担心。"

他斜倚在炕上，把脑袋枕在我胸前，迷瞪地说："没事，放心，即便是醉也拿得住马。"

然后，他迷迷糊糊睡过去。我靠在被子上，不敢动。一动，怕惊醒他。这个一直彻夜不眠的人，难得踏实睡一会儿。

灯盏里的羊油燃烧尽了。屋子里留着一股羊油味儿，四下里黑黑的。我在黑夜里摸着怀里棱角分明的脸，心里却平静，一丝波澜也没有。我一直很清醒，他的心不属于我。

斜倚在被子上，迷糊中我也入梦了。梦里，一地野花开得绚烂，一朵比一朵艳。我拿不定主意，要挑选哪一朵才好，在花间徘徊流连。又躲起来，心想，让野利找找我吧。他找到了我，喊着，阿禅！

野利的确在喊我，"阿禅！"他从梦中哭醒，翻身抱紧我，在我脸上拼命地吻着。我几乎透不过气儿来。

"阿禅，我梦见他们把阿娟也抓走了，阿娟穿着很旧的衣服，她的手在空中挥舞，那么瘦，那么单薄。"

"阿禅，我怎么办？怎么办啊？我是男人，却没有办法呵护自己心爱的女人！"

我无端想起一个词，同床异梦。我们相拥入梦，我梦见他，他却梦见乌啼娟。

乌啼娟啊，让我快要发疯的美人。我无端地想象着，她应该是梳了灵蛇髻，就像拧麻花似的，把栗色的、略带棕红的头发扭转缠盘在头上，斜斜的、高高的耸立的发髻，插了金步摇，别了朝阳五凤挂珠钗，很有风韵。她含笑着，立在暗处，吞噬我的心情，让我颓废不堪。

我的指尖伸进他的头发里，这么粗硬的头发，血气、阳刚。他的身体里暗藏着一股强大的力量，一直冲到发梢。半晌，我说："不要这么想，她也许过得很好。毕竟，她是秃发王的妃子。"

谁知，他生气地说："秃发贼子，他去死吧。阿娟永远是我的女人，我一定要抢回来。"

"那么，就让秃发氏去死吧，如果我说了算的话。如果你说了算的话。那样，天底下的人就少一半了。光阴里的喧嚣就要落下去半截子。"

他把我揽入怀里，一句话也不说了。

悲伤到了极点，就什么也说不出来了。

清晨，天气还阴着，落一点点雨丝。野利上马的时候，回头看了我一眼，目光很柔和。他大约没有睡好，眼圈有点黑。我们聊到深夜才迷糊睡着。

我在庄门口目送他离去，然后一直站着发呆。

隔天，我独自去村落对面的山上散步。

快晌午的时候，看见山下一匹马飞奔过来。那紫骝马，硕健、洒脱，那是一匹战马，我太熟悉了。我狂奔着，在路上绊翻了几次，爬起来就跑，风一样疾。好像跑得慢了，找我的人就会走了一样。

我几乎是扑到他的怀里的，好像我们几年没有见。"为什么不喊我一声？"我嗔怪道。

远去的匈奴

他笑了,两粒尖利的虎牙。"来吧。"他简短地说着拉我上马。野利上马的姿势真是好看,噌一下就坐在马背了。实际上,他做什么都好,连小小皱一下眉头都好看。

马背上的野利勾下腰,像拎一只羊羔一样把我拎上去。他说:"阿禅,你怎么这么轻,一只肥猫都胜过你。"

我立刻想起车马店的那个长脸女人,她怀里卧着一只很肥的猫儿。

我说:"我才不要那么难看,又肥又笨。"

他笑了,脚下一使劲儿,马就哒哒哒跑起来。我忘了山坡上的花朵,忘了光阴。只有我们俩。

他把鼻子凑在我脖颈使劲闻,说道:"真是香啊!"又把鼻尖蹭在头发里,梦呓一样,呻吟了一声,含糊地说:"阿禅!"

马背上的颠簸,是一种奇妙的节律。那只有劲儿的手解开了一粒纽扣,探进衣衫里。我尖叫了一声,然后,一张湿润的嘴唇压过来,我喊不出来了。我像一枚果子,被含在口里。

战马是通人性的,它慢下来,走到一片草滩里。

草很高,我们躺进去,只看见头顶的蓝天和白云。那只柔情的手,解开了一粒一粒的衣扣,我的心都要被攥疼了。湿润的嘴唇,有劲的手,慢慢从我脸颊往下游走。

那张盛满阳光的脸,贴在我胸前,慢慢吮吸着。

他含糊地梦呓着:"阿禅,你这个小狐狸精。脸上这么憨,小孩儿一样。可是,身体都熟透了,我要好好吃了你。"

我闭着眼睛,没有说话,任凭他狠狠地吮吸。

总算想明白了,女人是不能做王的。就算做了王,一旦遇见深爱的男人，就什么都不要了。一座北凉城算什么。十座城池又能怎么样，为了自己的心上人，这个天地都可以不要。

小小的野花被我们压碎了。萋萋芳草里藏着两个痴迷的人梦呓呻吟。我觉得自己浑身的骨头都要被他揉捏碎了，劲儿那么大。那种温软的唇，从额头慢慢往下游走，指尖，也跟着游走。我闭上眼。

可是，那唇，在胸前停留了，大约在激烈挣扎了一番之后，慢慢又回来了，回到出发点，拼命吮吸。要把我整个地吮吸到他身体里去，一种眩晕般的疼。

"阿禅，心肝，对不起。"他疯狂地亲着我，用一种撕心裂肺的声音呜咽着对我说："对不起，我这辈子只有一个女人，乌啼娟！"

只能抱头大哭了。汹涌的眼泪，淹没了激情。

乌啼娟，这个忧伤的美人，像一层纸隔在我们之间。

他慢慢整理好我的衣衫，摘去头发里的青草花瓣。可是，我们又拥抱在一起，怎么都分不开。他的唇紧紧压过来，我几乎窒息了。

一定有一股强大的气脉，在他身体里冲撞。他无法让这股气脉耗弱，只能疯狂地吮吸。

我们沉浸在没完没了的缠绵里，纠缠着，含糊着。一阵急促的雨点赶来，才把我们撵到马背上。

青梅去拴马。我绯红的脸颊和凌乱的头发，还有哭过的眼睛，都没有逃过青梅妈的眼神。她舀来水，很大的一个陶盆，汤水冒着热气。她的眼神在她转身离去的那一刻，我总算看明白了。

远去的匈奴

这个半老的女人,目光里是一种惋惜,替都尉惋惜。她一定觉得我配不上这个挺拔英俊的男人,这个凉王帐下的大将。

野利喝了一盏茶,稍息片刻,打马去了天梯山。

雨点还是不紧不慢落着,天色慢慢往黑夜里磨叽。

漫长的下午时光,我身体里一些温热的东西在撞击,非常难受。我的心里也非常难受。

青梅坐在门槛上绣花,一脸茫然地看着我。

远山朦胧,水雾茫茫,夜色慢慢弥漫开来。这样的雨天有点小忧伤,但绝不苍凉。我这么想着。

夜里,还是雨,稀稀拉拉地敲打在院子里,我一直睡不着。

半夜时分,野利回来了。青梅妈去开门、拴马,问他喝不喝茶汤。

他的脸色很疲倦,身上淋得湿漉漉的。

我嗔怪道:"下着雨,看你,把自己淋雨成这样。"

他说:"丫头,我想你。很想,很想,就来了。睡着了吗?"

我摇摇头,没有说话。没法说了,因为带着酒味的舌尖已经触到我的舌尖。我们喘息,又纠缠在一起。冰凉的手指,在亵衣下游走。羊油灯的火苗昏黄、黯淡。

他的手太有劲儿了,我忍不住呻吟。我的骨头真的快要被他揉捏碎了。

"阿禅,给我吧,我再也忍受不了这种折磨了!"

他沉闷地喘息着,解开我最后的衣衫。我的肌肤上是他的眼泪和唇吻过的痕迹。

沉寂雨夜里,我尖叫了一声,成为野利的女人。我们终于挪开了沉重的乌啼娟，契合为一。他抵达到了幽深的地方，那是一朵花最芬芳的蕊。做女人，原来是这样的。疼痛里渗入无边无际的甜蜜。

一夜的雨，吧啦吧啦响个不停，那声音，吸附走了我们缠绵的沸腾。

天快要亮了，我说："你听，这雨声陪了我们一夜呢！"他在我耳边轻声说："心肝，原谅我，我隐忍了很久，再也不能压抑自己。"从今天起，柳家少了一个清纯女儿，野利有了自己的女人。

"我不后悔的，这是我自己欢喜的，哪怕一刻都好。"我这么说着，把脑袋藏进他怀里，听他咚咚的心跳，也是那么有劲儿。

我们都不说话了，趴在枕头上，静静听门外的雨。这样的福气，缓慢释放，需要细细体味。这时候，窗下突然窸窸窣窣响了一下，一个黑影一闪而过，很快，但还是被我们捕捉到了。

野利仓啷一声，抽出炕边立着的刀。寒凉的刀刃在黑夜里闪了一下。但是，一切都寂静无声，隐约中隔壁的门喑哑地响了一下，咣当！虽然轻微，还是磕碰出声音了。

他把刀还回刀鞘里，伸手搂过我，说："睡一会儿吧，没事儿。"这么说着，却又把嘴唇贴在我耳边，痴痴笑着，柔情地说："谁让你叫出声来了，把隔壁熟睡的人都惊醒了，羞不羞？"我立刻狠狠咬了他一口，他低低叫了一声。两人都笑起来，幸福得好像天地之间只有我们。

雨停了。更多疼痛等在清晨。一走疼，坐下也疼，哪儿都疼。他的眼睛里是甜蜜而温情的笑，略略有些羞涩，烫烫的。这是自

125

远去的匈奴

我认识他,第一次见这么柔情的笑脸。曾经藏在眉梢的疙瘩,不经意间散去。

他不让我起来,俯下身,温软地亲我的额头说:"好好躺着,歇息一天。夜里,怪我太用劲儿了。今天起,你是我的女人了。"

我说:"你已经说过了,还说呢。"

青梅挑开窗户,一缕阳光就扑进来。多么明媚的一天啊。

青梅妈牵过来紫骝马,那匹马就嘶鸣了一声,四蹄快要跳跃起来了。隔着挑开的窗户,目送心爱的人。

青梅妈递缰绳的时候,看了野利一眼,目光里还是有些惋惜的样子。她觉得野利吃亏了,爱上一个寻常的丫头。

可是,尽管这么轻轻一瞥,野利还是敏感地捕捉到了。他立刻黑了脸,狠狠瞪了这个多事的女人一眼。他的目光犀利,有杀气,凉飕飕的那种。

我看见青梅妈哆嗦了一下。

整整一天,这个女人都不敢到我房间里来,是青梅端茶送水。青梅也拘谨起来,不像之前那样随意。

我不知道我要在她家住多久,但是,野利付给她们的报酬很丰厚,足够她们吃几年。这个我是知道的。尽管青梅妈一直怠慢我,嫉妒我,觉得我占了都尉的便宜,但我从来没有给野利说。

毕竟,娘俩过日子,没有男人,还是艰辛的。

可是,野利还是给我换了一户人家。

他说了,他不想让自己的女人受一点点委屈。他没有能力保护好乌啼娟,因为那时候他不够强大。现在,他已经锋芒毕露,帐下几万大军,一丝细微的东西都可能伤害到他。

他说:"阿禅,我可以给你扎一顶最好的黑牛毛毡帐房,派兵士守候。可是,抱歉,那边都是兵士、僧人和工匠,清一色的男人,你去了,很突兀。再说,我不想让兵营里的人知道你。"

"是怕国主知道吗?"

"是的,阿禅。你知道那件事了?"

我点点头。

"阿禅,七公主今年才不过才八九岁,国主的第五个妃子生的,妃子是秃发氏的亲姐姐。好了,安心在家等我,不要为这些事伤心。"

我默然。这样品高才卓的男人,他的英气和霸气我无法抗拒。妥协是必要的。有些苦,不能给人说。可是伴随的甜蜜,哪里舍得说出口,只有自己细细地回味。

相依相伴

野利又去了天梯山,把我留在一个陌生的人家。

这是个很可靠的人家,只有一个老妇人。家里的两个男人,都在天梯山凿石窟。野利打发他的亲信,这个叫作枯木乌藤的西羌人来保护我。

以前,就是这个枯木乌藤常常给我捎信儿,说都尉在天梯山很好。现在,又常常去给我爹娘捎信,说阿禅在天梯山很好,住在村庄里。说三师兄也很好,不愧是柳先生的得意门徒,医术了得。

乌藤也是乌啼城的人,打小就跟着野利。偶尔我问起乌啼娟,

远去的匈奴

他沉默不语,像一截木头。事实上,他长得也很黑、很健壮。

野利有时来得早,有时来得迟。来了,乌藤就接过马鞭,一句话也不说,干活去了。

我发狂地迷恋着野利,他太体贴人了,天底下,也许没有比他更好的男人。他总是看一眼,就知道我在想什么。哪怕多么琐碎的小事,都安排得周到妥帖。他的指尖游弋在我的肌肤,那么好。他的气息也是最可人的,在我额头呵一口,都甜蜜到肺腑。

他说:"你们汉人家的女人,最喜欢的男人是不是周郎?曲有误,周郎顾?"

我想了一下说:"差不多吧。你和周郎,都是潇洒倜傥的男人。不像武夫,像书生。"

他笑,有点得意。他知道自己骨子里的飒然之气,足以俘获女人。

一夜夜酣然入梦。清晨,鸡打鸣,从梦中醒来,心里突然有些感动。看看身边的人,心想,就这样一辈子过下去多好啊,就算在很遥远的山里。他的呼吸里,都缠绵着我的柔情。

听啊,那一声悠长宽厚的鸡鸣:喔喔——喔。后来,全村庄的公鸡都跟着打鸣了。声音彼此起伏,有的打鸣声很清凉,有的则有点嘶哑。但每一声都相当卖力,一点儿也不偷懒。

躺在被窝里,侧耳细听这一村庄隆重的鸡鸣,内心是踏实的。黄三娘说得也太有道理了,女儿家长大了就一定要嫁人,不然毛病多。等嫁了人,就什么都踏实了。

可是,我这是嫁人吗?

我不知道。我问那个枯木乌藤,他还是一句也不说。至于那个老太太,也躲得远远的,一句闲话也不和我说。野利看他们的眼神,是威严犀利的,一点也不温软。只有看着我的时候,才溢满柔情。

山里的光阴就这样慢慢地在沙漏里沉淀到了初秋。天凉了。

这样的日子,兀自喜欢着。人淡如菊,素心已闲。看菊花盛开的那份端庄里暗含的杀气,闲忆初见时的那份清幽。女子本身没有什么奢望,苍天给她一个懂她的男人,就足矣。

有一天,我把晾干的衣裙收起来,点燃艾条熏衣。熏好的衣裳,和香草放在一起,那清香的味道就一直飘逸着。这是女人的味道,日子的味道。

枯木乌藤给马饮水,看着太阳偏西的天空发呆。天空里有鹰飞过,有白云如水一样流淌。这时,一只大鸟飞过,凄厉地长唳一声。

乌藤突然警觉起来,立刻牵马出门,打马朝天梯山下飞奔。这样的战马,用不了多久就抵达了,跑起来鸟儿飞一样。

我说:"怎么了啊?他这是。"

我原本也不指望那个晒太阳的老太太回答我,她常常缄默不语。

可是,这天,她说话了。

她说:"刚才的那只鸟,是黎鸟,兵营里养着,报信儿的。看来,有什么重大的事情要发生了。

我觉得奇怪,野利从来没有说过这种鸟。不过,兵营里的事他从来也不说。先前唯一说的,就是乌啼娟。现在,他闭口不提了,怕伤害我。他不想三个人都伤痕累累的,至少有一个人是快乐的

远去的匈奴

才行。

我说:"这种鸟,报信儿能胜过鸽子?我家养了很多信鸽呢,我哥哥们常年跟驼队,每到一处,就放一只鸽子送信儿回来,家里就知道他们在哪儿。"

老太太半眯着眼,沉默了半晌,拇指在食指上掐算。我以为她不说话了,陷入她的深思中去了。可是,她却说:"收拾衣裳吧,你可能要回北凉城了。"

这个让我非常惊讶。这么个破老太太,居然能预言北凉城里的事情?她去过北凉城吗?

可是,她的表情安详宁静,是看破世事后的那种淡定,像一尊菩萨,慈眉善目。

也许,她不想让我们继续打扰她了。我只好说:"如果我走了,过两年能否来看你呀?"

在她家的这段日子是我这辈子最清甜的时光了,留恋不已。

老人说:"你可能,不会再来看我了。不过,也说不定你的师兄们过几年会来我家里。世上的事,有因有果,什么事情都有可能。"

这是老人和我说话最多的一次。我知道,我该走了。我们打扰她太久了。我期望野利可以留给她很多的粮食和羊,让她一直吃到很老很老。

回屋,收拾好我和野利的衣裳。野利的衣裳是他的味道,也是我的味道,混合着,钻进我的鼻腔,多么舒服的味道。

我换了男装,穿了窄裤、粗布青袍子,裹了头巾。炕上是两个青布包袱,不太沉,但装满我们的情缘和一起度过的日子。

我站在屋檐下仰头看天的时候,一阵急促的马蹄声飞奔而来。乌藤几乎是滚下马的。他看见收拾整齐的我等在屋檐下,非常惊讶。但他的惊讶只有刹那。

他说:"都尉让我送你回北凉城,赶快!他已经率领人马进城去了。"说完他扑进屋里把那两个包袱抱出来。

我拥抱了一下老妇人,就被乌藤催上马。事情太突然了,我来不及仔细想,乌藤用一根布带把我束缚在马背上,这匹不是我的马,是战马,跑起来我会摔下来的。

两匹马在山道上飞驰着,我浑身的骨头都要散架了。我要是去战场,一定不用厮杀,在马背上颠簸一天就默默捐躯,给敌人省下一支箭。

风在耳边呼呼响着,飞驰的马已经够快了,乌藤还要抽一鞭子。难道他想让马变得疯狂吗?

远远的,我看见了暮色里的北凉城,眼泪突然就下来了。我离开家太久太久,几乎变成一个山野村妇。

我以为他要把我送回家,可是没有,战马熟门熟路飞奔到弓背街,停在野利的宅院前。它们呼哧呼哧大口喘息,身上的汗水一样滴答着。可怜的马,跑这么快的,还不断挨着鞭子。

我已经没有办法下马了,全身僵硬,好像一碰就要哗啦啦散架了。可是也没有。乌藤解开布带,扶我下马。

进了院子,我说:"我不去骆驼巷了吗?"

乌藤也呼哧呼哧喘气,好像比马还累。他简短地说:"都尉吩咐让你住这儿。我回去复命。"

他把包袱放在廊下,转身关上庄门,咔嚓,一把大锁朝外锁

远去的匈奴

上门。巷子里传来雨点一样疾驰的马蹄声。

这是我熟悉的小院子,梦里无数次来过。可是,当我真的住进来的时候,却有些张皇失措。这里不像我的家,我像个悄悄溜进来的路人,主人不在,我不知道要做什么。

而且,我也不知道究竟发生了什么事,那个老妇人是怎么掐算到的。

夜色渐浓,这个巷子不像我们的骆驼巷那样喧嚣。它很安静,安静得让人心里不踏实起来。

点亮灯盏,一团昏黄的光,很孤单,像我一样。野利的卧室很简单,很干净。不像贵族们的屋子,倒像是个书生的寝室。不过呢,这个院子也不是他的家,只不过是他忙完公事之后休息的地方,要那么奢华干什么呢。

我已经累得不想动弹了,虽然我熟悉这个屋子里的东西,但也不想去烧一瓮水来。

我躺在胡床上,迷迷糊糊,居然睡着了。屋子里是野利的味道,淡淡的,舒舒服服的,还有一点点儿汗味。

天快亮的时候,庄门响动着,马蹄声传来,我立刻披衣跑出去看,却是乌藤。

乌藤带来野利的口信,让我收拾好东西等待。如果有什么事情,让乌藤送我和我的爹娘出东城门,去沙漠边缘我们柳家的骆驼山庄躲避。

骆驼山庄离城里还远,得几十里地。山庄里住着三十多户骆驼客,常年跟着我的哥哥们去西域、去番地贩运药材。男人们出门去了,留下家眷,看护宅院。那是我家的老巢,给野利炫耀过很多次了。只是他一次也没有去过。

乌藤在厨房里烧水煮饭,火光照在他疲惫的脸上。他几乎奔波了一夜,给我的爹娘也送过信儿了。

他多一句话也不说,我也习惯了,就等着吧。反正,天塌下来,有我的男人顶着。他是我的避风港。

整整七八天,我没有见到野利。庄门外面的巷子里,好像也很安静,没有什么大事情发生。

到底还是有些焦躁。可是,枯木乌藤的确是一根木头,什么话也不说。每天来一趟,放下东西就走了。我自己煮饭烧茶。我们家的养生汤就是粥,爹说,粥是最清淡补人的,女儿家多喝。

日子就搅在粥里,慢慢稀薄。

院子里的菊花都开了,秋又深了一点。

独自赏菊,心里不免难过起来了。想着那个人,心疼,眼泪啪啪地就掉下来了。菊花也是孤寂地开着,一瓣一瓣,直到把自己的眼泪开出来。

如果苍天恩宠,让我们相伴到老了,就依偎在火炉边,翻开自己抄过的羊皮经卷,一字一句,找出自己清瘦的指印,闻自己年轻时的味道。煮一罐茶,清水钵里插几枝菊花,一曲筝,高山流水;一杯茶,秋菊花香。研墨,写几笔字,人生何等诗意啊。清早他起来了,伸给他掌心里一枚黄叶,不说别的,只是说,你看这树叶,美得惊心啊!

远去的匈奴

灯影犹寒

也许是第九天,也许是第十天,晚上,野利终于回来了。他和他的马都非常疲乏,都瘦了很多。

他进了月牙门,绕过照壁,看见屋子里的灯晕,脸上的疲倦一下子有了红光。我扶门,披散着头发,披着他的一件旧睡袍。没有说话,默默看着,目光里是心疼。

我们都没有说话,紧紧拥抱在一起。我微微颤抖,说不清为什么,是害怕,还是终于见到亲密的人。

他的唇急切呼啸而来,一下子咬了我一口。

可是,他的身子也是颤抖着的。

我问:"你也怕吗?"

他点点头。我不知道他怕什么。他的衣袍上落满灰尘。

这样的时候,我明白,如果离开这个人,我内心该是多么凄惨,一生该是何等衰败。

一这么想,就忍不住悲伤起来。

闭着眼,任凭他轻轻吻去我眼角的泪。他当然知道我在想什么。

他把我的脑袋藏在怀里,指尖抚弄着头发,却说:"丫头,自从成了我的女人,头发就又黑又柔了,脸色也红润得牡丹一样,身子也柔软得要命,丰润得像沾了水的地衣。我是你命中的男人,授予滋润,你就有了女人的颜色。"

我笑了。想起他初次见到我的狼狈样,那样干苍苍的。

这颗心像长在他身体里,想什么他都知晓。我刚笑了一下,他就说:"笑什么呢?是不是笑初见时,你那个捣蛋样子?"

我在他怀里笑得花枝乱颤,说不出话。

"丫头,那天,你的确很潦草,那么破旧的男人衣裳,还歪歪扭扭没穿好。不过,一堆肥硕的旧衣裳里,露出一张小脸儿,干干净净的,清清秀秀的,心疼得恨不能让人一口含下去。

"我一眼就迷恋上你了,那么喜欢。一点点俏皮,一点点妩媚,小巧玲珑,好像能放在掌心里,多么稀罕的小心肝。和你在一起,多么舒服轻松的感觉。

"我知道你也是欢喜的,你那么手忙脚乱地沏茶,眼神里张皇失措。给我敷药的时候,手腕一直在颤抖。

"太心疼了。"

他这么说着,手臂用劲儿又把我拢得紧紧的,嘴唇寻找过来,呼吸急促起来。

累了,他又说:"这个小妖精儿,怎么疼都疼不够。一定是上辈子一心修炼,今生专门勾引我来了吧?"

我勾住他的脖子,不说话。是的,我遇上他,就再也没有放下过。

一会儿,我问他:"你生病的那次,到底怎么啦?脸都肿成那样的。"

他揪一下我的耳朵,叹息道:"笨啊,你。"

"丫头,那一次,亏得有你医治。偶然遇上了一个人,心心念念忘不掉。可是,心里又放不下那个遥远的人,梦里是,醒来是。想也疼,不想也疼。心都碎了。

"醉了酒,倒在冰凉的地上受风了。后来,就是你看见的那

远去的匈奴

个样子。是不是吓着你了？"

我用力点点头："岂止是吓着我了，简直吓坏了。"

他叹了口气，拍拍我的脑袋，说："睡吧。"

我们在一起之后，他再也没有哭过，闭口不提乌啼娟了。偶尔醉了酒，含糊喊着，阿娟，阿娟！很凄惶，眼泪却忍住，没有下来。

天刚刚亮，野利就要走。收拾好后说："丫头，安心在家，不要去外面，乖，听话！"说完出门，枯木乌藤牵马等着，两人就走了。马蹄声越来越远，渐渐听不见了。

起床的时候，他很简单地告诉了我这几天的事情。

初秋，车太后病了，蒙逊王向苍天祈求母亲的病好起来，就登临南城门，朝着天梯山的方向撒钱赐给百姓。佛在天梯山，他觉得佛会看见他的祈求，赐福给太后。

太后的病情加重，他又大赦北凉城，释放刑狱里的人；又祭祀鬼神，疏通平散鬼神的怨气。可是，一切都是徒劳。那天，蒙逊王的母亲，车太后疾笃。

老太后信佛，撒手的时候，约略谴责蒙逊王，说他杀戮过多，积怨太深。一座城池，几万尸骨。说天梯山的佛像塑造好之后，再立一尊她的石像，她要在佛前赎罪。

这些话里，还有一层意思，蒙逊王是明白的。当年为了做王，他擒折了自己的亲哥哥。

车太后疾笃，蒙逊王哥哥的两个儿子特别害怕。没有人替他俩撑腰做后盾，恐性命难保。于是，两人在后宫预谋叛乱，刺杀蒙逊王。结果，一个被斩杀在宫中，一个逃出城去南凉搬兵，结果也被追杀在路上。

那天下午，野利从山里回来，就关闭城门，一直牢牢守城，怕秃发氏听到消息率兵赶来攻城。

蒙逊王的帐下有十几万骑，其中五万多骑是西羌部落的，是野利父子的旧部。蒙逊王疑心甚重，早早就把还在吃奶的七女儿许配给野利，牵着他的鼻子。野利不敢拒绝，接受了。

乌啼娟绝望之余，嫁给了秃发氏。原本赌气，却想不到嫁过去就后悔得要命。秃发氏脾气暴虐，喜怒无常，动辄打骂，可怜的女人天天如履薄冰。后来，秃发氏兵败，她就跟着秃发到乐都去了。

野利说，这些天，事态基本平稳，城门今天也要开放。因为提防秃发氏袭击，他将不再去天梯山监造。那边换了别人，他留下来守城。

城里太平无事，我们就不必逃到骆驼山庄避难去。

车太后的墓，在北城门外。不在地下，在地表。奢华的宫殿，和太后活着时住的一模一样。太后入驻之后，封了门户。长廊里是大量的陪葬彩绘侍女木俑、陶瓷的武士俑、男子侍俑……当然，大厅里还有象牙雕刻的棋子、玉石棋盘、白玉卷耳几案、胡琵琶、镶银花漆盘……然后，用黄土封住宫殿。几千兵士用了很多天才筑起一个巨大的黄土堆。

黄土堆旁边，围绕着巨大的牛马殉葬坑、石羊殉葬坑，连狗和鹰的殉葬坑都有。殉葬坑也用黄土封堆，上面撒了草籽。

北凉的盗墓贼很多，国主下令全城抓捕盗墓贼。西街口天天有被砍头的人。伺候了太后的几十个婢女，都服了水银，随着太后去了。

远去的匈奴

国主最年轻的一个妃子,弹得一手好琵琶,会跳妙曼的舞蹈,很受太后喜欢,也被灌了水银。

北凉人都说国主是个孝子,但没有人怜惜那些女孩们的命运。

光阴绵长

野利天天晚上回来,一进门,脸上无论多疲惫,都是温软的笑。不过,我一直要在这个小院子里闷着,不能去四下里闲逛。我的爹娘,也不能常常来看我。

野利只能娶一个女人,那就是七公主。

尽管这样,我依然心甘情愿。金屋藏娇也算不上,这么简单的小院子。但是,我心满意足。至于明天会怎样,我不知道,野利也不知道。七公主长大还很远,那时候,我们也许都变老了。到了那个时候,谁知道世事又成什么样子。

城头大王的旗,变幻莫测。

无论多么危险,我们还是一定要在一起。他最坏的打算,就是危急时把我送到骆驼山庄去。

野利说:"那时候,阿娟死活不愿意偷偷做我背后的女人。她性子烈,非要光明正大嫁到将军府——那是我不能做到的事情啊。"

野利说:"阿禅,我已经失去了阿娟,再也不能失去你。"

好在,一切还算安逸。这个小院子里很安静,门外有士兵把守。野利待人宽厚,他的亲信,都是愿意为他卖命的西羌人,忠心耿耿都渗在脸上。

我不穿华丽的衣裳。穿最素淡的粗布深衣，素面，布巾裹住发丝，连镯子也很少戴。万一撞进来人，我只是伺候野利的婢女。

是的，他不可以娶妻，但可以有婢女端茶倒水，研墨脱靴。

晚上，他巡城回来，我在院子里等着。有月亮的时候，温了酒，花前月下，陪他喝几盅。就算什么也不说，心里亦是安逸的。

他喝了酒，脸上红晕涌起。脱了官服，穿了很柔软的布衣，交领、圆领，都好看。我称赞他道："你在大街上行走，那么多人里，一眼我就能捞出来，你是玉石做的，别人是泥土做的。我就是喜欢这样英气逼人的男人。有的男人就是很浑浊的那种，比如珂贝枹罕。"

他大笑道："阿禅，你真是个没良心的。他是我们的媒人呢。他几乎把你夸成一朵牡丹了。"

我看着他的笑脸，又问："你披了盔甲战袍，该是多么威风凛凛啊？"

"阿禅，我不喜欢打仗，一点也不喜欢。做个英雄，并不好。不如书生，你明白吗？"

"明白。"我说。"那样，我们就一辈子不分离。"他看着我，很柔和地笑笑，把一只脚伸到我怀里，脚尖挑开我的束腰。

有时候，天气有点凉，我们就在屋子里烫酒。高足漆盘里，是各色的干果。镶金花漆盘里，是奶酪。圈足漆盘里是胡饼、麻仁和白苇。煨起红泥小炉，炭火旺旺的，炖一壶微黄的酒汁，冒起一丝白气。围炉而坐，说说话，消停地饮下一杯温热的酒。他伸出指尖，触摸我的脸颊。又把我的手，放在他的掌心里，仔细

远去的匈奴

吮吸。

木榻很舒服,靠在他的怀里,炉子里熏一点点茵陈,淡淡的草木味道钻进我们的鼻子里。他细细嗅着我的头发。屋角的粗陶花瓶里,是一束干枯了的忘忧草。

有时我穿了白裙子,麻的,长长的,束了深红的绣花腰带。红唇明眸,含情脉脉看着自己心爱的人。他感叹说:"丫头,真是风情啊,一个爱恋里的女人,会变得如此美,真是不可思议。"

酒还未喝,他就醉了,醉得一塌糊涂。他自己都不知道怎么就这样束手无措地醉了。这酒,其实是我的同谋,挟持了他的心。

我们都醉了,不是沉醉,是迷醉。他抱起我,轻轻放在床榻上,一粒一粒解开衣扣,痴迷着,剥去衣衫。女人熟透了的味道诱惑着他,雪白的肌肤灼伤着他。

他的唇滚烫起来,手指也滚烫起来。那么轻微的颤动,立刻传递到身体里,一脉一脉,荡漾开了。

多么好,多么好。

这样的时候,总是感谢苍天的恩宠,让我们能在茫茫人海相遇,牵手,相爱。让我们能体味到如此强烈的幸福,体味到如此奢侈的身体盛宴。

我们在山里的时候,是疯狂,是撕咬,是无边无际的搅缠,不舍得分开。我们一直害怕,有一天,有一只看不见的手会拆散我们,所以珍惜每一粒光阴。

现在,那种拼命的爱,慢慢就沉淀成一种酒味的欢情,一点一滴都不浪费,细细品味。我的身体里缓缓释放一声气息,弥漫在屋子里。他授予我的,是真情,是心底的喜爱。没有比这更加愉悦甜蜜的了。

我轻声问:"记得吗?初见时,你说让我帮你的忙,我答应了,不管什么样的忙,我都要不顾一切帮你。一直等着,怎么从来没有提起呢?究竟,帮你什么呢?"

"你已经帮我了呀!就是,就是,帮忙嫁给我呀,做我的女人呀,让我好好地爱啊!"他大笑,很痛快淋漓的样子。

这个坏人,我贴在他怀里,没有说话。

有时候,野利在廊下吹羌笛,风吹来,有一种仙风道骨的情怀。他不像世间的凡俗之人,多么清雅。

这个我一见倾心的人。

小 院 幽

我在这个小院子里安静地住了三年。

这三年里,爹和娘偶尔来看我。然后,除了门口的兵丁,我很少见到别人。院子里不允许别人进来,珂贝枹罕也不允许。珂贝枹罕对我的失踪很心疑,他不太相信我嫁到西域去了的说法。但是,他是个商人,只要能从野利那儿得到经商的方便,就不多嘴。

绕狐已经当爹了,有了儿女,他很满足。不过,他还需要我爹常常接济,日子不是太好。当然,只有他和巷子里的人家都深信不疑,我嫁到西域去了。

哥哥们依然年年岁岁地贩运药材,一年里也跑西域,也走西番。咱家的骆驼山庄里,又添了两家骆驼客,都是爹收留的穷人。

远去的匈奴

对门哈掌柜家的女儿,叫大玉儿,也出嫁了,比我小五岁,嫁了个书生。哈掌柜激动得天天见人就说,怎么说也说不够,比他女儿还激动。

爹娘也老去了一些。他们对我的日子,虽然忧虑着,却也喜欢。因为我眉眼里都是甜蜜的光泽。娘说:"丫头,自从嫁给野利,你简直换了一个人,美人儿了。他对你真是好,女人的美是男人给的。"

娘的口气里,也是心满意足的。一个女人,有了心疼她的男人,就足够了。

她说:"你做北凉城第一神针又能怎么样?都是虚的,没用的。还不如好好被你的男人疼爱着。这才在人世上不枉来一场,女人嘛。"

娘说的和我想的一样。那些年,我想张狂着做第一神针的时候,是还没遇上野利。遇见他,就什么念头也没有了,只一心一意想着嫁给他。现在,心愿达成,还有什么不满足的呢。

野利还是那样挺拔英俊,现在稍微成熟了一些,笑起来,还是很温暖,孩子一样清纯,嘴角的酒窝里还藏着甜蜜。他是个有酒窝的男人,多么好。我迷恋他的眉毛,两把刀一样,阔而威风。

有时候,野利骑了一天的马,累了,靠在木榻上,不停地活动脖子,摇摆脑袋。我把茶汤端在他面前的时候,他就停下来,把我的手放在他掌心里,慢慢贴到脸上。那样温柔,我常常心里疼,快要被他宠得融化了。

小院里阳光很好,尤其夏天,落满厚厚一层。我常常在正午的时候，烧好热汤，把自己泡进浮散着香草、艾草、桃花瓣的木桶里。女人属阴，正午时分是一天里阳气最旺的时分。我喜欢在这样阳气最盛的时候，把自己舒展开来。

我很少出去了。偶尔去鸠摩罗什寺，也是穿粟特人的胡服。接地的麻布长袍，盖着脚面，袍子开衩，露出白丝绸的长裤子。套一件松松的外披，底边接了月白的镶边，宽宽的。罩了面纱，在最安静的时候去，然后匆匆赶回来。

乌藤也换了布袍子，戴了布巾，给我牵着马，低头，匆匆来去。巷子里遇见西羌贵族的男人们，极力在面纱下探寻我的脸。乌藤黑下脸，青筋暴怒。这些人就慌慌躲开了。他长得很粗暴。

娘一直渴望我能怀上孩子，这样，我将来的日子也许会好一些。野利是独子，他们家怎么也不可能拒绝孩子。可是，我一直没有怀上。

我知道原因。我们在一起的时候，炽热得几乎要把彼此熔化，像两团火苗在呼呼燃烧。这样的状态下，孩子无法着床发芽。

这一年，冬天都来了。天空飘起雪霜，很冷。

我的屋子里炭火很旺，野利只有在晚上才回来。整个白天，都是我独自在家度过。我喜欢这样有点清淡的安静，屋子里弥漫着暗暗的心香。足矣，还要苛求多好的氛围呢？

白天，除了读书、吃饭，剩下的时间，想想他，然后，就坐在书案前抄经。

北凉城是个佛城，家家拜佛。但能够抄经文的人，不多。为什么要抄经文呢？野利在昙曜佛那儿求到一签，签说：今生面若桃花开，是因前世多扫佛前尘。今生美貌倾倒城，是因前世多点

远去的匈奴

佛前灯。今生长发如柳拂,是因前世提水浇花根。今生得到男人疼,是因前世为人心慈悲。今生聪明通诗书,是因前世念佛又诵经。

昙曜佛送给野利两部经卷,嘱他回家让他藏着的人儿抄经,求得佛祖多护佑,可白头到老。野利很惊讶,他问高僧:"您怎么知道我家里藏着一个人儿,能通读诗文?"

昙曜佛轻轻一笑,什么话也没有说,端茶送客。

他回来说:"昙曜佛能预言世事,洞察世俗之玄机。"我担心地问:"他会不会透露给蒙逊王呢?"野利摇摇头说:"不会,他是佛,不是俗人。"

北凉城里,真是住着菩萨的地方啊。

羊皮抄经,亦是我喜欢的。野利说我的字像我,清秀,安静,像一枚枚花蕾。如果遇见"佛"字,就要用金粉写出来,以示内心虔诚。抄经文前,焚香沐浴,素衣不语。

我的好多时间,就在案前慢慢度过。喜欢极了这样的时光啊!

长日漫漫,我喜欢随手把一天的日子记述下来——早上的日头,晚风里的热汤,野利走出门时突然又回头看一下我,巷子里深沉地响了一串脚步。

我想我老了的时候,可以慢慢翻看现在的时光,每一天,都这么好,都这么有趣。记叙为文,也是磨钝光阴里的伤痛。

门外下着大雪。那雪,团团簇簇,落满了胡杨树,竟有些陌上花开的意蕴和热闹了。千树万树,都开成一种花,青白的梨花。连胡杨树自己也直纳闷呢,活着活着,春天都没得花开,到了冬天却开起花来了。

雪停了,阳光洒下来。屋子里暖啊,快把书案上的树影,都要暖化了。案上除了书卷，还有一碗茶汁，冒着白气。

空气里是艾草的清香味儿。一点点清香，一点点铺张。

非常喜欢这样的日子，安静且温暖。炖一锅羊骨头，看着汤一点一点变浓，慢慢咕咚着。喝一口，暖暖的，贴心贴肺。骨头上挑着的筋，一簇一簇，大有嚼头，咯吱咯吱。这是苍天的恩宠，给予我烟熏火燎的人间烟火气息。

低头，侍弄花草，拂去靴子上的灰尘。闲来无事，收拾好书案上的笔墨，洗净茶壶。陶罐里换一束花儿，歪着脑袋，看斜阳一点一点坠下去。

多么好，多么好。

有时候，野利站在廊下，风吹着他的衣袍，我想起几个字，玉树临风。

征战几时归？

这样安静的日子，我正在心满意足的时候，突然有了变化。

这一天，野利很晚才回来。他进门的时候，脸色就很沉郁。气氛有些不祥。方心曲领的紫袍子看上去也有些松松垮垮，袖子又是那么宽大肥硕。

我挽了松松的发髻，裹了白底红花的睡袍，给他煮了茶汤，端到床榻边一个树桩做的几案上。看着他的眼睛问："怎么了？有什么事情吗？"他躲开我的眼神，沉默着。

我小心地问："是不是，乌啼娟有了消息？"

远去的匈奴

我这么说着,眼泪滂沱而至,心里涌起了悲凉。

但是,他托起我的泪眼,亲了一下。半晌,十分认真地说:"听着心肝,阿娟是我心里的一尊菩萨,就算她来了,我还是会好好照顾你的。不要乱想。事情要比这个严重得多。"

"可是,我在你心里是什么啊?"

我不管再大的事情,先要把这个问清楚。

他无奈地笑了,说:"你是我的女人,懂了吗?"

好吧。菩萨在天上,适合供养。我在他身边,是陪他的人。

"那么,到底怎么啦?我是你的女人,我得知道你至少要平安着。"

他的眼泪也下来了,抱紧我,哽咽起来。

原来,蒙逊大王又要征战了。

距离我们很远的地方,有座城池,是属于西秦王的城,叫西平。我们的国主得到消息,说西秦王乞伏炽磐卒,太子乞伏暮末即位。国主要趁着人家发丧,去攻打西秦,夺取人家的城池。

总的来说,西秦是个比较脆弱的王朝。西秦在陇右西部,四面强敌压境,西有北凉、南凉,南有吐谷浑,东有后秦。

现在,北凉王要出兵西秦,先抢一个城池。

野利的父亲老了,不能去打仗了。而国主帐下小一半兵士,都是野利部落的西羌人,他们只听命于野利父子。于是,野利被临时授命为北凉大将军,跟随凉主去抢人家的城。

我很困惑地问:"蒙逊王抢这么多城干什么?他已经有了五座城池,还不够啊?"

野利眼睛里闪着泪光。他说:"丫头,你不懂。"

是的，蒙逊王的心思我不懂。可是，野利没有很多的带兵经验，这个我知道。他一直跟着他的父亲，从来没有独自作战过。

想到这个，我的身子就颤抖起来，啪嗒嗒，直哆嗦。

他一下子明白了我的担忧。我想什么他都明白。

他摸着我的头发，柔声安慰我："不要怕，我只要跟着国主就行。他发令，我执行，就这么简单。放心，国主很少失利过。"

可是，我还是发抖。战场上的事情，谁能说得清楚啊，况且这天寒地冻的日子里。而且，快要过年了，我们汉人，最讲究过年。可他却要去遥遥沙场，生死未卜。

我的嘴唇也抖起来了。

野利爱怜地看着我说："我不敢告诉你，怕你这样的担心。不说，你又要胡思乱想，自己折磨自己。"

可是，我怕，我抑制不住自己，在他怀里抖成一团。

他说："不要这样，温一壶酒吧，我们喝一点。过两天就要出发了。我安顿好你，走了也放心。"

我开始大哭，好像他不能回来了一样悲伤欲绝。

酒温好了，我还是哭着不罢休。

他的手指上缠绕着我的长发，慢慢缠着，喝一口，搂紧我的肩。

半晌，又说："丫头，不要哭了，还要有事安顿。"我拼命忍住眼泪，嗓子里却哽咽不停。

"不要哭了，听着宝贝。我们如果攻城顺利，就会转战乐都，接着攻打南凉秃发贼子。我恨死他了，一定要斩杀他。宝贝啊，我希望接阿娟回来，尽管她的两个孩子还在中原。如果到那时候，你不要生气，阿娟她很可怜，被秃发贼子折磨了多年。我会好好

远去的匈奴

照顾你的,不要多想。"

我含泪点点头道:"只要你好好回来,就算乌啼娟不容我,我也毫无怨言离开,我只要你回来。"

野利说:"丫头,阿娟善良,不是那样的小心眼。我走后,你要好好的,等我回来。相信佛祖会护佑我们。

"丫头,你就住在这里,不要去骆驼巷了。你是我的女人,你在家里,我心安,我一定会好好回来。等我回来了,你给我怀个儿子,我现在特别想要个儿子。

"我走后,我母亲会来看你的。我刚刚给她报告了你的事情,她第一句话就是,让你给我们生个儿子。我们家,人丁不旺。就算我有什么意外,她会安顿好你的这辈子,不要担心……"

我立刻堵着他的嘴,不让他往下说。我说:"你会好好回来的,佛祖会保佑你的。"

我们一夜未眠,相拥到天亮。我送他离开院子后,趴在床上号啕大哭。这仗,不知道何年何日才能打完。

第三天,野利跟着国主率军出发了。他的老父亲守着北凉城,白发苍苍的老人挥手送走儿子。我不能去南城门送他。离开小院的时候,我们抱头痛哭。生死离别之际,心里万剑翻搅。

这一天,我在鸠摩罗什寺的大殿前,匍匐在地,祈求佛祖保佑我的人平安。我哭得红肿的眼睛里,已经没有泪了。

跟跟跄跄回到家里,却发现野利的母亲,那个富态的老太太,已经在等我。

我们欺瞒了她三年,实在无奈。现在,他的儿子告诉她实情,因为战场是残酷的,能活着回来,也可能回不来。

她看看我，我的确很狼狈。脸也哭肿了，棉袍子也沾满尘土和泪水。唯有头发是整齐的。

老太太比我高很多，她弯腰抱抱我说："不要担心了，没事的，他很小就跟着他爹上战场，不会有事。"

我换衣裳的时候，她不避讳，却跟进来，紧紧盯着我的腹部看。我的腹部平平的，她很失望地叹了口气说："你们，都几年了，却没怀上。"

我低下头，心里微微一痛。

她附在我耳边低声说："等野利回来了，我就要孙子。太贪恋，太逸，怀不上孩子的。"她说完，抚摩了一下我柔嫩光滑的脖子。

我一下子脸红到胸脯那儿去了。

老太太很满意地打量着我的胸和腰，咂巴一下嘴说："虽然有点瘦，但却是生养的好身段。你这鬼丫头，怪不得野利冒风险，着实让人心疼。"她把我抱进怀里，摩挲着我的头发，一股温暖的奶酪气息就弥漫在我鼻孔里。

她莞尔一笑，很优雅。然后盘腿坐在胡床上，一个侍女把一张矮案放在她肘边，细细擦拭了一遍。另一个侍女描金漆盘里托着一盏拒霜茶，轻轻放下，退下去了。门外风吹过屋檐，哐啦哐啦响了几下。院子里马夫正在收拾马车，他谢了顶，脑门冒着汗珠，气喘吁吁。

离去的时候，瘦瘦的侍女用牛角梳子梳了一下老太太的头发，蘸了一点胡麻油打理好发髻。胖一些的侍女用牛尾巴拂尘扫掉她羊皮靴子上的灰尘，又抖开水獭皮的斗篷，轻轻披在她身上。有人移过来青铜镜子，老太太细细端详了一下自己，摘去衣襟上的

远去的匈奴

一根细毛。门口的随从们恭敬鞠了腰,满脸小心,服侍她上了马车。

我喜欢在走路时把靴子踩得吱吱乱响。可是这个老太太,有一种莫大的威严,端庄严厉,让我不得不收敛起来,规规矩矩垂着手送她到月牙小门口。

老太太时不时过来看看我,带给我最新的消息,让我安心。北凉大军,已经临近西秦西平了。北凉的铁骑很厉害,都是最好的马匹,攻击力很强。不过,队伍最先被城外的地涩阻滞了,折损了部分人马,后来在陷马坑里填了土,才顺利抵达。我悲哀地想,那一城百姓,该是何等凄惨啊。这么想着,又不免矛盾起来。毕竟,野利也是帮着国主去抢人家的地方的。

爹娘也偶尔来看我,他们一下子老了很多。如果野利有什么意外,他们无法想象失去野利我该怎么活。

可是,我没有办法安慰他们。我自己也很迷惘担心。娘的青布大褂又肥又大,指甲也懒得修剪,很长很干瘪。她的旧布鞋上绣了花,但很衰败,花朵们几乎看不清颜色了。爹慢吞吞地喝鼓子蔓茶汤,脸色和善,长时间凝视着轩窗,默默不说话。

如果他们都不来,我就独自抄着经卷,打发着揪心的日子。不想写字的时候,就在大木桶里沐浴,撒了花瓣。浴后涂一点花粉,脖颈里就会散发出来清香的气息。我一个人走来走去,衣裙发出窸窸窣窣的声音,院子里愈加寂静。

过年了,这个年我们过得冷冷清清。我甚至没有穿一件新衣裳。饭也不想好好吃。娘容颜憔悴,眼睛深窟窟地陷下去,满脸消瘦。

有一天,野利的母亲,带来消息说北凉大军压境,西平城里正在发丧,无力抵抗,太守麴承许诺北凉军若攻下乐都秃发氏,愿请降,还拱手相让了大批鹿角木、铁蒺藜。沮渠蒙逊主遂转攻乐都。

其实,乐都也是很难攻打的。她说,守城兵善用几种兵器,叫飞钩、铁撞木、狼牙拍。狼牙拍的拍面用榆槐木枋造,长五尺,阔四尺五寸,厚三寸。以狼牙铁钉数百个,皆长五寸,重六两,布钉于拍上,出木三寸,四面嵌一刃刀,四角钉环,以绳滑绞于滑车,钩于城上。狼牙拍由两组绳子控制,若是攻城的人接近,就用一组绳子将拍面举起,与城墙垂直,待城下士兵爬到拍面下方,立刻将拍放下。这样的杀伤力相当大。

至于飞钩呢,就像鱼钩一样的,末端利用一段铁链来增加抛掷时候的稳定性,然后再加上锋利的铁钩。铁钩可以勾着兵士的盔甲,将他们鱼儿一样吊起来的……

她叹了口气说:"沙场的事情,非常可怕。你不知道的很多。抛石盘一轮扫过去,倒下一大片人。鬼箭树枝的箭都埋伏在路边的树上,突然射下来,人像虫子一样软软地瘫倒在地,连哼哼都来不及。"

她不愿意待很长时间,顶多一盏茶工夫。胖侍女张开披风伺候着,瘦侍女俯身掸去靴子上的灰尘,捋平衣襟上的褶皱,随时要走的样子。她处处显出自己的娇贵来,声音软软的、慢腾腾的。手腕里的珠子闪着光泽,腰里的银饰叮当作响。发髻整齐,金钗鸟儿一样落满黑发。

她带来的消息稍稍让我心安了一点。南凉的秃发氏,不是国主的对手,被国主打败过很多次了。我的人,应该会平安的。如

远去的匈奴

果南凉城破,乌啼娟能回来,就回来吧,只要野利好好的。比起他的性命,别的都不值得一提。

我一直说野利的母亲,没有说她是我婆婆。我娘也习惯了。因为我不是她们家明媒正娶的媳妇。我只是野利的女人,七公主才是她家的媳妇。这一点,我从她的眼神里可以看得出来。女人的直觉很灵敏。

她的想法是贵族的,不是我们平民的。有时候,她的眼神里甚至有些傲慢。白皙的脸上,有一点虚情假意的东西隐隐浮现。她坐下,必定是腰身笔直。走路,一定挺起胸脯。处处是有修养的尊贵的样子。不知道是不是做给我看。

可是,我们体味到的痛苦是一样的。沙场,生死未料,谁也轻松不起来。

正月里,下雪了。我的心也跟着飘落的雪花。我把头发编成辫子,披上棉布袍子,坐在轩窗前,围着小火炉,热茶、看雪。

北凉城里的雪,比起边塞的茫茫大雪来,有点小家碧玉的含蓄和小气。塞外的雪,凌厉,铺天盖地,一口气能吞下天地。

这样的雪,野利会不会很冷呢?

大雪正下着,野利的母亲却踏雪而来。她坐着,我立在一边。她问话的时候,我才看清她的眼睛,是一双鹿一样的眼睛,镶嵌在褐色的小脸盘上,目光善良、安静,似乎有些胆小谨慎。她走动的时候,腿也像鹿,细长、矫健。虽然看上去很老了,但毫不迟缓呆滞。

她带来了新音讯。北凉大军兵临乐都城,围城多日,攻克外城,断绝了水路,让干渴彻底灭掉乐都城。城里没有一滴水,雪也不曾下一片，整个南凉城干渴得冒烟。

野利很好，没有受伤，一根毫毛也没有损伤。野利作战勇敢，蒙逊国主对他多有赏识。

老太太说起儿子的勇猛，一脸骄傲。

我说："攻打南凉，野利一定很厉害，他有一肚子气，恨不能一刀结果了秃发氏。"

老太太听出来我的话里玄机，看了我一眼，眼神很慈祥。她说："其实，乌啼娟也很可怜，因为野利，她受罪了。"

"阿禅，秃发氏是王，他娶的女人，一定是完全属于他的。而阿娟，不属于他。"老太太对我说。

可是，他让她还是给他生了两个儿子呀？既然不甘心，又何必这样。

"你没有见过。北凉城里，再也没有比她更美的人儿。阿禅，你不要多心，阿娟真的美得倾城。秃发氏只要是男人，就离不开她。你不知道，阿娟喜欢烟灰的丝绸拖裙，连脖颈都遮住了。赭色的软绢头巾包着栗色的长发，耳后垂下来一缕。裙襦也是黑白两色的，素淡清雅。从不见她穿鲜艳的衣裳。连胭脂都不用呢……"

我们都不说话了，长时间沉默着。她带来一些干果，都放在木墩矮几上，也跟着我们沉默。

内心空空的，突然就怜悯起遥远的乌啼娟来了。都是女人，内心的悲苦应该是一样的。

咬了一点点杏干，两腮的酸水立刻涌来。我吸溜吸了一下，说真酸啊。

老太太却微微笑了。"阿禅，野利回来，就好好怀个儿子。

远去的匈奴

我太想要个孙儿了。你俩，哄了我几年，就贪馋。"

说完，笑容浓厚了一些。"野利啊，真是的，瞒得滴水不漏。那年他病了你去扎针，我应该就看出一些苗头来。可是，我太相信他了。你们，那次就相爱了吧？"

我难为情地点点头。是的，那次，我就深爱着他了。

老太太的心思我很明白。七公主还小，娶进门没有十来年是不可能的。那时候，野利都四十多岁，精力自然不比现在。而七公主是马背上生出来的孩子，身体羸弱，生不生孩子还难说。

所以，她把生儿子的重任，就寄托在我身上了。而且，她知道野利对我多么好。她常常迷离地看着我，好像多看几眼，就能看出一个孙子来。我理解她的心思。偌大的家业，没有一个继承人，什么都是人家的，空的。

唯有说起孙子的时候，她的目光里才多了一些畏怯。甚至告别的时候，也有些可怜顺从的样子。但隐隐还是有一股子气势，只不过暂时压抑了一下。她坐在马车里，紫色锦缎的披风，镶了水獭皮，严严实实披在高贵富态的身子上。貂皮的帽子高高的，压住发髻。牛皮靴子上缀着玛瑙珠子。她朝我挥挥手，马车咯吱咯吱离开院子。我神态疲惫，可怜巴巴地看着厚重的街门咣当一声关严实。侧耳细听，巷子里静静的，只有她的马车越走越远。

一个月之后，消息传来了。乐都城里，饥渴无水，死伤者大半。

国主用这个办法，打败过好几座城池。当初的番禾城，他就用这样的计谋，渴死半城人，然后，攻城，坑杀士卒几千人，掳民几万余户。我们北凉城的人，小一半是他掳掠来的。我们叫外乡人。

沙洲城，也是这样，他改了弱河水的水路，得了沙洲。不过，沙洲城外的千顷良田却毁了，没有水，一粒草也不长。我不明白他得到一个被摧毁的城池有什么用。

这次，他依然这样攻城。

尽管有牢固的边墙，坚固的关隘城门，国主还是忍不住要进犯的。想让他一直呆呆地窝在老巢里，真是不可能。

关于夺城的艰难，野利讲过一点。大概是这样的，烽烟一起，城墙上固然增派兵力，但在军事前沿，还有一部分设施，用来阻滞敌军。最大力量消耗敌人的战斗力，杀杀敌人的威风。鹿角木，还有铁菱角，设置在道路上。北凉出产一种草，叫蒺藜，沙漠里多得很。全身都是尖利的刺，死缠烂打地伤人。还有一种草叫张公道。三菱的，三根刺，哪一面朝上都有一根刺竖起来，很公道，这可比蒺藜锐利多了。

这些东西采摘收集起来，撒在敌军必经之路，以降低和分散攻城时敌人给予的压力。夏天的匈奴人不喜欢穿鞋子，赤脚出战。狭路相逢，蒺藜胜。这些植物的利刺扎进人马的脚心，挠心般疼啊。军马前行，伤员抱着脚挑刺。匈奴人大概就是怕蒺藜才穿上鞋子的。他们不会编草鞋，不会做布鞋，只有牛皮的靴子和牛皮软鞋子。厚牛皮上裁剪出鞋底子，软牛皮做成鞋帮子，系着牛皮细带子。家常也穿木屐。

野战时，若是草蒺藜不够，就要打制铁菱角，削木头蒺藜。还要制作木头耙子，敌人一脚踩到耙子头，耙子把翘起来，一棍子打蒙。还有大型的木耙子，对付马匹。一匹马栽倒，后面的跟着倒一片。山野地里，还有铁钩锁、绊马索，都是对付骑兵的。

远去的匈奴

还有一种叫煞蹄子。各种长刺的树枝，黑刺的白刺的毛扎扎草，堵住关口。城墙上放箭，敌骑兵不能顺利闯关。接近城门处也铺一层，马是很有灵性的，看见一路刺枝，害怕蹄子挨扎，踯躅着徘徊不前。这样，就能缓解攻城的压力。

鸟儿也是有用的。城堡里，随处可见大群的鸟雀，栖息在建筑物上。寺院的屋顶、匾额后面，都是它们的巢穴。鸟儿清晨出城外去觅食，日暮回巢。若是城池被围，撵不走敌人，这些鸟儿也可以利用。先把城中的鸟雀在黑夜里抓捕来，饿着。准备好掏空的果核，塞入燃烧的艾草当作火种。清晨太阳一出，雀儿的习性是要出城觅食的。因为饿着，就一直飞到城外敌人的粮草仓里去了。哪里有粮食，鸟雀是知道的。这样，携带着火种的雀儿，差不多就能点燃城外的粮仓而退敌。若是城外的鸟儿，就白天抓起来，日暮放回去，也可点燃粮仓。

征战是非常残酷的，国主每攻下一座城池，便是白骨累累。可是，他就是喜欢扩张地盘。他的心思，别人怎么会懂呢。

后来的消息也跟着来了。东羌的首领和西羌人有交情，他本来率兵来救乐都，要帮秃发氏。可是，一看秃发氏大局已败，就调转矛头，暗中修书和北凉军结盟。

乞提偷偷从城头放下几百条绳子，北凉兵就背着刀剑爬上了城头，几百人迅速登城，鼓噪呐喊，火烧城门。

可是，秃发氏率众拼命抵抗，北凉军暂时败退。

后来，南凉为了保全城池，遣使到沮渠蒙逊大王处求和，他们愿意归还国主的弟弟沮渠成都，来换得和平。沮渠成都在前十年被南凉捉走，做了人质，一直软禁在秃发氏手里。

沮渠蒙逊国主为了自己的亲弟弟，就答应了，引大军撤退。

然后，路过西秦，遣使入西秦吊祭，指派太子的亲信王乞基率领三千骑去接受西秦奉送的一座城池。王乞基担心会有变故，又讨了两千骑，说先在气势上震慑西秦。

这个讯息传来时，国主的大军已经在回来的路上了。野利好好的，就要回来了。

野利的母亲给我说这些的时候，还特意提醒，乌啼娟没有回来，还在秃发氏的宫殿里做妃子。

我问她，为什么野利没有向国主提出要乌啼娟？

老太太很吃惊地看着我，惊讶地说："傻呀你！真是傻瓜啊！野利是国主的驸马爷，国主最信任的大将军。难道，他拿着自己的性命去开玩笑嘛？"

我吓得哆嗦了一下，再也不敢说话了。

老太太那个棕色头发、低发髻的贴身侍女，描金漆盘里端着一盏汤进来，看到我的脸色，似乎也有点惊诧。她的眼睛是狐狸的眼睛，斜斜地往上吊，妩媚，风情，狡黠。她的头发也像狐狸的尾巴，浓密且美丽。就连身上裹着的裙袄，也是狐狸皮子，雪白且柔软。不禁令人暗暗想，她真是个狐狸精呢。

后来我想，如果北凉军攻进乐都城，野利可能会趁乱把乌啼娟救出来，藏起来带回来，因为他带走了枯木乌藤，估计就是让乌藤干这个去的。

可是，秃发氏降服了，城里没有厮杀，使得野利失去了机会。

我想，苍天是帮我的，是眷顾着我的。

可是，后来传来的讯息，有些变故。

远去的匈奴

国主帐下的太史令贾曜精通星象,夜观星象说:昨夜有流星坠于东方,不吉利,当有伏尸死将之凶。国主虽得西秦一城,忧在不守。上旬,黄河将解冰,若不早渡河,恐有大变。

过了两天,果然传报,王乞基入得西秦奉送的那座城里,自立为王,背叛了国主。

凉王在南凉的乐都折损了部分兵马,被王乞基又带走精兵五千骑,犹如剁去了一个膀子,无力再去攻打王乞基了。他担心还有别的变故,于是赶紧引军渡河,刚渡过黄河,回头一看,黄河上的冰纷纷消解了,大水汹涌而来。

北凉王沮渠蒙逊很郁闷地引着大军回来了。胜负乃兵家常事,他输得起的。

野利要回来了,我心里踏实,脸上也有了颜色。

人归来

这一天,安静的巷子里突然沸腾起来了。简直人声鼎沸。我没有出门,却知道,北凉大军回来了,城门大开,几万步骑正在接受人群风吹粟田一样汹涌的欢呼。

当然,几万大军折损的折损,丢的丢,叛的叛。实际上国主是狼狈归来。虽然得到一些财物和牛羊。

我的人,也来了。想到他,我心里突突直跳着。推开月牙门,一直徘徊的前院里。马槽都空空的好长时间了。隔着门缝往外面看,到处都是奔走欢呼的人。帷帽、大袍、哗啦啦响着的银链子,以及咔咔咔奔跑的牛皮长靴子，还有刀剑的碰撞声。

他们穿了最隆重的盛装，燃起火堆。锣鼓响起来了，鼓角也响起来了，整个北凉城既繁华又喧嚣。

这个巷子里的人家，是匈奴和西羌贵族，都在国主帐下效力。一有征战，家家都得出人。现在，大军归来，弓背街比任何一条街都要欢腾。

我想，我娘一定也抖擞着她一身干骨头到城门口欢呼去了。她要亲眼看见野利骑在马背上回来，才踏实。她是那样心急如焚的人。

院子里静悄悄的，我等的人，也许很晚才能回家来。但是，心里是踏实稳当的。

北凉的春天早已来了。柳树早已经撒开叶子，急着把一朵一朵的柳絮儿送到远处。路边，早已草色青青了。

野利来得比我想中要早。刚刚掌灯时分，我听见庄门哐啷哐啷响了几下，是几匹马蹄沉重地敲打在青石板上的踢踏声。然后，月牙门推开又关上。夜色里是他黑黢黢的身影，那么高大魁梧。

他换下盔甲和战袍，穿了交叉直领的青衫，头戴山形帽，披了大氅回来了。他不想让我看见盔甲的凶煞之气。他刚毅的脸上，闪烁着一份儿暗暗爱的喜悦。

我被他举起来，像小孩一样，举到空中。他喜欢听我尖叫的小嗓音。然后，紧紧搂在怀里。我们甚至一句话也没有说，他的唇依旧雨点一样，扑打在我的额头、脸颊……

他没有饮酒，一点也没有。侥幸活着回来了，这比什么都重要。小别几个月，但在我们，却像三十年那样漫长。这样生死未卜的

远去的匈奴

等待,我瘦得像一只羔羊了。

他喘息着,怜惜地说:"看你,不听话,瘦成这个样子,怎么怀孩子啊?"我突然腼腆起来,涨红了脸。

他的手还是有劲儿,稍稍比以前粗糙了一点,游走在肌肤上的时候,有一点粗粝的痒痒的感觉。我喜欢这样的抚摸,骨脉里都是酥麻的曼妙。幸福就这样降临,神魂颠倒,几乎眩晕。

他在动情的时候,喜欢咬我,从肩一直咬到手指。全身,都是他的牙齿印儿,颈上,是深深的吻痕。

终于安静了。我们都不打算睡觉,他把手指伸进我的头发里,没完没了地摩挲,这个坏人,总是喜欢玩我的头发。我的唇贴在他的胸脯上,这么踏实,像靠着一座山。

我想知道一些战场上的事情,可是,他不想说。他说:"丫头,自古沙场都残酷,我再也不愿意想起来那些血腥的事情。你只要等我回来,就什么也不要问了。"

"我的刀剑,都放在外院厅里。我不想让你看见,毕竟,那是沾过人血的。血迹可以擦掉,冤魂能散掉吗?那些人,跟我没有一点怨恨,可是,死在我的刀刃之下。"

我哆嗦了一下,抱紧他。我害怕。

"就知道你会害怕的。"他说完,又开始咬我的手指。他的牙齿,好像不咬点什么就很痛一样,咬一咬就好受多了。

外面起风了,大风从墙头上呼呼刮过,刮在树梢上,刮在屋檐上。屋檐下的鸽子惊动了,咕咕咕叫了几声。我们都舍不得睡着。

他的手指还在我的头发里缠绕,还在额头轻轻摩挲,他轻微地叹息一声说:"回家真是好啊!"

"你的家,应该在那边府上。这个小院子,算不算你的家?"

"笨蛋,当然算了。那边府上嘛,是爹娘的家。我自立了呀,这边就是我的家。这里还有我的女人呀!"

我咯咯咯地笑,他却嗔怪着抱怨道:"你这个小女人,总是要人哄的。可是,多么好哄啊,稍微一哄,就高兴成这样了,小嘴儿都快合不拢了。"

说完,温软的唇就贴过来,将我覆盖。在我含糊的呻吟里,他慢慢睡着了。他真像个孩子,脸上还留着憨厚天真的气息。

第二天,我们睡到很迟才起来。刮了一夜的风停了,太阳暖乎乎的,一点儿也不冷清了。

我们爬在栏杆上,晒着太阳,指头缝里漏下一些糜子,喂鸽子。这些都是信鸽。鸽子都很肥,走路一颠一颠的。他突然就笑了,看着我。他的笑容里有一点点坏气儿,很暧昧迷糊的样子。

笑什么啊?一定没安好心。

"丫头,什么时候你像这鸽子一样丰硕,就会怀孩子的。你看你,多么瘦,夜里,我都不敢太用劲儿。这么单薄,不堪一拥。"

天,什么人啊,那么大的劲儿,还说没有。

可是,他挑衅地扬起眉毛,他的眉毛很浓、很黑,像刀一样。他说:"当然没有用劲儿了。要不,今夜用劲儿给你?"

我追着他去咬,夸张地尖叫着。他逃了两步,却转身,又把我举起来,像举起一个婴儿。我们脸上是甜蜜的红光,那么温暖,直暖到心里去了。

野利很少送我东西。他觉得我是个清纯淡泊的人,有隐士风度,不需要太多的东西来蚀掉书香气。但是这次,却一定要给我

远去的匈奴

"现在,你会受一点点委屈,为了我,不要抱怨,好不好?"

"不好。"我嘴上这么说,心里却妥协了。

有什么办法,我爱上的是他,做一点点妥协是必须的。

他回来后,我的日子又趋于幸福。天天有滋有味的,多么安逸啊。他的身体高大,挺拔硕健,走路那么有气魄,笑起来诚实而有魅力,简直让我如醉如痴。

寻常的日子让我心满意足。拂去深紫色的罗帐上的灰尘,抚摸一枚玉镯。对着镜子,发髻上插一把银脊木梳。腰里佩戴一穗香囊,在廊下走动,也细细端详他写给我的几行字:有美人兮,见之不忘,一日不见兮,思之如狂。

野利不怎么说话,沉静尔雅。闲来无事的时候,半躺在胡床上,眯眼抚弄衣襟上的吉祥扣。有时候,摘下腰里白玉如意,拿指甲剔去尘埃。更多的时候,坐在轩窗前的牛皮垫子上,翻阅书卷。

繁华深处泪满衫

五月端午过后,天梯山大佛完工了。山有多高,佛就有多高。北凉城外,大佛守护。大佛有开光诵经仪式,北凉城里满城人都涌向了天梯山。

沮渠蒙逊国主要亲临天梯山拜佛,后宫家眷也要随行。野利当然也要去的。他现在是浣布野利大将军,不是野利都尉了。

野利打算让我也去,因为这是百年一遇的佛光普照的吉祥时分,不能错过。拜佛,会有好运降临。不过,他担心没法照顾我。

她母亲想把我藏在婢女群里，一起带走，到佛前求个孙子。可是，野利不高兴。他说："阿禅是我的女人，不是丫鬟。这样不行的。"

我想去骆驼巷子和娘一起去，他也不同意。他说："那样的话，看见你的人很多，问来问去，会露馅。"

我换了兵士的衣裳，套了长裤、短靴，窄衣紧身，左衽箭袖，腰间束了革带、短剑；脸上抹了哈喇油，黄黑黄黑的。然后，我骑着一匹战马，被乌藤和几个兵丁夹在马匹中间，黎明就出了北凉城，一路疾驰。

走了几十里山路，太阳出来了。太阳晒在脸上，哈喇油开始融化，痒痒的，很难受。乌藤面无表情地紧紧靠着我的马。那匹战马，不太情愿让我骑，但乌藤一直压着马头，所以它也就老实地走着，放弃了尥蹶子的想法。

到了天梯山下，有的是比我们更早的人。马莲花儿开成一片清蓝的花海。花丛里人山人海，都拜伏在大佛爷脚下。佛气冉冉，紫气东来。诵经声阵阵，桑烟缥缈。我也拜伏在大佛爷脚下，求得佛光普照，给我安逸平定的日子，陪野利到白头。

大佛端坐，方额，细长眉眼，祥和温暖，闪烁着大慈大悲的光芒。大佛左手平放在膝盖，右臂前伸，手掌外推，向对面磨脐山推去。左右两旁的几尊护法造像，神态威严。面目特征有西域人的特点，圆目高额，粗眉，临水而立。

昙无谶是天竺国的高僧，他的确是苍天打发来造佛像的。还有弟子昙曜，也是他的左肩右臂。

人声鼎沸，越来越多的人涌到山下。我拜了佛，就退到对面的山坡上去了。我在一大块白石头后面脱了兵士的衣裳，换了布

远去的匈奴

衫。泉水里洗了脸,像个百姓家的女儿了。我们要等到太阳偏西,人马走得差不多了才回去。一个兵丁一整天在山坡上游荡,那可不好。

山坡上也渐渐涌上来很多人,山下容不下了,只能挤到山坡上来,挤到山那边的草原上去。好多贵族的家眷也打着帐子上来了,衣裳华丽,巧笑嫣然。她们也难得出来散散心。羌人贵族,还是喜欢用褚色颜料赭面。在他们的脸上涂了各种圆团,花瓣一样隆重盛开着。有的女人双颊涂有黑红色圆点,那么妩媚。也有男人戴着朝霞冠。朝霞冠为朝霞之红色,羊毛织的,很厚实,缠绕在头顶上,形成上下等大的筒状冠帽。侍从们也是盛装的,红抹额和绳圈冠,或者是低平的头巾,冠帽底部却露出一个白边。而粟特人,都用白色的细布缠在头上,缠成塔状。他们的衣袍也是白色的。真有些衣袂飘飘的闲逸来。

我想起我住过的那两户人家,也不知道青梅怎么样了,她穿着我送的丝绸罗裙好不好看。很想念那个清纯的丫头儿。

乌藤简短给我交代几句,就走了,他们还有事情要做,说太阳偏西来接我。我挎着个包袱,慢慢向山那边溜达去。山那边是草原,很宽阔。难得出来散散心,况且这么热闹的,要好好看看风景。

走了几步,回头看,却发现乌藤也回头看了我一眼。他的眼神里饱含着怜悯。他大约很可怜我,堂堂北凉大将军的女人,可怜兮兮臂弯里挎个包袱,独自躲闪在山里。

那些贵族的家眷们,都被人簇拥着伺候着,华服美食,头顶遮着帐子,满面桃花,大声喧哗。只有我,孤单,担惊受怕,躲在角落里，不敢去自己的男人身边，只能在人群里远远看一眼。

他护着国主，威风凛凛骑在紫红马上，身上的战袍在风里猎猎抖动，英姿飒爽。他的战马很高大，长嘶一声，也是充满了霸气。

可是，是我自己情愿的啊。

我在溪水里又洗了脸，把脸上的哈喇油仔细洗干净。这时候，太阳当空照着，已经过了正午。开光佛事完毕，朝佛也将结束。

山谷里的百姓们，慢慢撤离。山路上蜿蜒着人影。

可是，贵族们不打算走。他们从山谷里转移到山这边的草原上来，搭起帐篷，支起锅灶，开始煮羊喝酒。那边是佛家净地，这边是世俗的光阴。

顿时，草原上星星点点升起了蘑菇一样的帐篷，炊烟袅袅。鲜支涧巷子的卑和姑娘们合着乐律载歌载舞，贵族们也手舞足蹈掺和在一起欢腾。酒肉飘香，欢歌笑语。

好多姑娘穿着盛装，坐在草地上弹唱，贵族的男人们坐在一边欢笑。旁边的大锅里，羊肉翻滚，香气扑鼻。侍从们总是在忙乎着，他们都缠了红抹额的头巾，脑后系结，头顶露发。这红抹额比朝霞冠短且窄，质地较为柔软。也有红抹额是深红色底、蓝绿色藤蔓花纹的，或者是绛紫色底子、黑色缠枝莲的。

这时候，我才发现，山谷里的百姓都慢慢疏散完了，剩下的都是贵族们。可是，他们的欢腾是多么喧嚣。我孤单地坐在溪水边，多么可怜。刚刚的那一点点欢愉，立刻被强大的自卑袭击得片甲不留。虽然装作神态安逸，但内心的虚空掩饰不住。

乌藤说，太阳偏西的时候才来接我。他们很忙的。可是，如何熬到太阳偏西啊。手腕里的包袱里，有奶娘带好的奶酪卷、肉干。

远去的匈奴

可是,我坐在溪水边吃晌午,人家在帐篷里饮酒啃羊骨头,我不是像个叫花子一样了吗?

而且,几个匈奴女人就在我不远处嬉闹,男人们追逐着,夸张地尖叫着,宣泄着她们的愉悦和阔绰。身上的玛瑙珠链和玉佩银饰擦啦擦啦撞击着,发出清越的声音。连缠臂金环都闪着炫目的光泽,奢华冷艳。

我像一个被人抛弃的孤儿,孤零零的,寒碜,落魄,突然不知道怎么办。手里的罗帕绞来绞去,汗津津的,焦虑不安。

真的无法忍受这样的折磨,我的眼泪就下来了。我伸长脖子看了一圈,枯木乌藤连个鬼影儿都不见。浣布家的帐篷倒是看见了,在山坡上,她的母亲,穿着华丽的衣裳,珠花簪子,五彩香囊都看得清清楚楚。她被人簇拥着,优雅地欣赏风光。

可是,我这样狼狈的,无人理睬。心里突然就涌起无边的悲凉来。

草地里,是几百匹战马,我也找不见我早上骑来的那匹。就算找到了,也不敢去骑,除非乌藤牵过来。我要是私自骑马,就算是盗马贼了,会犯刑律的。

好吧,我泪流满面地安慰自己,慢慢走到山下吧,找到青梅家歇歇脚,或者是那个老妇人家也行。我一刻也不想受这种打击了。多么凄惨啊。

太阳更加毒了,晒得浑身冒汗。我用一块手帕包了头发,像个村姑,然后,离开山谷,跟着最后一拨百姓,慢慢往山外走。红尘千履,踩倒了一山的青草。有的青草被马蹄碾得粉身碎骨,淌着绿色的汁水。它们,一定疼,多么疼,多么疼。

走了一里路，实在走不动了，又饿又累。好多人都坐在路边吃自己带的干粮，我也坐在马莲墩上，从包袱里掏出奶酪卷啃。坐在旁边的小孩子，眼珠子乌溜溜的，一直看着我，我分给他一半，看着他狼吞虎咽。

我想，我有个孩子也好啊，可以做个伴，不这么孤单了。

路边的青草丛里，坐满小憩的人。他们伸着腿，中原人叫箕踞，很不雅的坐法。中原的女人这么叉腿坐，要被打发回娘家的。不过，中原的人们不穿缦裆裤，只穿胫衣，跟我们北凉人不同。北凉的平民百姓，都喜欢戴绳圈冠。就是在头上缠绕了布巾，什么颜色都有呢，青的、白的、赭黄的，比红抹额更为厚实，顶部缠绕严实不露头发，脑后系住，垂下的头巾长至腰部。细细看，倒也很风情的。

太阳简直太热了，有人脱掉衣裳，光着脊背，脊背上淌着汗水，冒着热气。我还在啃半个奶酪卷，嗓子里哽咽着，怎么也咽不下去。

这时，突然传来马蹄声，有人惊呼："哦，大将军！"

我抬头，野利打马过来了，跟着乌藤他们几个。他看见我了，我正含着眼泪啃干粮，盘着腿子坐在草地上，一脸泪痕。掺在很多粗鲁的庄稼汉当中。

看见他，顿时愣住了。

他没有说话，突然调转马头，朝山谷里疾驰而去。艾蒿都长得半人高了，很快就看不见他们的身影。

路边的人光着脊背跳起来呼喊着，大将军，大将军！非常激动。他们亲眼看见大将军了。庄稼汉们对大将军大加赞赏。一脸和善的农妇们照看孩子，嘴里抱怨着什么。她们都穿着粗麻布罗

远去的匈奴

裙，黯淡，无颜色。簪子也是毫无光亮的，发髻间插着一把木梳。

我不敢再坐着了，收拾了包袱，慢慢朝后退去，稍微躲得离人群远一点。我突然责备自己，为什么要来这儿啊？简直自取其辱。

走了不多远，一棵树下，乌藤果然在等。他还是很简约地说："柳先生，我们找不着你。"

乌藤一直叫我柳先生。我不是夫人，不是小姐，什么也不是。他们只能模糊着，称呼我为柳先生。

我的脸上泪痕还挂着，灰头土脸的，乌藤的眼神里，有一种黯淡的东西。我淡淡地说："给我一匹马，我先回去吧。"话这么说着，眼神里肯定有绝望的东西在闪烁。

他木头人一样麻木地说："将军已经吩咐过了，那边给你备下一座小帐篷，请你过去。"

我执拗地说："不去，我不去。我要回家，回到骆驼巷的家里去。我不去弓背街了。"

我的眼泪大雨滂沱。

乌藤看着我哭，面无表情地说："那可不行，将军有令。你哭吧，哭好了请。"

我想整整哭一天一夜，才能哭好。我想，我原来是藏着委屈的，以前居然没有感觉到。

又一个兵丁过来催，我只好骑马，跟他俩去山谷那边的草原。

我们跳下马的时候，一个粗鲁的男子路过，他的嘴唇周围都是浓密的胡须，若是不说话，恐怕连嘴也找不见了。他浑身散发着酒味和羊肉的腥臊味，斜眼看我。他缠绕着褐色塔式缠头，缠头从额头一直向上缠绕,顶部较尖,并向前倾斜,脑后打结固定,但巾角不外露。这样的缠头,是西羌人贵族中地位较高者用的一种冠帽形式。他突然惊讶地说:"哎,这个不是北凉神针阿禅吗?几年不见,怎么在这儿?"

枯木乌藤立刻黑了脸,粗暴地说:"你,滚到一边去,什么阿禅,认错人了。"然后一把将我推进帐篷。那几个兵丁,呵斥道:"再胡说,砍了你!"那个男人吓得慌张逃走了,像个木桶一样笨拙肥硕。

将军手下的人,原来这么厉害粗暴。

野利在帐篷里端坐,皱着眉头。他的眼圈红红的,显然刚刚哭过。他是个儿女情长的人,沙场上厮杀的时候,像一枚利器,铁铸的一样;可是,情感有一点点伤害,就泪流成河。

我有点局促,涨红了脸,也怕突然有人进来,不敢到他身边去,就坐到对面。地上铺了毯子,摆满了羊肉和酸奶。

我的裙子上粘着尘土和青草屑,脸上还哭得不成样子。若是浑身有些光亮的,就是明珠耳环了。我的眼睛里还含着泪水,也含着愤恨和不愉快。

他眼神忧郁,有些焦躁不安。不过,也没有说话,站起来,摘掉我头上包着的手帕。走出帐篷的时候,转身又说:"吃点东西,不要哭了。知道你委屈,等会儿送你回去,不要闹小孩脾气。"

大概,他在恼火我坐在路边的尴尬。我使他丢脸了。虽然他没有指责我,但还是能感受到他的不满。

帐篷的门帘一闪,他走了。我浑身哆嗦了一下,抱膝大哭,但不敢出声,呜呜咽咽的,好像娘死了一样悲伤。

远去的匈奴

乌藤神色惊慌不安,他担心我闹腾,用眼色严厉地制止我。

草原上歌舞正酣的时候,我换上兵士的衣裳,青黄色的左衽翻领袍,内衬褐色衫,腰系赤棕色革带,佩短刀。脸上又涂满哈喇油,贴了几丝皱纹。乌藤把马牵到帐篷门口,几个人打着掩护,扶我上马。我低着头,他们依旧把我夹在中间,几匹马撒开蹄子一路疾驰。

他们自然不让我回到骆驼巷去,依旧把我送回小院子里。我进了月牙门的时候,听见乌藤长长松了一口气。他大约比我还要紧张呢。

秋云罗帕奶娘坐在廊下绣花,非常安详的样子。她看见我,脸上没有表情,没有笑意,也没有不高兴,很平静的样子。这是野利家锻造出来的神态,跟乌藤的一样,没有人间烟火气息。

晚间,很迟了,野利还没有回来。我想,今天我给他添乱,也许他生气不回来了。秋云罗帕奶娘点着灯还等着,她坐在隔壁屋子的门槛上,抱着膝打盹。麻布的衣裙拖在地上,脚边放着一只针线蒴篮。

我在热汤里泡了很久,洗掉头发里的青草屑,又用艾条熏了屋子。躺在被子里,还在伤心。就算我不羡慕鲜衣怒马的光阴,可是,不经意还是受伤了。

迷迷糊糊中却睡着了。梦里还是白天的情形,很多人唱歌跳舞,喧嚣着。我躲在一块石头背后,孤苦伶仃的,非常惨然。然后,我就哭着,我要回家找爹娘,我依稀记得我还有家。

正号啕大哭着,却有一双手给我拂去眼泪。那双手那么熟悉,那么温软,贴心贴肺的。我想去抓住这双手,却醒了。他躺在我枕边，月蓝布亵衣，衣领散乱，眼睛红红的，给我擦眼泪。

"阿禅，你哭醒了。非常委屈，是吗？"

我没有动弹，拼命忍住抽搐，不吭声。眼泪憋得几乎喘不过气儿。

"乌藤说你闹腾着要回骆驼巷？为什么？你知道，我不能离开你。可不可以，不要让我伤心？"

我的眼泪簌簌往下淌，他不说话了，慢慢拢紧我，依偎着我。他的身体依然散发着迷人气息，我知道他也在流眼泪。

风沙几万里

这一天，野利带回来一个令人不安的消息，昙无谶高僧夜观星象，预言：凉之分野，将有大兵。

高僧认为，依据天象，金城入东壁四度，北凉入东壁六度，敦煌入东壁八度。他夜察星象，凉州天象分野为东壁之宿，有客星彗、孛、干、犯壁宿之东，主北凉有灾。

而且，凉国的散骑常侍，南牧涂报告说，凉州城的当阳门突然摇动了三下。卦师占卜，也不是好兆头。主凶，城内有叛变，迹象上看是国主身边的人。

为此，国主非常焦虑，加紧调遣人马，以防不测。

野利不能按时回家了，他得随时听从国主的吩咐。虽然野利不说，但是我也大概能猜测到的。国主疑心甚重，既担心外患，又担心野利谋反。毕竟，几万将士是西羌人，城内有变，只能是

远去的匈奴

他了。

野利大约也很困惑。他这么善良的人，谋反的心绝对没有。可是，心嘛，又不是白纸，可以拿出来给国主看看。他回来的时候，眉头都打着结。

有一天，他问我："丫头，如果我放弃兵权，成为一介布衣，你还这么爱着我吗？"

我点点头。那样，我们就去骆驼山庄种药材，生一堆儿子，好好地呵护他们，过我们的小日子。我再也不担心他去打仗了。

他握着我的手，认真地看着我，眼眸那么安静。

"那么，丫头，告诉我，有没有一种药，服用之后可以体态憔悴，很虚弱的样子？这样，我可以体面地交出兵权。"

"有，有一种药材，煎服，通身会变得黑黄黯淡，很可怕。但是，它只是一种染色，不会对身体有任何伤害。停药七天，自动会恢复如常。"

野利笑了。"很好，丫头，这样，我们就会避免卷入猜忌里，躲过一场灾祸。我不在乎有多大的兵权，只要我们在一起，比什么都重要。"

我捧着他的脸，久久看着。

他嗔怪道："看啊，你这个小东西，看了几年，还看不够。给你给你，仔细看。"

他把脸贴过来，让我几乎窒息。

野利服用了这种药，我配的剂量很合适，他的肌肤一天天慢慢变黄，不是一下子黄起来的。

果然，野利的病情让国主很重视，御医亲自把脉。可是，那些笨蛋们，当什么御医，这么一点江湖小伎俩都看不出来，平日里是怎么在宫里混着呢。

我给野利的药里加了一点梧桐草碱松子，能吃饭，但喝进去一点水就呕吐出来。到了晚间，药性过去，他可以从容喝水了。

御医煎熬好的药汁，野利喝一口就喷出来了。他简直太痛苦啦，不要说领兵打仗，就是一口水都咽不下去，不断呻吟着，冷汗直流。

后来嘛，野利的人马、兵权、将军印，都顺利交给太子沮渠政德。西羌兵士在兵营里祈愿诵经。他们发誓会听命于太子，忠于国主的。只要大将军的病能好起来。

北凉城里传言四起，说星象不安，言城内有变故，果然落在了大将军头上。他能不能活着，还难说。

国主对野利很恩宠，让他可以去想去的地方静养。国主说天有灾祸，大将军顶替百姓受难了。他还建议，酒泉郡有药泉，去沐浴，说不定能缓过来。还派高僧去天梯山祈福。

这样，野利就安然出了北凉城，只有几个士兵陪着，病恹恹的，被车载着，到酒泉郡疗伤。国主又体贴地说他的爹娘年老体迈，不适宜远行，就依然留在城里。

我别过爹妈，穿了红底团花锦袍，浅蓝的月牙花纹镶边。青绿色裹衣，从圆领口露出来一点点。为着赶路简练，连镯子也没有戴。乌藤带着我和秋云罗帕，提前两天赶往酒泉郡等他。我们不想卷入阴谋之中，我们只求在一起，好好相爱。我爱的不是英雄，只是一个清秀的书生。

第三天，我们汇合了。两颗心才落到心腔里。

远去的匈奴

酒泉城，显赫而威严。城门上方是五层的城门楼，纯松木结构，连胡杨都没有一根。歇山式的屋顶，飞檐斗拱，油漆彩绘了繁缛的花纹，有云头纹、吉祥纹，还有飞天、缠枝莲。屋顶上墨绿色的玉石瓦闪闪发光，屋脊上还蹲着木雕的兽、玉雕的蟠龙、石雕的狮子，个个威严肃穆。城楼下，朱漆的明柱回廊，两人才可环抱。雕梁画栋，无不透露着奢华肃穆。台阶都是祁连玉锻造的，能映出来人影子。守城的兵士，穿了铠甲，戴着只露出眼睛的头盔，长刀短靴，目光像鹰一样犀利。

酒泉城的阳光，和北凉城一样，温暖，灼热，但稍微多了一些风，有些粗粝。乌藤一身玄色袍子，牛皮云肩，腰系灰色的革带，佩长刀。他的头发是乌黑的，分开梳理，在脑后缠绕成辫环，上面系了玛瑙珠子；脖子上挂着一串佛珠，领口露出赤褐色的交领内衬。他走路一定很累，却连汗也没有，就那么干干的脸膛，一点表情也没有，淡漠得像一尊护法像。路人只看他一眼，就纷纷避开，在走路的脚步声里，有些威严或者是杀气。

我们住在黄沙巷的驿馆里。细细的巷子，路上的地皮子青青的。院门很旧，门楼是青砖的。没有廊，只有一院子烟熏火燎的土房子。有一间甚至快要扑倒了，用一根弯曲的桩子斜斜顶着。屋脊上没有石雕的小兽，门口也没有怒目圆睁的狮子，门楣上也没有冷酷的狼头骨。马厩也是破败的，马槽快要塌掉了。槽沿上被缰绳磨出一道道凹槽，伤痕累累的样子。我们的马牵过来，立刻看不上这个破马槽。野利的坐骑向来都是精心伺候惯了，北凉城里的马槽是梨花木雕琢的，有着怡人的清香，它可受不了这样邋遢的地方。它恼怒起来，鬃毛直立，仰天嘶鸣，梗着脖子不肯低头,极力想挣脱缰绳回到北凉去。

悠长的土路,巷子尽头,有一个九层高的碉楼。碉楼上住了几个年老的士兵,他们有事没事在那里喝酒聊天。偶尔也舞剑,动作迟缓呆滞。我上去过几次,楼顶的房梁上挂着匾额,上面书写着苍劲的几个汉字。屋角还有一尊金羊伏树的陶瓷礼器和一尊羊头蛇身的青铜祭器。飞檐上,几尊小兽,一只展翅的墨玉鹰。更多的是鸽子,咕噜咕噜念经,它们占据了屋檐房梁。还有一口钟,钟上铸了若木神树,边沿是双凤纹。

尽管是这样一个寥落的地方,可是我一下子喜欢上了,我居然不怎么想念北凉。野利眨眨眼,笑着说:"我一定是要生儿子的。这丫头嘛,养大了,遇见自己的男人,连爹娘都忘掉。"

可是,我担心地问:"生一堆儿子,又不听话,和我顶嘴,怎么办?"

他很严肃地说:"放心,我给你撑腰着呢,谁要顶嘴,我就打他的屁股。我统帅着几万兵马,还不信就管不住几个小孩子。"

我们哈哈大笑。我说:"你是病人啊,不可以这么笑的。"野利就立刻皱眉,装作痛苦的样子,啊呀,啊呀,呻吟起来,虚弱地颤抖着说:"国主啊,我快不行了吧?"

我很兴奋,控制不住自己的情绪,几乎笑得喘不过气儿来了,笑声要揭穿房顶了。他的眼神里有些热烈欢快的东西在跳跃。枯木乌藤进来送茶,看我们笑成这样,他沉凝的脸上也漾开几缕笑意。这个没有表情的人,稍微有点笑容,就生动起来了。不然,我一直疑心他是木头雕刻的。

安逸的日子,慢慢度过。我们常常去城东的泉水里沐浴,躺

远去的匈奴

在沙滩上晒太阳。他身上的黄颜色,也逐渐褪去了。人们所注意到的,就是一个不起眼的婢女跟着大将军奉茶伺候。

过了一个月,突然消息传来,果然,北凉城有变。

黄河以西的湟水流域,有个叫柔然的部落,不声不响要进攻北凉城,一路从北凉南边杀来。沮渠蒙逊国主简直太生气了,一直是他在挑衅人家,抢别人的城池,想不到还有主动来挑衅他的。

他命太子沮渠政德率领一万轻骑出城迎击,恨不能一棒子打死这个柔然部落。他以为,很容易。他打惯了胜仗,没有怎么败过。而且,他帐下的萨弥也预言这次出征是能够大胜的。

北凉城的城墙很坚固,内外檐墙用的是巨石,条石包砌。城墙顶上可以五匹骏马并行,留有上下城墙的马道和梯道,城墙里有暗道,储藏了兵器粮食。罗城、瓮城的城墙,夯打了碎石、黄土、红柳枝,高而陡峭,简直让人望而生畏。城墙的外檐上筑了垛口,内檐墙上筑了宇墙,保护人马不至于从墙顶坠落,利于作战。北凉城的四个城门,都是用条石砌成拱券形的门洞,幽深且坚固。连城门附近的台基都是巨石砌筑的。城门是极大的双扇木门,铁一样坚硬。门外包了铜皮,巨大的泡钉嵌镶其中。门内侧装有门栓和索环,设置了机关,上方悬着硕大的虎石。一旦关闭城门,放下虎石堵住门洞,任你千军万马也进不来,连机关暗箭都不用。

护城河也是很厉害的。河水深,河底埋伏了诌蹄子,就是把铁钉子钉入木板,钉子长七寸,木板厚三寸,铺在水底。一旦敌人涉水过河,势必会受到牵制。还有铁菱角,部署在壕沟里。

河前面种植了大量的蒺藜,杀伤力很大,能刺伤人脚和马蹄,几乎遍布城墙周围。还要在必经之路撒下大量的木蒺藜、铁蒺藜,用来阻滞敌人。

至于通往北凉的峡关险口，都设置了鹿角木。鹿角木长五六尺，两头削尖，插入土里一尺多，粟米苗一样密布于路上，骑兵几乎很难通过。必须花大量的步兵来除掉鹿角木。

北城门，还有陷马坑，坑底布满削尖的树枝，还有竹签，坑的排布是七星阵。坑上苦了芦苇草，又撒了黄沙，看上去和大路一样，以欺骗迷惑敌人。

东门外有机桥，也是陷阱装置，部署在壕沟上、护城河上。平常的时候看上去就是桥，但是，贼人入侵，立刻用机关将木板抽走，入侵人马一踏上桥便会人仰马翻，掉进水里沟里去了。而水里、沟里，也是机关密布啊。

这样坚固的北凉城，国主是毫不胆怯的，甚至有些狂妄和迫不及待。他喜欢厮杀。

北凉军与柔然部落厮杀的时候，我们正安然地躲在酒泉郡。我们担心的是家人，如果北凉城破，我们的家人生死难料。整个北凉城会笼罩在一片迷雾里。我说："你帐下的西羌兵，会不会逃逸啊？他们可是只为你卖命的。"野利皱眉，摇摇头。

我不知道他摇头的意思，是他也不清楚，还是他知道那些将士不尽力？他不想说话，我也不再追问。我们在驿馆的院子里喝茶，晒太阳，但忧心忡忡。

他坐在院子里的旧胡床上，宽大的布袍子裹着他健美的身子。袍子的褶皱里，歇出一小片阴凉。他用袖子遮住脸，一脸的急躁。我知道，一些可怕的情绪钳住了他的心。战场上的事情,难以预料。谋事在人成事在天。更加难说的是士气这东西，人心一旦松散，

远去的匈奴

多坚固的城池都没有用的。

是的，突然有一天，国主传来急令，要野利带病立即接管酒泉郡的兵马，守城待命。原来，前一天的厮杀中，太子沮渠政德战败被杀，北凉军退回城里坚守。太子过于轻敌而招来兵败。据说，他最大的缺点就是沉不住气，比较浮躁。这个脾气可不好。

酒泉郡由西平公镇守，他是沮渠蒙逊国主的侄子。手下的兵丁并不多，寥寥无几。西平公是匈奴贵族，喜欢鹰犬游猎，喝酒作乐。对城池防守疏于料理。而且，他似乎从不训练士兵，松散悠闲地过着好日子。

我哆嗦了一下，惊叹道："这样的人，也敢守城。"野利叹了口气。"丫头，国主就是看准他这个蠢笨的。贪恋酒色的男人，永远没有胆量谋反。国主不想背后受敌。你根本不了解国主。他疑心所有的外姓人，只觉得自家人才可靠。"

"可是现在？"

"丫头，他没有作战经验。是的，如果北凉失利，国主打算退守酒泉郡。关键时候，他不得不信任我。他知道，就算我病着，依然比那个饭桶强几百倍。"

千里急骑不断传递讯息，沮渠蒙逊国主立次子沮渠兴为继承人，号令三军，抵抗柔然部落。柔然人很顽固地一次次进攻北凉城，月余不退。他们甚至动用了赤鸟，在鸟脚上绑了艾草火种，让鸟儿飞回城里，点燃城里的房屋。他们攻城的势头很猛，檑木、投石车、炮石子枪、旋风炮、合炮、巨型床弩，发射用鬼箭树枝制成的利箭，还有牙发弓弩、踏撅箭都用上了。床弩一次发射几十支箭，牙发弓弩箭脱离弦之后是可以拐弯的。踏撅箭是用棒槌打击发射的,威力很大。

他们还带来了国主没有见过的填壕沟车、行炮皮车、云梯、扬尘车。而且还在打地道,企图挖通城墙。

总之,这个部落的人比国主想象中要顽固得多,有点难以招架,西骑孟将军也被柔然人活捉走了,北凉城恐怕难以持久。国主更加担心的是,如果柔然人效仿他的办法,断了水路,北凉城中的人也会被渴死的。

这样焦急的时候,野利备感不安。北凉城破,十几万户人家就会被屠戮。柔然人非常凶残。我们的国主只喜欢抢劫,喜欢把人和财物抢回来。柔然人不,他们喜欢屠城,把东西都留下,人都杀光。

野利说:"丫头,北凉城破,我们恐怕也不好过日子了。你安心在驿馆,我是男人,不能这么躲着了。"

野利给国主修书请示,他的病好一些了,他要在酒泉郡拉起人马,绕道去攻打柔然老巢,以解北凉燃眉之急。他向国主起誓:请相信我,如果有异心,我的爹妈九族,任凭国主处置。

沮渠蒙逊国主被野利感动得一塌糊涂,一个身患疾病的人,还这样效忠他,并给野利的羊皮手函上,许诺了天大的好处,并命令他立刻行动,越快越好。大约,北凉城真是保不住了。国主年老体衰,没有了锐气。太子又被斩杀,西骑将军被擒,士气大跌。

新立的太子,跟兵士没有默契,不懂得怜惜帐下,难以发挥威力。北凉大将军交了兵权,还远在酒泉郡。老将军风烛残年。乞干将军早先也被解了兵权,打发到沙洲去了。这样,北凉处于新旧交替的脆弱时期,危在旦夕。

远去的匈奴

野利在酒泉郡遣征人马,很快就拉起一支三千人马的队伍,造起声势,翻越胭脂山,去攻打柔然老巢。他们都剃了头发,在脑门上留了一撮发辫,也不甚长。云肩来不及细细缝制,就把揉好的牛皮粗粗裁剪披在身上。靴子却都是战靴,牛皮的,毡靴走长路不行。革带不够了,就用毛带束腰,大刀都磨得明晃晃的。

野利穿了牛皮战靴,靴尖是云头纹。银鼠皮的袍子,鹿皮云肩。革带上挂了短刀。他的头发也是在头顶上留了一撮,没有辫,简单打了发髻,垂在脑后。身上戴了银盔和护腕。

出征的时候,他留下乌藤和秋云罗帕奶娘并嘱咐说:"如果我回不来,请你们把阿禅还给她的父母,请称她为夫人。如果阿禅侥幸怀了孩子,请转告我的父母,给阿禅名分,她是西羌人浼布野利的夫人。如果阿禅有意外,你们不必活着见我。"这样的话语里,暗含着残忍,我心里惊了一下。

乌藤和罗帕跪在地上,表示以死效力。罗帕从靴子里抽出匕首,在手臂上划了一道,血就渗出来。她不能说话起誓,但一定要让野利放心。

我突然才明白,这个老妇人,一直也在肩负着保护我安危的责任,她不仅仅是野利的奶娘,还是暗暗藏着一身功夫的将军府杀手。

野利抱起我,使劲亲亲额头,却没有淌眼泪。但我能感觉到他的身体在颤抖,抖得厉害,心也在狂跳。这一次,比上一次更加凶吉难料了。他去奔赴的是兵刃相见、血流一地的沙场。

也许,就是生死别离。

我哭得撕心裂肺,几乎背过气。我们的情缘,是多么难以抓牢啊。生死恋人,被撕扯得如凋落的夏花,风卷容,落红一地。心,颓废得找不回来了。

这个铁骨铮铮的汉子,决然转身,身上的斗篷呼啦啦一下,盔甲银光闪亮。他大踏步出门去了。我想跟出去,奶娘却死死拉扯我,不让我出去。驿馆外的大街上,兵士即将出发。一片哗啦啦砸碎酒碗的声音,清脆,却撕心裂肺。他们要破釜沉舟了。

有些兵士一听打仗,兴奋得嗷嗷直叫唤。

浣布野利大将军,从酒泉郡出发去攻打柔然老巢的消息,立刻就传扬过去了,明明只有三千步骑,却号称三万。原来,"号称"之意就是无限扩大。马尾巴上拴着树枝,每跑过去两匹马,就扬起漫天的灰尘,呛得人直咳嗽。大路上黄尘漫漫,冲上了云霄。胭脂山上空,被扬起的黄尘遮盖,看起来阵势浩大。

打仗的人,原来这么狡诈啊。一点也不诚实。

柔然部落闻讯,果然慌了。他们的老巢里几乎没有兵力了,只剩下老弱病残。一旦北凉浣布野利大将军抢先赶到,老巢会连窝端了,他们回都回不去了。

柔然部落是没有修建的城堡的,他们守着从地上挖出来的一座城堡。城内的街道也是挖出来的,城墙也是挖的,减地留墙,也算是创举。虽然他们打仗很厉害,骑兵叫飞毛腿子,步兵叫铁脚子,翻山越岭,健步如飞。他们也有着良好的马匹。作战时,重甲骑兵为前军,突击敌阵,步兵跟后面。铁骑突阵,阵乱则步兵冲击。打埋伏仗的时候,步兵藏在路边,用钩索绞勾对方的战马,骑兵随后杀来,配合得很默契。但是,主力都扑到北凉去了,老巢显然空了。

远去的匈奴

柔然人做梦都没有想到，北凉大将军居然躲在酒泉。这个消息太令他们意外了。原本以为围住北凉城，就没有外援了。可是，人算不如天算。

柔然部落的车骑大将军呼卢古，立刻撤离一半步骑，急急忙忙赶回老巢。可是，他们又接到老巢十万火急的消息，说北凉兵不止三万，因为路上是遮天蔽日的尘土，约略在五万人以上。

这下，柔然人就彻底慌了，大将军韦伐率骑兵三万，急忙收兵还师。慌得连锅灶都没有拆完，连夜奔逃。

沮渠蒙逊国主破例没有追赶，他大约是怕有埋伏。他一生戎马，征战无数，这次算是吃亏了，损失掉太子、将军。幸好，他有八九个儿子，七狼八虎的，死掉一个，立刻又补上一个。

柔然人退到洪洞岭东的时候，国主传令野利大将军原路撤回，立刻赶回北凉城。他有些胆怯了，七狼八虎训练得不是很精练，不好使，还得大将军来镇守北凉城。

枯木乌藤接到大将军回来的消息，喜得眉眼都挪了位置。"夫人。"他低声说，"将军无恙，很快就回来了。我们，时日不长，就能回北凉城了。"

他那张坚定自信的脸上，有一种驯顺忠厚的东西，像我家的骆驼们。

这是他说话最多的一次。野利是我的心肝，是他的命系系。假若野利有什么意外，他大约要殉葬的。野利高兴的时候，他的脸色是舒缓的。若是野利沉思起来，或者发火的时候，他就紧张起来，眉毛拧成个疙瘩。有时候半夜突然有人敲门，他立刻扑到院子里，有一种看不见的力量攫走了他全部的灵魂，仿佛只为野利活着。他穿了乌靴,青色的衣袍下露出黑色的长裤。

我穿着肥大的衣裳,黯淡无颜色,梳了低发髻,襦裙都是素色的,只戴了一串绿松石的手链,不得不装作婢女的样子。我们不想让西平王看出破绽。而且,这些日子我很像个婢女,瘦弱,胆怯,不敢抬头看人。我害怕战场,忧心忡忡,好像一只小狗犯了过错一样,乖顺地看着院子里走来走去的人。

秋云罗帕当然是厨娘了,她穿了烟灰的短襦,领口处露出来一痕黑色的交领。下着赭色的长裙,暗蓝碎花的镶边,裙角下闪出一线黑色的长裤。长袖的袖口也是碎花的镶边,看上去沉闷干练。她在屋檐下放飞鸽子,告诉府里的老太太,我们都很好。我暗暗想,她一定还在最后补了一句,阿禅还是没有怀上孩子。

她看见我的腰身细细的,没有变化,忍不住就皱眉头。她的眼神里也有一种冰冷的东西,不暖和。黑色的鹿皮软靴也是那样冰冷,走路连一点声音也没有。细细揣摩,好像她身上还有一些鬼魅的气息,巫气重重的,难以说清。她不知从哪儿弄来的鹿胎盘,煮熟了,切成细丝,让我吃。可是这个东西很难吃的,腥气十足,我实在咽不下去。

有一天,她从鸽子脚爪上卸下的短笺上,有我爹娘的消息。说是府里老太太差人去看了,我家的百草堂门户紧闭,院子里没有烟火气息。

我突然就明白了,爹这个老狐狸,一闻见血腥气息,早早就带着家人逃到骆驼山庄去了。

也许,柔然人攻城的消息一传来,他就狂奔逃走了。爹逃命那是有一手绝活的。

远去的匈奴

我小时候,他常常给我讲我家躲避战祸的事情。骆驼山庄,是爷爷的爷爷手里置下的,是沙漠里的一个废弃的城堡。

爹三岁的时候,尚且还有三个哥哥。那时候,是前凉。有一次,前凉王手下的部将反叛,勾结鲜卑人来攻城。鲜卑人集中兵马攻破了西城门,守城的兵士情急之下放开了东城门。大批的难民就朝东城外涌去。鲜卑人也喜欢屠城,街道上血流成河。

我爷爷和奶奶被人群冲散了。奶奶用一根布带,把一个孩子束缚在身上,爹只有三岁,就揣在怀里。奶奶在马背上对只有三岁的娃娃叮嘱道:"你牢牢攥住我的衣裳,不要松开,不然掉下去就死了。"

三岁的娃娃,知道死是什么意思吗?但是,爹居然知道。

背后的鲜卑人追杀过来了,路上靠人腿子奔逃的人被砍杀无数。奶奶拼命打马飞奔,早就顾不上身上的两个娃娃了。幸亏我家的那匹马平日里草料充足,跑得飞快,甩开了追兵。

奶奶逃到沙漠边缘的骆驼山庄的时候,大吃一惊,她背后绑着的娃娃不知道什么时候早就掉下去了,布带松松地搭在腿上。而怀里这个三岁的娃娃,小脸儿憋得通红,瞪着惊恐的小眼睛儿,小手牢牢撕着奶奶的领口。他一路上,像个拨浪鼓一样甩着被驮来。

奶奶欲哭无泪,紧紧抱着两个历经生死的娃娃。爷爷比奶奶更加悲惨,他自己倒是逃来了,前后绑着的两个儿子早就在慌乱中颠簸得丢失了。他的马腿上被鲜卑人砍了一刀,但它流着血一路狂奔,救下了爷爷的命。

从此,我们家不吃马的肉。等马老了,死了,就埋到沙漠里,让它们善终。

爹在十岁的时候一次逃难,一出城就和爷爷奶奶失散了,那次没有追兵,不过,也没有马。他居然独自一人就逃到骆驼山庄,脚上的鞋子早就丢了,双脚被蒺藜扎得惨不忍睹。他说,那时不知道疼,就光顾着跑。

后来,爹就会嗅觉灵敏地捕捉讯息,稍有风吹草动,他就飞速撤离百草堂了。他一辈子,不知经历了多少事情,但都平安地度过了。

这一次,我不知道他是怎么逃出去的。但只要逃到骆驼山庄,他们就是平安的。这个我知道。

好多天后,我们平安返回北凉城。其实我还是很喜欢酒泉郡的,懒洋洋的一座城,适合过日子。如果选择一个养老的地方,除了北凉城,我就选择这个地方。不过,别的地方我也没有去过。这是我唯一的一次远门。

寒风,荒草,牧羊城

这一年,注定是多事的一年。

野利被凉王大大犒劳,不是因为他解围北凉城立下汗马功劳。凉王不太喜欢帐下的人过于勇猛,他只喜欢忠于他,又不太有头脑的属下。

犒劳的原因是浣布野利大将军班师回来,不仅没有要回原来的人马,还把手里的三千步骑又交给了太子。因为他大病一场,

远去的匈奴

没有精力操练军马。而太子正需要和兵士培养默契,需要在军中树起威望来。凉王赏赐的东西倒是很阔绰的,红花瓷瓮、银颇罗、金胡瓶、黄梨木几案、金丝玉盘、墨玉碗、紫玉的坐墩、紫红玛瑙杯,还有很多的金银器……就差赏赐美女了。

野利的脸色不是太黄了,白苍苍的,经常大汗淋漓,就算坐在凉王对面,脸上的汗水就沁沁渗出来,流到下巴尖。

当然,凉王不知道他刚刚喝了一碗荆芥麻黄汤,体表的汗液都发出来了。他看起来当然虚弱了,眼窝有点下陷。

不过,这些天长途跋涉,又担心着家人的安危,他的确很疲惫。

凉王对大将军基本满意,亲自端起双龙纹的金丝玉茶碗敬茶,叮嘱他好好调养,兵营里的事情,不必操心,太子会打理得很好。

野利说,看出来了,经历了几次兵叛,国主一心一意要把兵权收拢在沮渠一家的手里。他已经不相信外人了。

阳光照在屋里,他懒洋洋地靠在被子上,眯着眼睛,手指一直缠绕在我的头发里。绕过来,绕过去,不知道在想什么。他的手腕里,缠绕着一串紫檀木的佛珠,共一百零八颗,颗颗光滑细腻。我抚摸珠子的时候,他说:"国主常常戴在手上的蛇形手环,已经交给太子了。"

我知道,蛇形手环,是国主权力的象征。蛇即小龙。

半晌,淡淡地又说:"与王共事,等于在狼窝里找食吃。"

"为什么啊?"

"太弱了,啊呜一口就被吃掉了。稍微一强势,就会被猜忌有谋反的心。"

"可是,你现在没有兵权,他难道还不放心吗?"

"丫头,你不觉得,我现在就是一块牛肩胛骨吗?国主觉得放弃了,关键的时候还得用。用起来,又担心势力过于凌厉。他大约犹豫不决。"

"可是,你不是他未来的女婿吗?他怎么也不会加害于你吧。"

"丫头,女婿这个事情,是天窗里吊着的一捆苜蓿,哄着让马上当给它种相思病的。你抬头,看见那捆鲜嫩的草,就在眼前晃荡。为了这口苜蓿,你得拼命奔跑效力。可是,永远也不会吃到嘴里,因为它在半空里悬着。"

"为什么呀?七公主总会长大的。"

"公主要嫁人,还是十几年后的事情,或许更长。嫁人这件事情,又没有规定几岁必须嫁,可以无限期延长。十几年后,北凉成了什么样子,谁知道呢。"野利说道。

过了一会他又说:"丫头,这几天,国主的侄女,被送到柔然部落和亲。也许,七公主最终的命运不是嫁给我,也是和亲这条路。"

"可是,难道国主也会悔婚吗?他耽搁了你一辈子。"

"国主嘛,不太在意婚约这个东西。说悔就悔了。不过,就算他不悔,我也得想办法让他悔的,我根本就不爱她。"

"你怎么突然就说起这些了?以前,从来不说的。"

"丫头,北魏的拓跋氏最近派使臣来,要求让国主把西域高僧送到中原去,他要在中原塑造比天梯山还要大的佛像。"

"可是,这跟我们又有什么关系呢?"

野利答道:"这个嘛,国主肯定是不同意的。佛在北凉。高

远去的匈奴

僧一走,就把佛带走了。如此僵持,迟早又要起征战的。而且,国主好像做好了准备,最近加紧操练兵马。"

他接着说:"太子新继位,必须树立君威。估计,操练完毕后,先要试试刀刃,说不定要攻打离我们最近的城。国主的七八个儿子都长大了,一定要掌控兵权,先得有个历练的机会。"

我暗自想,做个大将军也挺辛苦的,还不如草民百姓自由。比如这次,我的爹妈可以逃到城外去,他的爹妈却被看管起来,逃都没法逃。

远在中原的拓跋焘不断派遣使者来,要求请走西域高僧。但是,凉国主一直磨叽着,拖延着。

有一天,昙无谶念佛打坐参禅,他的弟子昙曜猛然发现,昙无谶的身形冉冉而起,缥缈起来,脱离了肉身。昙曜对众僧泣然说:国师功德圆满,要升佛国了!

北凉城里,昙无谶就是一尊佛。可是,过了不久,无谶佛就升天了。

野利说,也许,这是他的宿命。成就这样大的事业,便能早早脱离世俗成佛。拓跋焘的使臣坚持认为,昙无谶是被沮渠蒙逊王密谋害死的。但是,他们毫无办法,只好空手复命。

有些积怨,迟早是要爆发的。

这一年的秋天,出了大事,不是我们北凉,是南凉。

南凉因为连年征战,又被我们国主攻打得大伤元气。因着河水改道,这一年庄稼颗粒无收,牛羊成群饿死,饥民遍地。秃发傉檀决定挺险而走,出兵抢一点粮食。他率军西击乙弗鲜卑,留太子武台守乐都。

千打算万打算，不如苍天一打算。西秦的乞伏暮末看机会来了，就乘机袭取乐都，大胜，俘获武台等及百姓万余，迁于枹罕。是的，枹罕是个地名，商人珂贝枹罕就是生在这个地方的。粟特人有个习俗，把出生的地方作为自己的名字。他们尊崇自己出生的地方，一辈子都带着。

秃发傉檀被迫降于西秦，没过多长时间，被毒死，南凉亡。

秃发鲜卑的另一部分贵族和部民则投归了我们北凉，他们星夜启程，一路风餐露宿逃回来了。秃发傉檀的弟弟也跑回来了。真是奇怪的事情，他们宁愿跑北凉城里来，也不愿意归顺西秦。他们是北凉人。

尽管北凉和南凉常常打仗，但是对于逃回来的北凉人，国主非常宽厚，允许他们居住在北凉城，还补给粮食房屋。

不过，让野利绝望的是，乌啼娟并没有逃回北凉来。也许千里迢迢，一个弱女子难以奔逃。据说，慌乱中她跟着秃发氏的一个弟弟，叫秃发樊尼，逃到乐都草原深处一个南羌的部落里去。从此无音讯，生死两茫茫。

野利的苦楚，只有我能理解。他的心碎成八瓣，一瓣一瓣撕裂。那种痛，万箭穿心。他非常伤心的时候，国主决定要出兵攻打西秦。

前一次没有抢回多少财物，国主不甘心。这一次，令他非常生气的是西秦居然灭掉了南凉。他几乎要震怒。不管南凉和北凉怎么打仗，都是兄弟间的事情。而西秦，居然狼窝里伸进来一只狗爪子，攫走了兄弟，他怎么能不气疯。而且，西秦还屠杀了很多在南凉的北凉人。

北凉人就算在南凉，也是他沮渠蒙逊凉主的子民。兄弟之间

远去的匈奴

打打架,你西秦外人掺和什么呢。他暴跳如雷。

不过,他忘了,他也是刚刚去过人家西秦,把人家揍了一顿的。这一次,他依旧亲率大军,命太子跟随,去围攻西秦。他要好好地教训一下西秦,为北凉人报仇。

我问野利:"他抢这么多城池,能守得过来吗?"

野利说:"大王们,恨不能把天下都抢回来。如果西秦顺利归于大王帐下,可以和拓跋焘对抗。不然,这次昙无谶的事情,拓跋焘迟早要报复的。我们不打西秦,拓跋焘就要打我们。"

其实,野利也不算装病,他已经形容憔悴得不成样子,恐怕连锁丝甲都穿不起来了。乌啼娟把他的心拿走了。只剩下皮囊一样了,一点儿神采都没有,蔫蔫的。但是,他最终也被派遣到北凉城东南方向五十里的牧羊城去驻守。那个城几乎是废弃的一座空城。他只有一千步骑,还都是新招募的。

野利领了旨,准备出发。他说,驻守牧羊城,只不过是国主的一个计谋,他担心东南的乙弗鲜卑部落趁机来袭击北凉城。

乙弗鲜卑部落,就是被秃发傉檀率军袭击过的那个部落。

"这一千骑,是不是又是号称一万?"我不禁问道。

"不,号称一万五,都是轻骑。还依旧打着北凉大将军的旗号。这个事情,麻杆子打狼,两下里都怕。我们怕鲜乙弗卑部落来袭击,鲜卑部落怕我们真是有一万五轻骑。这是个心理较量的过程。谁沉得住气,谁胜利。"

"可是,万一他们识破,攻打来怎么办,那是一座废弃的城啊。"

"丫头,那样的话,我们无法抵抗,只有一死。乙弗鲜卑部落至少有一万步骑,扛不住的。"野利说。

战乱初起

起初,日子好像是安静的。乙弗鲜卑人那边,没有什么动静。这条古道沿途的山头上,都是北凉士兵在盯梢。一有动静,烽烟即起。

这样的安静,是让人不踏实的。像暴风雨来临前那种片刻的死寂。这样关键的时候,商人珂贝枹罕做出了一个决定让野利非常感动。珂贝枹罕赶了马队去乙弗鲜卑部落贩卖青盐。要知道,他是珠宝商人,不屑于这些蝇头小利的买卖。他到乙弗鲜卑部落,会把看到的情况让鸽子送回来。

野利的两个心腹,也换装成了珂贝枹罕的马夫。至于珂贝枹罕,一看就是西域富商,羊皮大氅,赭色的头巾宽松垮垮地平盘于头顶。头发梳理在两耳侧,各结一发髻,还别有珠饰。长袍的领缘、衣襟和袖口,都镶了鹿皮边子。耳朵上挂了大金环,颈佩项饰,腰束皮革带,袍子下是青色裤,足穿高鞲靴。而他脸上商人的精明气儿,统摄着这一身阔绰的装扮,看上去也是彪悍且协调的。

凉主那边,已经抵达了西秦,正在围城。西秦大将没有降服的意愿,打算抵抗,而且,已经派遣信使去乙弗鲜卑求助。国主给野利的军令是,要他死守着牧羊城,若是乙弗鲜卑人攻破牧羊城抵达北凉,他会让野利有好看的。

远去的匈奴

野利说,国主给他几根干骨头,却命令他煮一锅鲜羊肉出来。

半个月过去了,珂贝枹罕还迟迟没有讯息。国主那边,虽然围了西秦的西平城,但是西秦相国元基率两万骑拼死抵抗,使他无法很快拿下城池。

糟糕的是,如果这样拖延着,西秦征虏将军已经率骑两千,正赶往西平城救援。救兵一到,国主的处境就不太妙。

西平久攻不克,沮渠蒙逊国主派兵兴筑长堤,用水灌城,想用水淹死西平城。因为这座城池在黄河边上。

我们的凉主喜欢水,要么把一座城渴死,要么把城里的人淹死。他好像就会这两个兵法。原来我以为他只会截水,现在我发现我错了,他还会淹死一座城。可怜那些筑城的兵士,这么冷的天,还要挖土干活。

如果长堤筑好,西秦城不出三天就成了汪洋大海,黄河水多得是。这下,又得死掉一层性命。

沮渠蒙逊主还下了死命令让大将军守好牧羊城。不让一个乙弗鲜卑人踏进北凉。他大约是想打完西秦,顺便再去打一下鲜卑部落吧。

不过,乙弗鲜卑只是个部落,没有城池,散居在草原上,藏在勒姐岭的深山里,要想攻打,好像也不是多容易。他们的酋长叫折斐肋,听说非常勇猛。国主那边的消息不断传来,可是,派到鲜卑人那边的探子却迟迟无音讯。

又过了好些天,国主的长堤还没有筑好,进度很慢。而对面的西秦城,居然迅速修筑了简易的罗城。罗城是什么呢?就是在国主主攻方向的翁城外,又架构筑起来的一道城墙,掩护翁城,也能挡水，把大水逼到一边去。而且，他们放干了护城河里的水，挖深了壕堑。国主的大水漫过去，就会流到护城河里，迫使国主的兵士必须涉水过河才能到达城下，这样就增加了攻城的难度，给死守在城垛上的西秦士兵创造了射杀的有利机会。

国主大概很郁闷，攻城的弩台也不够，狼牙拍、飞钩、铁撞木、檑木、木里牌，这些都准备得不够，最要命的是粮草也不多了。

而珂贝枹罕那边，终于有讯息了。原来啊，鲜卑部落正在闹牲口瘟疫，疫病在鲜卑人的牲畜群里蔓延传播。草原上到处是死去的牛马，有的剥了皮，有的皮都来不及剥，牲口们死得太迅速。整个乙弗鲜卑部落，已经中风瘫痪掉。

鲜卑人没有马，就等于失去了腿。他们喜欢在马背上作战，异常勇猛，正因为借助了马的力量。一旦下了马，他们的腿是罗圈腿，伸不直，走不快，随风飘摇。

没有马的鲜卑人，不要说打仗，走路都发摆子。再说了，牛羊成批地死了，他们肚子里就空掉了，没有心情算计，也没有力量再打仗。

珂贝枹罕迟迟没有音讯，是因为一进到乙弗鲜卑的草原，马匹就被劫走了，他们正缺马、缺青盐，珂贝枹罕去得正好。鲜卑人正瞌睡着，珂贝枹罕就送去了枕头。他们灶火里的火苗弱弱地扑腾着，快要熄灭了，珂贝枹罕就送去一捆干柴。

他们也不想很快让珂贝枹罕们离开，怕把坏消息带出去。鲜卑人不想让别人知道自己瘫痪了，怕北凉军打完西秦又去打他们。腰缠万贯的商人珂贝枹罕，就乖乖给鲜卑人喂马。真是凄凉悲壮。不过，他与人周旋的确是有一手的，那是粟特人祖辈积累下来的

远去的匈奴

经验。

事实上，乙弗鲜卑人的担心是正确的。我们的国主，一向就是这样的，打仗很随意，这边打着打着，没意思了，就掉转头去打那边。毫无理由和依据，全凭他自己的心情如何。

据说早年间，他还是临池侯的时候，段业派他去打临松卢水的后凉常山公吕弘。他和沮渠男成联手出兵，吕弘弃城向东撤退，段业遂迁都至临松卢水。段业命令他去追击吕弘，临池侯沮渠蒙逊追了一下，觉得没劲儿，就掉头去打秃发乌孤。

秃发乌孤很生气，骂道："你不去追吕弘，却跑来打我，什么道理？"

沮渠蒙逊王说："打仗还要什么道理？全凭心情罢了。穷寇弗追，是兵家之戒。让我去追一个毫无气势的逃命之人，有什么意思？不如来打打你，图个痛快。你这厮，最近不是张狂得很吗？"

段业使唤不动蒙逊，就自己亲自带兵追击。结果，差点被反击的后凉军逮住，幸有沮渠蒙逊救助才免于一死。蒙逊说："我给你说了，追击没意思，你不听。还不如我打秃发氏来劲儿。你看，还弄来这么多牛羊。若不是去救你，连美女都要掳来了。"

那时候，他还不是王，还不是太随意。还得听命于段业。现在嘛，国主打仗就愈发随意了。鲜卑人忧虑也是有道理的。

珂贝枹罕还在逃回来的路上，两个亲信腿脚轻捷先跑回来了。还有几个珂贝枹罕的伙计，就扔在鲜卑部落里，实在是各自逃命，顾不上了。那几个人，运气好，也许还能做鲜卑人的马夫。运气不好，就要被斩杀掉。

这天夜里，北凉城萨弥要举行隆重的祈祷仪式。星星满天的时候，她缓缓登上城头。城头几堆篝火，疯狂燃烧着。她的长发几乎拖到脚面，脸被遮着，腰里挂着碗口大的铜镜。突然间，萨弥呼喊起来，身子扭动跳跃，面具闪烁着神秘的光。城墙下，兵士拜伏一地，黑压压的。

寂寥小院

我在小院子里等待消息。日子一天天过去，野利一直在孤凉的牧羊城守着。大雪不期而至，这一年的雪，这么厚。比思念还要厚。

后来，蒙逊王好不容易修筑好河堤，打算淹死西秦城，可是黄河已封冻。这一年的黄河封冻，比往年提前了二十多天。真是人算不如天算。大约苍天也不愿意平白无故淹死几万户人家。

我想，国主一定郁闷死了。白白费了那么大的力气。

转眼，已经到了腊月。西平城久攻不下，蒙逊王因粮尽而打算撤退。北凉军刚刚拔营，西秦相国元基率几千骑追杀，激战几天，北凉军微弱取胜，不过死伤惨重。国主的一个儿子又被斩杀掉，咔嚓，就没了。国主的心里大约疼得抽搐了一下。

国主这个人很奇怪，不按照常规出兵。依照常理，他该引兵返还。可是，他却偏偏不，拿着得胜后掳掠到的粮草马匹，他居然回头又去攻打西秦城。

可是，西秦征虏将军援兵到了，西秦越加难以攻打了。

过年了，国主还围着人家的城，像狗守着一根骨头，不肯松口，

远去的匈奴

汪汪汪乱叫。大将军还被扔在牧羊城，孤苦伶仃。珂贝桅罕倒是忠诚得很，拿出自己的好炭，善解人意地在帐篷里烤着火陪着野利。

牧羊城里的兵士衣单人瘦，家境稍微好一点的人家纷纷缝了寒衣捎到牧羊城去。没钱的人家，只能干熬着。陆续也有冻死的人，都被埋在城外的荒野里。贵族们还是锦衣玉食，还在大雪天里追兔子。不为吃兔肉，只为消遣。

年三十的时候，野利捎信，允许我回到娘家去过年。他不想让我孤零零一个人过年。这是我嫁人几年后，第一次回家过年。

爹给徒弟们都给了半月回家团聚的时间。哥哥们也早早到了，绕狐也拖儿带女，领着妻，回家过年。真是奇怪，绕狐想当然地觉得我家是娘家，比我更加有理。

他回家，依旧熟门熟路煮饭干活，他妻子，叫乞干若芸，也不像个客人，沏茶倒水，忙里忙外。我倒是有些生疏了，逗两个小孩玩。

爹娘都喜得脸上泛着红光。不过，娘稍稍有些惆怅，感叹说："阿禅这么瘦，还没个娃呢。"说完，长叹一口气。

绕狐在院子里燃起一团火，把羊头架在火上烟熏火燎地烧掉羊毛，拿一枚小刀嚓嚓嚓刮着羊头。他听见娘的话，却回头说："这个简单嘛，我这两个娃里，阿禅可以随便挑一个嘛，当自己的娃儿。他们听话得很。"

"喊，真是吹牛。小贼们听话什么呀，上房揭瓦的，比我小时候还费事。"我不禁反驳道。

他这么说的时候，很随意，像送走自己的一件衣裳一样淡定。

可是两个小贼一听要送走一个,都指着彼此的鼻子说:"你去,你去,我才不去呢。"

乞干若芸温和地安慰我道:"没事儿的,有的人,就是儿女迟一点。明年说不定就有了。"

她的表情很安详,好像不是过着食不果腹的日子,反而很富足一样。这个卑和女人很爱绕狐,不抱怨日子的捉襟见肘。即使穿得不好,吃得寡淡,却一直满足着。家里没有肉吃,就一直在屠户那里赊牛羊下水。有时候,连粟米都要赊欠。一家人坐在一起,粗糙的饮食却让他们眼睛里泛着安宁的光泽。有时候断了顿,就来我家,娘从缸里舀米面给她。我先前穿过的衣裳裙子,都陆续被她拿走了。

这个女人一直不抱怨,很认命,有些胸襟宽厚的样子。她的头上包着一块布巾,几缕发丝垂下来,面庞安详。

两个小孩子顽皮,家里的碗打光了,她就在石臼里舀饭给他们。绕狐红着眼窝来找娘,娘给他几个砂锅,几只碗。

有时候,她自己来,从我家背一捆柴,慢慢走几里路到家里去,满面灰尘。但人还是清爽利落的,不拖沓。

她给娘说,人这一辈子,平安是福气。受点苦算什么呢,只要男人对自己好,就值了。乞干若芸刻意避讳说孩子的事情,她知道娘的心病,也绝少提起我,只拣娘爱听的说。

她长得好看,睫毛长长的,眼睛又大,很风情。巷子里的无赖,常常拿一件新衣裳去勾引她。她觉得受了侮辱,等绕狐回家,立刻就哭诉。绕狐是个莽撞的人,立刻拎了松木杠子去豁命,满巷子叫嚣着要杀人。后来,再也没人敢轻薄她了。

远去的匈奴

她觉得知足。一个愿意为她去豁命的男人，还有什么不满足的呢。绕狐给娘说："我女人，心周正，人周正。"

娘就常常念起黄三娘的好来。说这个媒婆，没有白吃我家的野猪肉炖酸菜。

绕狐煮的羊下水是一绝，常年历练出来的。煮出来的血肠非常鲜美，羊肝也好吃。他很高兴地看着我狼吞虎咽地吃羊肝，问道："阿禅，你婆家难道不会煮羊下水吗？"

他的确很爱过年，一直在我家过年过到正月十六才回去的。他原来住过的那间屋子，就一直留着，他们一家就挤在那间屋子里，欢天喜地的样子。

他很在行地打醋坛、扫尘，跟着爹和哥哥们祭拜祖先。我突然想，缘分真是奇怪，他从来没有把自己当成外人，我们也从来没有这么想过。一个胡人，就这么很自然地融入我们家里，过着日子。

绕狐告诉我，腊月里，他和一个人打架，几乎要打胜了，却被那人家的婆娘撵过来，头上砸了一瓦罐。

他告诉我的时候，很伤心。他说："阿禅，你说，那个女人坏得很，他要是砸坏我的脑袋，我又傻掉了，怎么办啊？你在西域呢，又不能经常来扎针。"

他还生气着，前言不搭后语地讲述了打架的过程。

绕狐靠给人家干活养家，他有一身好力气。可是，那天，他背缸的时候，脚下一滑，摔倒了，就把一口缸打碎了。然后，掌柜的就跳起来不依不饶，因为绕狐赔不起缸钱。两人骂着骂着，就打起来了。可是，那个女人的一瓦罐，差点要了绕狐的命。

后来，爹赶过去，才平息了事情。绕狐没有赔缸，也白白挨了一瓦罐。爹在北凉城里，很有威望。就算多阔绰的人家，生病是少不了的。一旦得了病，富人也就没有神气了，都蔫着来求爹。

绕狐很气愤地说："阿禅，那个瘦女人，牙叉骨反锉，目光刁毒。恶心得很。坏得很，没良心得很。"

我安慰他说："好吧，这样刁蛮的女人，我也很生气。你看，咱们的凉王下次围城，可以节省兵力了——只需要把这个女人拿出去，给守城兵看看，不用一刀一剑，活活就把一城人给恶心死了。多么省力气。"

可是，绕狐却说："有的人的忍耐真是强大。比如，她的男人，几十年了还没事，没有恶心死，多么奇怪。"

我们大笑，他也笑，再也不伤心了。

爹说，我这个黄毛丫头一来，家里笑声也来了。

娘听着我们说话，脸上流露出那种一贯的平静。偶尔插嘴说："世上有各种各样的人，也有千奇百怪的事情。有些人，上世是恶人，今生活着不知道修炼悔改，还要继续做坏人，下辈子注定就要转为恶畜的。善恶有因有果，报应有早有迟。"

这么一劝，绕狐就高高兴兴去喂骆驼。过年的时候，要给骆驼喂胡饼，感谢它们一年的辛苦。绕狐不忍心面饼子被骆驼吃掉，在每个胡饼上都咬了一口，嘴里塞满才罢休。

一会儿，骆驼棚子里传来他的歌：

青草长又长呀，牛儿吃得好呀。我穿的鞋子帮子厚呀底子薄呀，世上的穷人多哪一个就像我。山上下来个天仙女呀，头戴一朵花，身穿石榴纱，杨柳腰儿随风摆呀，口里含的啥？真是美丽

远去的匈奴

又端庄呀,咿呀咿儿吆。叫声放牛的哥哥呀,你听我来言……

　　小调照样被他唱得七零八落。好像不是唱出来的,是一个字一个字从木板上凿下来的,很费劲,很零碎,簌簌地啃咬着,折磨着我们的耳朵。

　　乞干若芸笑吟吟地说:"有时候,娃们不听话,他不打,却嚷着给他们唱歌。娃们立刻讨饶,求他饶了他们。"

　　一家人笑得东倒西歪,心情都好了,过年的氛围就浓厚起来了。太阳照在干草垛上,一根檩条斜靠在马棚墙上,墙顶栖落着几只鸟儿,小脑袋一伸一缩。大门敞开着,肥肥的狗蹲在门槛上打盹。街上的喧嚣一阵一阵飘进院子里,这是北凉的光阴。

　　我还是惦记着牧羊城的人。此刻,他一定很冷清地独自坐在灯下惆怅百结。而国主的仗,还打得没完没了。

乌啼城,清风过后落花飞

　　日子像羊肠子,细瘦且漫长,拐来拐去,还在原地盘桓。牧羊城的日子,单调而凌乱,甚至是荒芜的。野利只能守着,他能奈国主如何?

　　牧羊城外逝去的兵士们,也许都化成白骨了,国主居然还在熬着。他真是有耐心。据说兵士们都几乎吃不饱,间或去附近的部落里抢一点,补充一下短缺。

　　鲜卑人缩紧在深山里,不要说来袭击北凉城,就是自家,也是泥菩萨过河的。这样的日子,多么漫长而无奈。

二月初二龙抬头,三月初三是清明。北凉城里,贵族们已经换下皮裘,改穿绢绮了。他们换了头巾,将头发绾成髻,戴了轻薄的布巾帽子。

前方终于传来消息,沮渠蒙逊国主攻克西平城,俘获太守麴承。双方死伤惨重,国主带走三万步骑,恐怕只能凯旋回来一万,还有很多少鼻子、缺耳朵的伤残士卒。他们的娘,交给国主一个鲜活的生命,而国主,却没有办法还给一个完整的孩子。丢的丢了,缺少部件的缺少部件。也许他会惭愧的。

而西平城里,三万户人家,顶多剩下一万多户。如今粮草断绝,满城哀号,死伤遍地,惨不忍睹。

更加糟糕的是,国主在西平宫殿里庆贺大捷时,被藏在梁上的刺客连射三箭,一箭射在他面前的酒盏上,一箭射在头盔上,最后一箭射在肩胛上。箭头有毒,国主几乎半身麻木了。

比这个还要糟糕的是,太子最信任的心腹,连夜叛逃,盗走三千骑,无数财宝。国主的另一条膀子也被剁掉了。少了这些精锐兵骑,他拿什么打仗呢。

太子们的眼睛里掺水,看人不准,信任一个,叛逃一个。亲信跑掉也就罢了,还带走那么多人。那些人,这辈子都回不到北凉,背井离乡。

国主大胜,北凉城里并没有一片欢呼。整个城里弥漫着一股悲伤的气氛。多少人家的儿子,都埋骨他乡了。只有弓背街有些欢腾的气象,因为匈奴西羌的贵族,伤亡一定不是很大。出征的人要回来了,他们可以奢望得到赏赐。

至于北凉城里的百姓,心里恨恨的,也不敢稍有怨言。大王

远去的匈奴

夺城,死了一摞百姓,他们不悲伤谁悲伤呢。

一连几天,秋云罗帕很焦急。她比画着,告诉我府上的一些秘密,我连猜带问,才弄明白。最后,她示意我安心吃饭,让我不要告诉野利,她不想让人知道她多嘴多舌。

原来,老太太早有防备,怕国主自己打仗不得趣,迁怒于野利,就从珂贝枹罕那儿买了很多珠宝,还有金银,悄悄送给国主的第三个妻子彭夫人,求她庇护。天底下的女人都贪财,不管她多么有钱。野利已经准备好了退路。

国主的阏氏是孟氏,一个力气过人的匈奴人,很凶悍,不容易收买。而且,她的儿子,原来的太子,已经战死了。后来战死的,还是她的小儿子。

彭夫人是现在太子的母亲,是羌人,和野利家属于一个支系。也是因为这层关系,野利一家一直得到她的庇护,这么多年安然无恙。当年跟随国主的大将们,基本都被他陆续找茬收拾掉了。

这个彭夫人,野利给我说起过。彭夫人十八岁的时候,嫁给了四十岁的沮渠蒙逊国主。那时候,北凉与南羌联盟,跟秃发溽檀对峙,厮杀。他们为了彼此的关系,秦陇羌族部落的彭家,世为酋豪,就把女儿嫁给了国主。

秦陇羌族跟乌啼部落的野利家西羌,属于同一支系的羌人。所以,野利家就搭上了这层关系。彭夫人心地善良,一点也不彪悍,已经去世的车太后很喜欢她。野利母亲现在贿赂彭夫人,相信她会在国主耳边吹吹风的。

我突然明白,秋云罗帕给我透露这个秘密,是因为她现在必须和我一条心。她只有五十多岁,如果野利的爹娘去世了,野利得给她养老。如果野利不准备娶别的女人，那么她势必要和我培养感情才行。

秋云罗帕没有了先前的那种势利眼，说明野利的父母大约压力过大，又年事已高，她担心两位老人说不定哪天就走了。

暗自想，天底下的女人，只有我傻，傻得掉渣渣子，从没想过为自己留一条后路。只知道跟着自己的男人，一起活，一起死，别的一切都不去想。

野利说我清水芙蓉，心思纯明，大约就是因为这种傻气吧。

沮渠蒙逊国主大捷归来。不过，他不是骑在马上接受子民的欢呼的，他是躺在马车里，只把脸探出来半边，在北凉城里匆匆打马而过。

国主回来之后，一直在宫里养伤。过了一段时间，他应允了野利回家治病的请求。因为大将军动不动就犯羊角风，一犯病，手下就十万火急来城里请官医，实在不能再拖了。

彭夫人的耳边风起了作用。天底下，没有白花的钱。

而且，他病成这个样子，恐怕难以带兵打仗。牧羊城这一摊子，他揽不起了，国主就交给了他的侄子，沮渠成都的儿子。

浣布林啸府上，很张扬地请萨弥驱鬼乏神，乌烟瘴气好几天。青铜的扶桑树下，桑烟缭绕着，陶瓷钵里，五色的粮食上也落满烟灰。萨弥的青铜镜和面具都发出狰狞恐怖的幽光，她的剑叱咤在空气里，杀出呛啷啷的声音来。空气里还有她模糊迷离的咒语，她在解读上天的某种暗示，只是，我们谁也不懂罢了。

后来，野利母亲又请求去乌啼城疗伤，那儿是大将军的出生地，也许能使他的病好起来。真是运气好，又被获准了。

远去的匈奴

说到底，彭夫人真是慈悲心肠。

野利交了一切军务，解甲归田。他带着一脸倦容，领着几个兵士、奶妈和使唤丫头，离开了北凉城，一路向西，朝着乌啼城出发。车夫已经老了，皮肤黝黑，头发卷曲，一只手抖着缰绳，脸上像泥塑的一般毫无表情。大路上尘土飞扬，车辙清晰地留在土路上。

乌啼城

乌啼城在骆驼城和酒泉郡中间，地势低洼，弱河水从地下一直流，到了乌啼城西边的洼地里，就从地下冒出来。整个城西，是茫茫湿地沼泽，长满百顷芦苇。

城南，是草原，牛羊遍地。城东，是沙漠，寸草不生。城北，靠着千仞绝壁。这个城，真是个奇怪的城呢。

主城已经很衰败了，瓮城还行。主城与瓮城之间，形成两道城墙，瓮城的作用是增大防御纵深，加强城门的防御能力。瓮城的城门小而深，主轴方向与主城门非主轴方向形成直角，这是战略部署。若是贼人攻破瓮城城门时，不至于直接冲到主城门，他们迂回的时候，城墙上守着的士兵还有余力射杀。

三层的城门楼坍塌了一边，另一边还支撑着。屋顶是悬山式的，斗拱还翘着，尚且威严着。城墙边，守城的礌石还扔在那儿，散漫地堆着。

礌石要装在抛索里，扔出去杀伤力很大。枯木乌藤的抛索非常精致，牛皮裁成皮条，拧成绳子，中间牢牢地缝了羊皮的索囊。他没事的时候，打马跑到城外的沙漠边，索囊里裹一枚拳头大的礌石，慢慢甩，越甩越快，抛索像车轮一样飞转的时候，突然松开抛索的一端，另一端紧紧扣在中指上，索囊里的礌石箭一样射出去，把远处的野石羊嘭一下击晕。沙漠里的石羊肉很美味，枯木乌藤想吃的时候，就在院子里打磨礌石，一声不吭忙活着。

还有一些生锈的箭，也在城墙下扔着。箭中间有空，箭尾宽，这是大弓弩机上用的排子箭，一次能射出去几十枚，是普通的箭不能相比的。

城内的街道旁边，也有守城的垒石和传递紧急军情的驿馆。而那里更多的是粟特人的铺面，胡杨木的门板，高高的门槛，还有店里不甚忙碌的伙计。店铺都是前廊深，门墙低，后院的墙又高又厚，是他们喜欢的凤凰单展翅的屋形。廊下的五斗橱里，盛满了甘草、沙粟、棉花和铜铁器等杂货。也有药肆，但门面小，狭促，比不得我们的百草堂。锁阳啊，麻黄啊，枸杞啊这类药材直接就摆在柳条蒂篮里，搁在廊下的石头墩子上，太阳晒着，弥散着淡淡的草药味儿。

我们住进了一个不大的宅院，很安静。野利家有好几处宅院，他偏爱这所。我猜想，大约是和乌啼娟有关系的。

野利说得没错，我的确不是个怀旧的人，喜欢每个新地方。

乌啼城的这个院子倒也不是很大，大门还没有毁坏。碗口大的铜泡钉，几道箍也是铜的。木门板上的朱漆斑斑驳驳，还彰显着往日的威严。门楼砌得很别致，镂空，飞檐，像一匹奔跑的马。正门大开，侧门也大开。大门可以并排进出三挂大皮车，侧门只

207

远去的匈奴

能走人,连马车都出不去。门框上还残留着几缕牛马毛,随风摇曳。

东面、西面、北面,都是廊檐相通的出廊房子。青瓦兽脊,雕花门窗。院墙也高,墙头上蹲着荒草。檩是方头的,刻了花草,不过被灰尘淹没了,挂着蜘蛛网。屋梁是白松木的,刻着云头纹,刻着狼头纹,凶巴巴的。彩漆剥落了,很凋零的样子。台阶不是石头的,是青砖,厚厚一层灰尘。

花圃还行,尽管杂草疯长,但好歹还有大大小小的树,枝叶稠密,有了光阴的味儿。花圃角,有一个望月亭,亭子里几个石墩,一个石头棋盘,有点空灵闲逸的味道。

站在院子里,清风凉凉地吹来。几株桃树,几盆花草。荒芜的宅院刚刚收拾好,人住进来,就有人间烟火的气息了。秋云罗帕在厨房烧水,青烟袅袅缭绕在屋顶,几个兵士在院子里收拾马厩。墙头上,几蓬苡菰草,随风飘摇。

野利穿着月白的衣袍,干净、素雅。他的脸色也那么干净,眼神明净。他说:"阿禅,活着真是好!这次,国主回来,大狱里丢进去那么多无辜的人,大约都不能活着出来了。"

他立在廊下,抬头,看着院子后面的千仞绝壁。他是个不爱打仗的大将军。这个人,骨子里是个书生,只不过投胎在了武将家,真是不幸。

"阿禅,这是千佛山。你看,山壁上有许多洞,里面没有佛,其实都是逃难的人住过的。如果有紧急情况,我们可以躲避到山上去的。山的那一边,是千佛寺。"

那绝壁很高,红褐的颜色,风吹了亿万年,把一座山吹掉一半,剩下一面绝壁示人。匈奴、鲜卑、氐人、羌人,不断挑起兵祸,苍生难以安宁。这座乌啼城，历经大火焚烧，剩下几百户人家，在残垣断壁的城池里苟且活命。山崖上的洞穴里，是他们曾经藏身的救命之地。

洞穴里藏着粮食、水和干柴。如有烽烟在城外的烽火燧上升起，百姓就躲进洞穴里。敌人破城，进来先抢劫一番，走时放一把火。可怜的人们眼睁睁看着自己的家园在火海里毁灭。

等入侵者走远了，人们才敢下来，在废墟里重新搭建茅棚，漫漫度日。日子好一点了，就盖几间房子，垒砌院墙。

野利说："乌啼城，是一座多灾多难的城。"

我问他："国主好像不喜欢这个城，看起来很颓废的。"

"是的。国主刚刚称王那年，乌啼城的东门突然塌下来，整面城都倒掉了。国主以为不祥，就厌恶这座城，再也没有修建过。也没有驻兵。"

午饭过后，我们到城里四处转悠。野利也是十几年没有来了。东城墙塌陷后，城外的沙子就刮过来，埋住残垣。城门上是一个很大的缺口。两边黄沙上墙，黄沙上凌乱地长着沙棘刺，枯瘦，凌厉，像死去的勇士灵魂在空中伸抓。那是一种不甘心和愤怒。

野利看着那些清风里颤抖的草木，凄然地说："人一辈子，像一蓬草，从发芽到枯黄，都是苍天的心愿，好好地活，好好地老了，死去，这是顺乎天意的。可是，沙场上的勇士，还青青的，有的还是芽儿，就拦腰斩杀了。所以不甘心，在风里哭泣，怒吼。那一次氐人攻城，城破，我父亲逃走，他的一家人，全都被杀了。所以，我们害怕这座城。"

"可是，为什么还要选择来这里？"

209

远去的匈奴

"因为衰败。因为杳无人烟。"

我说:"这样,国主就不担心你谋反?这城里,死了多少人啊,可以算一座鬼城了。夜晚的街巷里,游走的一定是鬼魂吧。"

他说:"整个春天,风沙肆虐,城里黄蒙蒙的,像一座巨大的坟场。人走在路上,黑黢黢的,像孤魂。北凉城的大风,就是从这里吹过去的。几次攻城,都是从东边沙漠这边开始的,据说从风水上看,东门易破,很诡异的。后来,居民都移到西边去了,西边靠水。还有一些人直接移到南边大草原和西边的芦苇地里去了……"

城外,随便看几眼,到处是坍塌的烽火燧。烽燧们远远近近的,在一条轴线上,棋子一样散落。因为空旷,人就显得格外渺小孤零。沙漠那样苍茫孤寂,虚幻渺茫,到处是废墟和生锈了的箭镞。

野利说:"这个地方,阴气重,不知战死了多少人马。你不知道,此地守边的士卒,平时里种地干活,烽烟一起,立刻御敌。你看,河西这地方,总是多战事。匈奴、鲜卑、拓跋、突厥、柔然、女真、氐人……都是骑马食肉的部落,有着强悍如狼一样的习性。就算在太平岁月,也得有足够的防范措施才行……"

野利的军事讲起来,总是听得人心里揪着。

走了一段路,他又说:"昨晚夕,我做了一个奇怪的梦,梦见我站在冰面上,同冰面下的一个人说话,感到十分奇怪。仔细看,说话的人是国主,他的脸很清楚,胡子都看得真切。"

我思忖半晌说:"冰上为阳,冰下为阴,冰上人和冰下人说话,阴阳相隔。难道,国主的病没救了?"

他摇摇头说:"不知道。不过,那种箭是宫廷里刺客的箭,毒药熬煎过的，会让肌肤慢慢腐烂。"

心里暗暗一惊，真是可怕。

这时候，远处的塌墙下，探出两匹狼的目光，绿幽幽的，令人慌乱惊悚。再看，它们已经逃走了，消失在乱草丛里。也许，狼是通晓俗世的玄机的，只是无法道破。

小院幽静。我们的日子，算不上华丽，很朴实，但充满光泽。野利的眼神是温暖的，乌啼城的眼光是温暖的，清寂的街巷是温暖的，连绝壁上的那些洞穴都是温暖的，抬头就可以看得见。

野利喜欢素淡的衣裳，所以我也没有艳丽的衣裙，和他一样，布衣素食，简简单单。这样的素淡，是我们彼此的体谅。华美的东西容易碎，一碰就碎掉了。素淡的，很长久，很柔韧，像我们的情缘，几年了，依然如初见。

他把一对白玉的镯子戴在我手腕上，细细看着，眼神温润。他说："这样素雅的东西，是一种淡泊的心情，是刻骨铭心，是生死相随。"

他这么说着，却透出一份清扬而华丽的气质。我的心里，刮过软软的风。

"这一辈子，我是知足的。有乌啼娟和你，让我刻骨铭心的两个女人。乌啼娟是锦上的花，艳丽浓烈，美得惊鸿一瞥，疑为天人。"野利怀恋地说着。

"阿禅，你的美来自骨脉里，清幽，如空谷幽兰，如清荷出水。这样一个简单的女儿家，人淡如菊，心素如简。你适合过这种小日子，安静，与世无争。乌啼娟太过于繁花似锦，所以苍天没有留给我。但是，送给我一朵清净的莲，让我不再惆怅。你看，

远去的匈奴

我常常莫名地感激,这么好的女人能陪着我。"

野利说着,眼角就有一丝晶莹的泪光闪现。我将之轻轻擦去,这个内心善良的男人,真是让人倍加怜惜。

我们在院子里喝茶的时候,侍从用三狗钮盖鼎煮马奶子酒,乌藤和那几个兵士去遛马,秋云罗帕去洗衣裳。他们都是乌啼城的人,回来特别高兴。

细碎而缜密的时光,苒苒而过。我们从野外移来很多野草闲花,栽种在院子里。没事的时候,就舀来清水浇花草。没有来访的客人,倒是安静自在。

我喜欢穿月蓝的深衣,镶了边,很宽的边。宽边的蓝色又深了一重。月蓝的长裙,绣了花,花色也深一重。外披是淡紫色的,还是镶边,边色也深几分。腰间系了带子,缀了几粒玛瑙。然后,挽着他的手臂,两人慢慢街上散步。风吹来,我们的衣袍飘摆着。

街上行人寥落。

有时候,秋云洗衣回来,采回来一大把野花,不艳丽,不妖娆,安静而寂寞。插在陶罐里,洒一点清水,看水珠在花叶上滚来滚去。野利说,给它们取个名字吧。

名字很古怪,有时候是呼韩邪,有时候是藤蔓佛衣,有时候是黄沙漫天来,有时候是朱雀,有时候是青藤萝。无论哪种奇怪的名字,野利都喜欢,笑着琢磨半天。

小院幽深

我们沉浸在自己的小日子里的时候，北凉城有了变化。沮渠成都依靠西秦的一个城池，攻占了乐都城。他在乐都被当作人质郁闷了十年，他憋着一口气，终于拿下了乐都城。

国主派遣第六子，沮渠安周，任乐都太守。不过，国主的病越来越重，好像没有康复的迹象。

就指望宫里那一帮子庸医，下个毒害人精通得很，看病什么都不会。真不知道他们是怎样混饭的。

然后，国主又派遣第五子，沮渠无讳，出任酒泉王。沮渠无讳是彭夫人的儿子，和野利关系很好的。彭夫人也随行去了酒泉。然后，沮渠仪德驻于敦煌，沮渠菩提驻兵沙洲。太子沮渠牧犍，驻守凉州。幸亏他有七八个儿子，四处可以安置。所有外姓将领，基本都解甲归田，偶有不服气的，被斩首，祸及九族。浣布野利，暂先养病。病好之后，听从调遣。

野利看着羊皮图，默默不说话。

我问他："你是不是难过了？"

他的眼里有一丝泪光："我不喜欢带兵打仗，将军也罢，都尉也罢，平民也罢，在我来说，都是一样的，只要平安就好。只是国主斩杀的三个人，都是我的朋友，我心里很难过。"

听候调遣是什么意思？

如果天下太平，野利就是一个平民。一旦有战事，野利听命出征。就这样。像一根火箸，平时扔一边，急了就提起来用，还不能有抱怨。

远去的匈奴

"国主还是怀疑你?"

"他怀疑所有的人。不过,背叛过他的人也的确多。国主近期这么密集地调遣人马,说明他的病恐怕无力回春了。一旦太子继位,太子比较随意一些,不会这么步步紧逼,我们的日子会好一些的,不要担心。"

国主这是安排后事呢。几个儿子挤在北凉,势必要争夺王位互殴。这样疏散扫到四处,既可以镇守他的疆土,又避免矛盾。国主这个人,心事重,不过,相对周全。

"为啥乌啼城不驻守啊?"我又问道。

"这个城池,已经残破,不值得,他也不喜欢。这么百十户人家,又在北凉城的眼皮底下,驻守与不驻守有什么区别呢。"野利说。

"这个城里,其实也不错。"我说。

"你这丫头,看哪个城里都不错。荒野都不错,戈壁都不错。"

我们大笑。

有一天,很冷,落霜了。我抬头看蓝得发亮的天空时,一只鸟飞过去,呱呱,呱呱,丢下几声,飞向酒泉方向去了。

"快呀,看,咕咕头鸟!"我大喊着。

野利跑出来,乌藤跑出来,秋云罗帕也跑出来。他们仰头看天,只看见一只模糊的鸟影子。

"阿禅,真是咕咕头鸟吗?"

"千真万确,就是车太后去世时,在天梯山看到的那种鸟。呱呱,呱呱,这样叫着的。"

野利仰天长叹一口气,说:"我们英武一世的国主,升佛国了!"

野利戴着狐皮帽。帽筒用锦缎缝制,帽顶用绸缎叠压,很华丽。狐皮帽的围帽筒卷上去一圈,耳侧接有开口,缀饰了彩带,额前狐毛蓬松,耳侧彩带飘动,繁复且豪放。

他们都默默立在院子里,朝着北凉城的方向,眼睛里汪满了泪水。

只有我的眼睛干干的,没有一点眼泪。我不喜欢国主,他总是疑心野利,一直不重用他。现在,他死了,挺好。我们不用再过提心吊胆的日子。

我心里甚至有些喜悦。

可是,秋云罗帕掩面痛哭,身子斜倚在木头的雕花栏檐上,剧烈地抽搐着。我不明白他们对大王的感情,但也不敢表现出自己的高兴来,不得不装作沉痛的样子,偷眼看着他们。

乌藤在院子里煨了桑烟,把酥油和一些面食煨进火焰里,秋云罗帕拿来一些奇怪的字符,也煨进去。她请出嘎乌佛龛,佛龛里供奉着佛像,还装着写祈愿文和咒语的羊肩胛骨,还有大云寺的灵符,还有贵重的药材。嘎乌佛龛是银的,外面雕刻了八宝图案。他们围着火堆、佛龛,朝着北凉城的方向,齐齐跪下去,口中默念着什么。神情肃穆凄凉。

吃黑饭的时候,他们都不说话。秋云罗帕郑重地拿出一盏青铜雁鱼灯盏,添了羊油,点燃。她转动灯盘和灯罩,为遮挡风,也为调节光线方向。鱼身、雁颈和雁体中空相通,烟尘吸入雁的肚里让水溶解。她的手转动灯盏手柄的时候,缓慢、苍老、凄然。

215

远去的匈奴

我感到奇怪,问野利:"那只鸟,就是那只咕咕头鸟,它是怎么知道的?难道养在宫中吗?"

"不,阿禅,它不在宫中。它是匈奴部落的神鸟,缘木而生,作胡鸟之形,一直跟随着匈奴人。它住在哪儿,谁也不知道。据说是栖息在一种叫白柽的树上。但没有人见过。一旦朝里要有大事发生,它就飞出来了,在皇宫上空绕飞三圈,然后飞向每一个属于国主的城池,别人的地域里,不出声音,唯有在自己的领地上,它凄厉地叫三声,多一声也不肯,它会把这个消息传递到每个匈奴人的角落。"

真是神秘的鸟儿。

突然想起一件事,我又问:"天梯山那个老太太,怎么知道咕咕头鸟?"

"阿禅,她不是普通的老太太。她是昙无谶佛的大弟子——昙曜佛的母亲。昙曜佛是土生土长的北凉人,他出生的时候,他的母亲做了个梦,梦见天竺国一个叫佛图澄的僧人。

"这个人对她说,我若是念动神咒,能驱鬼神,法力很大。我的肚子侧面有个窟窿,白天用棉絮堵塞。到了夜里,我就拔掉堵窟窿的棉絮,窟窿中顿时发出亮光,把房间照得通明。黎明之时,我就到河边,从窟窿中掏出五脏六腑洗涤,洗干净后又一样样从窟窿里放进肚子里去。现在我拿肚子里的光,照着你的孩子降生。他是佛祖的弟子,二十年后,他的师父就从西域赶来相认。

"昙曜佛的母亲醒来后,梦中已经生出来一个男孩,大惊。昙曜佛从小就被送到寺院里出家了。他悟性极好,二十岁的时候,天竺国高僧昙无谶从西域来,两人一见,没有说话,紧紧握手。

前世约定，今生相逢，说什么都是多余的。

"天梯山大佛，就是他们师徒二人协力塑造的。昙无谶佛已经升佛国了，昙曜佛现在是国主的左肩右臂，是北凉国师。

"那时候，我还在犹豫要把你藏在哪儿，很忧心，昙曜佛给了我一支签，大概的意思是拆开野利两个字，是有田地、有庄稼、有兵器。可是，一个人耕作，很辛苦。如果有一棵树，一辈子就可以靠着歇息，有个依托的地方。

"那一刻，我伏地叩拜昙曜佛，心悦诚服。于是，就决定把你藏到他家里。乌啼娟我无法拥有，命里注定是空。而你，会带给我心灵的小憩，带给我家的温暖。我们在一起，是世俗里真实的日子，有庄稼、有树木、有衣裳，难道还要奢求什么吗？"

我感到惊讶。昙曜佛的眼睛，能看到过去的事情、未来的事情，真是难以置信啊。

乌藤说，前两天，西城外的苇子地里，突然裂开了地缝，水冒出来，一片汪洋。又说，乌啼城里传言，也是前两天，凉国御史书房的柱子，忽然起火，书案被烧焦。所有的这些征兆，都预示着沮渠蒙逊国主要升到佛国去了。他是最心诚地信佛、念佛的。现在，自然要去佛国。

秋云罗帕很少见地佩戴了椭圆形的色吴，银铸的底子，上面点缀着玉石、玛瑙、珊瑚。我知道，这是用来祈福的。她把青布叠顶，盘在头上，用两根发辫盘绕作鬟，穿了素淡的团花尖钩鞋。这是西羌人最肃穆庄重的装扮，说明她内心有重大的事情在期盼。

217

远去的匈奴

别后无音讯

　　这天半夜,兵营里的急骑一路风尘赶来,送来最准确的消息:国主升佛国。太子有令,命野利星夜赶回北凉城。消息不得泄露。

　　野利吩咐秋云罗帕,赶快收拾东西。这个时候,怕别的王们趁着北凉城发丧,赶来攻打。国主一死,宫里乱作一团。

　　野利匆匆走了,没来得及细细道别。他带走了那几个亲信,留下枯木乌藤和秋云罗帕照顾我。我问他几时能回来?

　　他神情肃穆地说:"不好确定,回去看情况吧,应该不会有事的。你就待在乌啼城,不要回北凉。"

　　他抱抱我的肩,身子震颤着,嘴唇冰凉地在我额头匆匆点了一下,骑马走了。临出门,他叮咛乌藤,万一有战事,立即到崖壁上的洞穴里躲避。

　　乌藤点点头,神态坚毅。

　　他披了斗篷,我只看见忽闪一下,几个人影就飞驰而去。他没有回头看我。黑夜里,什么也看不见。

　　听不见马蹄声的时候,我心里突然一阵心悸,斜靠在门框上。一种不祥的预感弥漫在心里,突然恐慌起来。

　　我朝前跑了几步,什么也看不见,天黑漆漆的。但是,那种恐慌,牢牢攫着我的心。

　　过了几天,乌啼城里还是很宁静,众人不知道国主死去的消息。一切都和往常一样,冷清的街道,稀疏的行人。半城沙子,半城寂寥。

　　国主一辈子计谋算尽,他知道怎么妥善安顿他的后事。

这一天，突然下雪了，今年的雪来得特别早。也许，这一天国主已经秘密安葬了。下雪，是苍天的哀悼。

晌午时分，一只鸽子扑棱棱飞到窗台上，咕噜咕噜叫着，很累的样子。秋云罗帕卸下鸽子带来的短函，只有几行字，大约是野利在匆忙中写的。

他已经离开北凉城，护送乞伏氏——国主的第四个夫人，到西秦的西平城去，同行的是乞伏夫人的小儿子沮渠秉。他让我们保重，如果一切顺利，将在春天返回来。

乞伏氏是西秦文昭王乞伏炽磐的女儿，二十二岁时嫁给国主，现在四十多岁。

我的猜测是，太子大约害怕西秦来犯，所以差遣乞伏氏去调停。现在的西秦王，是乞伏夫人同父异母的弟弟、沮渠秉的舅舅。

不过，他们的西平城，可是国主抢回来的。

我问枯木乌藤："野利去了西秦，这件事，好还是不好？"

乌藤的话稍微多了一些："好。如果敌人不来进犯，大将军护主有功。如果北凉城不幸被围，他正好可以逃过一劫。"

乌藤的话，让我非常安心。反正，野利是武将，绝对没有办法天天在家里陪着我。我已经渐渐适应他出门的光阴。

我决定出南城门，去溜达一圈，这些天，一直紧张着，憋了好几天，郁闷得很。

我和秋云罗帕都穿着厚厚的棉袍子，很臃肿。我的是青底紫花的，秋云的是青布的。乌藤很利落，他时时都准备着保护我们，不能太累赘。

路上，零星飘起了雪花。春天的雪花很轻，像柳絮儿。这样

远去的匈奴

温软的雪花,看着心疼。南城门外,是一望无际的大草原。野利家原来有很多牛羊,就在这个草原上。

拐上了一条岔路。雪愈发下得浓稠了。天地一片苍茫的白,雪花翻飞。我们在大草原上,像三只鸟儿,孤单且渺小,全身瞬间落满了雪。

秋云罗帕不让我走很远,只随便转转,我们就打道回府。其实,我更喜欢在野外溜达着。多么辽远的意境。

乌啼城的南城门,尚且完好,虽然有火烧过的痕迹,但尚且威严,在风雪天里,静默地守候着。

南面的街巷里,到处是残断的房屋,被火烧过、被雨淋过、被人抢劫过,伤痕累累的样子。有的人家就在塌陷的残院子里,勉强搭起一间窝棚,一家人挤在里面。烟火里,煮的是粟米粥,还有萝卜叶子泡的酸菜和苜蓿腌菜等。

院墙被火烧得乌黑,偶尔有一截未烧完的残木,搭在墙上,很凄凉。肆意摧毁后,留下一地狼藉。羌笛的哀婉的音律,无力承担如此死寂。胡笳凄凉,挡不住人祸的凶猛。

乌藤说,最近的一次攻城,是十五年前的事情。但是因为国主不在意这个城,所以没有怎么休整,全凭百姓自生自灭。

这天夜里,我突然就不舒服起来,头痛,有点恶心。秋云罗帕熬了姜汤,看我一点一点喝完。而乌藤则嘀咕着,抱怨我走的路太多,又不骑马,受了风寒。

我在床上躺了好些天,总是不想吃饭,昏昏沉沉的。秋云罗帕算了算,野利走了已经半月了。她长长叹着气,我这么病着,她什么时候才能等来野利呢。万一有个闪失可怎么办?她万分懊恼，给府里写了手笺，放走了檐下的鸽子。

我只想喝面汤，清凌凌的那种，调进去一点米醋，慢慢喝掉一碗。一连几天，都是喝面汤。不能闻见一点点油味道。至于荤腥，想一想就吐个不停。

镜子里看自己，面色蜡黄，黯淡。

乌藤甚至准备，把我送回北凉去，送到我家里。他已经在准备马车，连羊皮褥子都买回来了，一捆干草也准备好了。

秋云罗帕也在等候府里的消息，她也惶惶不安，同意把我送到北凉。她在一只黄铜的火盆里煨了炭火，移到窗下。火盆腹上刻着吉祥图，还有青云纹。边沿是镂空雕花，缠枝牡丹。急躁不安的时候，她反复擦拭火盆和屋角的一枝梭罗树灯台。青铜的灯台，繁琐的树枝伸出来，结着一盏盏灯火。她拉动一根布条，穿梭在灯枝的空隙里，擦呀擦的。

我不想说话，好像一场大病到了。整天睡着，不想睁开眼睛，迷迷瞪瞪的。我什么都不想，只想昏昏大睡，太疲惫了。

秋云又在檐下放鸽子，详细描述我的状态。然后，趴在佛像前磕头，祈求佛祖保佑。她随身还携带着擦擦佛，甚至在路上都拜佛。

这一天，终于来了回音，野利的母亲怀疑，我是不是怀了娃？她做了梦，梦见野利怀里抱着一条红鲤鱼。

我也才想起来这档子事情。我和秋云罗帕两人坐在窗前仔细琢磨，的确怀上了，这个月，月事没有来。我自己切脉，脉象圆润，不浮，是滑脉！我终于怀上了，我激动地大叫，乌藤被我的狂欢吓了一跳。

远去的匈奴

秋云罗帕激动地跳起来,立刻放鸽子报信儿。天啊,乌藤居然高兴地唱歌了。

我们收拾行装,等一个晴天,决定回北凉。这是大事,我们仨在这个荒凉破败的小城里可不行。我要回到自己家里,让娘好好伺候着,等待野利回来。春天,他回来的时候,我都拖着大肚子了。这么一想,几乎要笑出来了。

府里传来信儿,也让我们回北凉,一路操心,他们会在半路派人迎接。他们应该比我们还要高兴,等到白发苍苍的时候,等来了后人。

行装都收拾好了,可是大雪一直下着,路上太滑了,不能走。我们焦急地等着天晴的时候。

北凉草木深

雪一直下啊下啊,没有停下来的打算。我们的眼珠子都盼蓝了,还是不停。

有一天,我们在窗前看雪的时候,突然街上传来号啕大哭的声音,哭声越来越密集,彼此起伏。秋云罗帕示意乌藤出去看看。一会儿,他踩着积雪跑进来,也号啕大哭。他说,城里贴了告示,沮渠蒙逊国主驾崩,大赦北凉!

虽然他们早就知道了这件事,但是,还是忍不住悲伤起来。其实,国主早已经安葬了。太子大约把各个城池的防御做充分,才公开丧事。

乌啼城里，家家哀悼，门楣上挂着柏树枝，煨起桑烟。尽管这是一座被国主抛弃的城池，但是，没有人因为被抛弃就不爱国主。他们的脸上挂满泪珠，朝着北凉城的方向伏地叩拜。雪地里一簇一簇的人影，哀号声此起彼伏。

城里弥漫着的哀伤气息渐渐落下去的时候，天气也晴朗了。天蓝蓝的，我们都高兴起来，等雪消融一下，就要回北凉城。北凉，北凉，我现在才想你，想得浑身都疼，多么迫切想飞到北凉城啊。

可是，这时候，不幸的消息传来了：中原的鲜卑人拓跋焘，罗列了沮渠牧犍太子的十二条罪状，趁着北凉发丧，出兵北凉。

这个拓跋胡人，霸占了中原，居然也学会了汉人的一套，知道找些理由来攻打人家，抢人家的城池。

府里紧急传书，要我们原地不动，看情形不对就躲到山崖上的洞穴里去，但要提前储备好粮食和水。野利滞留在西平城，恐不能返回。爹打发一个伙计，星夜赶来，让我们设法回到骆驼山庄，他和娘已经躲起来了，百草堂也关闭。哥哥们在酒泉郡，暂时不回北凉。

可是，路上大雪，又滑又冷，我有了身孕，兵荒马乱的只有几个人，恐怕难以抵达骆驼山庄。我们决定原地不动，看情形再行动。一般来说，乌啼城只有百十户人家，都是穷人，没有驻兵，拓跋大军应该不会打到这个衰败的城里来，相对还是安全一些。

乌啼城里，风声鹤唳，草木皆兵，人人惶惶然，这个被打怕的城。山崖上的洞穴里，好多人家开始储备东西。乌藤也早早贮备了一个洞，能够吃一个月的水和粮食，又背进去好些木炭。

远去的匈奴

他一天到晚就拼命干活，往洞里转移东西。

我劝他："不要这么拼命好不好？拓跋氏不一定打来的，他喜欢北凉城，省点力气。"

他摇摇头道："不，夫人，你没有经历过沙场，不知道厮杀的残酷。一有风声，我们就移到洞里去。"

可是，他太辛苦了，一个人背着东西，顺着藤梯爬上爬下。我很不忍。我说："等野利回来，好好感谢你！"

乌藤突然认真起来："夫人，等大将军平安回来，请你转告他，我要娶佩佩！"

"佩佩？"

"是的，她侍奉老夫人。"

"哦，我一定会告诉他的。你喜欢佩佩？"

"夫人，不是喜欢，是爱慕。"

"可是，一样呀？"

"不一样。喜欢的女人，不一定娶。爱慕的女人，非得娶回来不可，非得好好珍惜不可。"

"哦，明白了。我答应你转告。乌藤，你真是个勇敢的男人！"

他却腼腆地笑了，转身又去背木炭。这个干活老实的人，不知道偷懒耍滑。

消息越来越让人不安，拓跋焘的大军已经压境北凉城，开始围城。他领着六万大军，发誓要踏平北凉。他的亲妹妹，还是太子的妻子，刚刚做了皇后。可是，他就要灭掉妹夫，还声讨说，太子给他的妹妹下了毒药，想药死皇后。

又声讨说，沮渠牧犍太子抢了西秦城，他很生气。可是，他跑来抢我们北凉城，难道我们就不生气吗？我们强烈诅咒拓跋焘，这时突然就念起沮渠蒙逊国主的好来。国主活着，北凉是繁华的，也是安稳的。他一死，就马上有人来抢，多少百姓又要遭殃了。

天气越来越冷，进入三九天气了。可是，围攻北凉的大军，根本没有被冻回去的迹象，他们把北凉城围得木桶一般。

拓跋焘这厮张狂得很，在城下，天天喝令沮渠牧犍太子投降，好像我们北凉新国主是他的一个士卒一样放肆。听说沮渠牧犍太子已向柔然求救，估计援兵很快就到，因为他的一个妹妹和亲送到了柔然部落。

乌啼城里，人人自危，街上没有行人，像一座死城。

乌藤说物资都储备好了，洞口垂了一条藤梯，一旦烽烟起，就撤退。

他是早上在院子里这么说的。秋云把值钱的东西也埋藏在地窖里，留着一匣子银子，搁在窗台上。

这天乌藤特别不安，他走来走去，烦躁且犹豫地说："夫人，我觉得有事情要发生了，我预感不好。"

我担心野利的安危。我说："是不是西平城那边出事了？"

他说："不知道，反正我焦躁得很。"

我们忧心忡忡，不想吃饭，黄昏时，三人坐在窗前发呆。

突然，街上传来吼吼吼的喊声，马蹄声，人的哭喊声，人嘶马叫，外面好像乱成一团。

不好，沙漠强盗来了，快跑！

乌藤拉起我就跑，秋云罗帕紧紧跟出来。可是，我们刚刚跑

远去的匈奴

到后门口的时候,七八个彪悍的强盗蒙着脸,砸门而进,挥刀直扑过来。

秋云罗帕突然抖开匣子,银子哗啦啦散了一地。

人的本能是爱钱的。强盗们一愣,扑向银子。

这些银子,为我们赢得了宝贵的片刻。

出了后门,乌藤拎着我飞奔,秋云反锁了后门,紧紧跟着。我们跑向山崖底下。我爬上梯子,秋云依旧跟着,但是,我手脚发抖,嘴唇发抖,哆嗦着爬不快。秋云身子拱着我,拼命呜啊呜啊着,很含糊,很绝望!

只有一条藤梯,乌藤没有办法上来。

我们爬到半梯的时候,七八个强盗撵过来了。他们吼吼大叫着,挥刀围住乌藤。乌藤朝我大喊:"夫人,快!"

这一声生死绝喊,震得我有了力气,拼命往上爬。我听见刀剑撞击的声音,不敢回头。好像瞬间梯子绷紧了一下,大约有人攀住了梯子。随即又松了,喊杀声在我们的脚底下响起。

梯子又绷紧了,乌藤大喊:"夫人,你赶紧爬啊,奶娘,割断梯子!"秋云嗖一下拔下靴子里的刀,噌噌割断她脚下的藤梯。一声惨叫,强盗摔在崖下。

我终于爬到了洞口,狠命爬进去,秋云也随即跟进来,我几乎是被她拱上来的。她立刻收了半截藤梯。我说:"还有乌藤!"我们朝下看去,乌藤摇撼几下,看了我们一眼,倒下了。身上的血,喷射出来。

"乌藤啊!"我大喊。可是,他已经去了佛国,再也听不见我的喊声了。这个忠诚的男人,见证了我幸福日子的朋友,为我保守了五年秘密的兵士，永远闭上了眼睛。

他唯一的心愿，就是要娶佩佩！是的，那是他爱的人。

我失声痛哭，秋云罗帕一把将我扯进洞里，她紧张地拿出搁在洞边的弓箭，一箭射下去。然后，又拉弓，再射。

强盗们围在崖下嗷嗷乱叫了一阵，被奶娘的箭射退了。这悬崖绝壁，要想上来不是容易的事情。

奶娘不敢放松警惕，躲在洞口的石头背后，紧张地看着石壁下方。我瘫倒在地上，呆呆的，六神无主。一切来得太突然了，像一场梦。可是，不是梦啊，我们的朋友，乌藤，永远离我们而去，再也见不着他了。

好久，暮色四垂，冷风从洞口灌进来，我打了个激灵。秋云罗帕嘴里哇啊哇啊叫喊着，指着石壁下。我爬过去看，我们院子起火了，红色火苗卷着浓烟，向天空里冲。整个乌啼城都在一片火海里挣扎。

强盗们还在吼吼大叫着，肆意掠夺。

这是一座贫穷的城池，他们能抢到什么呢？不甘心的强盗四处放火，杀人。

这次，强盗们来得太突然，多数人家来不及逃跑，都被屠杀了。逃到山崖绝壁上的人家不是很多。

我们眼睁睁地看着强盗们在街上烤羊、喝酒、哈哈大笑、分赃。他们在抢来的马匹骆驼上，装满了东西。

我们也眼睁睁地看着乌藤就躺在崖地下，却不敢去埋葬他。

奶娘不允许我守在洞口，示意我退到洞里去。这时候，我才感觉到冷，手脚已麻木。

227

远去的匈奴

我退到洞里的时候,眼泪就忍不住又下来了。洞里,整齐放着木炭、柴火和柔软的牛皮、羊皮,乌藤怕我受寒。

我哭着,哆嗦着打着火链子,火星飞溅,灯芯草冒烟了,吹了几口,火苗就扑起来。

木炭红红的,在一个铜盆里。我喊着奶娘,让她过来烤烤火,我们都快冻僵了。

洞口又飘起雪花。奶娘把洞里储存的水磕破冰层,舀了几勺,泼在石头洞口。这样的洞口,非常滑,就算土匪上来,也站不住脚。她又把大石头移过来,堵上洞口,石头底下也泼上水,把石头冻结在洞口。

洞边,是乌藤准备好的茅草。她用柔软的茅草塞进石头缝隙里,严严实实堵住风寒。

石洞不宽,但很深。弯腰,一直走到尽头,却也不是很冷。我们脸上是惊慌之后留下的泪痕,两人紧紧依偎在一起,烤着一盆炭火。干草上铺着牛皮,厚厚的。还有很软的羊皮,我们两人披了几张,裹得严严实实的。

我们就呆呆坐着,大约半夜的时候,听不见土匪们的吼叫了,外面安静下来,只听见西北风呼呼刮着,隐约好像还有人在惨叫,呻吟着,很骇人。

乌藤躺在山崖下冰冷的地上,他躺在寒风里。就算死了,他还在守护我们。

秋云罗帕动了动身子,摸摸我的腹部,用眼神问我,孩子没事吧?我才想起来,身上还藏着一个孩子呢。我摇摇头,没事,很好。

她起身，拿来一个砂锅，支在炭火上，烧水。水在砂锅里冒着白气，冒着泡儿，慢慢聚集在一起，哗啦啦开了，像一朵破碎的花。

我们还是抽泣着，慢慢喝水，热水进到喉咙里，哽咽着。

这一夜，我们一直坐到天亮。盆里的炭火，红到天亮。

秋云罗帕撕去一点茅草，顺着缝隙朝外看。又下雪了，天地一片素白。大雪覆盖了乌啼城，覆盖了山崖下的乌藤，覆盖了强盗们的罪恶。

街上的废墟里，还有残余的青烟在冒着，土匪还在抢劫剩下的房舍，嗷嗷乱叫。没有人了，这座多灾多难的小城，彻底被毁灭了。

秋云罗帕在炭火上熬粥，眼睛哭得红肿。可怜的乌藤，为我们准备了充足的东西。我们至少可以坚持一个月，不会冻死、饿死。

我蜷缩在牛皮和羊皮里，却发现墙角还有两床被子，还保留着背上来的样子，捆扎得紧紧的，留有一个扣儿，是从乌藤的肩上卸下来的老样子。

我大哭。

奶娘过来，擦掉我的眼泪，摆摆手，指指我的肚子。她的意思我知道，怕伤着孩子。

粥很热，我决定好好吃饭，不能饿着腹内的小东西，这是浣布家唯一的骨血，五年才姗姗来迟的小东西，非得好好珍惜不可。

不知野利在西秦城怎么样，也许会躲过这一劫。他的父母就难说了，北凉被围，一旦攻破，拓跋焘有可能屠城。我的爹妈是安全的，骆驼山庄避难避了百十来年，没有什么意外。那是沙漠

229

远去的匈奴

边缘衰败的一个古城里开拓的山庄,轻易不会有人发现。就算发现,还可以退到沙漠里去。我们还有一处躲避的地方呢。

北凉城是一块巨大的肥肉,拓跋氏垂涎三尺。他对一个几十里外的废弃山庄绝对没有兴趣。不过几十户贫穷人家,他嫌空耗时间。

我们枯坐一天,一半土匪们终于走了,他们大约又要去草原上抢劫了,可怜那些善良的人家,我们还一起喝过奶茶。

土匪还留下一半,在掘地三尺地掳掠。土匪的心,真是残忍,禽兽不如。间或有一两声惨叫传来,我们的心猛地揪一下。

就在黄昏的时候,几个土匪又溜达到悬崖底下,仰头看着我们的洞穴,咿里哇啦说着什么,试图攀上来。

我们紧张得大气不敢喘,在石头缝隙里牢牢盯着。他们图谋半天,终于又走了,居然回到我们烧焦的院子里,在废墟里挖刨。

这些土匪,大约揣测我们可能是有钱的人家,但收获很少,不甘心。我们值钱的东西,都在地窖里埋着。上面堆着腐烂的蔓菁,一脚踩下去,一摊黄泥糊糊。就算打死他们,也找不到。

我们的确有钱,但不是给土匪留着的。

夜越来越黑,看不清那几个土匪了,万籁俱静,乌啼城陷入死寂里。

我担心地问奶娘:"土匪在夜里会不会攀上来?"

奶娘看看洞口,又去舀水,细细泼在石头下面,牢牢粘在洞口。流到洞外的,都结了冰,洞口打滑,应该没有什么问题。

木炭还在红着,我们拉开被子,苫上羊皮躺下,却昏昏沉沉睡着了。梦中,乌藤还在喊着:夫人,快爬啊!一会儿,却又梦见他腼腆笑着说：夫人，我要娶佩佩了，她还没有嫁衣呢！

我惊醒，满脸的泪水。

我在盆里续了一点木炭，秋云罗帕惊醒，起身又去洞口听听动静，拨开一缕茅草，朝外看看。洞外一片漆黑，乌啼城一盏灯都没有，只有死寂。

她重新躺下，摸摸我的腹部，叹一口气，睁着眼睛，睡不着。

我们就这样躺到天亮。看到洞口缝隙里一丝微弱的光亮。

土匪们还在街上烤羊，走来走去。

突然就明白了，土匪趁火打劫抢财物是一方面，另一方面，这些禽兽是寻找屠城的快感。好多人，并没有钱，但是统统被他们斩杀。他们要眼睁睁看着一座城血流成河，在他们手里消失。

拓跋焘还没有杀来，土匪们却抢先屠城了。这是我们没有料到的事情。

晌午时分，我们喝完粥，我蜷缩在被子里，烤着火。奶娘在洞口放哨，她五十多岁了，一夜之间头发全白。突然，她紧张起来，朝我招招手。我爬过去，那几个土匪又转悠到山崖底下了，他们拎着长刀，把刀子磕在石头上，当啷，当啷！目光里的凶煞之气，几十丈高还能感觉到，阴森森的，恶毒，血腥。

他们盘桓好久之后，大风突然刮过来，卷着雪沫，怒吼着。土匪们悻悻走了，被风雪撵走了。

一连几天，土匪们都来山崖下，盘算着登上石崖。我们哆嗦着，洞口放了刀、箭、碎石头，奶娘彻夜不睡听动静。我白天照看，她睡一会儿。

这样提心吊胆的日子，大风雪帮了忙，或者说老天帮了忙。

远去的匈奴

大风卷着雪粒,抽打在山崖上,扑进乌啼城,狂风怒吼,烧剩下的树枝被刮断,咔嚓,咔嚓!

天气奇冷,从洞口渗进来的寒风,直钻骨头。我把牛皮卷个筒儿,钻进去,盯梢着洞外,半截身子都麻木了。

这样的时候,土匪们全部撤走了。房子基本被烧光,东西也陆续驮完,他们冻得吃不住,不甘心地撤了。也许,天气晴好,他们还会回来的。

我们松了一口气。回到被窝里,烧旺木炭。

火盆上炖了粥,好好地睡了一觉。尽管冷,但心里稍稍踏实了一些。至少,这么冷的天,他们暂时不会回来了。没有比活命更加要紧的事情了。

我们盼着天更加冷一些,冻死那些土匪,冻死拓跋焘的大军。

天气果然很冷了,大雪一直在下,山崖下只有雪,所有的东西都藏在雪地里。其实也没有什么东西了,大地只剩下一片废墟。

稍稍安心了一些。洞穴里的东西,可以维持一个月。如果节省一些,也许会维持更长一些。那时候,就过年了,也许,救兵到了,事情会有转机。

我爹说过,过去的几十年里,大王们打仗,都是二月开始,九月结束,冬天一般不打仗。可是,这些年,净在冬天打仗,逆天行事,这都是怎么啦?

土匪走了,秋云罗帕奶娘松了口气儿,却病倒了。她迷迷糊糊的,抓着我的手,眼神涣散无光。

我拔下发髻里的银针,在炭火上烧,烧红了,晾冰。然后,慢慢扎进她的枯瘦的手指。

我说:"等野利回来,你再也不要操劳了,我们给你养老。"
她眼角流下眼泪,安静地看着我。

冷风一丝一丝渗进来,我给她掖掖被角。两人孤苦伶仃地熬煎度日。

每过去一天,奶娘就在石壁上画一个杠儿。这天,我数了数,已经一个月零七天了。强盗们再也没有来过。

她的脸色还是苍白无力,很虚弱。我担心她能不能抵抗下去。她的手指上到处都是银针扎过的痕迹,伤痕累累。

我们不洗脸,不洗手,身上散发着一股陈腐的味儿。尽管这样,水还是快要见底了。米也不多了。

偶尔,听见左右石洞里躲避的人家,悄悄顺着绳子溜下去,去羊皮胎里背水,搜寻食物。我们,没有办法背来水,也没有办法弄来米。是的,我们还藏着金子和财宝,可是,这样一座死城里,钱没有用。

又过了几天。我算算,再过两天就过年了。可是,水缸、米缸都见底了,木炭也烧尽了。不要说过年,日子都过不下去了。

奶娘一天比一天虚弱,微弱地喘息着。她手伸出来,像老鸹爪子一样,枯瘦,乌黑,已经没有地方扎针了。

雪停了好些天了,太阳却热起来,洞口粘着石头的冰也晒化了。这是一个气候反常的年份。

强盗们好像再不来了,好多人家已经下了洞穴,白天在城里收拾残院,夜晚退到石洞里。

我决定带奶娘离开这儿,去酒泉郡找我的哥哥们。他们滞留在那座城里,我知道我家的驼队住的客栈。我不知道我们能不能

远去的匈奴

走到酒泉郡,也许得二十多天,也许得一月。走吧,不走就要饿死了。幸好,天气不是很冷了,不会冻死的。

我告诉奶娘这个决定,她比画着告诉我,院子里南墙下倒扣的破缸下,埋着一匣子银子,很浅,可以挖出来做盘缠。

这天,我们用最后的一点木炭煮了粥,喝完了最后一瓢水。剩下的一点米,缠在身上。我们的棉袍子上裹了羊皮,彼此看看,像两个野人,蓬头垢面的。

天气很好,太阳红红的,绝壁里的人家,陆续出洞。

奶娘已经走路摇摇晃晃地不稳了,她眼窝深深陷下去,不断咳嗽着。咳嗽声也是软弱无力。我抛下绳子,扶着她,准备滑下去。突然,崖上有人惊叫,崖下的人拼命往上爬。

强盗又来了吗?

我们惊慌地向远处看,西城门外进来一队人马,十几匹马,十几个人,拎着大刀,明晃晃的,进了城。

崖底下的人都逃上来了,城里散落的人也四处飞奔。我们收了绳子,缩进来,心跳得快要跑出胸膛了。多么惊险啊。可是,强盗一来,就算我们躲在山崖里,也会饿死的。奶娘绝望地呜啊一声,眼泪泉水一样冒出来。她摸摸我的肚子,野利家最后的骨脉也要饿死在腹内了。

那队人马直奔我家的院子,停下来,在废墟里翻寻。突然,我觉得身形都很熟悉,更加惊讶的是,我看见我家的那匹雪花青!啊,我家的马!

我扑到洞口,打了个口哨,雪花青立刻支棱起耳朵,捕捉声音。我又长长打个口哨,它已经找到位置了,撒开蹄子朝山崖下跑来。

天啊，千真万确，我家的雪花青！

院子里的人抬头看着山崖，找不到口哨来自哪个洞口。突然，有人喊："阿禅——"

我哥哥的声音。

我挥舞着手里的一块羊皮，激动地回应道："哥哥——哥哥——"

我的亲人来了。

我和奶娘抱着绳子溜下来的时候，哥哥们已经跑过来了。他们扑过来抱住我，号啕大哭："阿禅，我的妹妹，你还活着！"

雪花青，这匹好马，它亲昵地拿脸蹭着我的衣襟，尽管我像个野人，它依然能嗅到主人的气息。眼睛里是喜悦的光芒。

兵荒马乱之极，哥哥们幸好还有人手，他们才听到逃难的灾民带去乌啼城被屠城的消息，连夜赶来救我们。

哥哥们把乌藤抬到院子里，埋在院子中央。入土前，我摘下他腰里的腰佩，合上他的眼睛。他走了，手里还死死攥着大刀。我们跪在坟前告别这个真诚的朋友，眼泪水一样地流淌。

我和秋云罗帕奶娘，被哥哥们绑在后背上，在幸存的人们羡慕的眼神里，离开这座死城，一路向西，飞奔至酒泉郡。

官道上都是从北凉逃过来的难民，扶老携幼，一片哭号声，向着酒泉郡涌去。死去的人就躺在路边，连一片席子也没有遮盖。国破，家亡，活人逃亡，顾不上死人最后的尊严了。

不用说，北凉城被攻破了！我们的家园，正在忍受苦难。

酒泉城里到处是难民，街道里拥挤不堪。呻吟声，哭喊声，惨不忍睹。

远去的匈奴

酒泉王沮渠无讳在官宅前舍粥,一溜儿十几口铁锅,难民们一拨一拨涌过去抢食。

哥哥们住在城东的大漠客栈。

我和奶娘像两根木头橛儿,从哥哥们身上卸下来,全身都麻木了。

奶娘的脸上,突然显出了一种光彩,她的病难道好了吗?

她比画着说:"我要饱饱吃一顿饭,好好清洗沐浴。"

大哥哥很生气:"你们浣布家,堂堂将军府,就留下一个老妈子看护我妹妹,别人都跑光了!什么人家!"

又朝我抱怨:"阿禅,你什么眼神,看上野利这么不负责任的男人。他自己跑了,留下你受罪!"

秋云罗帕的脸上的光彩瞬间黯淡下去了,她很惭愧地低下头,无措地摆弄衣角。

我不想详细地给哥哥解释,太饿了,太累了。

我和奶娘沐浴之后,换上干净的衣裳,彼此看看,像个人的模样了,都笑,却又哭起来。

我们吃了饱饭,喝了茶,躺在胡床上。不管外面如何飘摇,找到亲人,心里总算踏实了。

秋云罗帕奶娘摸摸我的肚子,我说:"很好,这小东西很牢实,知道娘辛苦着逃难。"

她笑了一下,脸上显出一团柔和的光亮来。

我回到自己的屋里,倒头就睡,昏昏沉沉入梦。一个多月提心吊胆的日子,折腾得够够的了。

第二天清早,很迟才起来。开门,却看见哥哥们哭红的眼睛。

秋云罗帕奶娘走了,她睡着之后,再也没有醒来。她换了干净的衣服,吃饱了最后的一顿饭,干净地走了。面容安静。

她完成了自己的使命,把阿禅完好地交给了她的哥哥,野利的孩子也是好好的,她再无牵挂。

这些天过度的惊吓和拼命,她的生命已经熬干了。她苦苦挣扎着,因为不敢丢下我一个人,无法向野利——她奶大的孩子交代。现在,她安详地睡着了,生命的灯盏燃烧到了尽头,噗一下灭了。

我们把她安葬在了酒泉城外的山坡下,让她最后体面地离开红尘。

这个叫秋云罗帕的女人,走完了自己的一生。她的两个儿子,还不知道在北凉城里怎么样了。

我细细思量奶娘的一生突然悲哀地想,这样悲惨的一生,来到这个红尘,又有什么意思?如果可以选择,奶娘一定不想来到阳世三界。哪怕一缕风也好,哪怕一根草也好,胜过这样凄惨的人生。

可是我自己,难道比奶娘好吗?没有名分,藏着掖着,独自奔逃,身边没有婆家的人,而男人,也不知道在哪里。

这样凄婉地想着,清眼泪就长长淌下来。

街上乱纷纷的,哥哥们安葬了奶娘,再商议回北凉骆驼山庄的事情。

原来,北凉城前半月就被拓跋焘攻破了。其实,也不算是攻破。

昙曜佛在沮渠蒙逊国主去世后,告诉太子,会有兵灾降临,祸起北门。

拓跋焘围城之后,太子特意把坚守北门的官兵挑选仔细,清

远去的匈奴

一色匈奴人,守城将领是沮渠牧犍的侄子沮渠万年。他自己坚守南城门。太子以为,总该没有疏忽了。

可是,拓跋焘城下喊话,喝令太子投降,却偷偷给沮渠万年许诺好处,应允他将来做河西王。

沮渠万年思前想后一番,就洞开北城门,放北魏的大军进城,他自己则出城向北魏投降。

北凉城不攻自破。沮渠牧犍率文武百官七千人,被迫投降。

最后背叛国主的,是自己的侄孙子。不是外人。

拓跋焘为了报复当年讨昙无谶佛而不得的事情,进城后大肆毁灭北凉佛寺。北凉城里十五座寺院,无一幸免。寺院庙宇被烧毁,僧人被囚,佛像被毁。

佛城北凉,一夜之间沦落为废墟。

拓跋焘打开皇宫府库,无数金银珍宝尽归北魏。北凉城朝着平城的大路上,几万匹马驮运,像一条河,北凉城的财富,水一样流向北魏平城。太子沮渠牧犍已经被送到平城,其余人暂时还拘押在北凉。野利的父母亦在其中。

沮渠万年被斩首。拓跋焘说:"你连自己的亲人都会出卖,怎么会保证不出卖我?"

能逃出来的难民,就涌向酒泉郡。

可是现在,拓跋焘只顾抢劫财物,还顾不上酒泉郡。等他抢劫得差不多了,就会收拾酒泉王沮渠无讳。

哥哥们仔细商议后,确定回骆驼山庄。如果等北魏大军来攻打,我们就跑不掉了。

我在客栈门口遇见了商人珂贝柊罕。他看见我,眼泪就淌下来了，紧紧握着我的手。他乡遇故人，离乱悲凉。说什么都是多余的。他的三个妻子，只剩下一个。他要去西域，回自己的老巢。

我们用银子买了路上的粮食，赶着驼队、马匹，出了东城门，沿着沙漠边缘回北凉骆驼山庄。这样，就避开了官道，不会和北魏的军队迎头。虽然得多走十几天，但很安全。

我们家是骆驼客，河西的路途没有不清楚的。

我不能骑在马上了，不敢过于颠簸，尽管肚子里的小东西很牢实。哥哥在骆驼背上搭了两只大筐，一只筐里铺了羊皮装着我，另一只里装着和我一样重的米。我们已经走在沙漠边缘的路上了。身后的酒泉城，一片凄凉。

骆驼们都被编串成链子。这是正月里的天气了，不冷，打春了。太阳照在沙子上，很暖和。我在骆驼背上偶然打打盹、想想心事、发发呆，然后又庆幸自己大难不死。

夜里，我们升起火堆，煮饭烧水。没有风，骆驼围成一圈儿，我们在圈儿里休息。然后，留着守夜的人。我们害怕遇见强盗，骆驼客每人都扛着大刀。

兵荒马乱的时候，不要说强盗，连野鬼都跑出来害人。哥哥们在进酒泉城的前一天夜里，遇见大风，风落下后，就遇见"鬼"。他们不敢停留，一直走，听见周围痴痴的笑声，偶尔有灯火，还有哀惨的叫声。

后来，骆驼客们就身扛大刀，防强盗。我睡得迷迷糊糊的时候，耳边还是守夜人祈祷声。

远去的匈奴

沙漠里的骆驼山庄

走了二十天之后,我们到达了北凉地界。我们远远看到老巢骆驼山庄,看见家,心里顿时高兴起来,恨不能欢呼。

明明在沙漠里,怎么叫山庄呢?这是我爷爷的爷爷取的名字。他老人家懂得风水,说旧城堡五行缺水,叫山庄,补水。

我们从骆驼背上下来,进了山庄。院子里是枯萎的沙蓬草、骆驼蓬、沙苇和红柳。这座古城堡是汉代屯兵的地方,四四方方的古城堡,高大的城墙。城墙上有两道城门,分内城和外城,历经几百年,城墙依然屹立,高大且厚实。古堡四周依稀有护城河的痕迹,已被沙子掩埋。我们的先人在躲避战乱时,偶然进到了城堡里,一下子就喜欢上。然后,据为己有。

遇到战乱,我们家就躲来。太平日子,住着几十户骆驼客,都是参收留的孤儿、讨饭的人。在这里,虽然不是好日子,但对穷人来说,很满足了。男人们跟着驼队,拉一趟骆驼都有报酬,比别家的稍微低一点。女人们留在家里,种菜、看孩子、煮饭。地窨子很暖和,烧着干柴、骆驼粪,留着一个小轩窗透气。

每七八户人家,有一个妇人料理着,照应着日常光阴。至于骆驼客们,每十来个人,就有一个锅头管着,他们都是性子耿直比较豪气的硬汉子。哥哥们骑着高头大马,驮着银子。遇见管卡、税卡,都是我哥哥们去打理,不用别人。这里也允许骆驼客们沿途做点儿私活,赚点零碎银子,主要是经营小首饰啦、手帕啦、丝线啦这类的小玩意儿。小孩子长大一点,不愿意待在家里,就跟着骆驼起场。才跟驼队的小工没有多少银子,只能算是打杂的帮工，年底有一套棉袍子和羊皮短袄。不过，牛皮靴子是好几双。因为小工不允许骑着骆驼，得跟着骆驼客步行，练脚劲儿，一趟下来，几双靴子就烂了。一个小骆驼客一般得熬三年。等长得壮实了，可以独挑大梁。那时候，他的例银就和别人一样。

大王们打仗，老百姓也照样过着自己的生活。烽烟一起，我们就躲到古堡里来。烽烟退去，大伙儿仍旧过自己的日子，该放牧的放牧，该耕田的耕田，该到北凉城就到北凉城。

外城圈里开垦出一片一片的菜地来，现在荒芜着，地还冻着，没有消。冷风在菜地上窜来窜去。沙地里，栽了树，有槐树、胡杨。城堡就像是寻常百姓家的庭院，这里的日子不是沧桑的，充满烟火气息。

走了一阵子，才走到内城。门开着，白发苍苍的爹娘迎出来，话未说出泪先流。

娘紧紧抱住我，哭得直噎气。爹也老泪纵横，他说："他们就把你一个人扔在乌啼城了啊？"

大哥哥生气地说："差点还叫强盗杀了。丫头躲在山崖上，整个乌啼城一片废墟。我们要是迟去一天，恐怕就饿死在路上了。他家的奶娘，连饿带吓，受了风寒，死在酒泉城，是我们高抬深埋的。什么人家啊！"

娘咽下满眼的泪。我知道她心里想什么。她觉得我不是野利家明媒正娶的媳妇，没有人心疼。

她颤巍巍的，仔细看着我，看了一遍，不够，又看了一遍。她惊讶地说："你的腰身这么粗，怀上娃了？"

我点点头，她却高兴得又在流眼泪。

远去的匈奴

爹说:"佛祖保佑,我们一家人都活着,好好的。赶紧进屋吧。"

大门吱呀声响了几下,外城的门和内城的门都关上了。

内城不是很大,但城墙结实完好。我们和三十几户骆驼客住的不是房子,是地窨。在地上挖一个坑,斜斜铲一道门,上面支了椽子,铺了梆梆棍棍,苫上沙芦苇,压上沙子,就是屋子,很节约,很保暖。

院子里堆着一堆黄灿灿的粟米穗。有鸡儿觅食,黄狗闲卧。静悄悄的,有人走出来,脚步也是轻轻的,一脸简洁明快。阳光金丝一样从云层洒落。几棵红柳,一棵一棵,都落满民间温暖的光阴。死里逃生的我喜欢极了这样乡间的安逸和清净。

娘熬了茶,酽酽的,端在炕几上。乞干若芸煮饭,在另一个地窨里。绕狐一家跟着爹娘逃出来了,不过,今早上,他硬要去城里看他的岳父岳母,挡不住,还没有回来。

地窨里有一盘暖床,我们总是叫火炕。还有一个坐床,木头的,不高,可以坐好几个人。汉人不习惯卧床,地窨里都是暖床,然后也放一张木头的胡床,随便坐坐。床前有火炉,烧茶煮饭,另外还支了木头墩子放碗碟。

骆驼客们各回各自的地窨,院子里传来欢笑声,小孩们也跑出来玩。这些日子,因为担心着出门的人,大家好久没有声音了。

娘捋着我的头发,爱怜地看着我,她又老了很多。只有她惦记着野利,问他的情况。别人,一提起野利就生气。

我没有给她说我们在石壁上洞穴里的煎熬,那么冷,冷到骨头缝里。那么饿,不敢多吃一点点。那么害怕,怕一不留心就被强盗捉住。那些提心吊胆的日子，我不敢想。我居然活过来了，我的哥哥们真是勇敢。

大哥哥说："我们一听到逃难的人带来的消息，说乌啼城被屠城，吓死人了。看到你家院子烧成灰烬，我仰天大哭，却不知道这鬼丫头还在石壁上躲着，命真大。"

我说，多亏了乌藤，不然，也就没命了。强盗很疯狂，见人就杀。

可是，哥哥还是很生气："他就留下两个人照看你，也好意思啊！没良心的，他自己没法照看，不知道给我们送回来呀？狼心狗肺的男人，把我们的宝贝不当回事。"

他简直怒气冲冲。

我们都不说话了，多么伤心的事情。

哥哥又说："你不要再牵念他。谁知道他在西秦怎么逍遥呢，哼哼，男人，都不是好东西。"他说完了，却发现把自己也包括进去了，忍不住吭吭笑起来。

我说："等日子太平一些的时候，我们回去，院子里的地窖里，埋着好多银子和金子，还有珠宝。就是那棵树底下，一般人不会发现的。"

他说："你不用去了，我们抽空夜里去取回来。"

饭熟了，胡饼、野羊肉和干菜。我最喜欢干菜，可劲儿吃。爹的眼泪却下来了。

我回到北凉，回到我熟悉的日子里。仔细想，还是自己的北凉好，别处，毕竟不是自己的家，只是过客。晚上，他们还在等绕狐，我早早睡了。绕狐这厮也真是的，这么乱的时候，去看什么啊。

娘说："他大概是担心两个老人没有粮食了，去送一点。我

远去的匈奴

们只能带上绕狐一家,他们别的七姑八姨,实在带不上。"

娘挨着我睡下来,院子里安静极了,好像不是几十户人家,只有我们一家一样。尽管是土炕、地窖,但心里暖乎乎的,毕竟回家了啊。

炕烧得很热,暖暖的,周身舒服。我疲惫地睡着了,这一夜,什么梦都没有做,昏昏沉沉地睡了一夜。

清早,院子里传来劈柴的声音,咔嚓,咔嚓。然后是井水倒进陶罐里的声音,哗啦啦,很清亮。

这是沙漠,可是,这个院子里居然有一眼古井、水很充足,他们在外城圈里种了好多菜地,就是打了井水浇灌着的。

绕狐一夜未归,也许,是在丈母娘家住几天。

我趴在枕头上,看着昏暗的地窖里的东西,炕几、蒲团和一瓦罐水。这里灯火黯淡,但温暖。娘在生火,烧的是骆驼粪。炉子是泥土垒起来的,很古朴。

他们在院子里,要把所有的骆驼都赶到沙漠里去,放在院子里,还得喂草。骆驼进了沙漠,知道哪儿有水,哪儿有草,野那么几个月,才被赶回来。现在,不知道拓跋焘要在北凉城待多久,驼队恐怕一时半会儿走不开,就让它们逍遥着去。

守门人赵爷进来,佝偻着腰,脱鞋上炕,和爹喝茶。

我们在回来的路上的时候,拓跋焘又派镇南将军奚眷进攻酒泉。听说沮渠无讳打不过北魏,已经撤离酒泉,率领兵马投奔西域高昌他弟弟那儿去了。

赵爷说,这些天,拓跋焘已经腾空了皇宫府库,在百姓家里挨家挨户搜查财物和粮食。但凡有人稍微不满,就立即斩杀。北凉城里十几万户人家,他的六万士兵马不停蹄地掠夺,然后抓了很多民夫,往北魏运送。城里一片哀号声,惨不忍睹。

爹长长叹一口气:"我们的百草堂,恐怕也只剩一个空壳蒌了。什么都被抢走了。"

娘心疼她的蒸笼,哀叹道:"那么好的松木蒸笼,一定也被抢走。"

乞干若芸进来,说她男人还不回来,担心出事。

爹说:"没有办法,只能等。那头倔驴,挡不住么。"

我突然想起来。我给爹说:"我们出酒泉城的时候,遇见了从北凉逃出来的珂贝枹罕一家,他们不敢停留,要逃到西域去,大约是去鄯善城。珂贝枹罕背上绑着他的老母亲,家眷们都骑马,好像没有带多少财物。他那一院子值钱的东西,都便宜拓跋焘了。"

爹说,珂贝枹罕家,随便角落里挖一铲子,都是银子。北凉城是个富得流油的城啊,童谣说:北凉城,家家有银子。一家没银子,泼出来几盆子。这一次,拓跋焘抢的财宝,整个北魏躺着都能吃几年了。

我们骆驼巷里,几百户人家,如果把财物都搜刮出来,得驮一个月才能驮完。对门哈家,几百坛子好酒,几百斛粮食;皮货家,整整一院子皮子;几个布庄,库房里装满丝绸;压得满满的。我们家的药材,几十匹骆驼也得驮一个月……

最后,他长叹一口气说:"祖祖辈辈积累的财富,这一下说没就没了。沮渠蒙逊国主若是活着,北凉也不至于落得如此凄惨啊。"

我们都念起国主的好来。至少,他让我们过的是太平日子,

远去的匈奴

不会这么流离失所,国破家散。

劫　后

　　一晃,拓跋焘霸占北凉城已经两个多月,百姓都要种地了。绕狐依旧没有音讯。

　　赵爷装作乞丐的样子去城里打探消息。他太老了,估计北魏军不会抢走他。

　　我们在院子里晒太阳,几个骆驼客打了井水,浇在沙地里,等土地一软,就要种菜。今年不能出门,几十户人家上百张嘴,要想吃饱是不容易的。

　　粟米一天天减少,几个女人搁在碾子里慢慢推着、磨着。小孩们不知道忧愁,玩得土眉土脸。

　　我的身子一天天重了,娘毕竟是高兴的。野利根本没有消息,她觉得有个孩子就好了,下半辈子不用发愁。她一会儿说梦见牡丹,是女孩。过几天,又说,梦见了玉,是男孩。这件事简直让她心神不定,恨不能让我一下子就生出来才好。

　　第二天后晌,赵爷回来。

　　他带来的消息很不幸,绕狐刚刚进了北凉城,就被抓去赶马,给北魏运送粮食。他们被一条绳子拴着,没日没夜往中原走,因为东西多得不容易拿完,拓跋焘很着急。

　　满朝文武百官七千人,匈奴西羌贵族一万人,僧侣五千人,民夫一万人,工匠五千人,全部押送到北魏去了,已经走了好几天。

昙曜佛也被抢走，北凉的佛走了。城里一片狼藉，最后还在掳掠，北魏兵一家都不放过，连一床被子都要抢走。侥幸逃到南边山野里去的也有，不过很少。

我家的百草堂，草药倒是没有抢。不过，后院里值钱一点的东西都被搬完了。几只羊自然早就被烧烤吃了。

爹低下头，没有说话。娘说，这几十年，北凉城少说也打了四五回仗，没有一回是这样的。吕光王攻下北凉，就占了皇宫，没有拿百姓的东西，百姓还是过日子，只不过换个王。秃发王、沮渠蒙逊王，都是打仗完了，去抢别人的城，让自己的子民过日子的。我们的光阴，是几辈子攒下来的，没有被抢过。可是这次，拓跋焘狗贼挖地三尺，把地皮子都抢走了。

是的，拓跋焘挖地三尺，揩尽了北凉的油水。乞干若芸呜呜咽咽地哭着，两个孩子也跟着哭，几个女人就过来劝她。

娘说："这有什么办法，我们百姓，怎么跟拓跋焘讲理去呀？好好拉扯孩子，有我们吃的，就有你们吃的。"

她还在哭着，苍白的脸上，泪光莹莹。

又过了一月，拓跋焘终于走了。走的时候，迁走了北凉城三万户人家，能拿的东西都拿走。北凉城里，只剩下老弱病残。十几万户人家，掳走的、逃走的、斩杀的，几乎洗劫一空。城里没有烟火气息，也成了一座死寂的城。

北魏镇南将军奚眷，接管北凉酒泉两座城，但不过是两座空城而已。城外大片的田地荒芜，白骨遍野，哀嚎不断。

我们也没有买卖可做。骆驼们还在沙漠里闲逛，几十户人家都要吃饭，大哥哥领着男人们到南山里去了，那里有我们的庄园，

远去的匈奴

几百亩山地，撒进去一点种子，好赖能收回一些粮食。

爹以前借过一大笔钱给一个人，后来，那人就把自己南山的庄园田产抵押给我家，自己去了西域。

之前，哥哥他们十几人拎着刀，骑马悄悄潜到乌啼城，趁着夜色驮回我们埋藏的金子珠宝。我们的院子被人掘地三尺地翻过，看来是强盗们又回去过，但没有找到他们想要的东西。

可是，现在的北凉城，有钱也买不到粮食，什么都买不到。我的大师兄和二师兄，都被掳走了，这辈子也许见不着了。中原遥遥几千里，谁知道能不能回来。

三师兄和师哥们也不敢回百草堂，跟着哥哥去种田。谁知道镇南将军奚眷是个什么脾气，说不定又要抓人。面对拓跋人的进犯，震惊是没有用的，光火也是没用的。

二哥哥和三哥哥守在家里，上百口子人，得有主心骨。爹这么老了，像一枯朽的树木，被一场大风就能带走。

剩下的人，都在角角落落里翻腾着种菜，进沙漠打柴逮野兔。

这样的日子，是辛酸的。

沙漠深处

守城的赵爷在闲暇时候，坐在南墙根里，轻拨三弦唱小调。他的嗓音在苍茫大漠里，有点悲怆。老人在山庄里活了一辈子，经历了很多次战乱，用自己卑微的柔韧，一点一点抵御着风沙肆虐的日子。

他闭着眼睛唱着,几个孩子坐在沙子里玩耍,阳光落在他们的脸上,天真纯净。我心里泛起一种苍凉的感动。

家是什么?是一个人可以坚守的真情真意。这个字,不可怠慢。这个看似衰破的古堡,是我们的家,有一种绝对强大和坚韧的气势。

一匹小骆驼,拴在一杆横木上,正在吃草,很安静,也很诗意。我很想骑它,让它驮着我在沙漠里逛一圈,最好不要狂奔。可是,它太小了。

赵爷唱了一阵,放下三弦,弓着腰,走出庄门去。

他捞起一根棍子,又去城里打探消息去。他操心太多,总是担心山庄的安危。

爹走路已经步履迟缓,和赵爷差不多了。赵爷是爷爷收留的孤儿,从小就在山庄里,一直到现在。前些年,赵奶奶去世了,他们没有孩子。可是,赵爷说,这一院子娃娃,他一点也不寂寞。

第二天,我们吃过饭,等赵爷。夜里,赵爷回来了。城里风传,拓跋焘将北凉太子沮渠牧犍害死,已经葬于北魏平城郊外。还有一批北凉文武大臣也被害死了,总计大约上千人。

沮渠无讳简直气疯了,他从西域返回来,带兵夺回了酒泉,准备攻打北凉城。柔然部落一直没有帮他,他的妹妹白白送给别人了。

镇南将军奚眷已经四野里抓兵丁,因为北凉城是个空城,已经无壮丁可抓。他自己兵力不足,只好把魔爪伸向山野里。

这个消息太重要了,既然奚眷正四野里搜罗人家,我们有可能被发现的。爹决定连夜收拾东西,明天黎明出发,进到沙漠里去。

远去的匈奴

朝东走二三十里路，我们有个老巢，爹年年领着徒弟们采药，就住在那儿。一个小小的沙漠绿洲，地窖、锅灶，都有。最重要的是，有一汪沙漠泉水，足够我们喝。我家的骆驼就在那儿喝水。

那可是一个绝对的好地方，就算打死镇南将军奚眷，他也找不到。赵爷留下来看守院子，三哥哥打发人去南山报信儿，让大哥哥们躲起来。

天蒙蒙亮，我们就扶老携幼奔进沙漠里去。我拖着大肚子，由乞干若芸搀扶着，真是要多心酸有多心酸。刚刚过了几个月安稳日子，又要逃难。

天大亮的时候，小孩们站在沙丘上打口哨，几匹近处的骆驼跑来了。我们山庄的小孩，再野，也都识字儿，爹常常打发他的徒弟回来教孩子们。

有两个孩子，刚会爬，有人放在百草堂门口，抛弃不要了。爹把他们送到山庄里，由骆驼客的媳妇们拉扯着。我给他们取名：柳满金、柳满银。现在，他们长得都比我还高了，只是拖着鼻涕，小脸儿脏兮兮的，不好好洗。所有的孤儿，都跟着我们姓柳，骆驼山庄就是个柳树林子。柳这个，柳那个，反正最好的心愿都包含进去了。

柳如意是个女孩，哥哥们路上捡的。其实也不算捡的。那时她只有四五岁，独自在城里讨饭，三哥哥给了她一块饼子，她一边吃，一边跟着他。三哥哥跺跺脚，她停下。三哥哥一走，她跟着。直接甩不掉，就领回骆驼山庄了。

我和爹娘骑在骆驼上，几个小孩争抢着牵骆驼。小孩们虽然嘴上不说什么，但心里很清楚，谁救了他们的命。

晌午偏一点的时候，到达了我们的老巢。

十几个地窨，挖在一个深深的沙谷里，藏在大沙丘下。两边是高高的沙丘，山一样。沙丘上，枯萎的花棒和沙蓬覆盖得严严实实。从地上斜斜挖一个通道进去，挖出一小间房子，上面盖了房顶。这就是我们的家。

爹的地窨在正中的一间，稍微大一些，一盘火炕。墙上掏了洞，放着几个破陶罐。

还有灶台。墙上烟熏火燎得黑苍苍的。墙角挂着一个羊皮皮胎，装水用的。一年不住人了，屋子里落满沙土，但依然温馨。

骆驼客们各自找到了窝，大家不争抢，不够的就两家挤一挤。还不够，就几个人合力再挖出一个两个来。他们没有钱，只有力气和素素禅心。

我深知，这样的宽容，与世无争，真不知要拿出多少勇气来。团结是光阴里一层一层打磨出来的，他们经历了很多的事情，慢慢学会驾驭这世间的无奈和残酷。

我在骆驼巷子的时候，就知道顽劣，就想当北凉第一神针。跟了野利，就知道爱他，想他，从来不去想别人。就算奶娘和乌藤，我也没有好好体谅过他们。我觉得他们做什么都是应该的，不去感激。

可是，现在，我在山庄里住了大半年，我突然觉得，这些贫苦疲惫的人们，都是孤儿，被人抛弃掉，受尽了人间最凄凉的摧残，却如此安静，如此深爱着光阴。他们的脸上，布满日子的刻纹，却安宁，毫不悲愤。

爹的地窨门前，枯树枝围了一个菜园，只是现在荒芜了。门

远去的匈奴

前搭了凉棚，树枝都干瘠、灰黑，却也努力地支撑着。

左边的空地砌了一个土灶台，可以在外面做饭。泥土的灶台，烟火气息浓浓的，像梦里的一个场景。右边的空地上，几只东歪西斜的小木墩，很粗糙。一个树根，稍微雕琢了一下，就是坐墩。

还有一段枯木，弯曲的，就拿来栽进地面，缠上一些旧麻片，也是趣味横生的坐墩。这样的墩子有好几个，足够一家人坐着歇凉，吃饭。很平坦的地面，冒出这样的小坐墩来，像从漫漫光阴里长出来的几只蘑菇。

这些东西，没有柔韧的心情，做不出来。

爹坐在一截枯木上，大王一样，巡视着他的地盘，目光里有些满意。他是北凉城有名的柳善人，这些人，就算他的子民吧。

三哥哥取笑我说："阿禅，这儿真是好地方，你在地窨住几个月，好好修炼啊，到时你就修炼得道行深了，仙风道骨。如果外面的仗打完了，我们都走了，你还想住，就再住几个月吧。"

我忙摆手说："那可不行的，必须要大家陪着才行。我怕这一望无际的孤寂，也怕晚上狐狸来叩门。我在闹市里喜欢安静，在这儿却不能承受。我要过一粥一饭的日子，不来这里修炼。"

三哥哥却不依不饶，坚持用他真诚的脸劝我一定要独自住一个月。我悲惨地说："那样的话，你们来接我，我都成披头散发野女人了啊！"

大家都大笑，爹也跟着笑。他的笑容干净清澈，能看出他内心的优雅和安然。

几个木墩，几块石头，有些诗的意境。一片沙窝窝里，飘荡着逃难人短暂的欢笑。枯萎的蒺藜张牙舞爪，早就扎哭了一个小孩。大伙开始埋灶烧饭，水在不远处，很清冽的一汪泉水。青烟飘绕起来，爹眯起眼睛说："这烟火一起，我们的日子就安逸了。不怕。"

挖地窨的人都累成汗蛋蛋，终于挖好两个，全部的人马都安置好了。粥煮好，有个男人大喊一声："娃娃们，来，吃饭了！"他的嗓音苍凉悲壮，我心里，酸成一团。他握着木头勺子的手，粗裂，笨拙，却分外有力。

各家打开柳筐，取出家什，老人和孩子先吃。一锅不够，又烧一锅。在一棵鬼箭树下，他们还从沙子里扒出来一个箍了铁皮的木桶、一个硕大的铁锅。不用水洗，就用沙子擦，擦得明晃晃、清亮亮的，很干净。

我们散坐在沙子上，呼噜呼噜喝粥，多么香甜的饭食啊。我们暂时是安逸的，而沙漠之外，又起兵祸，又要有多少人家破人亡呢。兵荒马乱的时候，只能各自逃命，真的顾不上别人。

夜里，我的炕被煨得热热的。躺着，怎么也睡不着。我在逃命的时候，只知道自己，忘了腹内的孩子，忘了几千里外的野利。我顾不上想他，只顾着活命。

现在，夜色如水的大漠里，我突然强烈地想他。我们的孩子要诞生了，我不知道他能不能见到。烽烟四起，没有办法知道他的讯息。

想起他最后一次抱着我的温暖，眼泪就慢慢往下淌着。人生何故如此凄凉啊。我们不能阻止拓跋人暴行，只能自顾活命。我们也不能按照自己的心愿过光阴，唯一的心愿竟然就是活着。

沙漠里天亮得早，大家跑了一天，都累了，还在呼呼睡着。

远去的匈奴

我独自在沙湾里转悠,却发现我们的骆驼都来了。它们卧在地窝铺门前,也在呼呼大睡。连骆驼,都恋家,闻着家的味道赶来了。

太阳很高的时候,大伙才起来。舀水的,烧火的,嬉闹的,这个沙窝窝里热闹了起来。

吃完饭,女人们在薅骆驼毛。这个时节,骆驼要褪毛,一揪一大把。骆驼毛拿来做棉袍子,做被子、褥子,还织成毛口袋和褡裢。

柳家的人在天冷时除了盖棉袍子,还穿一种驼毛褐衫,就是把骆驼毛捻成毛绳,织成毛褐,织了帽子,披在身上,样子和北凉贵族的斗篷相似。前襟上挽几根细绳当作纽扣。

骆驼客们都有,白天御寒,晚上铺在身子下隔潮气、防风寒。

乞干若芸给我也织了一件,我披上走了一圈儿,很笨重,粗糙,挨在脸上扎扎的,不好看。

娘说,看着不好,可是热乎得很。我看看自己,坠个大肚子,像个陀螺,又粗又笨重,比驼毛褐衫还难看。幸好,这么难看的日子很快就结束了,不然,真是伤心。

这年,骆驼蓬开花的时候,小丫头诞生了。

疼痛袭来,我知道自己要做娘了。这样的疼,亦是甜蜜的。小家伙在晌午的时候呱呱坠地。她的嗓门真是大,清亮亮的,哭得底气十足,却干巴巴的,没有一点眼泪。真是个胡人,做事虚张声势得很。她睁开小眼睛,乌溜溜的,四下里打量,把自己的小拳头塞进嘴里,吧唧吧唧咂巴着,好像很饿。

娘抱起来,让我看。她笑着说:"这丫头,不像你生出来的,倒像是野利自己生的,你看,没有一点你的影子。"

是的,她简直不是我生的一样。很大的眼睛,睫毛长长的,嘴角翘着,野利家的模子里拓出来的一样,跟我没有关系。

自从怀上小丫头,我就开始了逃难的生涯,饥一顿饱一顿,惊心的日子,难肠的日子,总算熬过了。我不想让她的记忆里有这些苦难的东西,就取名忘忧。

柳家的人,理所当然地认为小丫头姓柳,他们不知道她的爹姓浣布。在他们的想法里,胡人好像没有姓氏,随便捏来一个名字安上就好了。其实不是这样的。

忘忧吃相凶猛,我的奶水不够,又撵着吃人家的,吃得不亦乐乎。她整天就干这几件事,吃喝拉撒睡。

小孩们不许进来,就在地窖门口悄悄喊着,柳忘忧,柳忘忧,出来玩来!

天啊,他们以为刚生下来的娃儿就知道玩耍了。

可是奇怪的是,忘忧听见小孩们喊她,就支棱起耳朵,朝门外张望,脸上甜蜜得很。难道,她知道自己就是柳忘忧?这个名字,是她前生带来的吗?

她的嘴角是翘翘的,眼珠子乌溜溜的,挥舞着小胳膊,怎么看都是野利的影子。

是的,跟我没有关系。就算头发,也是又黑又浓,也不像我的。

娘说,野利若是看见小丫头,准会喜欢疯的,这么像他。

我们把她放到草药的汤汁里洗。艾蒿、香叶、防风、荆芥、薄荷芳香中有些淡淡的苦。娘卷着袖子,捞起水花淋在婴儿身上。她的小胳膊小腿胡乱蹬着扑腾着,脸上是轻柔的愉悦。一滴水不小心溅在嘴唇边,她舔了一下,咂巴着嘴,立刻皱眉,欲哭无泪

远去的匈奴

的样子。娘笑逐颜开。

我抱起擦干的婴儿,她的小脑袋立刻依偎在怀里,暖得心都要化了。莫名地,却又担忧,这个孩子,野利会喜欢吗?毕竟,他不在身边出生的,能有情感吗?这世间,最说不清的,是人心。人的思想是一回事,心情是一回事。有时候,就连自己是怎么想的,都弄不清楚。

转眼,天气变凉,我们得回到山庄里过冬。

赵爷打探来的消息是:沮渠无讳围城一月,攻打北凉。拓跋人镇南将军奚眷,没有足够的兵力和粮食,弃城逃走,滚到北魏去了。现在,沮渠无讳入驻北凉城。不过,奚眷扬言回去搬救兵,北凉城还是不稳当。

爹算了一下,拓跋人奚眷一来一去,怎么也得两三个月,稍微拖延一下,也就过完年开春才能打回来。这段时间,是最冷的,一般不出兵。

爹说:"我们先回吧。前头的路黑着呢,边走边看,沙窝子里冬天太冷,娃们受不住。"

爹已经不像以前那样思索北凉城的命运了。先前那些主导着他的与人为善、积德行善修炼来世的想法,被拓跋人亲手碾碎了。现在,尽管他比任何时候都强烈地思念着北凉城,但无能为力,能做到的,就是白天黑夜地臆想,以此安慰我们。或者是拿这些臆想恢复他千疮百孔的心。事实上,任何臆想都赶不上事态的变化,我们像一群蚂蚁,听天由命地卑微地活着。

他一声令下,我们扶老携幼,打道回府了。两个大柳条筐子,一边装着我和忘忧,一边装着两个半大的小孩,驮在骆驼背上。

爹说:"娃们,路上悄悄的,不要呱喊。"

有个小贼问:"师爷,为啥不说话?"

爹抖着他的山羊胡子诡秘地笑道:"让拓跋人听见了,把你们背到中原去吃面饼子、喝奶茶。"

大家哄堂大笑,笑罢了,却都不出声,静悄悄地走路。无论多么悲伤,爹还记得岁月中的幽默。

柳筐那边的两个小贼一路不安闲,低声喊着:柳忘忧,柳忘忧。

小丫头居然听得真切,一听见喊,立刻从怀里探出小脑袋,寻找谁在喊她。我摁下去,她探上来。摁下去,又探上来,真是倔驴一个。那小脑袋还硬得很,脖颈倔强得很。

我们裹着被子,苫着驼毛褐衫,在骆驼背上颠簸回家。

一行避难的人,在沙漠里蜿蜒,像蚂蚁一样,卑微却顽强。风吹来,天凉了!远方的人,不知道有没有寒衣。

我们走的时候,留下赵爷一个人。回家的时候,多了三个人。三个娃儿看见爹,哭着喊师爷。

是二师兄的三个半大的娃儿。沮渠无讳围城的时候,城里断粮,拓跋人奘眷不许百姓出城,饿死了一层人。二师兄两口子都被掳走了,留下老人和孩子。

围城一月,两个老人把口粮留给孩子们,自己活活饿死。

沮渠无讳得城之后,鼓励灾民逃难,城里实在无粮草。三个小贼一路狂奔来骆驼山庄。最大的那个,前几年跟着他爹来过一回,驮药材时,记下了路。

人在最危难的时候,都有迸发力。求生的愿望,使得三个饥

远去的匈奴

寒的小孩,居然跑了一天,找到了山庄。

上天一直在昭告人们,以善为美德。可是,偏偏拓跋氏不听,要把他们的恶横行于大地。有些事老天是秘而不宣的,有些事老天是要发怒的,有些事老天是要怜悯的。所以,这三个小孩居然活着逃回来了。只有活着,才能把有些消息完整地带出来。

他们衣衫褴褛,枯黑,面黄肌瘦,肋骨都鼓出来了。

对比柳家别的小孩们,虽然衣衫脏一点,但个个都是红润的,都穿着棉袍子,不会冷。

爹昏花的老眼里,蒙了一层水雾。他挥一下手,过来两个媳妇,牵着孩子们进门。

他内心不安且恐慌。一个人时,他坐在南墙下,勾着头,尽量不去想三个孩子描述的北凉城。在他看来,小小的百姓在强大的灾害面前,是何等渺小、何等微不足道。他的内心无论多么强大,他治病救人的信念无论多么坚定,现在都是无济于事。他实在太苦闷了,尽量不去想这些,使劲儿把自己的情绪调整到淡定的状态。

院子里,堆着几口袋粮食。大哥哥们也回来了,他们偷偷种田,收获还好,够我们吃到明年夏天了。驮回来一些,另外一些藏在南山村。

大家并不喧哗,各自进到各自的地窖里,烧火煮饭。院子里的粮食,每家都舀走一些,吃晚饭的时候,那几只口袋就空了。一个壮硕的女人把口袋搭在木杠子上,拿棍子敲打掉尘土,收回去了。

柳家不缺粮。女人们都丰腴,不干巴。实际上,她们也没有太多的想法,更多的是认命,随遇而安。我渐渐发现,思想单纯的人更加快乐一些，绝对不会自己把自己愁死。

柳忘忧躺在家里的热炕上，盯着黑乎乎的屋顶看。她的小手还是喜欢塞在嘴里，吧唧吧唧吮吸。

大哥哥像看着珍宝一样，仔细看看小丫头，动动她的小脸儿，回头笑道："阿禅，苍天赐给我们的宝贝啊，你看，心疼得很。"

乞干若芸端来饭菜，大家挤在炕上，挤在地下，呼噜呼噜吃饭。二师兄的三个小孩，已经换了衣裳，半新的棉袍子，穿着哥哥们的旧靴子。

一窝小脑袋挤在一起，冒着热汗吃饭喝汤。锅里的面汤都喝得干干净净。

爹和赵爷坐在炕垴里，喝茶。赵爷给他详细说北凉城里的事情。我们骆驼巷，几百户人家，只剩下几十户。我们对门的哈家，院子里被翻得掘地三尺，皮货庄也是，布庄也是。唯有我家完好，也许，北魏兵丁们觉得药铺人家，没有多少钱。

爹似乎有了些得意。他用铜烟锅敲着鞋底子跟赵爷说："我们汉人，讲究含蓄，不张扬。你看，我们装穷装得好，家里没有值钱的东西，破几案，旧木墩。中用的摆设，一件也没有。"

爹又说："布货庄，张扬得要死。随便一个碗，都值钱得很，不是金丝玉的不稀罕。你看，现在，我们百十口人，没有赊损一个。绕狐倔驴，挡不住，自投罗网的。我们吃得饱饱的，穿得暖暖的。你看他们，光杆杆逃跑了，值钱的东西都拿到了北魏。他巴结的贵族，也用不上。"

赵爷点头，表示折服。爹过日子的方式的确值得赞叹。他补充说："听说，北魏为了报复沮渠无讳杀回来得城，又杀了一批

远去的匈奴

北凉贵族朝臣,不许埋葬,抛尸荒野……"

我心里一沉,眼泪就唰唰掉下来。

大哥哥悄悄握住我的手说:"不要这样,野利在西平城,又没有在北魏平城。"

大家都不说话了,天色慢慢暗下来,直到黑得什么也看不见。人人心情都不愉快,谁都惴惴不安。大家都知道,明天会遇到什么紧要情况,无法预料。颠沛流离的日子,似乎远远不能结束。

一豆灯火,"嘭"一声,跳跃在硕大的黑夜里。我们的脸色,在灯光里模糊看不清,只听见长长的清晰的叹息。有人低微地说:"谢天谢地,我们都还活着。"

泪光里,我想起那个人温热的话:"丫头,有你,今生足以!"

我的内心,泪流成河。

门外一个小孩在低低唱:"紫马儿上山来乌鸦展翅,紫马儿下山来四蹄生风……"

不见故人归

过了年,北凉城好像是太平的。春耕时节,酒泉王沮渠无讳鼓励乡民种地,官府分发粮食种子,免赋税。

大哥哥又到南山去种田,男人们基本都跟着走了,留下三哥哥守家。

柳忘忧整天被大家抱来抱去,心肝宝贝一样。她喜欢野,一天串门子不回来。有时还挥舞着小手,指着门外,居然想到大门外去溜达。这丫头,玄乎得很,因为她的小手力图指得远一些,她想到很远的地方去串门。

娘抿嘴直乐:"柳忘忧,你要是会走路了,我还撵不上哩!"

这一年的麦苗长势很好,才到五月,麦子都扑到半人高了。山野里野菜也旺,满山满坡都是饥民在挖野菜充饥。这些菜,救下一茬子人命。

五月端午,北凉人脸上的菜色慢慢缓过来的时候,灾难又来了。

拓跋焘派奚眷进攻北凉,几万大军气势凶猛,张牙舞爪,黑压压地扑过来了。一路庄稼被践踏,人畜被砍杀,北凉城的上空,阴霾重重。

酒泉王沮渠无讳已经无力招架,弃城而逃,一路狂奔到酒泉,紧闭城门不出。

拓跋大军又压向酒泉城去了,城池严严实实被围,蚊子都飞不出来,北魏军企图要饿死一城人,灭绝北凉。

沮渠无讳求和,请降于北魏,企图给子民留一条生路,被断然拒绝。

拓跋大军来得很突然,我们没有来及得逃窜到沙漠里去。但是,他们只顾城池,没有骚扰到周边,顺着官道一路狂追,我们得以幸免。

那些天,突然变天,狂风大作,简直飞沙走石。有个小孩看见半空里掉下一团火光,掉进沙漠里,大地瞬间白乍乍亮了一下。苍穹仿佛发怒了,黑风吹得天昏地暗。沙蓬草、红柳、沙芦苇、乌鸦草……草木都被风刮出了根,白花花地纷纷朝着西北方向倒

远去的匈奴

伏。黑蒙蒙的沙子笼罩了近处的半边天空,迟迟不肯移走。然后下了几天的沙土,而非雨。

我们惊恐地藏在地窝子里,脸上是土,身上是土,连牙齿上也是。风刮得猛了,身上就渗出来丝丝寒意。娘一遍遍念着《药师经》,祈求我们能好好活着。是的,再也没有别的办法了,连小孩也喃喃念《金刚经》。

大风过去后,日头土黄土黄的,黯然无光,天地混沌一片,没有清晰的沙漠地平线。

提心吊胆的日子到了七八月,庄稼都黄了,酒泉城还在围着。北魏兵跑来抢收了北凉的庄稼,顺便也收了酒泉的庄稼。这些庄稼,都是酒泉王沮渠无讳散发的种子种出来的。

我们惶惶不安。爹说:"打探着,一旦酒泉城陷落,我们立刻躲到沙漠里去。北魏兵若是返回来,说不定又要扰民。这个拓跋焘,下定决心要毁灭北凉。"

我们盛极一时的北凉,从此凄凉万分。

可是有一天,奇迹发生了,绕狐逃回来了,天啊!

这个蓬头垢面的男人,叫花子一样,光着脚,身上片片扇扇,衣不遮体。他居然成功逃回来,真是难以置信。

他结结巴巴叙述他的逃亡路途。

原来,他被抓到北魏之后,和北凉几万子民,迁往一个叫云冈的地方继续凿山造佛像。拓跋焘要把北凉的佛移到平城去。

昙曜,继其职,率领工匠、僧人、民夫等,北凉几万人,在平城近郊开凿石窟。拓跋焘命令昙曜佛,佛像一定要比北凉的还要辉煌瑰丽,要成为中原最大、最宏伟的石窟大佛。

可怜几万北凉人，饥寒无衣，给拓跋焘干活。

这次奚眷进攻北凉，又从北凉民夫里挑一些体壮木讷的，给北魏大军烧火挑东西。绕狐刚好被挑上。他跟着去了酒泉，这些天又跟着大军来抢收北凉南山的庄稼，结果夜里就逃了出来。

绕狐这个没娘的孩子，真是幸运。

更加奇怪的是，绕狐摸黑走了一夜，居然走到天梯山下那个村庄里，昙曜佛母亲的家里——就是我住过的人家。

老人问："你打哪里来？"

绕狐说"我是北凉人，骆驼巷柳先生家的人，被抓到平城，逃回来的。"

老人说："哦，你不是逃来的，是佛祖打发你带来远方的讯息。我的儿子，昙曜，他还好吗？"

"昙曜国师啊？他很好。迁过去的北凉人，他们还在凿山造佛像，天天都有累死的，被抛在荒野里。我们吃不饱，没有衣裳。昙曜国师，很好的，拓跋焘敬重他。"

老人叹息一声，给绕狐饭吃，指给他回来的路。

绕狐出门的时候，老人说："你们柳家，还有一个人在我家住过。你回去说，她自然知道。"

绕狐出了山村，很害怕，头脑就不是很清醒了。自从到北魏，常常挨打、挨饿，惊吓惶恐中，他的老毛病犯了。

他几乎走了半月才找到山庄。一路讨饭，吃野菜，喝生水。野人一样。回来看到我们，头脑却猛然清醒，不是很呆滞了。

他憨憨地问我："阿禅，我们家，还有谁在她家藏过？"

我不假思索地说："当然是三师兄呗！"

远去的匈奴

我实在不想让柳家别人知道,我没有名分,不是妻,不是妾,是被野利藏着掖着的女人。他们,只知道我嫁给西域胡人,这个胡人,谁也没有见过。

我小心地问绕狐:"北凉贵族们怎么样了?野利将军,听到过他的消息吗?"绕狐说:"很多贵族,也和我们一起干活,挨打。乱葬岗上,也扔着衣袍很讲究的死了的贵族。别的就不知道。"

唉!

秋天,柳忘忧整整一周岁的时候,酒泉陷落。酒泉城中,找不到一粒粮食,能吃的东西已被全部吃光,两三万户人家活活饿死,酒泉终于被攻破。

我们的沮渠蒙逊大王喜欢断水,拓跋焘喜欢断粮,大王们各有各的招数,不尽雷同啊。可是,沮渠蒙逊大王会接受人家的投降,不喜欢屠城的。

酒泉王沮渠无讳,趁乱出逃。他换了平民衣服,在混乱的人群里拼命西逃。奚眷四处抓他,居然没有抓住。

如果不出意外,酒泉王应该是一路向西,过流沙,抵达他弟弟沮渠安周驻扎的鄯善城了。

有两条路,如果酒泉王选择伊吾路,比较难走,但隐蔽,北魏军恐怕追不上,毕竟,他们是中原人,对西域的路途不熟悉。

另一条路,是沿孔雀河西行,到达焉耆,再转东进入吐鲁番盆地。这条路是西域商人进中原的路,虽绕一些,但好走。

酒泉王选择这条路是最妥的。

听说北魏军穷追不舍,已经追过去了,不知道结果会怎样。

不过,有一部分拓跋人已经返回,正在向北凉进发。这才是令我们惊慌的事情。

三哥哥问爹:"怎么办?逃还是不逃?"

爹说:"占占卦吧,看苍天的意思。"

爹老了。他的胡子哆嗦着,脸上的老皮堆积起来,眼珠子也浑浊的,看人也得仔细瞅瞅。

三哥哥占卦三次,结果都一样,是留下,不用逃。

可是,爹还是不踏实。

我们连夜逃进沙漠了。

孩子们倒是很高兴,又到沙窝窝里来野了。柳忘忧也高兴得很,小手指来指去,还牙牙学语,会说简单的话了。她学会的第一句话不是"妈妈",而是"娃娃吃吃!"

这个肚子里饿怕了的孩子。

后来,她学会的一个完整的句子,是骂人的话:你这个拓跋!

孩子们经常相互骂仗,她牢牢记下了。拓跋就是坏人。

骆驼们野了一年,都吃得肥肥的,卧在沙湾里,让我们梳毛。柳忘忧天天在沙子里学步,摔倒又爬起来,很顽强,几天就学会溜达了。会溜达的她简直太高兴了,娘真的攥不上。

沙漠之外,烽烟四起。我们在沙窝窝里,倒也安然自在,还在仔细过日子。慢慢等着吧,也许,这个冬天,就要在沙窝窝里度过了。

骆驼客们夜里悄悄去驮粮食、驮干菜。赵爷天天蹲在城墙上瞭望远方。爹不让他再去北凉城,太乱了。

小孩们在附近拾骆驼粪蛋和柴火。男人们偶尔逮住几只兔子,大锅里煮了,没几块肉,大伙儿舀汤喝。爹说,老的骆驼宰一峰吧,

远去的匈奴

孩子们馋肉。可是，谁都不同意。

爹偶尔也去采药。我闲来无事，细究医案。

柳忘忧拿着树枝，扎在沙滩上，嘻嘻笑着，几个小孩陪她玩。她长得越来越像野利了，走路像，笑起来像，睡着的姿势都像，抠鼻子都像。真是让我惊讶。

有时候，我也陪着爹去四周挖些草药。有点小毛病，伤风拉肚子，配几味熬一熬，喝喝就好了。

地窨前面的菜畦里，乞干若芸在春天种了一畦莱菔，正在结荚，收莱菔子在白露时节，也快了。莱菔子治疗积食很好，只用一小撮，研碎冲服即可。

矮墙边，有几丛荆芥，绿色里带点蓝，还带点灰。枝叶上都是泥点子，是雨水泡软了矮墙上的土，簌簌掉在它们的头上了。这味药治风寒最好了，尤其是咽喉疼痛。

明亮的阳光下，骆驼们吃饱了，在漫步。它们嘴角耷拉着几茎草，想嚼不想嚼的，丰衣足食的那种满足。

爹的地窨门楣上，挂着几束茵陈蒿，不知道是谁采来挂上去的。这味药在三四月间就采了，都说三月茵陈、六月蒿。到了六月，药效就差了。茵陈蒿主要是清热、利湿、退黄，治疗黄疸、发热，效果很好。

茵陈蒿熬了水，给小孩洗澡。尤其是婴儿，一定要有一撮茵陈蒿来熬水。

还有艾条，每个地窨里都有，从山庄里拿来的，插于门楣。避邪，防百虫。

艾草阴干，潮点水，拧成艾草卷儿。睡前地窨里点燃艾卷儿，淡淡的香味儿驱走阴霉的味道，令人神清气爽。腹内胀气，就用点燃的艾叶卷儿热灸，效果也好。

像葶苈子、蒺藜、藜芦、锁阳这些药材，现在是深秋，到了最好的采集时间。

这些草药的茎叶都灰楚楚的，细瘦干巴，不起眼，开个花也不鲜艳，很黯淡的样子。爹指给孩子们，都采集回来。天下再乱，人总是要吃饭喝药的。

药草植物以最低的姿态，长得朴实，便于保护根和籽实。无论如何，它们一定要活着，不能半途夭折，要活到秋天，让根长足，让籽实饱满才行。一株草，从春季活到秋季是王道，不要半途遭到摧残才好。不招摇，低调，是它们的活人之道。没有足够的锋芒来抗衡，就选择收敛。含蓄，可以保护好自己。

繁华褪尽

一天夜里，赵爷逃奔回来了。拓跋兵四野里搜寻匈奴人，发现我们的骆驼山庄了。

晌午偏了，赵爷在城墙上晒太阳，突然看见很远的地方，一些黑影子移动。他老眼昏花，看不清是什么，但是直觉告诉他，是拓跋氏的兵士。他已经很老了，不在乎生死，况且他也不是匈奴人。可是，他想体面地死去，生老病死，人之常情。所以，他溜下城墙，一路朝着东北方向逃去。

其实，我们在山庄的东南面。他怕拓跋兵追来暴露老巢，就

远去的匈奴

朝相反的方向奔逃。

后来,苍天帮忙,刮起了大风,很大的老黄风,刮得他睁不开眼睛。他跑了几里路,爬在一个沙湾湾里避风。

直到天黑透了,风停下,他才摸黑到山庄里来。

我们很难过,也许,我们的骆驼山庄要遭殃了。

爹说:"没什么的。山庄里,都是些地窖,一钱不值。值钱的东西,都带来了。你们看,衣裳都穿在身上,锅碗都背着,被褥也背着。粮食,都藏在城墙下的洞子里。药材,他们又不抢。我们什么也没有留下,担心什么呢。"

爹又说:"顶多,他们觉得只是个骆驼客偶然歇脚的地方,不会怀疑是个宅院。我一辈子就不主张置办家产,这样好,人走家走,不留祸患。唯一值钱的就是那眼井水,他们又背不走的。"

爹这么一说,我们都松一口气,仔细想想,真是的。

赵爷满脸沙土,耳朵里也掏出沙土来,嘴里衔着半嘴沙子。他像是从土里扒出来的佛像,灰扑扑的,只有眼珠子在骨碌碌转动。

他喝了几碗茶。我们把枸杞叶子摘下来自己做的茶叶,加了一点老茶,很好喝。

赵爷正喝得滋润的时候,柳忘忧来了。这个厉害丫头抢夺赵爷手里的碗,自己喝得不亦乐乎,茶水顺着下巴子流到胸前,湿了一大片。她还去抓挠赵爷的胡子,骑在他的脖子里不下来。

赵爷张着没牙的嘴笑着咔咔上不来气,他说:"这个鬼丫头,谁说不像阿禅?匪气得,连抢东西、拔胡子都是一脉相传的,不走样。折腾人的路数都是一样的,不打个盹儿,一声不吭只管干坏事……"

他还没有唠叨完,他的肩头就湿了一大片。柳忘忧给他留下记号,自己就爬下来,又吭哧吭哧爬到爹的肩头去了。

这丫头的确是这样,一天到晚不出声音地折腾着,不怯人,谁都让抱。见人就伸出双臂,简短地说"抱抱!"赖在别人在怀里,手不闲着,哪儿都动,揪衣领,拔头发,咬耳朵,吐口水,什么坏事都会。

娘常常惊叫着说:"柳忘忧不像阿禅生的?我们高兴得太早了。阿禅的毛病一样不落,有过之而无不及啊!他爹是北凉大将军啊,生出来这么一个匪气的泼皮丫头,难以相信。"

她的话往往还没有说完,就被柳忘忧咬了耳朵。她知道奶奶奚落她。虽然不多说话,但心眼不少。

不过,有人一旦说到她爹,她的眼神就四下里游离寻找,这个太令她郁闷了。别的小孩们都喊爹,她也想喊,可是,没有人让她喊。后来,她自作主张,把绕狐喊作"绕爹爹"!

这个奇怪的叫法,我们都惊诧不已。

有两个骆驼客,是亲戚,相互之间称为"姑舅"。柳忘忧看见他们,喊着"舅姑"。这个倒装的称呼,只有胡人这么叫。大家都被她逗得直乐。

白天,大家热热闹闹也就过去了。夜里一直想着我的人,想得心里疼,骨子里疼。

最坚硬的,是季节,千年不变。最柔软的,是内心的一团火苗,就算见不到,想着也是温热的,暖着余生。也许,我就靠着回忆来度过余生。

远去的匈奴

寒　冬

　　沙漠里的日子，一天一天就这么数着过。有家不能回，天已经冷了，第一场清霜也落下来了。我们都穿上了最厚的棉袍子。哥哥们隔几天，去山庄里驮回一些粮食。拓跋兵，还在北凉城里。

　　酒泉王沮渠无讳成功逃走了，拓跋兵大约要一直驻扎在城里吧？

　　有时候，还要驮柴、驮木炭，还要绕路走，怕被人看出踪迹。烧炕的骆驼粪慢慢缺少了，大家都仔细省着烧。

　　可是，天越来越冷，进入三九寒天之后，冻得连路都不能走了。不下雪，干干的冷，贼冷，死冷。

　　哥哥们夜里回去，院子里好像有人翻动的痕迹。说明拓跋兵没有死心，还是来过。回是不敢回去了，可是，这冷的天气，沙漠里没有挡风的墙，简直冷得难以忍受。

　　柳忘忧冻得不敢下炕，一天到晚偎在被窝里，小脸蛋红红的，偶尔咳嗽几声。我的炕是一直煨火的，保证我们娘俩不受冻。爹娘和我们挤在一起，这样节省柴火。别人家里，就冷很多了。晌午，大伙都出窝棚，四野里找寻来柴火煮饭。这是一天里唯一能出门的时候。

　　爹说："今年的老天，疯掉了吗？北凉几十年都没有这么冷了。"

　　可是，天却越发冷了，冻进骨头里。心都要冻得碎了。

　　又一场寒风从大漠深处袭来的时候，爹伤风了。他咳嗽着，脸色发青。我们熬了姜汤，给他针灸，但是，没有好转。他喘着气，呵喽呵喽,很费力地呼吸。

然后,赵爷也病倒了。两个老人病了,我们手忙脚乱。严寒的天气里,地窖里像个冰窖一样。

一天清晨,赵爷去世了。赵爷一直想很体面地活着、离去,总算心愿已了。他喝了一碗热汤,斜斜歪在被子上,闭眼走了,很安详。爹听见外面的哭声,断断续续说不出话来。他的眼神已经涣散,我们悲哀地想,爹也许扛不过去这个寒冬了。

赵爷一走,爹自己觉得也没有能力扛过这一劫了。他咳嗽着,嘱咐了自己的后事,握着我的手,哽咽着说:"把百草堂的梁顶起来,有了百草堂,你的哥哥们才有旗号,才能继续做买卖。等着野利,等他一辈子。好好拉扯我的小忘忧,教她医术,将来撑门立户……"

忘忧看着爷爷问:"爷爷,你要死了吗?"

爹的两行泪就水一样流下来。

可是,这个小娃儿却说:"那么,我也陪你装死一会儿。"

她立刻闭上眼睛,爬到爹枕边,装死一会儿。

爹收起泪,伸出干枯的手指,摸着忘忧的小脑袋。忘忧继续装死,装了一会儿,却睡着了。娘抱走了忘忧,爹的眼神无限留恋地看着她红扑扑的小脸蛋儿。

煎熬了两天,爹走了。

我家的天塌了。这个刚强的老人,一辈子行善的老人,一辈子珍惜光阴的老人,这个宠爱着自己奶干女儿的老人,这个救了无数人性命的老人,咽下了最后一口气。他去了佛国。他是善人,应该是去佛国的。

远去的匈奴

沙窝窝里哭声一片,不敢高声地哭,大家都压抑着,低低地呜咽着。

北凉城名医柳老先生,就这样被一场寒流带走了。兵荒马乱年间,我们没有办法给他隆重地发丧,只能简约悲愤地安葬了我们的父亲。

爹的名字叫柳玄度,他活了一辈子,最后把这三个字留在神位上,抽身走了。

爹和赵爷的棺木都是早几年就预备好的,从山庄的地窖里抬来了。

爹走了,娘全部的心血就转移到柳忘忧身上了。她一刻也不离开柳忘忧,眼珠子一动不动盯着小孩看。她说:"就算野利来了,这娃我也不给他,我一直养着。"

"好吧,就一直你养着。"我对她说。

娘睡不着,忘忧也没瞌睡,祖孙俩坐在很小的窗前,烤火、看月亮、发呆。娘不许柳忘忧指月亮,说指了月亮,手指要害龌指。小丫头偷偷指一指,然后低头看指头,好好的。又要去指,娘就呵斥一声。她立刻哭着找我,说不喜欢奶奶。

娘哀叹说:"我对她多好,都留不住心。"

忘忧把脑袋藏在我怀里,假装生气,呼哧呼哧的,就因为奶奶呵斥了她一下。她就这样假装了一会儿,安然入睡了,小脸蛋儿紧紧贴着我,小手紧紧攥着我的头发。她的狼头小鞋,沾满了沙土。

娘看着我们,目光很满足,暂时的忧伤也不见了。

后来,好几位老人也被寒冷带走了。我们几乎没有了眼泪,只有麻木地活着。

瘟 疫

阴气森森的冬天，终于熬过去了。

我们用草药熏地窖，喝姜汤，总算，再没有伤亡。孩子们冻伤了手脚，但无大碍。

到了正月初七，打春了。

一开春，寒风就撤走了，太阳慢慢热起来，我们取开地窖的草帘，晒着太阳，日子总算好过一点了。

哥哥们悄悄潜回南山，看能不能再偷种庄稼。上百口子人吃饭，我家的存粮虽然有，但不能坐吃山空。银子珠宝挺多，但北凉地面银子已经买不到任何东西。

太阳一天比一天热，热得邪乎。到了二月二龙抬头的时候，我们都脱掉了棉衣，穿了夹衣。草芽子刚探头，地面已经消透了，冒着水气。大风又来，在燥热的天气胡乱刮一气，走了。

往往是白天暴晒，夜里大风，呼啸着，让人惊骇。

窝棚前的菜地里，种了早菜，比往年要迟一月呢。

暴冷之后，是暴热。又几天，我们穿了单衣，简直热得无法忍受。有的小孩没有单衣，就拆开棉衣，把里面的驼毛抽走，缝好当作夹衣穿。可是，只是早晚穿一会儿，一到中午，他们都光着身子喝粥，满脸汗水。

胆子大一些的几个女人，夜里结伴偷偷回去，在菜地里撒上

远去的匈奴

种子,有萝卜、有白菜,人总是要吃饭的。

这天,大哥哥回来了,带来的消息让我们大吃一惊。

城里瘟疫流行,城外的乱葬岗上的尸体腐败,死尸的味道弥漫在北凉城。田野里,也是白骨累累,疫气蒸腾着,慢慢逼近每个人,路边倒着、饿着、又着了瘟疫的人,就都死了。

拓跋大军日夜撤退,几天几夜,撤退得干干净净,除了城门楼上,城里几乎见不到士兵了。北凉成了一座空寂的城,被丢弃了。

我们立刻打点行装,回到我们的山庄里去。这个沙窝窝里,留下几位老人守着,永远守着,再也不挪窝了。他们会在风清月朗的夜里聊天,守护着我们的家园,保护着家人平安。

山庄里明显被翻过几次,但是拓跋军什么都没找到。粮食藏在城墙底下的窟窿里,就算我们自己都不好找,何况他们。大家收拾窝铺、烧水、煮饭,哥哥在井水里投进去避瘟疫的草药,每个地窖里都早晚拿艾条、茵陈、苍术熏。

柳忘忧一看回来,高兴得手舞足蹈,偶尔喊爷爷。她一喊,全家都跟着掉眼泪。

哥哥回来的时候,顺便去看了百草堂,我们的损失并不多,房子和药材好好的,藏在夹墙里的粮食也好好的。爹善于藏东西。

吃晚饭的时候,哥哥给我仔细叙述城里的疫情。说得我几乎吃不下去饭。我说:"哥哥,我们什么都不做,就这样眼睁睁看着剩下的人慢慢死掉吗?"

哥哥说:"你的意思是回到百草堂赊药救人?"

"是的,我们这么多的草药闲闲放着,而城里的人无药可吃,等着死。拓跋大军已经走了,我们可以回去了。"

"阿禅,你毕竟是女人,恐怕不行,这个担子可不轻。"

"不试试,怎么知道不行啊?"

"你是不是还想竖杏林旗?"

"是的!"

"阿禅,爹说得对,你有野心,是女人里的一条好汉。"

"哥哥,北凉城的人都死了,我们柳家一家子活着,有意思吗?"

"可是,竖杏林旗,是一件大事,天知道的事。要赊药,到天下太平的时候,才能收来本钱。说不定要亏大本。你想过吗?"

"想过,哥哥。我家的药不赊出去,怕迟早要腐烂在地窖里。"

"粥呢?还得舍粥。这是药王爷立下的规矩,不动,就放着。一动,就得遵循。"

"可是,我们家夹墙里还有粮食。赊药是重头,舍粥可以稀薄一些,一天两锅,足够一月的。"

"阿禅,你胆子太大,想把爹挣下的一点儿家产踢光吗?"

"可是,哥哥,你不要这样想。杏林旗一旦竖起来,是救了成千上万人的命。天下太平的时候,你就是挑一担石头在北凉街上卖,都会卖光,只要你打百草堂的名号。"

"阿禅,只怕等不到天下太平,我们都饿死了。那些粮食是救命的。三个哥哥都有妻小,不敢如此大胆。"

"百草堂是爹交给我的。"

"好吧。阿禅,我知道你心里疼的是什么。我们兵分三路。老三留下照看山庄,老二带人在南山里种地,你在北凉打理百草

远去的匈奴

堂。我悄悄带几个人去西秦城,看能不能找到你的北凉大将军。以前,心疼你没有名分。现在,可怜你孤单伶仃的。"

"多谢哥哥,你走的时候,把那些金银珠宝带上,看能不能用上。"

他点点头。

我和哥哥们终于协商一致了。或者说是哥哥们妥协了。我想做的事情,他们只能妥协。

杏　林

关于杏林旗,是我们医家祖师爷遗留下的规矩。

医家救人为主,注重品德修养。当然,江湖骗子除外。我们治病救人自然也是收取酬劳的,但祖师爷说,不是收钱,是施行恩惠。

富人的诊费要收得很贵,穷人如果吃了药,给一点儿本钱就行。如果没有吃药,比如针灸、刮痧、拔火罐一类的,可以不收钱。这个叫医德。

药王爷允许医家积攒钱财。到了饥荒年景,这积攒的银子就要拿出来一部分,舍粥,救济穷人;瘟疫爆发,就赊药。这样,就减耗财富,多余的补给穷人,这是天道。

有医德,品行高洁,口碑极好,医术精湛的医者,朝中可以给予官职,叫大夫。所以,医家是区别于别的手艺人的。

药家祖师爷定下规矩,粥叫舍,就是白吃。药叫赊,不能白用，迟早要付一点钱，这样，可以为后来的穷人施恩。民间认为，白吃了药，没有用，必须付钱。

各行有各行的规矩。这些规矩，没有律令，但是每个人都严谨执行，头上有神明在盯着。哪种规矩都不可违反，道德良心在约束着。行行都要遵守规矩，如果不合规矩，必会遭到老天的谴责，因为你违背了道德和良心。

比如，屠户宰猪，必须一刀子就要杀死猪，不能让它受折磨。连续杀三刀猪还不死，这个屠户，就一边歇着去。谁家要宰猪，就必须要把猪的项圈和尾巴送给屠户，如果小气，必会遭到人们的耻笑，第二年的小猪捉一个死一个。

这就是规矩。

我们的杏林旗也是一样。竖起来就必须遵照规矩，你不能追着讨债，全凭人家自己还药钱。还钱也是随心，不能较劲儿。

说起杏林旗，还得说药王爷。一开始，不叫杏林旗，叫千家印。

千家印是祖师爷留下的。他赊药，有一匹布，挂在墙上。穷人吃了药，没有钱，就先欠着，欠着也是有规矩的，空口无凭，立字为据。穷人嘛，不识字，就在这匹布上捺指头印儿。等有了钱，还清，就要勾去自家的指头印儿。

瘟疫爆发的时候，成千上万的人吃药，就密密麻麻指头印儿捺满布匹。过了这个坎儿，日子好一点儿，就来还药钱，勾去自己的手印儿，不然，死了阎王爷要追着讨药债。别的债可以赖，唯有这个不能赖。可是，指头印儿太多，不知道哪个是自己的，就从祖师爷那儿赎走一枚指纹。

病人在一枚木简上也行、牛骨上也行，重新捺上自己的指印，

远去的匈奴

祖师爷在上面画个钩儿，写上"清账"二字。病人出门的时候，回头说："我的药账清了！"祖师爷说："清账！"然后就不回头走了。这是说给鬼神听的。意为我的药钱清掉了。

那面捺满指纹的布匹，就挂在祖师爷的门口。兵家看见了，不犯。贼看见了，不偷。匪打劫，不抢。狼来，封口。因为谁也不能保证，这些救过命的指纹里，有没有自家爹娘的、亲人的。狼是很有才的，它懂得天地的敬畏，所以要封口。

这个就叫千家印。

医家治病，本来就是依据取类比象的意念，跟着阴阳二气的变数，以感应为本体的。说到底，是心气意念所致。所以这个规矩的遵循就尤为重要。

叫杏林旗，就得说到药王爷这儿。

药王爷，是几百年的一代名医。医术惊为天人，简直是老天打发他来医治民间疾苦的。他虽然是神医，却是隐士。他清静淡泊，是少见的高人雅士。

药王爷不喜欢尘世的凡俗，一直隐居在深山里。

乡民生病了，进山寻他瞧病。他不和银钱打交道，所以不收酬金。可是，药家祖师爷留下过遗训，所有吃药的人，必须要付出钱的，不然吃药是不灵的。

医家的东西，是心灵山上的感应，所以，吃药的人都深信不疑，不付出酬劳，药吃了白吃，不应。

药王爷不肯收钱，就说："你们在我门前随便栽几棵树，算是抵了药钱。"

因为他喜欢杏树，病人家就在山坡上栽了杏树。可是，病人家不知道栽种几棵树就能抵顶了药钱，就去问他。

药王爷喜欢小憩，不让人打扰，伸着懒腰，没有说话。他的意思大约是随意吧。可是，人家心里不踏实，随意是多少呢？

于是众人就自己看着栽吧。轻一点的病，三棵五棵，重病的，十棵八棵。慢慢地，看病的人很多，四乡八邻都找来，整座山都变成杏林了。

若干年之后，杏子成熟，药王爷也不去理睬。他说："既然病不白看，药不白吃，那么，杏子就随便去吃吧。"

可是，这是药王爷的杏子，怎么能白吃呢。有一种传言说，吃了这个杏子，百病不生。于是，人们就来摘走一筐杏子，留下一筐粮食。粮食积攒多了，药王爷就散布给穷人，饥荒年间在四处设立舍粥棚。药王爷说："舍粥自古就是白吃的，这个真的不用还。"

有一年，大旱，庄稼无收成，瘟疫又起，药王爷一边舍粥，一边赊药，杏林里的杏子可以随便吃，救下灾民几千人。

后来，药王爷羽化成仙而去，百姓们感念他，就把捺满指头印的布匹悬挂在杏林里，设坛祭祀这位仁慈高尚的道医。这匹布就成了杏林旗。

杏林中人，也成了我们医家的自称，多少有些清高的意味在里面。其中也包含着道德的东西，真诚善良，讲信用，守规矩，减富济贫，这就是医德。凡医药者必须敬重杏林精神。这是一种美德的延续。爹收弟子，必须要教会他们遵守医德，然后才传授医术。

远去的匈奴

杏 林 旗

我们收拾东西,准备进城。娘把一匹白布,用姜黄水煮过,晾在院子里。这是一种干净的黄色,温暖明媚,还有一股淡淡的清香味儿。

柳忘忧不知道我要离开她很久,还以为我出去一会儿就回来。她高兴地蹬着小脚,在娘的怀里和我挥手道别。她的小手挥动的时候,有种淡淡的坚毅,总算像个北凉将军的女儿了。

我骑在骆驼上频频回头,娘和女儿的影子在蓝天下越来越小。背景是苍茫的大漠,颓废的城堡,一簇细小的人影。终于,那一簇人影模糊了,我失声痛哭。

绕狐牵着骆驼,看我哭得一塌糊涂,默不作声地走着。半晌,我还在哭,他很恼怒:"阿禅,你就喜欢胡折腾人。放着好好的日子不过,跑到北凉城里来,瘟疫可认不得你阿禅……"

我突然就后悔了。绕狐说得对,我一个女人,应该安稳过日子,竖什么杏林旗。瘟疫大爆发,说不定丢了小命。

可是,北凉城依旧遥遥在望,退回去吗?犹豫了半天,已经到东城门了。好吧,进去,既然来了,就豁出去,阿禅也算一条好汉。

我喊了一声,驼队停下来,做准备。我们的胸前都挂着一个装满药面的嗅囊,然后,把湿布裹着药粉的袋子捂在口鼻上,进城。

我的北凉城,几年不见,已经一片空寂。街上不见人,也不见有拓跋兵。偶尔有倒毙在街头的死人,无人掩埋,就那么晒在闷热的太阳下，慢慢腐败。

街上的店铺通通挡着门板，房屋倒是依旧，很少有烧毁坍塌的。只是，空气里弥漫着死寂，一种让人窒息的绝望。没有人间的烟火之气。

静啊，只有我们一行人的脚步声，和骆驼的喘息声。骆驼不习惯它们脖子底下的药袋里的味道，不断打着喷嚏。

眼泪突然又下来了。昔日的北凉城，熙熙攘攘，多么繁华热闹。这个养育我长大的城，我深爱着的家园，如今破败在风尘里。

骆驼巷的百草堂到了，幸好，百草堂没有多大的损失，门窗完好，大门紧闭，落满灰尘，看上去有些沧桑。

绕狐推开院子门，沉重的门板就吱呀响了两声，声音滞涩，在空气里缓慢传递。

卸下骆驼担子，我在井水里投进去几包避瘟疫的草药。师兄们抱来麦草，在院子里煨起火。几堆大火燃过，再点几堆，火苗扑起来的时候，把泼了水的草药压在火堆上，浓浓的青烟掺着草药味道蹿上天空。我们依次在火堆上熏燎，彻底熏去一路的气息。然后开始干活。

屋子里基本还是老样子，灶台也依旧。我们家本来不显贵，没有值钱的东西。再说，兵家一般不犯医家，所以还完整着。几百年前，中原有个王，杀了一个名医，是我们药王爷的师兄。后来，他的两个儿子、三个孙子，都得病死了。那是一种头痛顽疾，只有药王爷和他的师兄可以医治。药王爷羽化成仙了，那个师兄被杀。中原大王后悔得拿头碰墙。后来，就遗留下来个规矩，兵家不犯医家。

远去的匈奴

第二天，杏林旗子就挂起来了，淡黄的旗子上四个大字：悬壶济世。

我们在骆驼巷子里煨起十五堆干草火，火堆上依旧压着泼了水的草药。有藿香、板蓝根、艾草、佩兰、金银花、茵陈、菊花、夏枯草、柏树枝、松香、苍术、金沙藤、干姜……

避瘟疫药的方剂是祖师爷遗留下来的，有扶正祛邪、芳香辟秽之效。我们柳家又加了几味药，因为光阴是不断变换的，瘟疫病症也跟着变化。

东巷子口，支了一口大锅，煮着一锅药粥。药粥里加了岗梅、桑叶和甘草。西巷子口，也支大锅，煮了一大锅药，水汽沸腾。铁锅一般忌熬药，可是，眼下顾不上了。

百草堂门口，是芦苇叶子包好的药包，码起来，在几个大箩篮里。

十五桩辟恶杀毒的青烟在骆驼巷上空冒起来，药味儿飘散在空气里。一下子，死寂的城里突然有了人的声音，像从土里钻出来，簌簌抖去灰尘，慢慢朝着骆驼巷蠕动而来。

柳家舍粥赊药了！这是一个活命的消息，连走不动路的人都爬着跪着赶来了。北凉城的缝隙里，藏着活着的人。

绕狐施粥，三师兄指挥着喝过几口粥的饥民，从大火堆上熏过来，避去秽气。他们一边往前走，一边一堆一堆地从火堆上熏、燎，然后抵达百草堂门口。在杏林旗上捺了手印儿，拿走一包药，一直熏着走到巷子西口。大锅旁边的木桶里是满满的药汁，几个师兄舀着，每人喝一碗，然后散开，不让人群聚集。

人们慢慢传递着消息，来人比我们预计的要多出来很多。粥不多，但药汁是管够的。被饥寒病痛折磨的百姓，没有争抢，躬身默默在杏林旗上捺了手印儿，含泪说："柳先生，善人啊！"

他们说的柳先生，是爹，不是我。

我穿着素服，黑袍，披着黑纱，服孝。爹去世才几个月。药堂里供着爹的神位，燃着几炷香。

百草堂门口挂着牌子：阿禅坐堂行医。意思是柳先生已经去世了，今后阿禅坐堂。

的确，我在百草堂端坐，一动不动。爹的胡床上的我坐得笔直，外门的人隔着帘子看见我朦胧的脸。我面前，一个很大的砂罐里熬着草药，药气熏蒸着我的脸，水雾弥漫。另一个火盆里，是湿了的草药冒起来的青烟，环绕着我。我坐在青烟水雾里，这就是坐堂的开端。

以前，我只在后堂，爹坐前堂。现在，我坐堂了，要有医家的威严。这个威严不是给病人看的。民间说，瘟疫流行的时候，疫鬼从地府里跑出来，嘴里吐疫气，瘟疫四起，灯摇绿气，见人就喷，一路狂欢。一座城里，没有药堂先生，疫鬼就很张狂了。

疫鬼如果看见医者，立刻躲避。医者越有气势，疫鬼就越害怕。所以，开张这天，我端坐在前堂，是镇压疫鬼的，不能随意走动。

药王爷的杏林旗下，焚了三道黄符，也是镇压疫鬼的。指头印的旗子，几千枚指头，戳死疫鬼。

总之，这是正邪的较量。世间邪不压正，要把疫鬼逼到地府里去，恢复人间清风月朗。

晌午过后，人群疏落了。他们又在火堆上苫了湿草药。我们在瘟疫的包围里，首先得把自己保护好。院子里的火堆也冒着大

远去的匈奴

烟,骆驼巷子里烟雾滚滚,像在仙境。

太阳偏西的时候,人们都散去了,零落的几个人。药渣倒在柳条筐子里,有人来,就抓走几把,嚼着吃,带给家里走不动路的人吃。天底下最可怜的,就是城破人散的百姓了。

三师兄盘点了一下,今天散出去五箩篮药,相当于骆驼的五驮子。熬了五锅,煨火最多,有十来挑子。我问,仓库里能支撑几天?他说,应该可以有一月的量。幸好,拓跋兵没有抢。

这个担子,我挑起来了。虽然重,但尚可承担。

镇南将军奚眷

累了一天,绕狐已经蔫掉了。他说:"我的手腕要断掉了。"我安慰他:"绕狐啊,等瘟疫过去了,你天天挑凉水在街上卖,都有人买。救过命的人,大家不会忘记的。"他说:"真的吗,真的吗?"高兴得嘴直接咧到耳根上去了。

乞干若芸抿嘴笑着,端来煮好的粥。

我们在院子里喝粥的时候,庄门口传来马蹄声。然后,进来几个拓跋兵,辫发披肩,头戴黑帻,都是鲜卑人。鲜卑人的颧骨格外高,眼珠子有点黄,头发也有点黄。不像我们汉人,乌溜溜的黑眼珠。早先北凉城里的鲜卑人也多了去了,谁也不曾留意,直到拓跋焘攻打北凉。

不过,拓跋焘攻下北凉城,对城里的鲜卑人并没有好感,还是该抢的抢,该掳的掳,一点儿不手软。他们不认宗。

师兄们都害怕起来，我倒是镇定着，一点儿也不害怕。经历了几场生死，我倒是历练出一点胆量来了，这大约是潜伏在我性子里的野气。

有个高大的家伙问："哪个是阿禅？"

我说："是我。看病吗？"

这就叫先下手为强，堵住他的嘴。我是医家，自然是看病的。

"哦，是你呀，是个女人。我们兵营里有病人，你去看看。"

"可是，我正在服孝。我们汉人，在服孝期间不去别人家，怕给别人家带去不吉利，这个有忌讳。"

拓跋人踌躇了一下，显然没有料到。虽然他们霸占了北凉，但是入乡随俗，也得服从我们的乡俗。

"这么说，你是不愿意给我们看病了？"他问。

"不是。我们医家，眼睛里只有病人和不生病的人，没有兵家和百姓的分别。你们的人生病了，就是病人，应该看病。你给我说说症状吧。"

这个魁梧的鲜卑人被我的气势镇住了，气焰塌下去一半。

他说："喏，是这样，发热、面肿，呕吐……"

这个长条子鲜卑人太啰嗦了，我打断他的话："不用我去看了。这个就叫疠气，也叫伤寒、温病、时行。是天地之间的一种不洁秽气凝聚而至的。治疗的依据是散疠气，补元气，降湿热。戾气是通过口鼻侵犯体内的。邪从口鼻而入，疫气游走于脏腑之间，有天受，有传染，所以其他人也必须服药预防。"

黄头发、黄胡子的鲜卑人的气焰全无，谦卑地问："为啥有的人染病，有的人尚好？"

远去的匈奴

我文绉绉地回答:"同样的人感受到疠气之后,是否致病则取决于疠气的量、毒力与人体的抵抗力。这是正邪的较量,体内正气足的人,压住病邪。气虚的人,被病邪所压。不过,我要告诉你的是,如果不及时救治,所有的人都会染病死去。天要生气,谁能阻止。"

"那怎么办?"

"服药医治,善待逝者。他们抛尸荒野,正是疠气的来源之地。"

拓跋人看我的目光里,尽管还有傲慢,但我确定是强装出来的。

喊,我阿禅没有两下子,敢挑杏林旗嘛!

三师兄把配好的药搁在柳筐里。金樱根、薄荷、黄芩、板蓝根、栀子、水牛角、木蝴蝶、苍术、甘草……又把另一筐预防的药也抬过来。两个士兵就像抬着他们的先人一样,虔诚地把药驮在马背上。他们还很年轻,不想死。看我的目光像看着菩萨一样,就差下跪叩首了。

长条子的鲜卑人问我:"那么,你的杏林旗是赊药,我们的酬金……"

他可不打算付钱,他们抢习惯了。

我说:"是的,是赊药。你出门的时候,在杏林旗上捺个指头印。明年秋天,来赎走你的指头印儿。来赎的时候,酬金随心,一把粮食不嫌少,一斗粮食不嫌多,不收银钱。记住了?"

他点点头,去杏林旗上捺指头印。回头又问:"这些药吃完了,还可以来取吗?"

我指指敞开的一间屋子说:"这个当然。这些药都是要赊出去的,吃完为止。不过,你回来取药的时候,筐子里放点儿粮食,倒进巷子口的舍粥锅里。不要让筐空着。空着,就是没有。没有,就不吉利。你的粮食也是舍,被人吃了,你们的病好得快。医家,就是讲究这个,叫意念祛病。"

几个鲜卑人很不理解地走了。汉人的讲究真是多。虽然他们在我们中原汉地称霸。

如果我不告诉他们要礼尚往来,他们怎么能理解呢。

现在,只有他们有粮食,抠一点儿算一点儿得了。一把粮食都可以救回一条命。我就不相信,他们几个大男人,在筐子里装几把粮食来换药,怎么也得半筐吧。

女人就这点小算盘。

拓跋兵走了后,绕狐就很生气。他说:"为什么不收他们的钱?还要欠着?"

我低头喝剩下的半碗粥。

三师兄说:"你这个傻瓜。现在收了他们的钱,等瘟疫一过,他们随便找个借口,就把我们收拾了。"绕狐还是不服气,胸膛一起一伏的,脸也红起来,使气喝了三碗粥。

我劝他:"你逞一时之气,怕惹来灾祸。我知道你恨他们毁了北凉。可是,生气有什么用?咱们医家,看着病人不救,是没有医德,是受良心谴责的。就算是仇人,如果他病得快要死了,也要先救活他,然后再报仇。医家有医家的道德准则。"

绕狐嚷嚷说:"你道理真多。这个那个的,医德是什么东西?能吃吗?"

远去的匈奴

"绕狐,医德,是一种美好的道德操守,是精神上的东西,看不见,但一直环绕在我们的心灵之上。懂吗?"

"不懂!"

"不懂算了,喝你的粥。传说有个名医,跌打损伤一剂膏药就贴好。他年年为战场上伤残的兵卒治病,治好旧伤、治新伤。别人说,你看,你治好了他们的伤,他们又要去打仗。打仗负伤,你又要治,这样的日子,是不是也很没意思啊?他说,有意思,因为我就是给人治病的。"

身份不明的病人

第二天黎明,有人拍门。绕狐已经在碾子上磨粮食。他把粮食简单磨两遍,磨成碎米粒大小能煮粥了就行。

师兄们整理药材,往箬篮里包药。我们都喝了避瘟疫的药汁,院子里燃起火堆,压上湿的艾叶百草,芳香避秽。一口大锅里,药汁沸腾,水汽弥漫着。有了这些防护,我们才能心安。

我在煎煮的药汁里捞出来几块布,拧干,蒙在脸上,挡住口鼻。我是女人,抵抗力弱,必须好好保护自己。我的柳忘忧,还等着娘回去心疼她。为了这个杏林旗,我连女儿都丢下了,容易吗。

绕狐开门,门口齐刷刷立着七八个又高又大的男人,吓得他浑身哆嗦,失声叫了一声。这些人都是肥裤短衣,系毛带,包头巾。青色的头巾偏低,老鹰一样的目光。

强盗来了吗?

我本能地往后院方向挪步。

可是,有人高声叫了一声:"柳先生在吗?请你诊病!"

听到这句,我立刻镇定了,腿子不哆嗦了。

三师兄说:"在呢!病人抬进来。"

他一把将我按着坐下,眼睛示意我端起了架子,抖起威风来。其实我的腿肚子还在簌簌抖动。

七八个壮汉,抬着一个简单的胡床涌了进来,把病人放在院子里。

他们都是鲜卑人。可是,有一个汉人,是一个黑脸的大汉。他提高嗓门说:"柳先生是哪位?我们的掌柜的病得厉害了,请赶紧诊治,我们不缺钱。"他的口气严厉,含着一种铁质的东西,硬邦邦的。

我说:"我就是。瘟疫四起,我们诊病不收钱。"

我穿着男人的衣裳,脸上蒙着药水浸透的布巾,胸前挂着药粉嗅囊,走近病人。

黑脸大汉说:"难道,柳先生就给我家掌柜的在院子里诊病?"他简直有些怒气冲冲。

我说:"院子里好,大气流畅,百草熏蒸。屋子里气场不畅,反而戾气重。"

他们不再反驳,安静下来。我略略打量了一下,这伙人,有一股暗暗的冰冷的气势,冷酷无情,暗含杀气。是有来头的,来头不小。但是什么人,还不清楚。

这伙身份不明的人,清一色穿着玄色布袍、青布头披、长靴子,腰里束了革带,挂着短刀,靴子里佩短剑。

远去的匈奴

病人身上蒙着麻布被单,脸上也蒙着,像死了一样。我揭去他脸上的被单,大吃一惊。一张乌黑青紫的脸,肿得已经变形了,看不出本来面目。他昏昏沉沉,若不是偶尔吐一口气,死的活的都看不出来。

我问他:"你感觉怎么样?"

他神志倒是清楚的,嗓子里呼哧呼哧挣扎几下,说不出来。

黑脸汉人赶紧说:"我家掌柜的,高烧,呕吐,浑身疼,咽喉肿痛,水米不进……"

三师兄拿来两块药汁浸透的布巾,拧干,一块蒙在病人的口鼻上,一块苫在病人手腕上。

我一伸手切脉,七八双目光齐刷刷落在我的手上。这是一双女人的手,小七白皙,十指纤纤。

我能听见他们加粗的呼吸声。

病人是虚脉,需要使劲重按才能捕捉到。脉虚无力,不能鼓动血行。细如线,脉来缓慢,不能接续,出现脉来息止。

黑脸汉人问:"怎么样?柳先生?"他紧张万分,显然猜到情况很糟。

我说:"病人伤寒是肯定的,已经染了疫病。不过,很反常,虚脉,但脉象收缩而拘急,脉道紧张。这说明他气机不畅,应该受过外伤,旧伤复发,毒气弥漫腠理。现在,几种病因一起凑集,阴气已经霸占皮腠,病人被阴气攻占。脉来息止,已经命悬一线。"

七八条大汉惊骇地齐声"啊"了一声。我知道,这个病人非同寻常。

黑脸大汉说:"柳先生乃北凉第一神针,请全力救治我家掌柜的。我们定会重金酬谢。"他的话虽然说得客气绵软,但仍然透着冷峻刻板。尤其是那种冰冷的目光,放射着寒凉和无情的东西。

那个病人微微动了一下,看着我,眼睛里渗透绝望,或者是挣扎着一丝求生的欲望。每个人都想活着,这是上天赐予的本能。

我问:"病了几日了?"

大汉答道:"七日。"

我说:"我会竭力救治。"这样重的病,就算我爹在世,也怕是只有六七分的把握。

黑脸大汉立刻给我鞠躬,很虔诚很呆板地说:"有劳柳先生。"

三师兄已经备好东西,问我:"截扎疗吗?"

我点点头。

巷子里已经人声沸沸。我吩咐绕狐:"你们忙你们的,声音轻点,不要惊扰。"

三师兄把病人的五个手指拿棉线缠绕,扎起来。指尖鼓起来的时候,我把烧红晾温的银针刺在病人指头点刺放血。放完,外涂抹猪胆汁。血蘸在棉花上,我拿给大汉们看,血不是红的,是乌黑的水汁。

我说:"这样点刺放血,可使毒势大退,阴气疏泄。"

几条彪形大汉被我镇住了,头点得羊角风一样。

然后,我在他额头、面颊扎了银针,吩咐三师兄,在病人脚心和手心用艾条灸,火势强一点,肚脐内贴清凉膏。我去大堂里抓药。

远去的匈奴

那个黑脸的汉人跟进来了。

我抓药,不用戥子。在手心里捏一撮,要三钱就是三钱,丝毫不差。这是小时候练出来的。

黑脸大汉担心地问:"柳先生,这样随意抓,这个剂量……"

我抓一撮白芷放在戥子里说:"这是五钱五分。你称。"

他毫不客气把戥子赶过去,五钱五分,丝毫不差。

我又放进去一撮连翘说:"七钱两分。"

他拿着戥子,惊讶地说:"柳先生,真是神医,分毫不错。"

我暗暗想,不服气?是骡子是马拉出来遛嘛!

药包好,递过去,叮嘱他:"要五枚红枣做药引子,不必多煎,三合掺在一起,一次一碗。服药满肠灌,疗效才好。还有一剂末药,酒服方寸匕。"

一合,就是煎一次的意思。

他说:"掌柜的喝不下水。"

"没事,我已经扎针了,他回去就能咽下去一点儿了。"

这个人小心翼翼,悄声问:"依你看,我家掌柜的这个病?"

我说:"如果病势上逆,我也无回天之力,送来得太迟了。不过,他体内阳气若是借助药力胜起,就可压下邪气,病会回头。"

大汉不满意地说:"不是我们送来得太迟了,而是你来得太迟了。"

我笑了笑说:"一个逃难之人,活着不错了,能来多早呢?"

他很窘,不再埋怨。我一看他的眼睛,他立刻就变得严厉起来,但毕竟温和了几分,有些装模作样的嫌疑。

那条命,交在我手上,他得对我敬重才行。

三师兄已经用药完毕，银针也卸去了。也给他喂了狼舌水。病人张开眼睛，目光好像不是很涣散，有点聚拢的意思了。

我眯着眼睛，看了一眼天色说："明早这个时候，依旧送来。一路上疠气重，拿布巾苫着脸。"

又问那个汉人："打醋坛会吗？"

他说："会。就是在米醋盆子里投进去烧红的石头？"

"是的。这包药面，投进清水里，搅匀，也把烧红的石头投进去，在病人的屋子里轮换熏蒸。病人一定要苫着脸，不要呛着。"

他掏出金子付酬金。我还是那句话："瘟疫流行，不收钱。若有粮食，不拘多少，在巷子口的粥锅里添补一点。救人一命，病人积德，他的病好得快。"

他们每人灌了我家的一大碗药汁，咣唧咣唧灌下去，抹了一下嘴，胡子梢还挂着几滴药汁。他们冷漠地抹着嘴巴上的汁液，抬起病人出门。门口停着马车，车篷用青布包裹了。

送走他们，我和三师兄仔细在药汁里洗手，换了新的布巾蒙在脸上，在冒着青烟的火堆上反复熏。又坐下来，每人一个火炬子，火上搭着药罐子，吸着药气慢慢熏蒸。

三师兄有些恐惧的脸上挂满水珠，侧脸问："师妹，依你看，这伙人什么来头？"

我说："你看出来没有？这伙人的手掌都厚，一层老茧，常常握刀才这样。若不是兵，就是强盗。这两样人，都不能得罪。"

又说："师兄，这个人若是死了，咱们恐怕也活不了。看情况，若是病人有起色，就继续舍粥赊药。若是病人脉象不好，明

远去的匈奴

天后晌,我们混在难民里逃走。你给山庄放鸽子,叫他们准备好,进沙漠。"

"是的,师妹。他们的目光凶霸,像强盗。"

"不,师哥。我觉得应该是拓跋兵。他们的靴子是黄牛皮的,很软,这个是中原的做法。我们北凉的靴子,是牦牛皮的,有形,坚挺。还有车子,为什么用青布包着呢?只有一种可能,就是兵营里的,刻意掩饰。"

"可是,若是拓跋兵,他们大可不必伪装,很磊落地来诊病呀?北凉城是他们的了。"

"师兄,这个人不是随便的兵,你难道没有看出来?应该是比较重要的人,前几个月受过刀伤。如果让我们知道是拓跋兵,我们会不会心有芥蒂,不好好看病?或者万一我们是凉王帐下的人,故意下毒报复?别忘了,我们不是一直留在城里的,是突然之间冒出来的。而他们呢,是杀戮北凉城的仇人。"

三师兄打了个寒战。我也心里暗暗紧张。关乎自家性命,能不紧张吗。

绕狐进庄门来背糜子。一锅粥已经完了,又要熬一锅。他看看桌子上,空空的,就生气地喊:"阿禅,你又没有收钱哩!你当好人,我们苦死了。"

三师兄说:"不要喊阿禅,叫柳先生。说了多少遍也不听。"

我说:"绕狐,明儿,官兵来取药,如果带了谷糜,你抓一把装在衣兜里。别的熬粥。如果这伙子人来,拿了谷糜,也装一把。记住,千万不要混掉了,各自分开。"

"为什么?"

"讲究呗！很重要。"

绕狐咕哝着走了。我进了大堂，坐堂。三师兄去巷子口赊药。我们的脚步都很迟缓，像灌满了铅。

第二天清早，我们依然忙碌的时候，这伙子人拍门。从拍门的声音里，就能听出一种霸道之气。他们穿了夹领短衣，小袖，袖口窄紧，戴了黑色的风帽，几乎压住了眉毛。

我揭开病人脸上的布巾。上苍开眼，他的脸色不是青紫的了，有了一丝苍黄，浮肿塌下去一截子，可以分清眉眼了。他也是黑色风帽，玄色长袍，长袍开衩处露出玄色肥裤。袍子的前襟有点接近直襟，稍微有点弧度，没有系腰带。

"怎么样？"我问。

他指指喉咙，微弱地说："还疼！"

总算能出声音了。

布巾覆盖在他手腕上，切脉。脉象比前一天有了力量，可以捕捉到了。很稳，说明病势减轻，正在趋于好转。

三师兄戴了青布平巾帻，帻的尾部在脑后翘起来，鸡冠子一样。他继续扎病人的手指。点刺之后，棉花上血的颜色有了一潮红气儿。我拿给病人看，他点点头，脸上有了笑容。黑脸的汉人说："我家掌柜的，今早喝了一点汤水，好多了。"

我说："疠气正在散去，阳气上升，应该回转了。病人宅院，清扫干净，煨柏香艾叶。屋子里反复熏蒸，草药和醋汁交替，不得怠慢。喝过的药渣，也煨在火堆里。"

他们点头应允。虽然力图装出不哼不哈的淡然，但仍然掩饰不住发自内心的唯唯诺诺。

远去的匈奴

这天的药里,加了藿香、白术、淡竹叶,以及微量的犀角牛黄。

他们拿药走了不久,拓跋兵来取药,驮走两筐子。我问:"病人怎么样了?"

他们说:"喝了药,好了一点。能吃一点儿了。"

他们的口气里没有了昨天的张狂,谦逊多了。再狂野暴虐的人,救了他的命,总是知道感恩的。每个人的性命都是很珍贵的。

晌午过后,杏林旗上的手印已经捺得密密麻麻了。巷子里的青烟还在冒,空气里弥漫着药味儿。这味儿,不是苦涩的,是清甜芳香的,人间活命的气息。

拓跋兵带来的满满两筐子谷糜,煮了两锅粥,绕狐很满意。那伙身份不明的人拿来的两担谷糜,正在石磨上磨。

我和三师兄仔细辨别两把谷糜。没错,一个粮仓里舀出来的。谷粒的颜色、光泽、新陈,都是一样的。两个仓里的谷糜,绝对不一样。答案只有一个,病人是拓跋人的将领,不愿意让我们知道身份,以为我们是傻瓜。

三师兄问:"怎么办?逃还是不逃?"

我说:"看情况。明儿如果再好一点,应该没问题了,我们不必逃走了。如果病情反复,那就逃走。城门口有人把守吗?"

他摇摇头道:"暂时没有。"

那就好。逃起来容易一些。

上苍保佑,所有事情都是老天眷顾着我的。

第五天的时候,那个神秘的病人不是抬进来的,是到了门口,从胡床上起来,自己走进来了。虽然被人搀扶着,但走和抬这是两码事情,差距大了去了。

他的精神虽然不是很好，但他活过来了。重新获得生命的惊喜在他脸上闪烁，尽管走路摇摇晃晃。我们可以安心待在北凉了。他们送来七八担子粮食，说明内心是感恩着的。他能从阎王殿上一路逃回人间来，还不是依仗着我柳先生的回春之术。也许上苍是要惩罚这个恶人的，可是，医家眼里无恶人，只有病人。我有些暗暗的得意。

骆驼巷子里谷糜稍有节余的人家，都拿来一点，维持舍粥。天梯山的几十个僧人，也下山来，在城里超度掩埋逝者，在乱葬岗上覆盖了一层柏树枝，苫了沙土。

拓跋焘来攻城的时候，天梯山大雪封山，不要说人进山，就是鸟儿也难以飞进去。

这样，大佛完好无损，唯独天梯山下的村庄没有受到掳掠。山民们凑来一些粮食，添给我们舍粥。

还有从四处返回来的大户人家，也搜刮出一些粟米来。一切比我预想的要好得多。

千斤重担，终于成功挑起。

二十天过去后，瘟疫散了。这场瘟疫，其实没有爆发。刚刚起来，就被我们扼杀了。

骆驼巷子里的饥民渐渐少了。人们的脸上有了颜色，尽管枯黄，但毕竟是活人的颜色。

天气依旧炎热，却有个好处，野菜已经破土而出，长了半拃高了。好起来的饥民们早上结伴涌出城去，挖野菜，黄昏归来。北凉城里，渐渐有了人间烟火气息。

我们几乎都累得散架了。

远去的匈奴

舍粥停了，赊药还在持续。不过，人少了。

一个月后，瘟疫完全平息。药锅也撤了。

这一天，我没有坐堂，好好地睡了一天。

绕狐坐在院子里就睡着了，五师兄靠在门槛上也睡着了，乞干若芸站着就睡着了。巷子里一片寂静。迷迷瞪瞪里，好像对门的哈家避难回来了，庄门在响着，人在说话。我又陷入沉沉的梦里……

柳暗花明季节深

转眼到了五月端阳节。

五师兄去接娘和柳忘忧回来。绕狐夫妇清扫了院子，煨了艾叶、茵陈。门楣上插了杨柳枝，每个房间里也细细薰过。乞干若芸梳了十字髻，脸白白的，红蓝花染过的粗布襦裙，看上去有些喜气。

绕狐一家搬到了弓背街的院子里，住在外院。如果有一天野利回来，看到一院子荒草，一定很伤感。绕狐的确是个热爱光阴的人，很勤快地收拾了院子，后院种的花草都一拃多高。

几棵树茂盛挺拔。后院我住过的房间还是老样子，绕狐扫得很干净，狗舔过一样。只是，东西都没有了。野利送给我的裘皮袄、丝绸的裙子，一件都不剩了。我只是去坐一坐，就回来了。那样熟悉的气息，勾起内心的伤感。过去美好的东西铺天盖地袭来，让人无从招架。

琉璃的窗扇，孤独明净。珠帘丢了，薄纱的帐子也丢了。屋子的主人，那个清净淡泊的人，也丢了。只留下一颗憔悴的心，暗自悲伤。眼泪忍不住簌簌地滚落下来。

分别两个月，我见到了女儿。她又高了一点儿，忽闪着大眼睛，一见我就扑到怀里，惊奇地告诉我："娘，我见到了站起来的地窖，你看，满城都是！"

她说的是房子。小家伙出生在地窖里，从没见过房子。一下子看见满城的房子，很惊讶。她说："我们的地窖嘛，爬在沙子里。街市里的地窖嘛，就站起来了。"

野利知道了一定很难过。北凉大将军的女儿，居然两三岁了才见到房子。

她在几个房间里走来走去，不停地问："娘，都是我们的吗？我可以在每个地窖里都睡觉觉吗？"

娘已经白发苍苍，老眼昏花。她需要使劲儿看，才能分辨清楚。九师弟天天背着忘忧，教她认字、背汤头。

让我惊讶的是，小丫头竟然可以背诵《诗经》《离骚》，毫不磕巴。她问："娘，爹爹长什么样子？"

我说："他是个雍容儒雅，容貌出众的人。"

忘忧想想说："原来，他是住在《离骚》里。"

天，这样的想象，让我惊叹。

忘忧第一次见柳树，说："这个树姓柳，忘忧也姓柳，原来我们是一家人。"

她穿着粗布衣衫，翘着两只小辫儿，举着小手这儿指指，那儿点点。这是一个全新的光阴，需要慢慢辨认。

远去的匈奴

九师弟终于可以抓药了。他在我们家的几年,基本就是干活、逃难、带孩子、背汤头、练字。

中午,家里做了抓饭。将酸瓜葅长切成条,与东厢草籽一起卷在饼中,卷紧后切成小段,蘸酱食用。

还未吃开,还在准备一壶雄黄酒,却进来人,是鲜卑人拓跋兵。他们站在庄门口,面无表情,脸上是冷淡和自负。然后,从马上下来一个人,眼神有一种鹰顾狼盼之色,那人径自走到院子里,拱手致揖说:"柳先生,我家掌柜的有请!"

仔细看,却是那个黑脸的汉人。他像一座铁塔,杵在树下,俯视着我,眼神桀骜。他的眼睛是马的眼睛,睫毛长,有一种灼灼的傲狂神采。他的祖上,一定是跟牧马有关的。人和马相处久了,眼睛也会跟着相似。而且他的头发,粗硬,竖起来,也像马鬃一样飞扬。腿也像马的腿,矫健,充满了力量。如果他奔跑起来,肯定是一匹野马。当然,他不会跑给我看。

我淡淡问:"你家掌柜的病痊愈了吧?"

他说:"是的,很好了。今儿端午,掌柜的备下薄酒,答谢柳先生。"

我才不想去呢,谁知道那个人是什么人呢。就推辞道:"医治百病,是医家的本分,不需要答谢的……"

话还没有说完,这个黑脸汉人却坚硬地打断我的推辞。他说:"柳先生莫要推辞,我们掌柜的说了,必须要请到你。请吧!"

他的话里,有一种冷酷坚硬的东西。一个拓跋兵牵来马,候在一边。好汉不吃眼前亏,走吧。看他能怎样。

我整理衣帽,娘问:"不换衣裳了吗?"

"不了。"灰粗布的长袍，圆领，灰色布巾，玄色布鞋，素面朝天。大致也看不出来我是个女人。

我骑上马，不过是很矬的一匹黄马，龇毛郎当的。那个拓跋兵一路小跑，一行人出了骆驼巷，过了大街，穿过弓背街，到了兵营。兵营还是原来的地方，没有换。

我们猜得没错。那病人的确是兵营里的。

这样的地方，他们自己看，是威严无比的朱门兵营。于我，不过是柴草门。这个门里进去出来的人，杀了北凉多少人。大门上的泡钉上，还残留的干枯的血迹。看了一眼，心里恶心起来。

廊下，都是鲜卑人拓跋兵。他们木头橛子一样杵着，脸上是麻木凶猛的样子。偶尔走过一个人，刀子仓啷响一下。

一尺高的门槛，雕花门扇。宽大的房子里，没有人。香炉里煨了柏香、茵陈、薰草。味道是来自百草堂的幽芳。窗前几盆兰草，墙上一轴山水。环顾四看，不算俗气，有点清雅气息。奏案、机子都擦得明净。紫檀木雕漆箱笥上放着一个陶罐，插一束干花。

木榻应该是原来的，有些陈旧。蒲团是麻布的，厚厚的。门口是胡床，低矮且结实。卷耳低几，我在木榻上跪坐了，有人端来茶汤。黑脸汉人出去了。悄悄用银针试试毒，还好。茶是中原的茶，绿色的茶汤，不是我们北凉人喜欢的粗茶。不稀罕喝。

这时候，脚步沙沙地响，有人进来了。来人很是高大，面容清瘦，宽衣博带，手执麈尾，玉石柄的。他拱手说："柳先生来了！"

就是我救活的那个病人。我起身淡淡说："先生可是气色不错，已经没有病痕了。"我对所有的病人都这样说话，多少有

远去的匈奴

些傲气在里面。

不过,我的脸上多了些欣赏的笑容。不是欣赏他,是欣赏我的医术。屠夫干净利落地杀死一头牛,剥了牛皮的时候也是这样欣赏自己的手艺。

果然,这个人看穿我的心思,回答说:"是柳先生医术好啊!"

我的心思很容易看穿,但这也没什么。心思纯明而已。

他气势不凡地盘腿坐到我的对面的胡床上,半晌,突然说:"柳先生好像不喜欢首饰啊!瞧瞧,连戒指都不戴。"

我说:"那种东西很琐碎的,你不觉得吗?"

他的目光从我的手上移开,抚摸着他的玉石柄,却又岔开话题说:"柳先生虽然是女子,却有世外隐者的风度。"

喊,一个鲜卑人,也懂我们汉人的隐士味道。

有拓跋兵进来复命,贴着他的耳朵咕哝了一句胡话。得到的指令也是胡话。我想,要是尔夕在就好了,能听懂他们说什么。

尔夕是几百年前的一个奇人,懂禽兽之语。

等那个兵士退下去了。我说:"隐士,隐的是心。而阿禅隐去的,只是身,心不能归隐。"

"为什么?"

"达不到那个清雅境界,还在贪恋世俗光阴呗!"

这个人哈哈大笑,重重放下麈尾,朝门外挥一下手,有人低头含额,立在他身边听吩咐。

卷耳几上摆了几样小菜,模样好看,都是很清淡的,另外配了一壶酒。大约,那些天他看病的时候,我们天天在喝粥,知道我不喜欢腻味的东西。

酒很清淡，好像不是抢来哈家的，不然，我直接咽不下去。青白玉的卮，注满了酒，有些倾斜。他随意抚弄着卮说："卮不灌酒就空仰着，灌满酒就倾斜，你们常用卮言来谦称，是吗？"

我点点头。他说："我出生的地方，有种树叫卮，也叫鲜支，开得花白白的，清美淡雅，花朵很像卮，也叫蒉卜花，真是美极了。大概，你见了也会喜欢的。"

清谈半天，这个人的话题很跳跃，不在一条线上。

前一句还在问：柳先生何时行医？没容我回答，后一句却又自己说：我们攻城，自然是严厉猛烈的。得城治理，一定会用温和的方式，一定可以取得安宁繁荣的治理业绩，胜过胡人沮渠蒙逊。

我拧着眉头，表示听不懂，心里却暗暗骂道：你们鲜卑人也是胡人，还好意思！然后，一直暗暗猜度他的身份。

绕来绕去，这个古怪的人终于话题切入正题。他喝了几杯酒，脸上有了血气儿，然后，还是抚弄他的玉石柄，突然问："柳先生，可否婚嫁？"

我心里一惊，还是故作镇定地说："我的女儿，今年三岁了。"

他果然就露出失望的神色。然后说："只是怨恨，你未嫁之时，不相识啊！"然后长叹一口气，又说："你们汉人，不是讲究红颜知己吗？偌大一个北凉城，我只钦佩柳先生！"

我说："不是的。我们汉人，讲究从一而终，跟着一个男人活一辈子。至于红颜知己，是贵族的情调，不是我们草民百姓能好得起的。"

喊，这么个半老的男人，我能看上？脚后跟都看不上。

远去的匈奴

他叹了一口气,微微闭上眼。他的目光,迷离忧郁,一直游离在我的手指。要是野利回来,一定打残他。我的男人可是北凉大将军。

我起身告辞。我的家人,都等着我去过端阳节。

这个古怪的人却应诺了,挥一下手,让黑脸的汉人送我回到骆驼巷。

长案上的抓饭还在放着,一家人惆怅焦虑地等着我。除了柳忘忧吃得不亦乐乎。她眨巴眼睛问:"娘,你路上玩去了吗?"

她把街道叫作路。

看到小丫头,我凉凉的心里,多了一份暖。

三师兄低声问:"这个人到底什么来头?"

"说不清,很古怪,来者不善。"

"师妹,那该怎么?你是不是去避避风头?"

"现在,估计不好走。一走,他随便扣个罪名,就抓住了。留下吧,慢慢和他周旋,说不定有转机。毕竟,我们救过他的命。不是老娘,他死定了。"

三师兄扑哧笑了一下。

这样的日子,危机四伏,我的内心充满了悲哀。一家人皱着眉头闷闷不乐,吃饭,过沉闷的端阳节。西秦城的哥哥,还没有一点讯息。而这个古怪的鲜卑人,谁知道怀着什么坏心肠。

绕狐跪在地上煨炕,他把骆驼粪塞进炕洞里,脸上的汗水淌下来,一层灰尘粘在脸上。娘的炕几年没有睡了,得好好烧几天,不然很潮了。

看着他灰头土脸的样子,我心里突然一酸,眼泪就下来了。

他还要忙着用甑蒸谷,满脸的汗水。我说:"绕狐,在我们家你吃苦了,还跟着我过提心吊胆的日子。"

他回头,惊讶地说:"柳先生,怎么突然说这些?"

我进屋,伏在炕上号啕大哭。

野利啊,我太苦了,简直撑不住了。你却躲在安逸的地方,把苦难留给我。

那些从前的好日子……

看吧,连回忆都成为奢侈了。现在,前面的日子黑着,想什么都是徒劳无益。一个女人,肩上挑着天大的担子,多么不公平啊。

可是,又能怎么样呢?活着吧。只有活着,才有希望。

夏天的日子,花团锦簇,野菜肥美,庄稼也长势汹汹,北凉城里,风吹来一股香甜的气息。苍天开眼,总算有活着的渴望了。

惊 心

六月的一天,已经响午偏了。热得没有办法待在屋子里,一家人在葡萄架下纳凉,留着九师弟在前堂。

忘忧还在午睡,她实在太喜欢北凉城了,很担心送她回山庄,总是很讨好地跟我说:"娘,忘忧听话,好好背书,不去地窖。"

她声音甜丝丝的,像天籁。我总是很难过,没有办法给她一个安宁的家,让她总是担心流落。

我们煎熬了一罐老茶提神,加了拒霜花和金银花,不然昏昏欲睡。尽管赊药,但病人依然很少。只要能走动的人,都天天出城,

远去的匈奴

去山野里寻食。

先前,瘟疫过了的时候,有中原来的鲜卑贵族,雇人种了南城门外的大片田地,部分人就去了那里,能吃饱饭,给他们种庄稼受苦。

我们的粮食是够吃的,不发愁。柳家百年的积蓄,很实沉的。只是担心那个兵营里的鲜卑人。

真是怕啥来啥。

我蜷缩在椅子里,正在这么担心着的时候,门口的马蹄声就清晰地传过来,那个黑脸的汉人又来了。

全家人都紧张地望着,汗水从脸上沁沁冒出来。黑脸的汉人也在掉汗珠子,啪啦啪啦从鼻尖掉在衣领。当然,他不是紧张的,是热的。这个人一直穿着深色的衣袍,衣帽严谨,交领捂得严实,帽子很周正。他带我去了兵营。

兵营里的"掌柜的"穿了玄色汉袍,不是胡服。他手执一把竹扇,目光平静。他的神容比上次见到时好多了。不过,这次在他的书房里,不是上次的那间房子。

书房幽暗一些,窗纱也是幽深的颜色。案几的颜色倒是黯淡,不是很张扬。木榻是枣木的,一丝淡淡的红。窗下的花几上搁了一盆野花,正开得欢实。还有一尊鎏金银壶。榻屏和凭几都是鸡翅木的,古朴浑厚。还有两只绣墩,上面的绣花却很绚丽。

真是一个奇怪的人。我觉得书房嘛,应该素淡敞亮,不至于如此幽深花哨。

他还是坐在我对面的木榻上,身子挺得笔直,慢慢摇着扇子。有人奉茶,一盏晶莹剔透的萨珊玉石碗,几碟清淡的干果。木雕熏香炉里柏香、苏合香一直淡淡冒着青烟。

他说:"夏日遥长,请柳先生来过叙话,打发如此闲寂的时光。"说话的时候,他的周身,泛着一种冷,钻骨髓的那种。他的声音好像很遥远,很缥缈,一种强大的气场阻隔了空间。

喊,老娘又不是给你消遣的茶童。我心里暗暗骂着,当然没有说出来。我本来话少,而且,这个人,并不是让我来说什么,而是来听他说话而已。北凉城里,能听懂他的话的人,都掳走了,就剩下个阿禅凑数。

果然,不等我开口,他又自顾自说:"你们汉人,中原和北凉的根本不一样。中原的汉人做学问深玄,讲究融会贯通,日常礼数烦琐,思想保守刻板。北凉的汉人则抛弃繁复,以简明扼要为主,礼仪简化不少,随意自在得很。依你看,哪个更好?"

等了一会儿,我确定他是让我回答,因为他再没有自言自语。

我说:"中原的学问,自然是精深的,好比太阳,普天照耀,视野开阔万物生。而北凉人做学问,在于领悟主旨,好比在太阳下晒衣裳,通达应用为主。"

这个鲜卑人立刻笑了,牙齿倒是白净。

他说:"的确,北凉人讲究实用。而且把胡人的学问都拿来融为自用。是吗?"

"大概是吧。"我说。这是男人们讨论的事情,对于我,有点远。

鲜卑人现在抢了北凉,把大量能工巧匠抢走,为他们凿山造佛,还不是想把佛请到中原。大家都信佛,拓跋焘就好治理了不是。不然,面对强大的汉文化,他直接无法统治。

"你们汉人,很固执,讲究父仇子报,是不是?"

远去的匈奴

"难道你们鲜卑人没有这样的信仰？"

"没有。鲜卑人以部落利益为主，不主张个人的恩仇。不过，北凉人信佛，他们到达中原之后，慢慢会让中原人把这种私念淡化，变得通达，尽晓义理。"他说。

"他们没有北凉人这么豁达包容。北凉是个奇怪的地方，胡人不像胡人，汉人不像汉人，豁达开朗得很。"

默不作声。我的女儿就是汉人和胡人的后代。

但是，他的话语依然是凌乱无序的。不需要我说话，却突然话锋一转问道："柳先生，可否会琵琶？"

我摇摇头说："只会医术，其余都不懂。"

心里却暗暗骂道：老娘救了你的命，你却还想着让老娘给你弹琵琶取乐，美得你。

有兵士进来耳语，然后他们出去了。

无聊四顾。突然，我惊讶地看到墙上挂的一张羊皮的山河地形图，写着三个字：河西图。这幅图，我太熟悉了。图最下角，有我和野利的两枚指纹印儿。这张羊皮地影图，是野利封为北凉大将军后，从书房里拿到兵营去了。难道，这就是野利先前履行公事的官舍？难道，这个人就是传说中的镇南将军？这个兵营，也就是他的官署？

心里大骇。仔细辨认，的确是野利的图。我起身，伸手揭开羊皮图背面，最下角，有我写的几个字：国泰民安。

眼泪瞬间就汹涌而出，眼前一片模糊。

山河易主，人在天涯，天各一方，不得相见。其情其景，让人如何不悲凉。

门口一声响动,我转身,满脸的泪已经无法掩饰。

这个拓跋人的目光从我的脸上转移到墙上的山河图。他走过来,逼近我,摘掉了我的头巾,乌黑的头发就扑在脖颈里,垂在胸前。他细细打量着我的脸。

然后,一字一字咬牙问:"告诉我,你到底是谁?你在北凉城凭空消失八年,却突然出现,舍粥赊药,竖起杏林旗,好大的派头。你的背后,一定有一个很强大的人,是吧?你来北凉城,不为杏林旗,还有更重要的目的,是吧?说!早就看穿你了,柳先生。"

他的话语里渗透着阴冷的东西,有一种无形的寒光,就像突然刺啦一声拔出身上的匕首,嗖一下插在案几上那样凌厉。

我浑身哆嗦了一下,已经哽咽得说不出来话,哭得浑身抽搐。

女人的哭很厉害,这个阴冷的人立刻束手无措。但是,他很有耐心地坐到我对面,看着我哭,不允许我坐下。

压抑已久的悲愤,都宣泄在哭声里。终于,我哭得声音嘶哑,眼泪哭干。

"柳先生哭完了?说吧!我不会杀你的,因为你救了我命。北凉气数已尽,量你也兴不起来风浪,只是我好奇而已。你这个女人,让我心里痒痒。"

我端起案上的茶,一口气喝干。我说:"我得知道你是谁,配不配让我说出来。"

"听说过北魏镇南将军吧?就是我。"

他的目光里有一种杀气,阴霾重重的面部苍黑、布满细密的麻子。这是小时候得过天花的痕迹。

远去的匈奴

"我早就揣测到了,别以为我傻得很。喊,有什么了不起的。

他慢慢围着我转圈儿,一圈一圈,几乎把我转晕,像一头驴子绕着石磨那样走转个不停。

"好吧,我告诉你。你知道这间官舍以前的主人吗?"

"知道。北凉大将军浣布野利。我来的时候,墙上还挂着他的琵琶,刻着浣布野利四个字。"

"正是他。这张羊皮图也是他的。背后,有我的手书:国泰民安。"

"你到底是他什么人?"

"镇南将军不必惊讶,我是他的女人。"

"胡说。浣布野利是沮渠蒙逊的驸马。"

"镇南将军,我只是他的女人而已,不是正妻,不是小妾,不是婢女。私藏的女人,你懂吗?"

"哦,金屋藏娇啊,北凉大将军很是风流倜傥!那么,你来北凉城干什么?"

"我来,不仅仅为杏林旗。我跟了他,没有名分,不能见人,也就罢了,偏偏他杳无音讯。他连自己的女儿,都没有见过。镇南将军,一个女人弄丢了自己的男人,活着能有什么意思?我父亲已经去世,哥哥们不懂医术。那么多草药,放着也是放着。不如赊给大家吃了,积德行善,祈求佛祖护佑,此生可以见到他。"

"哦!是这样啊。听着,浣布野利,在西秦城里,他手里扣着我们的人质,死守西秦城。他的父母,也在西秦城。听说他曾打发部下,辗转去乐都,寻找一个叫乌啼娟的女人。"

"你说的是真话吗?"

"可是，我为什么要欺骗你呀？"

他指指木榻让我坐下。我不想坐下，我就站着。

他不再说什么，然后，陷入沉思。半晌，突然含笑道："幸好你有这个决定。知道吗？瘟疫初起时，我早已经病倒，旧伤复发，加上瘟疫侵袭，连撤回都不能了。原以为，活不过十天半月。不得不说，你的医术可以回春。"

半晌，他又收了笑容，挥一下手，进来人，端茶送客。

我迈出门槛的时候，回头说："镇南将军，你的茶汤里，该加一味布渣叶，这样可以很快恢复起来。"

我回到骆驼巷的时候，斜阳落下来，一家人坐在巷子里，晒得脸色黑红，忐忑不安地等我。看见我没事，都站起来，拍打身上的灰尘。我在一片尘土飞扬里进了院子。

二丑花开了，满院子清丽的花朵。牡丹剩下不多的几朵，兀自美艳。我坐在葡萄架下，觉得非常累，累得不想说话，昏昏沉沉的，眼睛也不想睁开。

娘拿帽子盖在我脸上挡蚊子。其实，根本没有必要，蚊子会顺着帽檐落在我的脸颊。本来我想只是歇歇气儿，却想不到睡着了。迷糊中，好像有人在前堂说布渣叶。

较 量

若是太平年间，夏天的北凉城是多么好的一个季节呢。百花盛开，庄稼茂盛，牛羊肥壮。可是，今年，唉。好歹是没有血腥

远去的匈奴

之气了,虽然肚子饿着,但还可以找到野菜吃,身后没有兵追着砍杀。

院子里,绕狐磨谷,衣长齐膝的乞干若芸烧火煮饭,在厨房里烟熏火燎地忙乎着。她抽空跑出来,给我烧来一罐老茶。我想表达一下歉意,却又觉得说什么都没有意思,就闭口不语。柳忘忧练字,一个字怕是要写上半个时辰,磨磨唧唧的,九师弟打着瞌睡,看着她。

三师兄回到骆驼山庄去了,他们隔一些日子,就回去一趟,家眷们都在山庄里。

忘忧写几笔,抬头看我,咯咯咯笑着,不知道她高兴什么。只要她稍微不听话,九师弟就说:"忘忧,要不要回地窖呀?"柳忘忧束手就擒,乖乖听话。

她笑起来的时候,很像野利,那种甜美干净的笑容。

这样的日子里,我还是去过兵营几次,或者是叫官署也行。自然是被镇南将军请着去的。他见了我,依然说着没有由头的话,一会儿这个,一会儿那个,心不在焉的样子。我拿不准他心里想什么。不过,这几次,他的话语明显软和了,不像先前那么凌厉。

他的茶汤里,多了布渣叶,还有几丝金银花。

有时候,他还对我笑笑。他的笑不是一个男人在女人面前的那种笑,没有讨好取悦的意味。也不是占领者对臣服者的笑,没有骄傲跋扈的意思。他的笑,很难捉摸透彻,是那种欣赏自己的笑,好像也不是。总之,他的笑是告诉我什么,有点胸有城府的那种,但我不能领会。

终于有一天,他说:"我的意思,你好像一直不明白?"

我点点头说:"是的,真的不明白。"

又说:"难道,你不求我什么吗?"

我摇摇头,什么都不求。

一个女人,在孤独无助的时候求男人,意味着什么,自己是明白的,所以不求。

镇南将军说:"你真的不明白?下个月,我就回北魏了,你随我走吧?这下明白了吧?做我的女人。"

我没有想到他这么直白。我们汉人,哪有这样直接拐人家女人的。总要拐弯抹角地含蓄一些才好。

他说完,眼神直逼着我,突然伸手,一把将我拽进他的怀里。我又瘦又细,在他怀里无力挣扎了几下。他的身上有一股药味儿,低敞衣襟,还有一些汗味。紫绯的衣袍也让人觉得抑郁沉闷。他喘息着说:"我会给你快乐,懂吗?"

挣扎是徒劳的,只好停下来。我说:"我是野利的女人,今生只要他一个人。我不稀罕你!"

镇南将军贵为将军,多少女人都是奉承着他、讨好着他的。他想要哪个女人,很容易,招招手即可。可是,我的话令他大为生气。他推开我,恼怒地说:"你跟着浣布野利,他都没有给你名分,真是傻瓜一个!"

"可是,我跟着你,你就能给我名分吗?"

一提这个拓跋将军立刻蔫了。他怎么会给我名分,只不过是瞧着我比别的女人多识了几个字,图个新鲜而已。我这么瘦,一点也不丰腴,很快就会腻烦的。

可是,他说:"我就是喜欢你这样的女人,清雅不俗,有书

远去的匈奴

香味道。庸脂俗粉的女人,我不要。你有一种从容的柔韧劲儿,叫我心动。好啦,跟我走吧?"

这厮眼光还和我一致的,不喜欢俗物。

他不急不慢,伸手摘去乌釉陶罐里一束野花的败叶。

"柳先生,如果我发怒,你的性命,是难保的。"

"镇南将军,如果我们夫妻一辈子不能相见,活着有什么意思?"

"柳先生,也许,你的女儿,会到我们北魏去,想过没有?我们的人质在她爹手里捏着,西秦城还是北凉的。"

"我想,你不会的。因为你是统领七万军马的北魏镇南将军,不会做这种苟且之事,伤害一个三岁锥角小儿。也因为你的性命是我从阎王殿里抢来的,我竭尽全力救你,并不是期盼你病好了之后过河拆桥。你一定听过一个故事,几百年前的中原王,杀了救他性命的神医。后来,他的儿子、孙子相继离世,因为无人可医。"

镇南将军脸上有了惭愧之色。他垂下头,郁闷之极,但极力装出并不在乎的样子,掩饰说:"说到底,我还是敬重你是有学问的人,也尊重北凉将军浣布野利,我和他惺惺相惜。算了,你回去吧。我要的女人,都是心甘情愿给我的。"

镇南将军的脸上有些惊诧之气。我出门的时候,却听见他长长叹了一口气。

七月流火

七月流火，八月萑苇。

七月，天气还是热。娘说，这一年是百年不遇的闷热天气。苍天成心要把大地烤焦。

我们在闷热的天气里过日子。病人少，我督促师兄们研读医案，并教给他们针灸要诀。以前我是留着一手的，不技高一筹，怎么能服众做先生。可是，现在，我全部吐出来，恨不能一夜之间把他们教成名医。爹保存的医典古籍，都拿出来，让大家抄录。

师兄们惊讶于我的大方。有些东西，是柳家不外传的。都传给外人，柳家靠什么立足呢？

我不说话，闷闷不悦，懒得梳妆，有时晾晒一下草药。

三师兄的素布衣不甚长，紧身，圆领，开了衩，腰里束了郭洛带。他给我研制了一种香料，里面有白芷、香草、轻粉……

这种香料，都是草木的气息，淡淡的，若有若无，闻之令人神气清爽。我向来不喜欢香料，但三师兄的香料的确适合我。他还用青黛做了画眉的眉条，用花瓣和花粉做了胭脂，久用面若桃花。

他亲自给忘忧梳头、喂饭，给她穿留仙裙，抱她玩耍。问她："宝贝儿，如果三师叔走了很远的地方，你想不想？"

柳忘忧很干脆地说："忘忧也要去！"说着，身子朝门外探。

这个疯丫头，多么喜欢串门。

他给娘洗脚、洗衣裳、做饭，把绕狐媳妇的活儿抢过来自己做。娘说："老三，你在我们家二十年，一直没有自立门户，师娘愧

远去的匈奴

对你……"

三师兄却不让娘说完。他说:"师娘,我在柳家二十年,早就当作自己的家。我如果今后不能服侍您,心里惭愧,师娘一定要包涵才是。"

娘怔怔看着他,有点发蒙。这老三,好像话里有话。

我打断他们的絮叨,喊绕狐给娘捶背。

三师兄做这些事情的时候,默然看我一眼,我们的眼睛里蒙了泪水。这个陪我长大的男人,背我、陪我耍赖、哄我。柳家最艰难的日子里,是他默默伴我一起扛过来,是他给别的师兄们教授医术,毫无怨言。

现在,生死别离,我的内心,万箭穿心而过。

终于有一天,屋子里只有我们两人的时候,他问:"再有几天了?"我说:"七天。"然后,我们抱头痛哭。我们直哭得声嘶力竭。

他说:"我们走了,你好好照顾自己。百草堂,你得撑着。此一去,也许此生不相见。"

他说:"师妹,不要自责。北凉国气数已尽,是苍天不留北凉了。我们不过是草民百姓,无能为力,撼动不了北魏。此去平城,也算是回老家吧,我们北凉的汉人,本来就是从那边来的。"

他哽咽着说不下去了,眼泪冲塌了我们的内心。

我的亲人啊!

镇南将军屡次见我,终于把消息传递给了野利——你的女人、孩子在我手里。

野利权衡再三,答应了镇南将军的条件——放弃西秦城,放弃人质，把阿禅的六个师哥，连同家眷三十一人，送给镇南将军带走。镇南将军把北凉城还给野利。一座城换一座城，镇南将军觉得交易很公平，也不伤害西秦百姓。

得到消息后，尽管三师兄恼怒得满脸通红，手也啪啪地抖了许久，但最终还是原谅了我和野利。三师兄艰难地抬头，望着苍穹里渐渐亮起来的星宿，泪眼朦胧地说："有些事，我们不敢去想，却不得不面对。因为，我们的命运由不得自己啊。"

他喃喃自语，我的羞愧和痛苦慢慢渗入内心，在心里拔节疯长。

还是回到那一天吧。

长廊幽暗，我穿过时，有人推开糊了芦纸的雕花木门。屋子里仍然有些幽暗，扑朔着一种说不清的气氛。

镇南将军没有坐在我对面，而是坐在我身边。长几上放着波斯银执壶，壶里是马奶子酒。还有一个盛着龟兹鸡吞香的狻猊纹的银盘。屋子里是淡淡的缥缈的香味儿，门外的廊下，依稀有男伎乐弹拨着天竺乐，舒缓而低沉。

他把身子依偎过来，摘去我的头巾，俯下身，细细嗅了一下我的头发，眯着眼说："柳先生，你的身上是草药的味道，头发却是百花的清香。"

他的眼神里有了谄媚，有点贱，是男人想得到女人的那种很渴念的眼神。

我很尴尬地喝茶，躲避他的纠缠。几案上是青铜的繁枝灯，油脂已经干了，说明他很迟才就寝的。

镇南将军的手里玩弄着一块金令牌，他伸手，拉过我的手，

远去的匈奴

把那块令牌放在我的手里,慢悠悠说:"这是将军令牌。你可以拿它随便出入兵营。就算我到了中原兵营,也是一样的,兵卒见令如见我。"

我惊诧地问:"我拿这个有什么用?"

"柳先生,我忍不住想你,很想。你跟我走吧,我很快就要回中原了,国主要出兵南方。你何必固执?作为女人,你芳华已过,容貌渐衰。我不嫌弃,你难道还不知足?"

"可是,将军,阿禅是有男人的女人。我是靠医术吃饭,不是靠容貌。阿禅靠真情赢得野利的心,并非靠颜色。"

"你真傻啊!放着眼前的荣华富贵不享用,却偏要死等。告诉你,你等不来他。他在西秦,过的不是你这样辛劳的日子,很逍遥,知道吗?他捏着我们的人质,国主的第七个儿子,我们不敢轻易围攻西秦城。"

"没有关系的。我愿意。柳家,也并不缺钱。北凉成千上万的人欠着柳家的药钱,还回来,够我吃一辈子。所以,我不贪图荣华富贵。"

"死心塌地要等?"

"是的。"

"柳先生,我让你去北魏,不仅仅是喜欢你。要知道,我的大军,一场厮杀下来,伤残无数。杀人一千,自损八百。这个你是懂的。你们汉人的'医'字,就是装在匣子里的弓弩,对吧?医家其实一开始就是为了给沙场的兵士救命的。所以,你必须走。柳家的骨科,河西是扬名的。我们攻破北凉城之后,一直寻找柳家,但你们失踪了。国主有令,百草堂,一草一尘都不动。我的人有足够的耐心等你们来，然后把你们请到中原。"

"的确，镇南将军，我父亲诊骨是一绝，号称北凉神医，但已经仙逝。我只擅长针灸急诊，骨科、刀创并无擅长。你带我去，也是没有多大的用处的。"

"可是，你的师兄们骨科、刀创可是拔尖的。百年柳家医术，他们只要学得五成，已经足够了。我在北凉一战，伤了腿骨，落下顽疾。你们治疫病的时候，顺便也治好了我的腿伤。现在，丝毫不复发。这就是我不为难你的原因，因为你诚实，也是要带走你的原因。你的眼睛里果然只有病人，再无其他。你阿禅一走，你的师兄们能留下吗？他们都要效力我大魏的。国主有令，我不得不执行。"

镇南将军说完，又围着我转圈儿，像驴子推磨一样。就差蒙上他的眼睛了。

他突然俯下身，抱住我。我拼力挣扎，他没有松开，驴啃莱菔一样，啃得我一脸口水。他低低地呻吟着，嗓子里含糊不清，啃累之后，松开了。

然后，他一语不发，看着我喘息。指尖触到我的衣领，拨开一点，往下探。另一只手臂箍紧腰，让我无力摆脱。

我说："我是野利的女人，不是你的，永远都不是。"

这个鲜卑人颓丧地松开我。他生气地喊："我就是要你的心。迟早，你会把心交给我的。"他恼怒着，火浣布的衣袍簌簌地跟着抖动。

"不会的。"

然后，我们就对峙着。他的气息拂动我脖颈里的发丝，却一

远去的匈奴

直没有动弹。我的心灵深处,筑起一道牢牢的障壁,拒绝这个不善的麻脸黑面人。

我想我得摆脱他才好。我暗自琢磨,既然拓跋焘有令,下决心要带走我们,也许留下的希望就很少了。他手里有刀剑,就会主宰我们的命运。

我忐忑不安地说:"你如果带我去北魏,我也还是藏着掖着做你的女人,藏得不好,被人发现,你就会落下私藏名医的罪名。我也从没听说大军出征的时候,带个女人。不如,我把家里的医术典籍都献出来,百草堂的清凉膏秘方也给你,那是刀伤良药。求你放过我。"

"柳先生,你觉得,我会答应吗?"

"我想,你会的。因为野利和你一样同为大将军,你会有惺惺相惜之情。况且,你的旧伤很多,说不定什么时候复发。而且,也会添新伤。"

我的话非常真诚。

一阵短暂的沉默。

"好吧,我会考虑的。但是我要带走你的师兄们,一个不留。"

送我出来的时候,他还是叹一声说:"其实,阿禅,你这个女人,我确实很动心。我的心里,始终有你的影子。"

"镇南将军,阿禅是野利的女人。我们确实没有缘分……"

八月萑苇

镇南将军和野利终于达成一致，一切谈判妥当。

八月底，镇南将军准备动身。

北凉城里的兵丁不多，还要留下来一部分，所以他的行程自然是简约的。

三师兄已经把迁徙中原的事情给大家说了，家里早就哭成一片。我不敢看他们，内心有愧。更加糟糕的是，镇南将军命令家眷随行，不许留在北凉。他要断了他们的退路。

不过，我求他留下了九师弟。因为九师弟一直帮我照看忘忧，医术不精。他到了兵营，不能诊病，会送命的。

大哥哥还没有消息，家里的两个哥哥很恨我，他们几乎不愿意和我说话。柳家的根，一下子就被拔走。师兄们是爹一辈子教出来的，就这样被镇南将军带走。二哥哥哭着说："爹糊涂了，把百草堂交给阿禅。女人毕竟不能成事，永远都惦记着婆家，吃里爬外。她为了自己的男人，打发走柳家三十一口人。"

三哥哥也骂，说："阿禅向来逞能，一定要竖杏林旗。仓库里的药赊尽，地窖里的粮食舍尽，没进来一文钱，倒也罢了，还把三十一口人送到北魏。早知这样，不如当初不让她习文学字。女人识了字，不知道天高地厚。嫁人也不找正当人家，名分也没有……"

我躲在屋子里哭泣。我错了吗？悔当初，不该进城，安稳躲在山庄里好了。现在，好好一个家，被我毁成这样。大家恨我是应该的，我无颜见他们。

远去的匈奴

好在镇南将军还是在乎我的师兄们的，他送来银两和布匹，让家眷们做一些衣裳，体面离开北凉城。还给哥哥们送来一支紫玉笛、一只白玉樽和一杆珊瑚鞭。

我们以前被掳走的北凉人，都是被一根绳子牵走的。

八月的最后一天，满院子菊花开得沸腾，一片清香。清早，我披着露水，立在院子里怔怔看花，心里乱成一团麻。他们都没有起来，还在梦里。

绕狐起来了，在院子里劈柴。他看看我，没有说话。他心里亦是怨恨的。我既然能出卖师兄们，也会出卖他。他一定是这么想的。

我自己做的事情，只好自己承担。只是面对亲人们的冷淡，真是心如刀绞。

我看着太阳一点一点冒出来，把金子一样的光芒铺开。我在一片金色的光芒里哭泣。

三师兄过来，拍拍我的肩，一句话还没有说出来，眼泪就下来了。他说："我们走了，师妹，你要好好的。"

我抱着他的肩，眼泪落在上面，泅湿一片。

今天，他们就要走了。

我们在等镇南将军。

三师兄、四师兄已经被封为北魏医曹掾史。三师兄跟着镇南将军，四师兄要留北魏平城，为百官治病。其余师兄们作为随军医官。

一般的兵丁们吃的都是些麦、粟、稗等粗粮，但师兄们是医官，所以可以吃到白米、蔬菜、肉糜。

诏书一下，我的师兄们就注定不能为百姓看病了。他们要么在兵营，给将军们治病，要么在宫中。将来是什么样子，谁也不知道。当初拓跋焘攻城，有人就已经把我们柳家出卖了，所以，他满城搜寻柳家。

得柳家一个医者，可救活他数以千计的伤兵残卒，就单凭百草堂清凉膏。北魏的大将，他们要瓜分我的师兄们。

我们注定难以逃脱北魏的魔爪。

我们在家里吃最后一顿饭菜。大人们都掉着眼泪，只有小孩们高兴地吃肉。

几只肥羊是镇南将军送来的，他最后一次和我道别，也是头一天的事情。

那间书房依然很幽暗。

他说："柳先生，也许这一别，此生无缘相见了。"

"可是，你不打算来北凉了吗？"

"不来了。我是将军，不是地方官员。三个月后，国主会派野利为西凉府刺史。北凉不复存在，以后只有西凉府了。"

"阿禅有事相求将军。"

"讲！"

"求将军善待我的师兄们，他们在柳家十几年，被你带走。他们过不好，阿禅良心难安。"

"还有呢？"

"求将军一言九鼎，保证野利平安回来。"

"嗯！我会尽力的。难道，你不想对我说一句吗？"

"求苍天护佑将军如意吉祥！"

远去的匈奴

"真心的？"

"只有将军平安腾达，我的师兄们才会有好光阴。我知道，是将军带他们到北魏，绝对不会丢下他们不管。将军是义气之人，阿禅绝对不会看错。而且，阿禅也算是将军在西凉府的故人。"

这个鲜卑人听完最后一句我说的恳切的话，突然哭了。他抱紧我，眼泪成串往下掉，几乎要砸塌地面了。

再蛮横的人，内心还是留有柔软的一块地方。只要触及，由不得他不流泪。

他的唇在我额头上碰了一下，摘掉我的头巾，面颊埋在我的头发里，哭了半晌。

最后，他说："我一直会想你的。你是我遇见最好的女人。放心，我会尽所有的能力，帮助你的。你这样的女人，值得我付出。"

我说："相信将军！"

我只能相信他，不然，又有什么办法呢。一个城池都被他们灭掉，何况我一个弱女子呢。

吃完饭，行囊准备好，镇南将军来了。他的鹤毛裘衣那么华贵，身佩长剑，脚穿素纹靴子。他的目光冷酷、傲慢且沉静。他勒住马，看着我张张嘴，却什么也没有说。六七辆马车，装走了柳家三十一口人。骆驼巷子里的邻居们都来送行，眼泪洒湿了青石板地面。

我们一直跟着将他们送出南城门。镇南将军骑马在最前头，后面跟着很多士兵，最后是柳家的人。出了城门，镇南将军回头对我拱手道别，他的眼里有一丝晶莹。然后，扬鞭飞驰而去。尘土飞扬，一片黄蒙蒙的凄惶。我们在泪眼里，送走亲人。

音讯初来

娘越加老了，白发苍苍。柳家一下子少了几十口子人，她心里疼得慌。但她不敢抱怨，怕我想不开。她坐在庄门口的门槛上，恍惚中喊着三师兄的名字。喊罢了，猛然醒来，缄默不语。有时候彻夜睡不着，一遍遍挑着黑陶灯盏里的灯花，眼泡浮肿。

柳忘忧愈加乖巧，不敢多撒娇，像个大人一样，悄悄地练字，悄悄地玩耍。九师弟在前堂里诊病，他不能拿下的，就穿过后堂喊我。我已经完全变形了，瘦得像一根柳条枝。哥哥们的粮食收获很多，都装在仓子里。他们不敢再责备我了，因为我已经不堪一击。

九月过去，天就凉了，菊花也谢了。院子里颓废起来。十月初，下起了雪。先是清霜，然后是雪，落在院子里，白寡寡的。

一家人都沉默着，绕狐在灶火里烧了几个蔓菁，一点一点煨火，不抬头。自从师兄们一走，他几乎不说话了。他当初来的时候，是个孤儿，大伙儿从没寒碜他，和他一起吃饭、嬉闹。现在，他觉得孤单。

转眼，十月过去，十一月也过去，进入腊月。

算算日子，师兄们已经走了四个多月。全家人却等不回来大哥哥和野利的音讯，大家又怨恨着我。每个人的心里都憋着个疙瘩，看见我就厌烦。我算什么人啊，害得大家不安生。

突然有一天，我正坐在炕沿上发呆的时候，庄门口传来马蹄声。然后，一个人披着大雪进门。我仔细一看，是镇南将军的侍卫，那个黑脸的汉人。

远去的匈奴

他进门来,跺脚,雪花落了一地。

来人喝了几口茶,急迫地告诉我讯息。我的师兄们平安抵达,开春才南征,镇南将军已经安顿好了他们。

他给我带来重要的手函,镇南将军亲笔写的。看完,我眼前一黑,几乎晕过去。

镇南将军在信函里说,他已经回禀了国主,北凉名医柳老先生已经去世,他的女儿阿禅献出家传秘方及珍贵医药典籍,并把柳老先生的六个高徒一并送来,毫无保留,效力北魏。镇南将军说,他说了很多我的好话,说我是女中豪杰,赊药救治百姓,驱散瘟疫。守城兵卒,皆受益于驱瘟之药。国主拓跋焘十分高兴,其实他是很欣赏浣布野利的,情愿让他担任西凉府刺史一职。

信的最后说,浣布野利送回了作为人质的拓跋焘的儿子,已经赴西凉府上任。但是,他并没有直抵西凉府,而是路过乐都,好像是去接乌啼娟回凉。

我的手在发抖,嘴唇也在发抖,心如刀绞,说不出一句话。我苦苦等着盼着的人,却去见他等着盼着的人。柳家三十一口人,换来一个负心郎。

我等你千年,你只看我一眼。

好吧,乌啼娟,我成全你。你什么都不做,只等着天上掉下来一个男人。你的命真是好。

镇南将军的侍卫告辞时悄悄说:"西凉府刺史最迟后天到。我十天后启程回平城。镇南将军有话,他还在等你。这几日,我来听回音。还望柳先生深思。"

这个黑脸的汉人,意味深长看我一眼,告退了。

我觉得天旋地转，一下子栽倒在地下。

醒来的时候，已经掌灯时分了。一家人沉默不作声。乞干若芸给我灌了一些甘草蜂蜜水，擦去我脸上的泪。二哥哥说："你不要这样，阿禅。明儿，把忘忧送到南山藏起来。他回来，会来抢走忘忧的。男人变心，什么事情都可以做得出来。"

我说："不要送忘忧。好吧，那我等着他来抢。我要亲自撕碎他的脸。"我听见自己的牙齿发出咯吱咯吱的声音。

负心郎，到现在才明白这三个字的意思，真是心酸。

娘说："野利这样的贵族，变心是迟早的事情。想开一点就轻松了。"

三哥哥说："你们分开已经四年有余了，他在西平城也许早就娶妻生子。指望曾经的大将军，现在的西凉府刺史，对你一往情深，简直是不可能的。往前推几百年，也找不出来一个。"

暗自思忖，他们的话都有道理。那些过去的情分，都老去了。但是我知道，他娶乌啼娟是一定的。不管他在西秦娶了几个女人，乌啼娟他一定不会舍弃。

也许，他是爱过我的，因为乌啼娟不可得。但更多的也许是拿我来抵御对乌啼娟的思念。有一个和乌啼娟相似的女人，心理上或许有补偿。

莫名地，突然对过去的情感嫌恶起来。可是，仅仅过了一会儿，又揉翻了刚才的嫌恶。我自己也不知道心里到底想什么。眼前境况的细枝末节捋一遍，捋不出来个头绪，左右犯难，希望和绝望同时袭来又退去。

这么胡乱想着，心里有些害怕，沉沉昏睡，梦里乱成一片。

远去的匈奴

镜里朱颜瘦

昏睡了一天一夜。过了一天,却瞌睡全无。因为这一天,西凉府刺史要到任了。

绕狐早早去弓背街后面的刺史府观望,回来报告说,府里兵卒忙碌,在洒扫庭院、薰艾草。门前的拴马石都用清水洗了。

他问:"我们还要住在弓背街吗?"

我懒懒答:"搬回来吧。人都变心了,住在他家有什么意思。"

三哥哥却说:"不要搬回来,就住着。我倒要看看,浣布野利有何脸面撵你们出去。"

绕狐生气地说:"当然不搬了。他还回来柳家三十一口人,我就搬出来。"乞干若芸就抱怨说:"你少说一句好不好?柳先生心都伤透了,你还揭伤疤。"

绕狐饭也不想吃,活也不想干,出了庄门,又去府门前张望。他的脸色阴郁呆滞,像生病的骆驼一样。

我非常难过。本来,盼着野利回来,能给他们好日子过。可是到头来,自己都没有好日子了,简直生不如死。

响午偏过,一家人伸长脖子等着的时候,绕狐慌慌张张跑来,进门就喊:"西凉府刺史来了,来了!"

娘说:"来我家了吗?"

他喝了一碗凉水,抹一下嘴巴说:"哪儿的话!他进了刺史府,好大的阵势,领着很多人,排场大得很。"

我问:"随从的人里面,有马车吗?"

他说:"有,马车很奢华,两个,停在门外,看不清坐的什么人。"

还有什么人，除了他父母，可不就是乌啼娟么。

眼泪排山倒海地流出来，我几乎哭得又晕过去。

三哥哥说："哭死有什么用？动不动汤汤水水的，真是烦人。"

娘脸色骤变，突然大怒。她吼道："丫头，我们走。让你的哥哥们好好过日子。我们走了，他们眼皮子就干净了。柳家能容下上百口子外人，容不下我一个奶干女儿！"

她从炕上跳下来，被绕狐媳妇死死抱住。两个哥哥就扑通跪在地下，哀求娘不要生气。

家里乱成一团，哭的哭，闹的闹，喊的喊，叫的叫。邻居们闻声而来，院子里像是在唱大戏。

我已经不知道丢人现眼是什么了，披头散发坐在院子里哭得歇斯底里。我的情感，我的期望，一切都完了。娘一遍一遍哭骂，没良心的，狼吃的，狗啃的，驴踢的……

我们闹腾到星星满天，一家人都筋疲力尽才罢休。其实我们希望奇迹出现，野利能突然出现在门口。但是，门口寂寥，连鬼影子都没有一个。

敌人没来，自己人先闹得人仰马翻。明知是白白折腾自己，但还是不甘心。

回家的人，都是归心似箭。但是，一旦有人知道，家里有人等着盼着，就偏偏不来，这样，显得有了身份。

可是，我等的是自己的男人，不只是身份尊贵的人啊。

也许，他压根就不来了，只会打发人来抢走忘忧。一个男人一旦不在乎他的女人了，这个女人就轻若鸿毛，风一吹就飘远了。

远去的匈奴

眼下可咋办啊？我孤独无助地问自己，千思万绪盘绕在头脑里乱成一团麻。这个日等夜等苦苦盼来的人，却只带来羞辱和惭愧。

我哆哆嗦嗦伸出手，把墨玉的镯子磕在灯台上，它碎成两半。

第二天清晨，绕狐仍然早早去瞭望。太阳一竿子的时候，他跑回来报告说，府里宰猪杀羊，很是热闹。说完，害怕惹祸，转身跑了，又去探。他的身影里，一股怒火乱窜，以至于他跑得东颠西倒，神魂恍惚。

一锅粥煮好，放着，没有人喝一口。三哥哥借口去看城西的朋友，脚底下抹油溜走了。二哥哥说骆驼山庄好久没去看了，得送一点灯油和高粱米过去，也走了。他们的意思很明白，你们娘俩能得很，会闹腾得很，就慢慢自个儿闹腾去吧。

屋子里冷清无比。尽管炉火很旺，炉子上的一壶水冒着热气。但我冷得忍不住打颤。娘蜷缩在被窝里，白发乱糟糟的一团搁在枕头上。我知道她在被窝里偷偷哭泣。她的炕头上，还丢着针线蒟篮，蒟篮里两只小小的狼头鞋子做了一半。这个不是丫头的。娘以为女婿回来，很快就会再添一个外孙。

我悲凉地摸摸小鞋，心里默默说：外孙，再也不会有了啊，娘。

晌午，绕狐惊慌跑回来说，不好了，刺史府张灯结彩，好像要娶亲了。吹鼓手都开始试音，马车也蒙了红绸子，连门口的狮子上都挂了红绸子。

我不禁怒从心起。可是，旋即又彻底绝望了。除了绝望，还能怎么样啊？野利要隆重娶回乌啼娟，他自己曾经说过，此生最遗憾的是没能迎娶乌啼娟。现在，他好梦成真了。

我的口唇麻木，一直哆嗦着，说不出来话。

乞干若芸烧了姜汤，加了一点甘草，端来，一勺一勺喂进我干裂的嘴唇。她含着眼泪说："你不要这样，好不好？还有忘忧呢。我们一辈子，都不要让他看见忘忧，让良心去惩罚他吧。"

奇怪，她的口气很平静，甚至是淡淡的。

黄昏时分，镇南将军的侍卫来了。

他显得很沮丧，大约也是替我感到不平吧。毕竟，柳家的药救了他的主子，他还是感恩着的。

他说："西凉府刺史明天清早娶亲，已经请过宾客了。"

我问："他还好吗？"

他皱着眉头说："他好不好，已经跟你没有关系了。他喜欢那个女人的美貌，连自己的骨肉都不稀罕来看一眼。也许，完全把你忘记了。还是想想你自己吧，何去何从？"

我的心里像被人狠狠扎了一刀，疼痛难忍，丝丝吸了几口气。最后，叹了一口气，我只剩下叹息了。我告诉他：我不能去平城，因为我的心死了，只活着一张皮。也从没在乎过镇南将军，他只是个过客。我要去南山村，归隐山林，度过余生。

他说："柳先生还是再酌量一下吧。这可就太遗憾了，为什么不替自己想想呢？镇南将军自然会疼惜你的，不管你心里如何。"

可是，我一刻也不愿意想了。镇南将军只是镇南将军。野利却永远是我心里的万里江山。

"那么，"他说。"你写封手函，我好回去复命。"他的目

远去的匈奴

光里没有冷酷,倒是有些忿然,替我委屈着。

我一边写,眼泪一边掉在素锦上,洇湿了一大片。字迹模糊不堪。

他诚恐诚惶地说:"恐怕,镇南将军看了都要伤心的,柳先生。我还能为你做什么?"

我拿出镇南将军给我的手笺说:"明晚刺史洞房花烛的时候,你交给他。说我阿禅赊去几库药材,舍去全部粮食,折腾光百年柳家的家业,为的是祈求苍天开眼,能让他浣布野利回来。柳家六条好汉,三十一口人,为了成全我阿禅的心愿,情愿换回他浣布野利回来。"

"可是,刺史是知道这件事情的,他比谁都清楚。你以为镇南将军会省下一个字吗?"说着,他内心的凄凉简直要溢出来了。

"劳烦你再给他说一遍。"

"难道,你想让他回心转意?他已经娶妻了,迟了。"

"不,明天过了,他一辈子都见不到阿禅了。"

"那么好吧,我答应你。柳先生,请多保重。我想劝你的是,日子是自己的,没有男人,山也转的,水也转的。好好爱惜自己!"

镇南将军的侍卫匆匆告辞了,我送他走出庄门,骆驼巷子里传来几声狗叫。夜黑得不用睁开眼睛,星星也没有,天上一定蒙着一层乌云。

红尘初妆

夜深人静,不知何时下雪了。落雪无声,眼泪是河水,流淌了一夜。梨花泪,空憔悴。描画红妆等谁归?只能,独自坐到天亮了。

窗纱微微泛白,天还未亮,娘就起身了。灯影里,大雪封门,雪厚得几乎寸步难行。

娘说:"这样厚的雪,也要走吗?"

我说:"不走怎么样?人家新娶,难道等着肝肠寸断吗?"

娘不说话,从外屋抱来一个包袱。抖开,是两套衣裳。

一套是她准备给我举行笄礼时的礼服,苋蓝帛的深衣,淡紫中衣,槐花紫的布襦裙,蓝牙叶的麻纱外披,结果没用上。

另一套是嫁衣,也是早早就准备的,也没有用上。她干枯的手指摩挲着绯红的锦缎,慢慢说:"可惜了,这么好的衣裳,一次也穿不上。"衣裳搁了快十年了,绯红的颜色有了一重黯淡,有点旧了。但还是很好看。

娘俩在黎明的灯影里,头凑在一起,细细揣摩妖娆的嫁衣裳,内心多么悲凉。

粉红丝绸小衣,素白抹胸,摸上去水一样柔滑。肚兜是红花棉的,娘绣了鸳鸯。襦裤青色,滚了金边边。裙襦是深红的,黑缎子镶边,盘扣,结绳绣花。绯红的深衣,锦缎的,袖口绣得是如意云。深红的中衣是棉布的,厚实、暖和。大红的外披,也是锦缎的,闪着尊贵的光泽,曲领高高的,斜斜遮住腮,令人的脸蛋儿显得娇小。领口垂下的丝带,系着玛瑙珠子。

远去的匈奴

我一件件地翻看,突然就有了穿起来的欲望。以前,从未想过我穿嫁衣是什么样子。

娘说:"今天野利娶亲,你穿上嫁衣吧。尽管他娶的是乌啼娟,但是,你已经是他的女人,就沾个喜气穿一回吧。今天不穿,怕是这辈子再也没时辰穿了。这衣裳,穿了一回跟不穿是两样的。你穿了嫁衣,我们到南山村吧,就算嫁到了南山村。"

穿上吧,风华凋谢,苍老了那过去的年华。南山村的田庄里,年华清寂,不再有思念的人,心也甘了。那就听雪落下来在耳畔飒飒响,也感叹流水长、落花伤,谁在柳烟深处琴声长?那又有什么办法呢?只能随缘了。

天大亮。娘昏花的老眼,细细看着我,摩挲着一身红妆,感叹说:"丫头,真是好看啊!女人一辈子,就一定要穿一回嫁衣的。娘给你梳头吧。"

娘把我的头发绾成发髻,松松盘在头上,拿笄固定好,戴了步摇,又斜插了几枝簪花。端详了半天,说:"你只是瘦了,脸色还是和先前一样,颜色未衰。"

我打开细颈瓷瓶,倒出三师兄研制的胭脂,放在掌心里,蘸一点清水化开,指尖调匀,轻轻涂在脸颊。铜镜里的我面若桃花,只是眼窝有点深陷。

青黛画了眉,红花点了朱唇,脸上是一种弱不禁风的妩媚。

九师弟进来,我问:"好看吗?"他吃了一惊,以为我神志错乱。

定睛看,却安慰说:"先生真是好看,一顾倾城,再顾倾国。这座城里,再也没有比先生更美的人。"

大约,他知道神志混乱的人只能讨好,顺其自然,不能逆着来。免得神经错乱。

我轻轻说:"今天,野利娶亲。新娘不是我哦。"

娘绝望地说:"你这是自己把自己嫁出去么。"她的腿微微颤抖,嘴唇也在抖。最终,眼泪却是忍住。

娘说:"老九,你去牵骆驼,我们就算把阿禅出嫁到南山村。她总得出嫁一回。"

娘臆想着,南山村有个女婿等在那里。

我知道,这一别西凉城,就再也不回来了。我无颜回到骆驼山庄去,面对柳家几十口子人,我有愧。我耻于住在骆驼巷,我是被西凉府刺史抛弃的弃妇而已,没脸给人诊病。只好到南山村去了,那里没有熟人,不知道北凉名医阿禅,不知道野利刺史,什么都不知道。真是个养老的好地方啊,清净,孤寂。

九师弟愁容满面,他转身的时候,眼泪水一样淌。他在门口燃起一堆艾草,去牵来骆驼说:"先生,等我把你抱上骆驼吧,雪太厚了,会打湿裙角。"

我麻木地摇摇头。师弟,一辈子,就穿一回的衣裳,湿了就湿了,因为再也不穿了,不可惜。

柳忘忧还在呼呼大睡。娘给她换了红花棉袍子,裹了乌梅紫的披风,抱紧她,走出门。

九师弟取掉顶门的杠子,没有像绕狐一样扔掉,而是轻轻立在门背后,然后,吱呀呀推开庄门。

我提着裙角,小心地迈过艾草火堆,踏出庄门。我的新鞋踩在雪地里,透心般凉。

远去的匈奴

抬头,突然就惊呆了。

巷子里黑压压的人群,站得满满的,静悄悄的。庄门口停着一辆马车,大红的车篷,掀起帘子,空空的。

我抬头看天,天蓝云白,好像不在梦里。

这时候,爆竹骤然炸响,啪啪啪,整个巷子里响成一片。然后,唢呐也响起来,多么喜庆的调子。

我蒙了,定定儿立着,不知道怎么了。柳忘忧被爆竹声惊醒来,吓得哇哇大哭。

这时候,一个人慢慢走过来。高大魁梧,多么似曾相识。那人玄裳,玄冠,缁色麻布带,高靴,青色大氅。他面色凝重,眉梢高挑,眼睛里有点忧郁,有点凌厉。他走近我,抖开一方硕大的红锦缎,把我从头到脚裹住,然后抱起来,像抱着一块宝石一样,轻轻放进马车里。

然后,我听见唢呐吹得更加起劲了,我的身子忽一下腾空了。

我混混沌沌就坐在红车篷里,做梦吗?我患了癔症吗?谁在娶我呀?我觉得自己迷糊了,无力地瘫坐在一片红蒙蒙的雾气里。我听见很多的脚步跟着马车走,他们欢呼着说:"柳先生出嫁了!"脚步声那么密集,全城的人都来了吗?他们在跳沙朗舞还是跳盔甲舞?或者是苏幕遮舞。

耳朵里都是唢呐的声音,那么响亮,还有人唱着那歌,要把西凉城吵醒。我真的太累了,真的神志不清了,想睡一会儿。马车外面的世界,好像和我很远很远一样。我被一重大红覆盖,多么温暖的颜色。

走了一会儿,我听见一个熟悉的声音,兴奋地大声喊叫着:"柳先生！柳先生！"

声音疯狂，不，是欣喜若狂，像是绕狐的。只有他常常这么大喊大叫。

然后，我听见唢呐声里还有红尘千履踩在雪上的声音，咯吱咯吱，很奇妙，我更加昏昏欲睡了，但心里还是无限忧伤。如果是梦，伸个懒腰就醒来了。

不知道走了多久，总之，我像是沉沉睡了一觉的样子，马车停下了。有人掀起布帘子，一股清风吹来，我打个冷战。

还是那个人抱着我，下了马车，一直抱着，小心翼翼走着。雪太厚了，肯定是这样的。

不过，我很轻，像一枚树叶，抱我的人肯定不费力。

唢呐还在使劲鼓吹，吱哩哇啦着。人群在欢呼，他们高兴什么？好像很多的脚步在奔跑，激动地靠近我们，呐喊着。

最后，我的眼前光线暗了一下，大约是进到屋子里了。我听见外面的人群在激动地唱歌，脚踩着冰雪地面，哦哦——咿呀——他们在跳万人胡腾舞啊！北凉，不，西凉，几年听不见乐舞的歌声了。今天听见，难道是个好日子吗？

狂欢的声音还在很远的地方喧嚣，我的脑子彻底晕了，被人搀扶着，迷迷糊糊，鞠躬，叩拜。我手里牵着一条滑软的丝绸，也听见有人高声唱礼的声音。最后，我脚底下轻飘飘的，坐在床沿上。

太累了，我不想坐，想靠着被子歇息。我已经连着几天彻夜未眠了。

门吱呀响了一声，关上了，光线又暗下去一重。

远去的匈奴

有人走近我,突然抱紧我,呜呜哭着。他的眼泪很多,渗透了大红的盖头,凉凉地贴在我的面颊上。我挣扎了一下。

等他哭够了,哭累了,我在他怀里都快要睡着了。

他慢慢揭开了硕大的盖头和从头到脚裹着我的一片红云。他仔仔细细看我,叫了声:"阿禅!"声音破空而来,熟悉又陌生,亲切又忧伤。

我先环顾了一下陌生的屋子,一片绯红。大红的帐子,大红的窗帘。然后把目光移到这个人的脸上。眉眼那么熟悉,鼻子还是鹰钩的,嘴角还是浅浅的酒窝,浓眉还是两把刀,斜斜向上挑着,大眼睛还是那样带着严厉之气。只是,黑了很多,胖了很多,老了很多,仿佛那梦里人。

"野利?"我喃喃自语。声音细微得像一只蜜蜂振翅。手指摸摸他的鼻子,凉凉的。

"阿禅,宝贝啊,你不认得我了?"他倏然泪下。"我是你的野利!"

"野利,真是你啊?"

"怎么不是呢?你好好看看我。"

他捧起我的脸,泪眼朦胧。

果真是啊,声音没有变。他怎么这么老了?

我抱紧他,没有眼泪,只是紧紧抱着,怕他飞走。风华褪尽,我依然在苦苦等候你。

落红满地,人已经沧桑。多少唏嘘多少悲欢,才盼来今日相聚。在我心中,你从未离去,也从未改变。

我问他:"你娶的是乌啼娟吗?"他含泪说:"我只是想给

你最隆重的惊喜啊！你跟着我那几年，没有名分，受尽委屈。今天，是想让全城的人见证，你嫁给我了。"

野利说："乌啼娟我遣人送她到平城去了。北魏国主允许她们母子团聚。分开的这些年，我突然明白，阿娟是牵挂。而你才是我命里注定的人。"

这新婚之夜，死里逃生的人互诉离别几年的零落，痛彻心扉。

原来，野利抵达西秦城之后，接到家里的书函，他得知阿禅怀孩子了。欣喜若狂的他决定稍作休整，然后回北凉。可是，他听到消息说乌啼娟流落在乐都草原上乞讨为生，困顿之极，就打发人去草原上先找到乌啼娟，他等消息。

他说："我的内心万分痛苦，知道自己这辈子要辜负乌啼娟了。你怀了孩子，风里雨里跟了我五六年，已经没有办法分开了。我能做到的，只是找到乌啼娟，安顿好她的日子。你们俩，都是我深爱的。"

我听他这么说，心里还是固执地想，他对乌啼娟更加在意。因为他一个字都没有提七公主。

寒冬的草原，大雪没膝，他的部下几十个人，一下子掉在冰雪之中。草原上，有时候走几天也遇不上一户人家，寻找乌啼娟像大海捞针。可是，他决意要把她找回来，给部下给了死命令。一个女人，失去男人，见不到孩子，流落他乡，想想也是很可怜的。

可是，我九死一生逃命的时候，也许比乌啼娟更加可怜。她有人寻找，而我没有。这是我内心的酸楚，说不出来。

他的部下在大雪茫茫的草原上辗转的时候，拓跋焘的大军就逼近北凉了。外面的光阴，和偌大的草原是断绝的，鸟儿不会把

远去的匈奴

讯息传递给不懂鸟语的人们。

三个月后,打发去的人找到了乌啼娟住的部落。不幸的是,乌啼娟起身去了乐都城,刚好错过。她的两个儿子在平城,她一直在想办法找回儿子。

此时北凉城已经陷落了,成了北魏的一个城池。乐都也是北魏的了。野利的西秦城被围,几场恶战,虽然他抢了拓跋焘的儿子捏在手里,但沮渠蒙逊的儿子战死沙场。

拓跋焘很惜才,想重用野利。可是,野利死守着西秦城,拒绝北魏封赐给他的西羌将军。不要说让他追杀沮渠无讳,就是让他南边征战,他也不愿意。他不想打仗,只想回到北凉城。

拒绝拓跋焘,自然就不能回北凉,他就一直在西秦耗着。不过,拓跋焘还是不敢强攻,他最心爱的儿子动不动出现在城头,哭喊着让退兵。

拓跋焘的战线拉得太长,顾此失彼,所以西秦城围一阵撤一阵,不死不活丢着。

年初,我的大哥哥们一路风餐露宿到了西秦城,一直无法进城,辗转去了乐都。

正在这个时候,拓跋焘因为镇南将军的原因,情愿和野利谈判。拓跋焘企图让他妥协,野利妥协了,归还太子和西秦城。拓跋焘也妥协了,送回野利的父母,答应他出任西凉府刺史——把一个根本不想打仗的人硬是按到前线,也没什么意思,不如叫他去收拾镇南将军留下的一个烂摊子。

自然,镇南将军的美言起了关键的作用。镇南将军顺便告诉他,他的女人和女儿还在百草堂等他。

野利非常想见到自己的女儿，一刻也不想停留。一个快要绝望的男人，知道这个世上还有一个女儿在思念他，是何等悲喜交加啊。

他在西秦，知道北凉城陷落的凄惨，也依稀听说城内遭强盗屠烧，他甚至不能确定他的女人是否还在活着，更加不能奢望有个女儿。他不想给北魏做武官，再去沙场厮杀。他宁愿就熬着，煎着，盼着。

这一天，终于盼来了。

"可是，我的大哥哥们呢？"

他的脸上有些愧色，说："他们到了西秦城，可是乌啼娟好可怜，两个兵丁年老体弱，路上无人尽力照顾她，我请哥哥去护送她到平城，那儿有她的孩子。哥哥们迟一些就回来了。"

去护送野利的另一个女人，想必哥哥的内心也是疼痛着的吧。但是为了我，哥哥情愿。乱世当中，有些私念就得抛弃掉，不然，怎么活呢。

我不会成为弃妇了，这个很重要。更加重要的是，我对他的情感越来越炽热，丝毫没有半分冷漠。我清楚地知道这个人对我意味着什么。对世间所有的贪恋，就是因为这一份儿人间真情。

忘忧对自己的新的名字浣布忘忧很得意，因为她觉得多了字，占了便宜。忘忧对她的爹爹也很满意，跟她想象中的一模一样。威风，儒雅，有气度。孩子不能表达这些，只是说："比绕爹爹好。绕爹爹那么邋遢的，衣裳也不好看，走路也不好看，说话也难听。"

幸好，绕狐不知道，不然，他该有多难过呢。

野利常常看着忘忧发呆，这个得意扬扬的小丫头儿。眉眼、

341

远去的匈奴

脸蛋、身形,都跟他多么近似。尤其是笑容,简直是一个模子里脱出来的。

忘忧使唤家里的每一个人,成了习惯。对她的爹爹也一样。她不晓得刺史是什么,只使唤着她爹爹,给她拿鞋子,给她倒水,给她喂饭,给她当马骑。

野利含着笑,眼角是一丝细微的泪花,心甘情愿给他的女儿当仆役。他转头对我说:"阿褝,我觉得在梦里。"

西 凉 府

西凉城里的时光,归于平静和安宁。城头的藤草,密密匝匝垂下,深绿深绿,遮住了刀剑厮杀过的伤痕。

野利神情忧郁,天天奔走在乡间,奔走在街巷,晒得黑黑的。这是他的乡土,他竭力想回到先前的繁华里去。每次从野外回来,他打马立在城门口,眯着眼,抬头细细看着那城头深绿的草木,愣怔怔的,有些迷瞪。

但是,已经不可能了。北凉繁华的根,被拔走了。只留下一地苍凉。幸好,苍天开眼,连续两年都风调雨顺,百姓总算能吃饱饭,过上安心的日子了。

一个偌大的城池,正在慢慢恢复元气。野利竭力奔走,不得不说,他是个品行高洁的男人,值得我付出和心疼的男人。有时候,他突然苦恼起来,神色恓惶,偷偷掉眼泪。

春耕,他亲自去看墒情。秋收,他依然在田间奔走。他自己说:"做个文官比武官轻松多了,有力气,有地方使劲。"他的直裾禅衣上总是沾满尘土,腰里的佩刀也落满灰尘。

他也去看过南山村,那个我曾经打算终老的山村。回来的路上,他泪眼婆娑地对我说:"我若负了你,会内疚一辈子。"

我纠正他:"只剩下半辈子了。因为,前半辈子已经过去了。"

他去酒泉郡祭奠奶娘,去乌啼城祭奠乌藤。他流着清泪,爬进我们逃难的石洞里去看。我留下的锅碗还在,一堆黄草上还是我的睡过的印痕。他心酸成个疙瘩。

百草堂里,九师弟坐堂。他的医术一天天长进,每天除了瞧病,还要打发陆续给前来赎走指印的人。他的字很一般,唯有写一个"清"字,气度非凡。

赎指印的人,一文钱也行,半碗粮食也行。偶有富人,留下银子。

哥哥们的驼队又能贩运东西了,不是药材,是别的东西。也不去西域,改去中原了。有时候,他们驮着银子,去中原驮来粮食,一半储存着,一半赊给人家。粮食丰收的时候还回来,自然是有利息的。

娘跟我住着,她的头发越来越少,乌木簪都簪不住了。曲裾禅衣也愈加宽大,裹着瘦弱的身子。绕狐一家子还住在弓背街的小院子里。他的妻子还是那样忙碌,总是上穿豆青短襦,下穿褐色长裙,腰里悬挂着长长垂下的腰带,头上插了梳篦,进来出去地忙。他的儿女,跟着九师弟抓药。

野利想把绕狐一家留在我们身边,但我拒绝了。府内规矩森严,绕狐哪里能受得。他在家里自由惯了。他的衣裳比以前干净

远去的匈奴

多了，青色短襦，下身穿玄色犊鼻裤，有时还披着麻布披风。

府里，就连厨房里洗锅煮饭的几个女人，都有人管着。抹布都是有数儿的。她们连荆钗骨笄都没有多余的。粗麻布襦裙，走路不能发出声音来。仆从就是仆从，等级森严。

我自己，也不能素面朝天，随意胡乱穿衣服，颜色也是有讲究的。穿很正统的汉服，挽起牡丹高髻，守着规矩。野利比较小心谨慎，他叮嘱我时时刻刻得操心着这些俗事。旋袄是深紫的，夹裹是淡紫的，紫皂布罗裙，素色披风。我天天得梳妆整齐，发髻高耸，斜斜插了金步摇。金步摇很繁复，金银丝编为花枝，缀了珠宝华饰，并有五彩珠玉垂下，随着步履的颤动，下垂的珠玉也随之摇动。金簪钗也插在发髻，不能含糊。连室内的帷帐都很讲究，特种宫锦，绣了牡丹、对雉、斗羊、翔凤、游鳞之类，无一不是吉祥如意的，满眼都是章彩华丽。

北魏的皇帝很在乎规矩礼仪这档子事情。他下令，胡人不能穿胡服，得穿汉人的衣裳。不能说胡话，得说汉话。西凉城里胡人居多，但都努力捋直着舌头说汉话，不敢说胡话。至于衣裳就更不用说了，满街都是汉服，衣袂飘飘的。上层人物穿长袍，官员戴幞头，百姓着短衫。本来，拓跋人是男戴高冠，女梳高髻，头上插雉毛，身着夹领窄袖长袍，足蹬乌靴。可是现在，只有拓跋贵族可以这么穿，平民是不行的。不过，拓跋人依然保留了颜色，浅色是女人的衣裳，深色是男人的衣裳。

王跟王是不一样的。沮渠蒙逊国主喜欢让百姓做买卖，什么事情都随意，宽容，由着性子就好。北魏皇帝喜欢让百姓耕田，什么事情都呆板，严谨，条理清楚。

绕狐在家里，并不觉得自己是外人，基本是主人。他天天还是做饭，收拾院子，操心一摊子事情。若是到了爹的忌日，哥哥们不够认真，他还底气十足地发火呢。哥哥们只是掌柜的，不知道刻薄人。绕狐舒心得很，若是到了府里，还不把他委屈死。

两年后的一个秋天，我们的第二个孩子诞生，是个男孩子。小名叫平城。我心里隐隐有些不痛快。你自己念着那个人，倒也罢了，还把孩子的名字也捎带上。可是野利解释说，柳家三十一口人在平城呀。

六七岁的忘忧，最爱穿槐花紫的小菱纹裙裳，扎了椎角，走路连裙裾也不敢多动。她骨子里似乎有一种别样的固执，对什么人都不会很亲热，对好多事情不屑一顾。寂静的时候，她悄悄坐着，似乎在想什么，直接陷入沉思里。一个小小的丫头，不该有这样的深沉啊。

儿子满月的时候，我穿了宽大的衣裳、碎花对襟的布衣、绛紫的长裙、牛毛织成的褐色披风站在院子里看太阳。太阳那么亮。

我披了厚披风，出城，面对平城的方向，烧了一堆火，煨了柏香，烧了一匹纸马。我瞅着天空，期望一匹野马飞腾起来。

大师兄在跟着镇南将军又一次出征的时候，中了埋伏，捐躯沙场。这个温暖的师兄，背着我长大的人，清点了自己在尘世的光阴，移到另一个地方去了。他走得很匆忙，没有来得及说最后一句话。

镇南将军也身负重伤，却被三师兄侥幸救活了命。

三师兄到达平城之后，很得镇南将军信任，就从石窟工地上找回大师兄和二师兄，一起跟着镇南将军。

远去的匈奴

三师兄救活镇南将军有功，升了官。几个师兄们自然也跟着沾光了。

那一年，北凉国师观面相，预言三师兄四十二岁时，可以官至大夫。我们都以为他哄人。现在看，也许是真的，他距离大夫已经不远了。

娘老眼昏花，嘴里念着给大师兄超度，虔诚地对着空荡荡的天空说："先生，你的大徒弟找你来了。你接接他，不要迷路了。他远哩，在平城南边的地方哩……"

野利换了对领镶黑边饰的长直裰，束了带子，又披了鹤氅，宽长曳地。他穿戴得庄严隆重，骑马去了天梯山，请寺僧诵经，召唤大师兄的亡灵回到西凉来。

师兄啊，骑着那匹马回来吧，西凉是故乡啊！

野利的确比原来苍老了很多，鬓边都有了白发。额头多了很深的皱纹，面颊粗糙。而且，他很少笑了，多半的时候，都陷入深思，有些呆滞，不知道在想什么。也许，他在想乌啼娟。也许，在思念师兄们。可是，他们都不能回西凉，不能。

他做北凉大将军的时候，像个儒雅的书生，有隐士风度。现在，做文官的时候，却像个武夫，粗笨，黝黑，凌厉。光阴磨去了他的风雅，显出了他武人的本性。

只是，柔情依旧。夜里，读罢书卷，沐浴完毕，他悄悄走到我身边，含笑着低声说："抱抱你。"每逢此时，他变得格外轻柔，我闭上眼，抚摸他的脸颊，抚摸他浓浓的剑眉，那种梦幻一样的味道一脉一脉扑来。有时候，他不说话，只是含笑看着我，突然张开双臂紧紧抱住我。

霜降的时候，天空里最后一只咕咕头鸟飞过，丢下嘎嘎两声。野利面对西边，默然流泪。北凉彻底灭亡了。

柔然人攻高昌不止，沮渠无讳的堂兄暗中勾结柔然，打开南城门，放柔然人进城。高昌城破，沮渠无讳战死。北凉，也从时空中隐去了。

他长叹一口气，对着墙上的羊皮地形图出神。

地形图上，北凉的地界还是先前那般辽远。仿佛每一根线条上，都是熙熙攘攘的人群在喧嚣。胡人操着汉话，汉人鼓噪着胡话，吆喝，寒暄。

这一年，西凉城里阚骃书院建成授课，野利为书院简直操碎了心。此时，安定朝那人皇甫规后人游学至凉，为书院授课，典校经籍，修订诸子书籍。野利又请求乐平王拓跋丕允许阚骃回到西凉，为学子授课。北凉国主沮渠蒙逊时，阚骃与野利共事，阚骃任尚书。阚骃博通经传，三史浩瀚群言，过目成诵，人称他为宿读。北凉灭后，阚骃仕北魏。拓跋丕很爽快送来了阚骃，同时也送来北魏七十多个学子，命令刺史夫人亲自为他们教授医术。

西凉书院的后院，幽静处开辟出一个院落，刺史夫人教授北魏派来的弟子，专攻医术。我穿了男人的宽袍，裹了头巾，把柳家医术的独门秘籍都讲给他们。讲着讲着，就走了神，仿佛回到了年少时代，在一间储满书卷的屋子里捯饬羊皮，捯饬各种歪门邪道的医术，得意得嘿嘿直笑。我的父亲，在走廊里簌簌走着，咳嗽几声。

每天清晨，西凉刺史府的大门嘎吱嘎吱推开，我坐在马车里，

远去的匈奴

野利骑马亲自送我去书院。他面带微笑，腰里佩戴了短剑，十分俊朗的样子。路过南城门的时候，我们同时抬起头，看城头那一片苍茫深厚的藤萝，垂着，拼命绿着。那时候，恍然觉得，我们不是去书院，而是去骆驼巷，去百草堂。我家的花儿开了一院子，挑挑拣拣给野利摘几朵，泡在小盅里，喂到他的唇边。而他，仍然含笑迷人，抿一口茶水，握住我的手，轻轻唤一声："阿禅——"一如我们初见的样子。